KB071256

노출

김의숙 장편소설

도서출판
청어

Exposure

노출

김의숙
장편소설

어부의 요청

말씀을 마치시고 시몬에게 이르시되

깊은 데로 가서 그물을 내려 고기를 잡으라

시몬이 대답하여 가로되

선생이여 우리들이 밤이 맟도록 수고를 하였으되

얻은 것이 없지마는 말씀에 의지하여

내가 그물을 내리리이다 하고

그리한즉 고기를 에운 것이 심히 많아 그물이 찢어지는지라

이에 다른 배에 있는 동무를 손짓하여

와서 도와 달라 하니

저희가 와서 두 배에 채우매 잠기게 되었더라

시몬 베드로가 이를 보고

예수의 무릎 아래 엎드려 가로되

주여 나를 떠나소서 나는 죄인이로소이다

(누가복음 5장 4~8절)

빈손인 어부는

선생의 말에 강한 의심이 들었으나

위의에 눌려 자포자기하듯

먼동이 트는 바다로 그물을 던졌다.

지친 구릿빛 얼굴 위로 멀리 날아갔다.

촤라락, 경쾌한 소리를 내며 물 위로 떨어진 그물은 곧 깊이 잠겼다.

그때 누군가 외쳤다.

고기다!

어부는 날뛰는 고기떼 앞에 얼어붙었다.

바다는 은빛으로 번쩍였다.

수십 년 바다에서 잔뼈가 굵지 않았던가!

두 배가 잠기도록 가득 찬 고기를 보며

어부는 두려웠다.

어찌하여 비천한 사람을 돌아보시는가?

번개 치듯 잘못 살아온 지난날이 스쳤다.

어부는 선생 앞에 먼지 한 톨 같았다.

선생에게 무슨 덕이 되겠는가?

가까이하면 할수록 오히려 누가 되리라.

언감생심 고개조차 들지 못했다.

자격이 없기만 했다.

그리하여 선생의 무릎 아래 엎드려

떠나시라 어부는 요청했다.

무익한 죄인일 뿐이었다.

작가의 말

대륙을 넘어 남녀노소 지위고하를 불문하고 사람이면 모두 똑같다는 생각을 평소 가지고 있었다. 짐작한 바대로 물리적인 동일을 의미하진 않는다. 저 후미진 오지든 번잡한 도심 속이든, 돈이 많든 적든, 젊잖은 신사든 불량배든, 가방끈과도 관계없는, 본질적인 욕구가 같다고 본 것이다.

신은 사람의 안팎을 자기처럼 지었노라 말했다. 결국 그를 닮아 나도 왕이 되고 싶고, 인정받고 싶고, 벤츠 타고 싶고, 맛있는 거 먹고 싶고, 일은 조금만 하면서 돈은 많이 벌고 싶으며, 사촌이 땅을 사면 배가 아픈 거였다. 나와 마음이 같으면 좋고 다르면 나쁜 게 되었다. 이런 패턴에서 세계 전역 누구도 자유로울 수 없다. 물론 상상 속에선 사람이 생각할 수 있는 모든 일이 가능했다. 이렇게 말하니 신이 마치 시정잡배 같은 느낌이다. 당연히 그럴 리 없다. 이 고해 속에 나약할 수밖에 없는 이유며 그 대안을 찾아 추리해 가는 과정이 '노출'이라고 보면 될 것 같다.

신은 결자해지를 했다. 거기에 비전까지 제시했다. 사람과 똑같은 입장에서, 사람을 대신하여 시험 치르기 위해 이 세상에 왔다는 예수는 네

6

이웃을 네 몸과 같이 사랑하라고 말했다. 사람 속에 사랑이 있다면 미워할 수 없고 도둑질할 수 없으며 속이지도, 전쟁도 할 수 없다. 하지만 모두가 알듯 우리 속엔 약에 쓸래도 없는 게 사랑이다.

그런 사람을 표현하는 언어로서, 사람이 중심인 창세기 1, 2, 3장보다 더 보편적인 소재는 세상에 없다고 생각했다. 작가라는 레테르를 이용하여 용감하게 시도해 보긴 했으나 성경을 체계적으로나 학문적으로 접해 본 적 없는 나는 글 쓰는 내내 어려움을 겪었다. 그때마다 물꼬를 트는 대화가 필요했는데, 수학 교사를 하다가 최근에 정년 퇴임한 나병채 선생께서 시간 내어 기꺼이 그 상대 역할을 해주었다. 감사하다. 그 외 여러 면에서 친절을 베풀어 준 분들에게도 심심한 감사의 말씀을 올린다. 지면상 이름은 다 열거하지 못하나 마음만은 항상 함께하며 잊지 않을 것을 약속드린다. 떠올리기만 해도 힘이 된 언니, 오빠, 은효, 수효에게도 감사한다. 끝으로, 이 책이 출간되기까지 물리적으로 가장 많은 도움을 준 남편에게 특히 고개 숙여 감사를 전한다. 출판사 청어 식구들도 마찬가지다. 다 덕분이다!

차례

Exposure

노출

1

불현듯, 소스라치게 놀라 눈을 번쩍 떴다. 시야가 새하얗다. 빛이다. 사방이 부신 빛이다. 빛이 보이니 살아있는 거고, 이 순간이 확실한 걸 보니 앞으로 살아날 가망성도 크다. 그러나 물속 같은 느낌이 들뿐 여기가 어딘지, 무슨 일로, 왜 이러한 상황에 처해 있는지 알 길 없었다. 짐작할 만한 실마리는 그 어디에도 보이지 않았다. 최소한 무언가에 갇힌 듯한 폐소감이 없다는 느낌에 그나마 안도하였다. 당장 시급한 건 숨을 뱉어내는 일이었다. 가슴이 조여오고 머리가 지끈거렸다. 호흡하려 했으나 어찌 된 영문인지 여의찮았다. 끔찍이도 답답하게 내쉴 수가 없었다. 이마를 찌푸리며 주변을 둘러보았다. 뭔가 단단한 것을 딛고 위로 박차고 올라가야 했다. 하지만 발은 고장난 장난감처럼 허공에서 허우적댈 뿐이다. 중력이 느껴지지 않았다. 발에 닿는 게 없었다. 불안과 두려움이 번개 치듯 엄습했다.

이러다 익사하고 말겠어.

더 이상, 더는 숨 참기가 힘들었다. 절박했다. 마지막으로 온 정신을 모아, 거센 물줄기를 거스르며 비상하듯 뛰어오르는 연어처럼 몸을 비틀어 높이 튕겨냈다. 필사적으로, '밖이었음' 하는 그 어딘가를 향하여 고개를 쳐들고 코부터 디밀었다. 고향의 향기가 연어로 하여금 불원천리 먼 길을 거슬러 달리도록 이끌듯 생존을 향한 강한 열망이 본능적으로 몸을 움직이게 만들었다.

푸하!

"엄마, 빨리 와 보세요. 아빠가 경련하듯 또 움직이셨어요."

창림은 고통스러운 듯 뒤틀고 있는 남자의 몸을 조심스레 눌러 감싸며 다급히 외쳤다.

"여보, 왜 그래요? 내 말이 들려요? 제발 아무 일 없이, 무사히 돌아와만 주세요."

들려있던 남자의 가슴팍과 턱은 창림의 품 안에서 서서히 제자리로 돌아가고 몰아쉬던 숨도 이내 길고 고르게, 조용히 회복되었다.

"벌써 세 번째예요. 의사 선생님은 신경 이상에 의한 단순 움직임일 거라고 했지만 밖에서는 알 수 없는 어떤 변화가 아빠 몸속에서 빠르게 일어나고 있는 게 분명해요. 어쩌면 의식이 돌아오고 있는 중인지도 모르지요. 내부 무언가의 자극에 민감하게 반응한다는 것은 좋아지고 있다는 증거가 아닐까요?"

창림은 잔뜩 긴장하고 있는 여자의 어깨에 손을 얹으며 바람을 담아 침착하게 말했다.

"그래, 곧 틸고 일어나실 거야. 조금 더 기다려 보자."

그러나 겁에 질리고 확신 없는 자기 암시는 끝내 여자의 다리에 힘을 실어주지 못하였다. 말을 마친 여자는 옷걸이에 잘못 걸린 블라우스가 미끄러져 바닥으로 흘러내리듯 맥없이 방바닥에 주저앉았다.

2

당신, 그러니까 당신이 나야? 내가 맞아? 이름은 조태래, 61년 정월생. 서울특별시 관악구 봉천동. 그래, 내가 맞군. 멀쩡해. 아니, 멀쩡하지 않아. 괜찮지 않다고! 식구들이 나를 알아보지 못하고 있어. 아무 일 없이 무사히 돌아오기만 바란다고? 아내가 울먹이고 있어. 의사는 뭐고 단순 움직임은 또 뭐지? 이게 다 무슨 말이야?

남자는 겁이 덜컥 났다.

여보 은식아, 창림아! 나 아빠다.

은식은 아내 여자의 이름이고 창림은 아들 이름이다.

내가 누워있는 동안 무슨 일이 있었던 걸까? 아니, 무슨 일로 내가 누워있는 거지? 의식을 잃었던 모양이군. 오늘이 며칠이지? 얼마 동안이나 나는 이러한 상태로 있었던 걸까?

몸이 납덩이처럼 무거웠다. 마음대로 움직여지지 않았다. 남자는 커다란, 무슨 일이 있었음을 직감했다.

3

극히 일부분의 수신 기능만 있고 발신 기능이 없는 공기계처럼 외부와의 소통이 단절된 채 무작정 접속되기만을 바라며 시간을 흘려보내는 것은 공포였다. 모든 것이 불투명했다. 막연한 두려움은 음소거하듯 소거되지 않았다. 마른 목구멍이 따끔거렸다. 말할 수 없이 초조했다.

그러나 죽음을 제외하고, 모든 문이 동시에 암흑으로 닫히는 경우는 드물다. 사건 전모를 가늠할 수 있는 기회가 곧 왔다.

여러 사람이 찬 내음을 풍기며 우르르 방안으로 들어섰다. 여자의 향이 먼저 나고, 그 뒤를 이어 옷깃 스치는 소리, 서로 다른 묵직한 숨결, 방바닥을 스치는 발걸음 소리 등 극도로 조심하나 어쩔 수 없이 나게 마련인 부스럭거림을 조합해 봤을 때 덩치 있는 성인 남성 세 사람쯤으로 가늠됐다. 여자는 남자의 머리카락을 뒤로 쓸어넘겨 가지런하게 하며 옆에 놓인 의자에 엉덩이를 걸쳤다. 그게 사인이라도 된 듯 방문객 중 한 사람이 용기를 내어 좀 더 침상 가까이로 다가섰다. 담배 찌든 냄새가 훅 풍겼다. 역겨웠다. 남자는 순간 토기를 느꼈다. 몸은 부자유하나 후각은 닫히지 않았다. 생생했다.

"제가 걸려 온 전화를 맨 처음 받았던 장본인입니다."

담배 냄새는 스스로를 대견하게 여기며 여자를 향해 운을 뗐다.

"전화기를 통해서 들려온 몇 마디에 아, 이건 안 좋은 상황이다, 단박에 알아차렸지요. 직업상 생긴 촉 같은 겁니다. 바로 발신자 추적을 하며 동시에 차를 움직였지요. 그러나 지척에 사건 현장을 두고도 약간의 시간차로 범행을 미연에 방지하지는 못했습니다. 그 점이 뼈저리게 애석할 따름입니다."

경찰서는 아파트에서 10분 거리였다. 담배 냄새는 잠시 고개를 떨구고 뭔가 생각에 잠기는 듯하다가 이내 말을 이었다.

"범인의 진술에 의하면 그 시간에 집안엔 아무도 없어야 했던 게 맞고, 그저 단순하게 금품이나 털어 나올 생각이었나 봐요. 그런데 주인분

15

께서 앉아 있었고 대낮에 든 도둑한테 어떻게 왔느냐 하니 당황한 나머지…….”

담배 냄새는 말을 멈추고 잠깐 목을 가다듬었다.

“선량한 시민을 끝까지 보호하지 못했다는 점에서 그저 죄송할 따름입니다.”

세 사람은 약속이나 한 듯 ‘죄송할 따름입니다’라는 말 뒤에 일제히 고개를 숙였다.

“이 사람의 운이 거기까지였던 거지요.”

여자는 인정하고 싶지 않았지만 그렇게 말했다.

“그런데 말입니다. 범인을 현장에서 잡고 보니 대학을 중퇴한 청년으로서 주변 평판이 꽤 좋고, 성실한 사람이었더라고요. 어쩌다 몸으로 때우는 일을 하고는 있지만 남을 해치거나 나쁜 짓을 할 만한 사람이 아니란 거죠. 출동한 저희 동료들이 사건 현장에 도착했을 때 범인은 현장을 떠나지 않은 채 피 흘리고 있는 주인분 머리를 수건으로 누르며 지혈을 하고 있었대요. 그런 경우는 또 첨입니다. 우발적으로 벌어진 상황에 범인 스스로도 너무 놀라 겁을 먹었던 것 같습니다.”

담배 냄새는 연신 고개를 갸웃거리며 말을 길게 했다.

“경관님, 지금 무슨 말씀을 하고 계시는 거예요? 듣는 저로서는 매우 거북하군요. 강도를 두둔하시는 겁니까?”

조용히 듣고 있던 여자는 순간 파르르했다. 남자를 잡고 있던 여자의 손이 갑자기 차가워졌다. 피가 식는다는 게 이런 거로군.

“그럴 리가요. 아닙니다. 죄송합니다.”

담배 냄새는 여자의 말에 화들짝 놀랐다. 그리고 곧 얄팍한 추리와 영웅심에 잠시 신분을 망각한 채 떠들었던 것을 후회하며 고개를 깊이 숙였다.

"마치 우리 아이가 집에 있었던 게 잘못인 양 말씀하시네요? 지금 그렇 잖아요?"

"아닙니다."

경관은 다시 한번 격하게 손사래 치며 놀라 머리를 조아렸다.

"일찍 조치를 취해 주신 점에 대해선 충분히 감사드리고 있어요. 그러 나 사람을 이 지경으로 만든 강도를 두둔하는 뉘앙스는 좀 아니잖나요?"

"아니고말고요. 아니지요. 절대 아닙니다."

"그럼 뭔가요?"

여자의 목소리는 집요하고 차갑고 날카로웠다. 사고 당시를 떠올리는 것만으로도 여자에겐 크나큰 고통이었다.

"아이 상태가 완전히 나아져서 퇴원한 게 아네요. 병원에서 더 해줄 게 없다고 하여 집으로 옮긴 겁니다. 의사는 심한 뇌좌상이 아니니 곧 괜찮 아질 거라고 했지만 보시다시피 누가 장담할 수 있겠어요? 무작정 옛날 로 되돌아오기만을 바라며 기다리는 가족의 심정을 아시냐고요."

질책하고 있는 여자의 말투와 심사는 풀릴 기미를 안 보였다.

"심기를 불편하게 해드려서 정말 죄송합니다만, 임 형사의 말에 약간의 설명을 드리자면 이만하시길, 뇌에 멍이 들어 어려움을 겪고 계시긴 하나 생명은 건지셨잖아요? 이만하길 불행 중 천만, 천만다행이라는 소리를 이 사람은 하고 싶은 건데 표현이 서투르게 나간 것 같습니다."

옆에 섰던 동료가 거들었다. 여자는 무슨 말인지 알아먹었다. 그러나 틀린 마음은 누그러지지 않았다.

"기분이 참 묘하군요."

여자는 연신 굽실거리고 있는 경관들을 대놓고 외면하였다. 거리가 가깝긴 하다지만 사건이 정리된 마당에 군이 집에까지 찾아온 경관은 안해도 좋을 말을 뱉었다. 사건 직후 조서를 작성할 당시 이미 들어서 알고 있는 이야기였다. 그들은 병원에서 퇴원하여 나온 피해자의 보호자로부터 공치사를 한 번 더 듣고 싶었는지 몰랐다. 하지만 여자는 전혀 그럴 마음이 없었다. 대놓고 어서 가주십사 하듯 중문을 열어둔 채 그들이 사들고 온 작은 음료수 상자를 노려보았다. 안절부절 어찌할 바를 모르며 경관 세 사람은 여자를 따라 방에서 나왔다. 보지 말고 밟지 말아야 할 것을 보자마자 아차 피할 겨를도 없이 반사적으로 밟은 뒤 황망히 자리를 피하듯 세 사람은 구두도 제대로 신지 못한 채 서둘러 현관문을 나갔다. 여자는 세 사람을 건성으로 배웅했다.

심경이 불편해질대로 불편해진 여자는 방에 들어서자마자 창문을 활짝 열어젖혔다. 창턱에 언 채 달라붙은 잔설이 볕에 반사되어 반짝였다. 여자는 그들이 머물러 섰던 방바닥을 걸레로 박박 문질러 닦았다. 방안 냄새는 금세 휘발되고 차가워졌다.

"여보, 미안해요. 경관들을 들이지 말았어야 했어요. 누가 뭐래도 나는 당신을 이 지경으로 만든 범인을 절대 용서 안 할 거예요. 용서 못 해요!"

여자는 탕 소리가 나도록 창문을 닫으며 결심을 재확인하듯 단호하고 싸늘하게 말했다. 그리고 곧 태도를 바꾸어 조금 창백해진 피부 외에 그저 평소대로 잠들어 있는 듯 움직임이 없는 남자의 얼굴에 자신의 얼굴을 포개며 웅얼거리듯 덧붙였다.

"누워있는 게 길어지면 좋지 않대요. 어서 일어나세요. 하느님, 제발 도와주세요. 예전처럼 돌아올 수 있도록 이 사람을 한 번만 도와주세요."

남자는 여자의 중얼거림을 들으며 속으로 픽 웃었다.

하느님은 무슨! 당신 지금껏 부처 믿고 있었던 거 아냐? 나 아니었음

스님 될 뻔했던 사람이 부처에게 부탁할지 누구를 찾을지 헷갈릴 정도야? 다급했군. 어쩌면 당신 말이 맞을지도 모르지요. 하느님이나 부처님이나 그 이름이 그 이름이니 말예요. 진리가 다를 게 뭐 있겠어요? 여보, 고맙게도 당신의 소원대로 나 조태래, 의식이 돌아왔어요. 어느 분 덕택인지 몰라도 깨어났다고요. 그것도 끔찍이 업그레이드돼서 말예요.

4

그러니까 남자는 누구보다 과거의 기억까지 모조리 완벽하게 소환해 낼 수 있는 슈퍼 기억력을 가지고 멀쩡하게 돌아왔노라고 들려주고 싶었다. 집안에서 나는 모든 소리며 익숙한 내음을 다 듣고 맡고 있노라 큰소리로 말해주고 싶었다. 그러나 남자는 마음과 다르게 할 수 없었다. 몸이 아직 순순히 따라주지 않았다.

남자는 경관들의 방문으로 사고가 있은 날의 전후 상황이 파악되었다. 당시의 일이 비디오 테이프를 역주행시키듯 선명하게 떠올랐다. 은밀하게 열리고 닫힌 현관 도어락, 눌러쓴 모자로도 감추어지지 않은 범인의 쌍꺼풀진 커다란 눈, 피가 멎은 듯 몸이 굳어 움직일 수 없었던 정적의 순간이 손에 들린 한 장의 사진처럼 또렷하게 보였다.

크리스마스를 며칠 앞둔 날이었다. 안방 화장실 변기에 문제가 생겼다. 물 내리는 손잡이가 헐렁하여 힘이 없는 거며 물소리가 멈추지 않는 걸로 볼 때 고장임이 곧 짐작되었다. 수조 뚜껑을 열자 아나나 다를까 수조의 물은 반도 채워져 있지 않았다. 물이 샜다. 남자는 아파트 근처 가까운 철물점에 전화를 걸었다. 철물점 전화번호가 생생하게 떠올랐다. 얼마 후 공구 가방을 둘러맨 한 젊은 수리공이 철물점에서 나왔다. 그때 여자는 통화하고 있었기에 남자가 안방 화장실로 안내했다. 깨끗한 피부에 사각턱, 짙은 쌍꺼풀은 다시 한번 처다보게 했다. 뭔가 사연이 있어 보이는 인상은 좋은 쪽이었다. 먼저 수조 뚜껑을 연 수리공은 곧 팔을 걷어붙였다. 그의 손놀림은 빠르고 노련했다. 금세 수조 안의 부품은 교체되었고, 두 차례 변기 손잡이를 내렸다가 물이 차오르는 걸 확인하고는 일어섰다. 수리공은 말보다 눈빛으로 일이 끝났음을 알렸다.

"나도 마찬가지야. 웬 떡인가 싶다. 친구 덕에 강남 간다고, 크리스마스 연휴를 제주도에서 보내게 생겼으니 말야. 알았어. 고마워. 지금 손님이 있어. 변기가 고장 났거덩. 23일 밤 마지막 비행기. 오우케이! 8시경에 공항에서 보자. 그래, 서방님이랑 같이 나가야지. 같이 갈게."

여자는 생전 처음 친구들과 갖는 제주여행 소식에 들떴고, 흥분한 목소리는 지나치게 컸다. 여자는 남자 손에 들린 간이영수증에 눈을 쓱 한 번 주고는 곧 지갑에서 5만 원권 지폐 한 장을 꺼내 수리공에게 건넸다. 충분히 오래 신었을 법한 검정 운동화를 이미 신은 채 말없이 실내를 둘러보고 섰던 수리공은 돈을 확인하고는, 거스름돈을 찾기 위해 한쪽 엉덩이를 비스듬하게 들며 바지 뒷주머니에 손을 집어넣었다.

"놔두세요. 나머지는 제 성의예요. 곧 크리스마스잖아요?"

부속품을 교체하는 데 채 5분이 걸리지 않았다. 거기에 비해 출장비까지 보태진 수리비가 전체적으로 좀 과하다 생각하고 있는 남자와 다르게 여자는 믿지도 않는 예수 탄생일을 운운하며 거기다 '성의'까지 얹어서 주고 있었다. 남자는 자연 편치 않았다. 못마땅해하는 표정의 남자를 의식한 수리공은 돈을 준 여자가 아닌 남자를 향해 보일락 말락 목례를 하고 역시나 무언, 무표정으로 돌아서서 현관문을 열었다.

"4박 5일 제주도 여행을 공짜로 하게 생겼는데 그깟 팁이 대수겠어요?"

남자의 떨떠름한 표정에 여자는 지레 호들갑을 떨며 이어질 수 있는 잔소리를 원천봉쇄했다. 여자의 말이 끝날 때 문 닫히는 소리와 함께 도어락 잠기는 소리가 동시에 경쾌하게 울렸다. 아직 안 갔었나? 하듯 여자는 중문 너머의 현관문을 힐끗 쳐다보았다. 그리고 잊어버렸다.

그 마지막 한마디가 화를 부른 셈이군. 정보를 주었어. 수리공은 선의를 악의로 갚은 거야.

남자는 씁쓸했다.

5

여자가 제주도로 여행을 떠난 뒤, 말하자면 남자에겐 여느 날과 다를 바 없는 그렇고 그런 크리스마스 당일 오후를 보내고 있던 때였다. 베란다 바깥은 조용했다. 요즘은 그 흔한 캐롤송 하나 틀어놓은 가게도 없었다. 언제부턴가 문화가 바뀌었다. 주변 주택가에서 시끄럽다고 민원을 넣는다는 것이다. 근처 작은 옷가게며 제과점 앞에 묵언수행 하듯 꼬마전등만 밝히고 서 있는 인조트리가 다였다. 크리스마스는 일에 찌든 사람들이 잠시 일손을 놓고 하루 쉴 수 있는 고마운 휴일 중 하나일 뿐이었다.

정년 후, 두 달 남짓을 마음껏 쉰 남자가 계획다운 계획으로 처음 잡은 것이 『성경』(이하 이중꺾쇠 생략) 일독이었다. 젊은 시절, 시간적인 여유도 없긴 했지만 도무지 무슨 말인지 모르겠는 성경은 잘 읽히지 않아 찔끔 찔끔 보다 말다 했다. 같은 이야기가 나오고 또 나오는 구약성경은 길고 지루할 뿐 아니라 군데군데 부도덕하고 잔인한 전쟁 얘기가 뒤섞여 도대체가 성스러운 경전 같지 않았다.

남자는 꼭 하나, 인생에서 이것이다! 하는 것을 잡고 싶었다. 어디에서 왔는가 하는 것까지는 바래지도 않는다. 다만 무얼 위해 왜 태어나 사는지, 번뇌로 찌든 생을 마친 후엔 어디로 갈 것인지, 과연 가는 데는 있는지 등이 뼛속 깊이 궁금했다. 죽음의 공포에서 자유로울 사람이 없다. 표현을 안 하거나 다를 뿐 사람이면 안 궁금할 수가 없다. 정상이라면 의문 들지 않기가 어렵다. 태어남은 의지와 관계없으나 어떻게 살 것인가, 어떤 경로의 길을 걸을 건가는 선택할 수 있기 때문이었다. 알려줄 것 같은 데를 백화점 쇼핑하듯 찾고 찾아다녔다. 그러나 가족에겐 미안한 말이 되겠지만 태어나 사는 한 사람으로서 끝내 이것 때문에 살아야겠다는 것을 발견하지 못하였다. 서글프게도 그런 것이 없었다.

그저 빈 몸으로 왔다가 빈손으로 가는 인생의 참 의미를 오랫동안 찾아온 사람으로서, 비록 무게를 둔 경전은 아니긴 했으나 제대로 일독을 하지 못했다는 사실이 어쩐지 의무를 다하지 못한 느낌이 들고, 자세가 아니라는 생각이 들어서 숙제처럼 해치우려 했던 것이다. 세계에서 가장 오래된 인쇄물이자 다양한 언어로 번역된 것으로서 어느 누가 구입할까 싶은데 가장 많이 팔리는 스테디셀러라 하지 않은가? 이는 보편적인 데가 있어 나름 의미를 담고 있다는 소리로 볼 수 있었다. 진리 여부와 관계없이 단지 그러한 사실만으로도 일독할 가치는 충분하다고 여겼다.

책을 한번 읽어 그 의미를 이해하게 되리라곤 기대하지 않지만 최소한 책이 말하고자 하는 방향과 줄거리는 엇비슷하게 알게 되지 않을까 싶었다. 그러나 정독 후에도 여전히 난독증 있는 사람처럼 모르겠는 건 마찬가지이고, 읽는 도중 금방금방 잘 까먹곤 했다. 집중하지 않는 게 아닌데도 조금 전에 뭘 읽었는지 잘 떠오르지 않았다. 그 점이 의아했지만 영문을 알 수 없었다. 다시 되짚어 보아도 그 말이 그 말 같아 도무지 마음에 남는 게 없었다. 성경은 학교 공부하듯 봐서 알 수 있는 부류의 책이 아닌 듯했다. 한참 달랐다.

그 무렵 책방에 들렀다가 우연히 출판된 지 얼마 안 된 김용옥 선생의 『도올의 로마서 강해』를 보게 되었다. 신학에 뜻을 두거나 특별히 관심을 두지 않는 한 선뜻 구매하기 어려운 책이다. 하지만 평소 도올의 글솜씨와 학문하는 진지한 태도에 호감을 가지고 있던 남자는 아무리 잘못 구입한다 쳐도 뭐래도 하나쯤은 건질 게 있을 것이라는 계산과 함께 알쏭알쏭한 성경 내용 중, 특히 "오호라 나는 곤고한 자로다"는 인류의 고백 같은 글이 담긴 로마서를 다루었다는 점에 마음이 갔다. 사람을 죄인으로 상정하고 들어가는 게 거슬리긴 했으나 신학자이자 철학가인 도올은 이 말을 어떻게 해석하였을까 궁금했다. 잘 모르긴 해도, 성경의 핵심인 복음과 믿음에 대해 로마서만큼 여러 말로 자주 언급한 곳도 없는 듯했다. 4복음서처럼 비유가 아닌 바울의 직설적인 논조가 묘하게 사람을 끌고 압도했다. 집약된 느낌이었다. 그래서 로마서만 알면 성경이 말하고자 하는 바를 어느 정도 이해할 것 같은 기분이 들었다.

남자는 나름 기대를 하며 책을 구입하였다. 물론 이러한 기대도 사람이 신의 피조물임을 인정하고 전제로 했을 때 가능하다. 부정할 땐 말짱 도루묵이다. 세상 말 많은 서양종교일 뿐이고 진리와 거리가 먼 어쭙잖은 경전이 될 것이었다. 이른 정년을 한 지금은 시간도 많았다. 정보의 만물상 같은 유튜브를 보는 재미가 쏠쏠했다. 거기에 즐겁기는 평소 놓쳤던 영화 보기 외에 책만 한 게 없었다.

대강 휘리릭 넘겨본 도올의 책은 내용과 관련된 생생한 화보들이 많아 볼거리가 풍성했고 하드커버에 미끌거리는 모조지의 조금 큰 판형이어선지 제법 묵직했다. 오랜만에 혼자만의 조용한 시간을 맞아 독서할 요량으로 소파 앞 앉은뱅이 탁자에 펴놓고 막 목차에 눈을 주던 참이었다.

"서序 13

입오入悟 구약의 세계, 신약의 세계, 나의 탐색 역정 17

바울과의 해우 17"

별안간 현관문이 크게 한차례 덜컹거렸다. 무슨 일이지? 그리고 둔탁한 무엇이 더 닿는가 싶을 때 삐리릭 경쾌한 소리를 내며 현관 도어락이 열리는 소리가 났다. 어? 누구지? 오늘 이 시간에 문을 열고 들어올 사람은 아무도 없었다. 애들도 밤이 되어서야 돌아오는 걸로 안다. 순간 불길한 예감이 온몸을 휩쓸고 지나갔다. 문은 슬며시 열리는가 싶더니 이내 닫혔다. 뉴스에서 말로만 듣던 연휴 빈집털이 대낮 강도가 들었음을 직감했다. 대번에 피가 머리로 몰리면서 심장박동이 빨라졌다. 일어서서 강도야, 외쳐야 할까? 방어할 만한 무언가를 찾아 대항할 준비를 해야 할까? 전혀 낌새도 채지 못했다는 듯이 한껏 놀라는 척을 해야 할까? 촌각이 곤혹스러웠다. 뒷목이 당겼다. 시선 처리가 가장 애매했다.

"소크라테스의 죽음 126

소크라테스, 과연 그는 누구인가? 129

예수, 과연 그는 누구인가? 166"

고개를 숙이자 두서없이 목차가 눈에 들어왔다. 소크라테스는 네 자신을 알라고 말했다. 자신의 무엇에 대해 알라는 것일까? 예수가 십자가에 달렸다고? 그렇게 죽기 위해 작정하고 태어났다고? 그게 말이 돼? 괜한 쓸데없는 소리이지. 사랑을 아는 신이라면 죽고 죽일 수 없다. 양쪽 강도와 마찬가지로 고통이 빨리 지나가버리길 간절히 바랐을 거야. 지나가리라, 이 또한 지나가리라. 남자는 숨 막히는 이 상황이 어떤 식으로든 지나가려면 몸을 움직일 필요가 있다고 느꼈다. 그러나 그 생각도 잠깐, 복잡하고 가망 없기는 마찬가지였다. 탁자를 밀쳐내고 일어서자면 최소한 2~3초는 걸렸다. 강도가 집안으로 완전히 들어서자면 미닫이 형태의 중문을 하나 더 거치긴 해야 했지만, 작정하고 침입한 강도를 당해 낼 재간이 없다라는 생각에 닿았다. 어설프게 대응하기보단 평소 하던 대로가 낫겠다는 생각이 스쳤다. 모든 경우의 수를 포기하던 찰나, 책 옆에 놓여 있던 핸드폰이 눈에 띄었다. 그 짧은 순간 섬광처럼 112가 떠올랐고, 흔들리는 손가락으로 재빠르게 눌렀다. 세 개의 숫자 버튼이 가깝게 있다는, 너무나도 당연하여 별거 아닌 사실이 새삼 다행이어서 고맙고 가슴 뭉클했다. 발신음과 동시에 중문이 의심에 찬 듯 서서히 드르륵 열리고, 검은색 낡은 운동화 코가 보이는가 싶을 때 곧 강도와 총 맞은 듯이 눈이 서로 마주쳤다. 으악! 정작 놀라 소리를 지르며 거실 바닥으로 나동그라진 사람은 빈집 털이 강도였다.

"사, 사람이 여, 여기 왜 있어?"

당황한 강도는 자신에게 묻는 건지 남자한테 묻는 건지 모를 말을 더듬었다. 어두운색의 점퍼와 마스크, 모자까지 착용하고 있었지만 남자는 금방 강도의 눈매를 알아보았다. 순간 남자는 묘한 여유를 느꼈다. 강도를 바라보며 핸드폰을 슬며시 소파 틈새로 밀어 넣었다. 그리고 온 힘을 다해 무언가를 붙들듯 주먹을 불끈 쥔 채 침착하게 큰 소리로 말했다.

"며칠 전 우리 집에 변기를 고치러 온 철물점 직원 아니오? 다시 부른 기억이 없는데 무슨 일로 오셨어요? 그리고 남의 집에 들어올 때는 최소한 신발을 벗는 게 예의지요. 대낮 강도가 아닌 다음에야……"

목소리가 경직되고 떨리는 것은 어쩔 수 없었다. 바닥에서 일어선 수리공의 겁먹은 눈동자는 쌍꺼풀진 큰 눈 안에서 사납게 흔들렸고, 일어선 그의 손에는 묵직한 무언가가 들려있었다. 'ㄱ' 자로 꺾인 쇠막대기였다. 아는 척을 하는 게 아니었나? 남자는 늦었지만 일어나서 본능적으로 쇠막대기를 잡으려고 손을 뻗었다. 그 순간 암막 커튼이 내려지듯 모든 게 검게 닫혔다.

6

불어난 강물에 쓸려 내려오는 쓰레기 더미처럼 마구 떠오르는 거친 과거 기억들은 시도 때도 없이, 시간의 순서와 무관하게 무작위로 떠올랐다 사라지곤 했다. 머리의 충격으로 기억을 관장하는 측두엽의 해마가 오작동을 일으켜 전에 없이 빠르게 회전되고 있는지도 몰랐다. 그런데 무슨 조화일까? 떠오르는 기억들은 하나같이, 다시 떠올리고 싶지 않은 어둡고 불결하고 잘못한 그래서 영영 묻혀버렸으면 하는, 아무도 모르는 누추한 것들이 대부분을 차지했다. 죄는 짓고 살 일이 아니라고 남자는 생각했다. 머리가 내내 무지근했다.

잘했던 일, 착한 일 했던 거가 뭐 있을까? 남자는 되짚어 보았다. 그랬다. 어린 시절에 공부를 좀 잘했었다. 초등학교 6학년 때 도시로 이사 나가기 전까지 학교에서 1등 하는 일은 식은 죽 먹기였다. 경쟁자가 없는 학교에서 남자는 수업이 파하면 공부보다 시골 생활에 서투른 여선생님들의 자질구레한 일을 돕는 데 기꺼이 시간을 썼다. 교육대학을 졸업하고 벽지로 갓 부임해 온 경우가 대부분이어서 무엇에든 민첩하지 못했다. 그럴 때마다 선생님들은 잊지 않고 급식하다 남은 노란 옥수수빵을 가정 형편이 어려우나 착실하고 공부 잘하는 제자의 책보자기에 챙겨 넣어주곤 했다. 그 빵이 가끔 다음날 가족 아침 식사가 될 때도 있었다. 마을의 소수 몇몇 집을 빼놓고는 대부분 가난했었다. 농번기가 아니고는 집마다 점심 거르는 일이 다반사였다. 부드럽게 쪄진 빵은 톡톡히 별미 역할을 했다. 반으로 쪼갤 때 푸르르 올라오는 노란 옥수수 내음은 지금도 향긋한 게 역력하다.

도시로 나와서도 가난은 계속되었다. 곧 무너질 것 같은 낮은 흙벽에 칠이 벗겨진 채 겨우 달려있는 녹슨 파란색 양철대문, 남자는 도시로 나와 새 신문지를 처음 보았는데 아버지는 쥐 오줌으로 얼룩진 천장을 그 신문지로 도배했다. 문을 열고 들어갈 때마다 방에선 비릿한 잉크 냄새가 났다. 싫지 않았다. 낯선 도시에서 오갈 데 없는 남자에게 그 천장은 새로운 놀이터가 되어주었다. 동생들과 누워서 낱말찾기를 했는데 그런대로 재미났다. 그 모습을 본 아버지는 어디서 구하였는지 빛바랜 세계전도를 가져와 벽에 붙였다. 얼마 안 되어 동생들은 각 나라와 수도마저 대륙별로 좔좔 외웠다. 그 소리를 아버지는 무척 좋아했다. 그때 그 시절의 부모들이 대개 그러했듯 아버지 또한 술잔 비우는 일 외에 교육 열의가 꽤 높았다.

27

아버지와 관련된 과거의 기억 중 신발 노점에서 있었던 일은 지금도 엊그제만큼이나 가깝고 생생하다. 색이 바래서 새 신발인지 헌 신발인지 좀체 구분이 잘 안 가는, 헝클어진 시장 바닥의 신발 더미 속에서 발에 맞는 똑같은 운동화 한 켤레를 골라내기란 여간 어려운 일이 아니었다. 한 짝을 손에 쥔 채 똑같은 걸 찾기 위해 20분째 허리를 굽히고 애쓰던 아버지의 그 뒷모습, 행여 아는 누구라도 만나게 될까 봐 얼마나 마음 졸였던가?

아버지, 운동화 안 사도 되니까 그냥 집에 가요.

고르는 시간이 길어질수록 자존심이 상한 남자는 볼멘소리를 했다.

명색이 여기는 도시이고 중학생이 되었는디 고무신을 신고 다닐 순 없잖애?

물론 제대로 된 상품이야 당연히 상자에 얌전히 담겨 출고되었다. 그땐 그게 그렇게 창피할 수가 없었다. 첫 수음에 당혹해하며 아무도 없는 집의 방문을 슬그머니 걸어 잠그던 순간만큼이나 쓰고 은밀한 기억이다.

시답잖은 내기를 하며 동네 공터에서 죽자 살자 뛰었던 친구들과의 축구, 생각만 해도 입안에 흙먼지가 자금거릴 것 같은 따갑고 건조한 바람이 불던 가을 운동회, 노모께서 특히 기뻐했던 첫 손녀 창선의 돌잔치, 창선은 먼저 파란 지폐를 집어 남자에게 주고 나중에 연필을 집어 요모조모 살폈다. 노모는 집안에 박사가 나겠다며 기쁨을 감추지 못했다. 기억은 거기서 멈추지 않았다. 개수까지 세어놓은 이웃집 단감을 몰래 따서 변소에 숨어서 먹다가 이가 빠지는 바람에 더 먹지 못하고 똥통에 버리면서도 빠지게 된 경위를 찾아 머리를 굴렸던 우습고 슬픈 흑백의 기억이며 갖가지 자잘한 풍경들이 바람에 나부끼는 이파리들처럼 교차하며 눈앞을 스치고 지나갔다. 그땐 몰래 숨어서 먹을 만한 장소도 변변찮았다.

눈물이 귓속을 채웠다. 아득히 먼 곳에 서 있는 느낌이었다. 벙벙했다.

7

"꾸르르륵 물 흐르는 소리가 나요!
고장이 아닙니다. 냉매*가 흐르는 소리입니다.
뚝뚝, 딱딱 하는 소리가 나요!
냉장고 내의 온도변화에 의해 여러 부품들이 수축, 팽창할 때 나는 소리입니다.
안심하고 사용하세요. 제품 설명에 관한 서비스 기사 방문 시에는 출장비가 부과됩니다."
첫 근무지의 기숙사 방 안에 있던 소형 냉장고의 안내 문구다. 뭔가 곧 터질 듯 간헐적으로 나는 뚝뚝 소리는 사뭇 위협적이어서 도무지 불안하여 잠을 이룰 수 없었다. 며칠을 고생하다가 결국 냉장고를 외부로 빼냄으로써 불면에서 해방되었다.

벌써 며칠째야? 미쳐버리겠군.
사람 자체가 쓰레기통이 되어버린 느낌이었다. 화질이 별로인 영화를 보듯 원치 않는 소소한 기억들이 마구 뒤죽박죽 떠올랐다. 죽을 지

* 냉장고를 차갑게 하는 물질

경이었다. 잘한 일 이면에도 어두움은 어김없이 깔려있었다. 남자는 의식을 관장하는 누군가, 무언가가 있다면 반품 처리하고 싶은 심정이었다. 그게 신일까? 단순한 뇌신경망 회로의 오작동일까? 아내도, 가족 누구도 남자의 완전한 의식회복을 알아채지 못했다. 이 분리, 불안, 두려움의 공포에서 벗어나자면 삼키고 배설하는 기계적인 일 외에 죽은 듯이 누워있던 혼미의 상태로 되돌아가는 길밖에 없었다. 그걸 원해? 노, 노, 노, 놉! 안될 말이었다. 남자는 의식이 다시 닫히고 흐려지는 걸 결코 원하지 않았다. 다만 망각할 수 있는 단순한 그 행복을 다시 누리고 싶을 뿐이었다.

여자는 아침이면 일정하게 남자의 동공이며 체온 등 몇 가지 상태를 체크했다. 그리고 그 결과를 병원 간호사실로 전송했다. 오늘도 어느 때와 마찬가지로 동공반응과 혈압, 맥박 등을 재고 살폈다. 눈꺼풀을 들어 손가락 굵기의 랜턴으로 눈동자를 비출 때 자연 눈 주변의 근육에 힘이 들어가 수축되었으련만 여자는 그것까지 알아차리지 못했다. 여자는 이상소견 없음을 알리기 위해 병원 전화번호를 누르며 밖으로 나갔다. 환자의 안정을 위해 최대한 소음을 감췄다.

나는 지금 벌을 받고 있는 걸까?

진즉부터 8살짜리 한 여자아이가 남자의 주변을 배회하고 있었다. 남자는 아이와 시선을 마주치지 않기 위해 무진 애를 썼지만 이미 과거에 접한 적이 있는 아이의 눈빛은 외면이 되지 않았다. 입력된 과거의 기억은 삭제가 불가능했다. 피하지 못하였다. 미생, 아이의 이름이다. 미생은 모든 아이가 거지라고 부르던 여자아이다. 아버지가 누군지도 모르는데 달을 다 채우지 못하고 태어났다 하여 마을 사람들이 붙여준 이름이다. 미생은 벙어리인 엄마와 단둘이 모두가 가난한 가운데에서도 제일 가난하게 살았다.

학교에서 얻은 빵을 몇 번 준 이유로 미생은 곧잘 남자를 따랐다. 그러나 남자는 누구나 다 아는 거지 미생이 따라오는 게 창피했다. 빵 준 사실을 후회하며 간혹 욕을 하거나 돌을 던져 도둑고양이 쫓듯 내쫓기도 했다. 그날도 선생님의 일을 도와주고 늦게 교실을 나오는데 미생이 남자를 반갑게 불렀다.

"오빠!"

한결같은 붙임성은 타고난 듯했다.

"이 거지야, 내가 왜 니 오빠냐? 나 니 같은 동생 없거든, 저리 안 가?"

미생은 남자의 야멸찬 말에도 이력이 붙었는지 아랑곳하지 않고 불룩한 책보자기에 눈을 주며 가까이 다가왔다.

"오빠, 책보에 빵 있어?"

"니가 뭔 상관? 저리 가!"

같은 끈에 묶인 것처럼 남자가 몇 발짝 떼면 미생도 따라 움직이고 남자가 멈춰서면 같이 멈췄다. 사위는 고요하고, 하루의 마지막을 태우듯 햇님은 서쪽 산꼭대기에서 붉게 빛나고 있었다. 운동장에서 뛰놀던 아이들도 신기하게 그날은 없었다. 다만 등이 초록색으로 반짝이는 통통한 똥파리들의 비행 소리만 따분하고 건조한 오후의 적막을 깨뜨렸다. 남자는 은밀한 호기심이 발동되었다. 슬며시 미생 곁으로 다가갔다. 그리고 위협적인 느낌이 들지 않도록 목소리를 깔아 작게 말했다.

"그러면 나 따라와 봐."

오랫동안 사용하지 않아 방치되다시피 한 창고 용도의 건물로 향했다. 교사에서 뚝 떨어진 그곳은 누구의 관심도 끌지 못했다. 찌르레기 울음소리가 뒤섞인 풀과 잡동사니만 무성했다. 남자는 미생이 잘 따라오는지, 누구 보는 사람은 없는지 귀를 쫑긋 세워 뒤를 돌아보곤 했다. 미생은 고무신을 땅에 끌며 어디 가느냐, 왜 가느냐는 등의 흔한 질문 한마디 없이 묵묵히 따랐다. 어린 두 사람의 몸이 완전히 가려질 만한 곳에 다다르자 남자는 재빠른 손놀림으로 책보자기에서 빵을 하나 꺼내 반으로 잘랐다. 그리고 한 쪽을 미생에게 건넸다.

"오빠가 빵 줬다는 거 비밀이야. 알았지?"

미생은 빵을 받으며 고개를 끄덕였다. 남자는 서둘러 미생을 힘껏 들어서 안아 조금 높은 곳에 올려 세웠다. 맞바라보이는 붉은 석양이 눈을 찔렀다. 더웠다. 남자는 이마의 땀을 팔등으로 훔쳐내며 다시 한번 단호하고 은밀하게 말을 했다.

"잠깐만 빤쓰 내려 봐."

미생은 무엇을 생각하는 듯 머뭇거리며 눈을 내리깔았다.

"빨랑!"

남자는 재촉했고 미생은 마침내 빵을 입에 문 채 자유로워진 두 손으로 속옷을 끄집어 내렸다. 구린내가 훅 풍겼다. 속옷 바닥에는 얼마간 똥이 달라붙어 있었다. 윽! 코를 쥐어 싸매며 뒤로 물러설 때, 문득 입술을 일그러뜨리며 겸연쩍게 웃고 있는 미생과 눈이 마주쳤다. 빛에 반사된 미생의 눈동자는 머리카락과 똑같은 옅은 밤색이었다. 순간 미생의 눈이 신비롭고 예쁘게 생겼다고 느꼈다.

그래, 그 아이의 눈은 맑고 예뻤지. 그러나 제발 여기까지만. 조태래, 여기서 생각을 멈추자.

"니랑 나랑 여기 온 거 무덤까지 가지고 가야 돼. 알겠어? 다른 사람한테 이르면 넌 나한테 죽어. 그리고 앞으로 빵도 절대 주지 않을 거야."

반 남은 빵을 마저 미생의 손에 들려주고는 도망치듯 그곳에서 빠져나왔다.

대학을 다니는 동안, 결혼하여 아이 둘을 낳고 또 그 아이들이 자라는 동안 문득문득 그 순간이 떠올랐다. 어린 미생은 무덤까지 가지고 가야 한다는 말을 과연 알아들었을까? 지금처럼 손쉽게 사용이 가능한 두루마리 화장지가 있던 것도 아니고 그 시절에 8살짜리가 스스로 대변 후 뒤처리를 잘하기란 무리였다. 실수할 수 있었다.

은밀하고 음흉스런 호기심을 사라져 버리게 했던 잔변의 그 내음은 지금도 휘발되지 않고 코끝에 남아있다. 어린 나이에 어떻게 그리 주도적이고 민첩할 수 있었는지 떠올리자 몸에서 열이 확 났다. 형태가 없는 부끄러움은 생각 속에서 더 뚜렷해져 송곳처럼 찔렸다. 개념 자체가 불만인 죄에 대하여 의식적으로 눈을 뜨게 된 최초의 사건이다. 혼자만 아는 수치심은 퇴색되지 않은 채 오랫동안 족쇄 역할을 했다.

무형이고 무취이고 무향이며 무성의 성질을 갖고 있는 죄란 놈은 어느 문이 되었건 먼저 노크하여 의향을 물어주거나 정식으로 들어오는 법 없이, 대개 귀 밑머리나 빈틈을 기가 막히게 잘 찾아 홀연히 흔적도 없이 스며들 듯 파고들어 왔다가 무거운 죄책의 사슬을 가슴에 철렁 내려놓고는 바람과 함께 사라졌다.

그 죄의 시초 같은 곳에 미생은 지금도 늘 똑같은 모습으로 더 자라지도 늙지도 않은 채 서 있다. 오빠! 허약하다는 느낌이 드는 가느다란 목소리다. 그래서 뒤돌아보지 않을 수 없었고, 그래서 더욱 마음에 남아있는 음성이 되었다. 미생의 붙임성은 타고났다기보다 생존을 위한 가녀린 배움의 일종이 아니었나 뒤늦은 깨달음이 왔다. 크게 후회가 되고 마음이 아팠다. 울적했다. 그때로 돌아갈 수만 있다면 동정하여 빵을 좀 더 자주 나눠주고 또래보다 연약했던 아이를 돌봐주며 돌을 던지는 일 따위는 하지 않으리라. 돌이킬 수 있다면 꼭 그렇게 하고 싶다고 남자는 생각했다. 남자는 자신이 쪼다 같고 잔인하면서 동시에 한없이 가엽고 측은하게도 여겨졌다. 회한으로 남았다.

8

죽는 날까지 하늘을 우러러
한 점 부끄럼이 없기를,
잎새에 이는 바람에도
나는 괴로워했다.
별을 노래하는 마음으로
모든 죽어가는 것을 사랑해야지
그리고 나한테 주어진 길을 걸어가야겠다.
오늘 밤에도 별이 바람에 스치운다

웬,「서시」? 그래도 다른 기억보다는 낫군.
예나 지금이나「서시」에서 느껴지는 감정은 늘 똑같았다. 얽히고설킨 사람의 무거운 내면을 그토록 솔직하고 섬세하게 보여줄 수 없었다. 가난과 혼돈 속에서 성장하고 사춘기를 맞은 남자 역시 이유 없이 늘 부끄럽고 화가 나고 고독했다.

윤동주 시인의 「서시」는 중학교 3학년 봄에 처음 접했다. 돌이켜 봤을 때 「서시」는 두 가지 면에서 그 반향이 크고 오래 갔다. 이제 막 16살이 되어가던 때였으니 정체성이라고 부를만한 것은 없었지만 당시 시에서 받은 충격은 미성숙했던 삶의 궤도를 바꾸어 놓기에 충분했다. 내면을 향한 시선이 일찍 트였던 남자는 또래보다 조숙했다. 그러한 남자가 시에서 본 첫 번째는, 시인이자 애국청년 윤동주가 아닌, 인간 윤동주를 통한 자신의 모습이었다. 형태와 색깔이 다를 뿐 사람은 누구나 일정치의 부끄러움을 가지고 있다는 사실을 알았다. 그 점이 위로가 되었다. 하지만 그렇다고 일상에서 일어나는 모든 죄책감을 두둔하여 벗어나게 해주진 못했다. 그리고 두 번째는 거창한 표현일지 모르나, 시인이 겪은 일을 통해, 사람에게 내재된 원초적인 폭력성에 무서움을 느끼고 한계를 절감했다.

문학의 꿈을 안고 도일한 순수청년 윤동주, 그에게 일제강점기라는 현실은 가혹했다. 항일운동을 했다는 혐의로 일본 경찰에 체포되어 후쿠오카 형무소에 투옥, 뭘 해도 별빛같이 반짝였을 27세의 나이로 옥중에서 고통스럽게 스러졌다. 무뇌가 아닌 다음에야 누가 침략당한 조국을 도우려 하지 않겠는가? 시인의 사인에 대한 선생님의 보충설명은 너무나 충격적이어서 마침내 친구들 보는 앞에서 혼자 눈물을 보이고 말았다.

사람이 얼마나 사악하고 지독하면 얼굴 한번 찡그리지 않고, 얼굴 한번 붉히지 않은 채 나와 똑같은 사람에게 실험 삼아 지속적인 고통을 가할 수 있으며, 비 오는 날 꿈틀거리는 지렁이를 관찰하듯 지켜볼 수 있단 말인가. 남자가 알기로 고통은 죽음보다 더 나쁜 것이었다. 그건 한낱 윤동주 개인에게 저지른 범죄라기보다 인류를 향한 폭력이고 존엄성에 대한 모독이며 과오라고 생각하였다. 그리고 더 끔찍스럽고 놀라운 일은 그 폭력을 정의란 이름으로 단죄하여, 그에 상응하는 '폭력과 고통'을 또다시 반복하여 사람에게 가한 사실이었다. 그걸 사회정의, 국가정의, 혹은 세계평화 실현이라고 불렀다. 고통을 고통으로 갚는 방식에 남자는 회의를 느꼈다.

시간이 흘러 잊혀진 듯한 그 생각은 8월만 되면 어김없이 불거지곤 했다. 실력 갖춘 법조인이 되어 어려운 사람을 돕고 사회정의를 실현하는 데 일조하고팠던 남자의 꿈은 대학 1학년 말 한나 아렌트의 『예루살렘의 아이히만』을 접하면서 정점을 찍고 마침내 포기되었다. 신 앞에서는 유죄일 수 있지만 행정상의 할 일을 했을 뿐이기에 법 앞에서, 사람 앞에서는 죄가 아니다! 그런 말이 어딨는가? 아이히만의 결재 사인 하나에 똑같은 수백, 수천, 수만의 사람들이 총부리 앞에서, 실험실에서, 가스실에서 무섭고도 고통스러운 죽음을 맞았다. 그는 정말 같은 인간으로서, 중간 관리자로서 죽어가는 사람들을 보며 일말의 갈등이 없었단 말인가? 그러나 법정에서의 최후 진술과 다르게 그는 이름을 바꾸어 비밀리에 가족과 함께 아르헨티나로 숨어 들어가 살았다. 그는 살고 싶었다. 결재 사인 하나에 한 줌의 재가 된 그 사람들도 왜 똑같이 살고 싶지 않았겠는가? 그는 체포되었고 끝내 1962년 5월 교수형에 처해졌다. 아무 생각 없이 수백만 명의 죽음을 방관했다는 게 유죄의 이유였다. 그의 죽음 앞에 박수를 보내는 게 맞을까? 아니면 조의를 표해야 하는 게 맞을까? 뭔가 정체를 알 수 없는 욱한 감정에 남자는 그저, 씁쓸할 뿐이었다.

사람은 왜 악의 고리를 끊지도, 벗어나지도 못하는가? 억울하고 못마땅했다. 웅어리 같은 게 명치에서 사라지지 않았다. 원론적인 의문과 함께 악의 대범성과 합법성, 평범성에 남자는 두 손을 들었다. 악이 순환되는 일이 체질에 맞지 않다고 판단했다. 그땐 그랬다. 돌이켜보니 타고난, 어쩔 수 없는 무른 성향이었다. 자식에게 기대를 걸고 있던 부모님을 설득하기엔 턱없이 비논리적이고 이유 같잖은 이유였지만, 남자는 선언하듯 말을 한 후 기회를 보아 전과를 단행했다. 어쨌거나 합격이 보장되지 않은 고등고시와 달리 졸업과 동시에 취직이 되어 다행히 집안을 일으키는 데 일조를 한 덕에 별 탈이 없긴 하였지만, 결국 성격 탓이었는지 원하지 않는 현실과 이상 사이에서 긍정보다는 염세 쪽으로 흘렀고, 청춘 내내를 잿빛의 뮌헨 하늘처럼 우울하게 보내었다. 과묵했고 부끄러움을 잘 탔다. 싹싹한 청년은 절대 못되었다.

9

지상에서 가장 적응력이 뛰어난 존재가 사람이라 했던가? 맞는 것 같다. 앞으로 어떻게 될지 알 수 없는 괴짜 같은 이 상황에 남자는 곧 적응이 됐다. 피할 수 없으니 받아들여야 했다. 아닌 말로, 엎어진 김에 쉬어간다는 속담이 있듯, 생각과 몸이 따로따로 노는 차에 무인도에 혼자 있는 듯 심리적으로나 물리적으로 타인에게서 벗어나 단 며칠이라도 조용히 따로 있고 싶다는 욕심이 잽을 날리듯 훅 치고 올라왔다. 물론 몸은 일어나고 싶어 좀이 쑤셨다. 그리고 걱정하는 가족 앞에 못 할 짓이고 해서는 안 되는 일이라는 걸 알았다. 알지만, 너무나도 잘 알고 있었지만 그럼에도 이때가 아니면 다시 오지 않을 기회란 생각이 들었다. 집안이라는 좁은 공간 안에서 따로 혼자만의 호젓한 시간을 여러 날 갖는다는 건 불가능했다. 깨어난 사실을 아는 순간 당장이라도 야단법석이 날 게 뻔했다.

인생에서 '이것'인 것을 꼭 찾아 잡고, 잡히고 싶었다. '이것' 때문에 살아야겠다는 것을 진심으로 알고 싶었다. 입때껏 살아오는 동안 열심히 머릿속에 쑤셔 넣기만 했지 제대로 된 출력물을 손에 받아본 적 없었다. 짧으면 두어 달, 길면 2~3년 어김없이 번복되는 얄팍한 위로가 있을 뿐이었다. 누구에겐들 나처럼 살아보라고 할만한 게 없었다. 무엇이 문제이고, 언제, 어디서 어떻게 오류가 발생했는지 한번은 알아볼 일이었다. 만약 끝끝내 번뇌의 출처를 모르고 지나간다면 그건 살아도 사는 게 아닐 게 분명했다. 뭔가 모를 가슴속의 응어리를 풀어야 했다. 시간에 구애받지 않고 파헤쳐 볼 요량으로 남자는 눈을 감았다. 지독히 이기적이라는 걸 알면서도 감아야 했다. 찔끔 감기로 결심했다. 죽음 앞에 두려워 떨던 순간을 떠올리며 남자는 아무것도 피하고 싶지 않았다. 드러내어 직시해야 하는 순간이 왔다고 생각했다. 제대로 살자면 가끔은 주변과 자신에게 차가워질 필요가 있었다. 그런 의미에서 과거의 기억들이 선명하게 떠오르는 상황을 꼭 나쁘게만 볼 이유가 없었다. 새로운 능력을 얻었다고 여기면 그만이었다.

다만 미생에 대한 과거만은 더 떠오르지 않기를 바랐다. 과거의 기억은 왜 좋았던 순간보다 숨기고 싶고 마음에 걸렸던 것들이 더 떠오르는 걸까? 남자는 그 점이 몹시 불편하나 왜 그런지 알 수 없었다. 미생만은 절대 다시 보고 싶지 않다고 생각할 때 의도하지 않은 사진 한 장이 눈앞에 펼쳐졌다.

검정 바탕에 오동통한 양 한 마리가 네 다리를 묶인 채 누워있는 표지 사진이다. 음, 남자는 알만했다.

"노벨문학상과 '눈먼 자들의 도시'의 세계적인 거장 주제 사라마구 최신작.

Jose Saramago"

그 아래, 붉은 고딕체로 카인Cain이라는 제목과 함께 출판사 이름이 이어졌다. 그리고 뒤표지를 장식한 글들도 선명하게 보였다.

"인류 최초의 악인(惡人),

카인은 동생을 죽이고 도망친 후 어떻게 살았을까?

독특한 내레이션 방식, 우화적 수법, 환상적 요소의 도입으로 구약성서를 재해석한 주제 사라마구 불후의 작품."

『카인』을 구매하게 된 당시 계기가 호기심을 자극한 제목과 노벨문학상 수상 작가라는 점에 있는 만큼 남자는 나름 기대를 갖고 펼쳤었다. 가인은 왠지 모르게 은근히 남 같지 않은 데가 있었다.

그러나 소문난 잔치에 먹을 게 없다는 속담을 입증하기라도 하듯 작품의 탁월성을 추켜세우고 있는 표지 앞뒤의 문구들에 비해 실지 내용은 턱없이 못 미쳤다. 작가의 말대로 도무지 말이 안 되는 책의 〈히브리서〉 11장 4절(믿음으로 아벨은 가인보다 더 나은 제사를 하나님께 드림으로 의로운 자라 하시는 증거를 얻었으니 하나님이 그 예물에 대하여 증거하심이라 그가 죽었으나 그 믿음으로써 지금도 말하느니라)을 풀어나가는 방식은 환상적이라기보다 경박 그 자체였다. 타고난 소심함 때문이라고 해야 할까? 평소 신중한 듯하면서도 남모르게 겁이 많고 가벼웠던 자신의 이중성 때문일까?

남자는 어떤 무엇이 되었건 경박스러움, 가벼움 자체를 싫어했다. 지극히 주관적인 소감이겠으나 남자는 『카인』을 다 읽고 덮는 순간 시간을 도둑맞았다는 생각까지 들었다. 가인을 두둔하는 것 같은 추리는 부자연스러워 오히려 머릿속을 지저분하게 만들었다. 대놓고 그냥 가인은 잘못한 게 없다, 힘겹게 기른 농작물을 제물로 정성스레 바친 게 다다, 뭔가 이상한 게 있다면 그건 상식과 동떨어진 하나님의 기준이 잘못된 거다, 그 속에서 종교적인 의미를 찾는다는 건 바보짓이다, 간단하게 언급하고 끝내도 됐다. 그래서 저주받아야 할 대상은 성실한 가인이 아닌 놈팡이처럼 그늘 아래서 빈둥거리며 농땡이를 부리다가 새끼 양 한 마리 쓱 잡아 바치고 의인 취급받은 아벨이 아니냐, 말하면 그만일 일이었다. 책은 제목과 지은이의 이름 무게만으로 고를 일이 아니었다.

신은 도대체 두 형제를 통해서 뭘 얘기하고 싶었던 걸까? 하고 싶은 얘기가 있긴 했나?

구절로만 보자면, 가인과 아벨이라는 두 형제의 각각의 됨됨이 문제라기보다 바쳐진 예물 때문에 한 사람은 의로운 자가 되고 한 사람은 아닌 게 되었다. 아벨은 알다시피 별다르게 의미 있는 행동을 한 게 없었다. 그저 순전히 제물 덕을 본 셈이다. 아무리 봐도 이해받기 어려운 내용이 종교 경전에 삽입된 점도 문제라면 문제거니와, 초입부터 배반과 살인으로 장식하고 있는 모양새가 영 낯설고 납득이 안 되었다. 무엇에 대한 약속인지는 모르겠으나 약속을 전제로 한 구약이니 신약이니 하는 제목은 적절하지 못하다고 생각했다.

결과적으로 비록 동생을 살해하긴 했지만, 솔직히 누가 형인 가인을 향해 손가락질할 수 있겠는가? 노력이 무산된 신의 결정에 느낀 분노는 상당했으리라. 붉으락푸르락 안색이 바뀐 가인을 떠올리는 일은 어렵지 않았다. 종로에서 뺨 맞고 한강에서 눈 흘긴 격이다. 이를테면 아벨은 희생양으로서 고래 싸움에 터진 새우등이다. 가인의 심정이 백번 이해가 되었다. 그러나 저절로 생기는 살의가 인간의 자연스러운 감정 중 하나라고 받아들이기엔 뭔가 거북했다. 억울하여 부인하고 싶었다. 사라마구 역시 죽고 죽이는 형제의 싸움에 원인을 제공한 하나님이 이해가 안 된 게 분명했다.

10

"세상 사람은 누구나 사회 속에서든 가정에서든 어떤 지위를 원하고, 신(神)의 오른팔 위에 앉기를 원한다. 이 지위는 다른 사람들에 의해 인정되지 않으면 안 되는데, 그렇지 않으면 그건 아무 지위도 아니기 때문이다. 그리고 언제나 맨 위 단상에 서고 싶어 한다. 그게 안 될 때 또한 내면은 심한 갈등으로 불행과 비참의 소용돌이에 휘말리게 된다. 그렇기 때문에 바깥으로 대단한 인물로 여겨지는 일은 매우 중요하다. 이 지위, 위세, 권력을 얻으려는 갈망, 속한 사회로부터 뛰어난 존재로 인정받고 싶어하는 갈망은 다른 사람들을 지배하고 싶은 바람과 닮았다. 이 지배의 욕구는 강한 공격의 한 형태이다. 사람의 욕구는 농가의 마당에서 먹이를 부리로 쪼고 있는 닭과 마찬가지로 공격적이다. 이 공격성의 원인은 무엇일까? 그건 공포이다."

사람의 비틀어진 내면을 꼬집은 절묘한 표현이나 신랄한 지적이 맘에 들어 한 때 청량음료 마시듯 자주 보곤 했던 크리슈나무르티의『아는 것으로부터 자유』다. 왜 이 대목이 떠올랐는지 남자는 알 수 없었으나, 십 수 년이 지난 뒤 글과는 다른, 작가의 표리부동한 행각들이 위키리스트에 폭로되면서 그동안 좋았던 느낌은 한순간에 증발했다. 가슴을 거치지 않고 머리에서만 나온 말은 의미 없는 수사에 지나지 않으며 그건 읽는 이를 기만하는 행위다. 그의 말대로라면 자신의 저작행위나 강연도 결국 대단한 인물로 비치고 싶고 인정받고 싶은 욕구가 낳은 포장물이란 소리다. 뭘 깨달은 듯 제법 입으로는 꼬집었으나 행동은 오십보백보였다. 우롱당한 느낌에 남자는 꽤 실망하고 화가 났다. 거의 최근에 알게 된 사실이다. 몇 해 안 되었다. 미련 없이 지웠다. 그리하여 뇌리에서 깨끗하게 사라졌다고 생각했다. 그런데 기억의 해마는 잊지 않은 모양이었다.

분명 그의 말대로 사람 안에는 아무것도 아닌 그 무엇이 되는 걸 퍽 고민하고 조바심 내고 두려워했다. 하지만 나만의 그 무엇이길 바라는 욕구에서 비롯된 공격성의 원인을 공포라고 보는 견해에 대해선 동의가 되지 않았다. 사실 모든 죄의 뿌리에는 죽음보다 강한 욕망과 자신도 미처 모르는 시기와 질투가 깔려있다고 남자는 보았다. 그것 때문에 일을 그르친 기억이 누구나 한 번쯤 있으리라.

인정받고 싶은 마음이 거부되고, 타인과 비교되는 순간 '내가 누구야' '내가 어떻게 했는데' 하는 억울함과 함께 분노의 게이지가 급상승하게 되는 구조를 사람은 태생적으로 갖고 난 듯했다. 은근히 올라오는 부아 때문에 될 일도 망친 경우가 종종 있었다. 결국 본인이 손해라는 것을 앎에도 미움을 그만두지 못했다. 물론 이론적으로야 왜 그러한 일이 벌어졌는지, 비꾸러진 이유와 부당한 대우에 대해 이성적으로 고민하면서 돌이켜볼 수 있었다. 그러나 현실은 절대 그러질 못했다. 즉각 공격적으로 되었다. 좌절된 인정욕구가 낳은 대표적인 부작용이다. 그게 동생을 죽인 가인이 아닐까, 싶었다. 부정하고 싶은 감정이나 이미 마음으로 경험해 본 바 있다. 사촌이 땅을 사면 내 배가 아픈 이유도 그곳에서 연유해 보였다. 남자는 믿지 않는 신을 운운하고 싶은 마음은 없었다. 그저 상사의 머리까지는 넘보지 않는다 하더라도, 나도 벤츠를 타고 싶고 어깨를 나란히 하고 싶은 마음쯤으로 이해하면 될 것 같았다. 그래서 공격성의 원인은 공포가 아닌 인정받고 싶은 원초적인 질투와 삐딱한 자의식, 그 너머에 자리하고 있는 괜한 초조와 불안일 가능성이 컸다. 문제는 그것들이 어디에서 어떻게 생겨났느냐는 거였다. 출처가 묘연했다.

"붓다는 그런 것(내세, 계시, 기적, 영생 등)들, 환상과 오류와 비합리적인 것을 일체 부정하고 타파하였다. 그러고 나서 비정(非情) 할이 만큼 냉철한 눈을 가지고 존재와 인간의 진상을 관찰하고 투시하였다. 그리고 그 위에 참다운 구제의 길을 세웠다. 그런 의미에 있어서 붓다가 가는 길은 어디까지나 이성의 길이었다 할 수 있다. 그는 인간 구제의 대업을, 신에도 의탁하지 않고 기적에도 맡기지 않았다. 인간 누구에게나 있는 이성 그것에 의해 구제의 길을 발견, 확립한 것이었다."

만사에 회의를 품고 있던 젊고 마른 남자에게 얼마나 단비 같은 음성이었던가? 아주 특별하게 기억하고 싶은 게 아니면 책에 밑줄을 긋는달지 따로 표시하지 않던 남자였으나 이 대목만큼은 박스를 그리고 괄호까지 치며 적극적으로 첨언하였다. 그만큼 공감하며 열의를 가지고 보았다. 그게 물 위에 뜬 노란 기름방울처럼 둥실 머릿속에 떠올랐다.

阿含經 이야기
※위대한 말씀
增谷文雄著
李元燮譯
玄岩社刊
玄岩新書 43

청계천 길목 고서점에서 처음 발견하게 된, 아니 소개받은 것으로서 지금까지 소중히 간직하고 있는 이렇다 할만한 초기 불교 서적 가운데 한 권이다. 선 채로 몇 장을 훑은 책의 첫인상은 이루 말할 수 없이 신선하고 강렬했다. 그 책을 소개해준 단아한 서점 여직원의 탓도 있었을까? 부인 못 하겠다. 지금의 아내 은식이다. 여자는 티 안 나게 개량한 잿빛 윗도리에 승려 차림의 헐렁한 바지를 입고 있었는데. 그 모습이 무척 용기 있어 보이고 잘 어울렸고 그리고 예뻤다.

『아함경 이야기』는 문학박사인 일본인이 엮고 시인이 번역해서인지 글 전개에 무리가 없고 문장도 등에 걸머진 자그마한 봇짐처럼 군더더기가 없이 매끄러웠다. 부처가 보리수 아래에서 처음 진리를 깨닫게 된 동기부터 초기 불교의 정수라고 할 수 있는 내용들이 잘 정리되어 있었다.

인간이라면 모름지기 고민이 없을 수 없다. 저마다 자기만 아는 응어리가 있다. 스스로 어찌해 볼 수 없는 무거움이다. 그것이 해소되지 않고는 살아도 사는 게 아니다. 책을 계기로 본격적이라고 할까, 남자는 심정적으로 불교와 가까워지면서 곧 매료되었다. 문제가 차츰 풀어지리라 기대했다.

그러나 탄탄한 반석 같고 곧 굳어질 것 같았던 공부도 아이 둘이 태어나고 직장에서, 사회에서 여러 일을 겪는 과정에 균열이 생기기 시작했다. 20대 때 경험하지 못했던 다른 회의가 찾아들었다. 지극히 상대적이고 미완성체인 사람의 이성이라는 게 얼마나 얇고 불완전하던가? 자각하고 또 자각하며 정진하였건만 혼자만 아는 욕구와 고통의 등걸불은 도무지 맨정신으로 끌 수 없고 꺼지지 않았다. 고작 잠재우고 물 뿌려 가라앉히는 일을 반복할 뿐이었다. 공감과 감동은 차가운 이성이 아닌 뜨거운 가슴의 것이었다.

물론 고통에서 놓여나는 열반의 경지나 윤회에서 벗어나는 해탈을 대학 졸업장 받듯 할 수 없고, 피나는 노력이 있다고 하여 반드시 달성되는 그런 성질의 것이 아님을 잘 알고 있다. 그래도 그렇지, 30여 년의 세월이면 만 개의 계단 중 두어 개는 올라서야 했다. 올라섰는가 싶으면 곧 바닥을 목격했고, 어떨 땐 수렁으로 빨려 들어간 느낌마저 들었다. 허망했다. 의지와 상관없는 불안이고 압박이었다. 위로는 그 어디에도 없었다. 시간이 흐르자 자연 갈등이 짙어졌다. 마음의 동요는 지금 이 순간까지 사라지지 않고 있다. 실망하는 건 어쩔 수 없었다.

그러나 한번 접어든 길에서 돌아서기란 쉽지 않았다. 기껏 새로이 찾은 새 길이라는 것도 거기서 거기였다. 엇비슷한 길 위에서 배회했다. 사람의 취향은 쉬 바뀌지 않았다. 사실 특별하게 뾰족한 다른 길이 있어 보이지도 않았다. 동서양을 구분하지 않고 손에 잡히는 대로 철학가나 여러 영성가의 방 문턱을 숱하게 넘나들며, 넘나들었단 표현은 적절하지 않은 것 같다. 그저 기웃거렸다고나 할까? 그랬다. 기웃거렸다. 기웃거린 그 길 또한 심하게 구불거리거나 자주 단절되었다. 부처는 물론이고 크리슈나무르티가 그렇고 아디야샨티, 니체, 까뮈가 그랬다. 적어도 남자에겐 그랬다. 그럼에도 미련 때문이었을까? 그 언저리를 떠나지 못하고 평생을 진지하게 지금까지 묻고 찾아왔건만 혼동스럽고 모르겠다는 게 지금 솔직한 심정이다. 아직 모르겠는데 묘한 경계에 와 있는 것이다.

여자도 별반 달라 보이지 않았다. 이루지 못한 과거의 꿈을, '나부꼈던 한 줄기 바람처럼 지나놓고 보니 소소한 한주먹거리'의 추억으로 여기는 눈치였다. 비슷한 표현을 털어놨다.

작년엔가, 집 근처 구청 강당에 한 스님이 초청되어 온 적 있었다. 유튜브 덕분도 있겠지만 막힘없는 문답 형식의 독특한 입담으로, 스님치고 드물게 사회 유명 인사가 되었다. 유튜브를 통해 남자도 몇 차례 재미나게 본 적 있었다.

"질문자 스스로가 자기 문제를 알아차리고 답을 찾아가도록 유도하는 방식인데 그게 참 묘하대요."

"왜?"

"듣고 있는 중에는 논리가 정연하고 꽤 이성적이어서 풀리는 듯한데 막상 집에 돌아가면 뭔가 아리송하고 도루묵이 되어 더 혼란스럽고 약이 오른다는 거예요. 머리와 가슴의 온도 차이가 아니겠어요? 말장난 같이 느껴진단 소리지요. 우리 마음이라는 게 말처럼 어디 그리 쉬워요? 두부 자르듯 되느냐고요. 흐르는 개울물 자르기지요. 합리를 원하면서도 가장 불합리한 게 인간의 마음이고 감정인데, 자각했다 한들 이성적으로 절대 그리되지 않지요. 질문자들과 주고받는 게 거의 코믹 수준이어서 나도 배꼽 잡다가 왔는데, 나이가 들다 보니 뭐든 심드렁하고 무서운 게 없어지네요."

여자는 신고 다녀온 양말을 벗어 욕실 앞으로 툭 내던지며 말했다. 남자는 여자의 말에 고개를 끄덕였다. 스님의 말에 공감되는 면이 있고 이성적으로 수긍이 되어 신통하고 재미나긴 했지만, 왠지 가슴에 와닿지 않았다. 말은 맞으나 틀리게 느껴진 이유를 남자는 어렵지 않게 알 수 있었다. 냉철해 보이는 스님의 말엔 온기가 빠져 있었다. 온기를 인정이나 사랑이라고 친다면, 그게 비록 세속적인 것이 될망정 차가운 이성은 가슴을 뜨겁게 하지 못하였다. 이기지 못하였다. 어쩌면 홀로 지내는 산사의 한계인지도 몰랐다. 온기는 부대끼는 관계 속에서 생기는 마찰열이기 때문이다. 스님의 말은 마치 이 맛만 있고 저 맛은 없는 만두 같았다. 혈기는 사람을 사람답게 해주기도 했다. 산속이냐, 시장통이냐? 아무래도 시장통에서 고요한 마음 유지하기가 더 어려울 게 뻔했다.

나이가 들다 보니 숭고니 심오니 하는 말들에도 좀체 감흥이 안 일어나고, 남자 역시 무서운 것이 없어졌다. 아무리 생각해도 인간 스스로 자신의 존재를 온전히 알 수 있는 방법은 없을 듯싶었다. 태어나 살면서 행복을 갈구하였건만 끝에 가서 만나는 건 그토록 멀리하고 싶었던 병마와 죽음이었다. 뭘 하든 마지막에 가서 꼭 하나가 부족한 느낌에 시달렸다. 그러하기에 더욱더 애면글면 무언가에 구제되기를 바랐는지 모르겠다. 그런 이중성이 억압으로 작용하였을까? 여자와의 잠자리에서 절정의 순간마다 참지 못하고 욕지거리가 터져 나왔다. 가장 은밀하고 희열에 찬 순간에 욕이라니, 너무나 창피했다. 밑바닥이 드러난 느낌이었다. 처음엔 남자도 부끄러웠으나 반복되다 보니 코믹하여 여자의 가슴에 코를 박고 웃는 여유까지 생겼다. 당황하던 여자도 점차 적응되어 욕설이 격할수록 쾌락의 정도도 높다는 걸 알아차렸다. 알 수 없는 게 사람이라며 키득거렸다. 그런데 지금 환자가 되어 먹고 입는 모든 것을 타인에게 의존하며 누워있다. 이게 다 뭔가 싶었다. 낭패란 생각밖에 들지 않았다.

'간추려서 쉽게 옮긴 우파니샤드

석지현 역주'

남자는 『우파니샤드』의 책표지를 보자마자 한숨을 길게 내뱉었다. 안

47

봐도 훤했다. 필요할 때마다 책장에서 꺼내 보던 책 가운데 하나다. 남자는 무작위로 떠오르는 과거 기억의 페이지들을 보며, 살아오는 동안 줄곧 무엇을 쫓고 선호하며 지내 왔는지를 적나라하게 보았다.

나를 이루고 있는 것들이었군. 그래, 나는 그랬지. 이래서야 어디 울며 온 인생을 웃으며 떠날 수 있겠어?

Born crying, Gone laughing. 남자는 미리 지어놓은 미래의 묘비명을 떠올리며 고개를 저었다. 자궁을 막 빠져나온 신생아가 앞으로의 삶이 고달플 줄 짐작하고 울었겠는가? 모태에서 분리되어 생리적으로 첫 호흡을 해야 하기 때문에 울면서 온 건 확실히 알겠는데, 왜 태어났는지 이유도 모른 채 그때에, 그 부모 밑에서, 그 모습으로 떠밀리듯이 주어진 삶을 산 후, 숨넘어가는 순간에 만족하며 안도의 웃음을 지을지에 대해선 솔직히 확신이 없었다. 확신이 안 섰다. 희망 사항이라고 하는 게 더 맞는 표현이다.

떠올리기만 해도 배시시 미소가 번지는 그런 훈훈한 추억거리는 몇 안 되었다. 망각의 탓으로 위안을 삼아보지만 별로 위로가 되지 않았다. 결혼하고 아이들을 키우는 동안 어찌 특별한 순간과 정이 없었겠는가마는 중요한 일처럼 느껴지지 않고 왠지 아스라했다. 기계적이다 싶을 정도로 바르고 충실하게 책임을 다하며 살아왔건만 이 마당이 되고 보니 허무했다. 결국 실패한 삶이었나 하는 자성의 소리가 내면에서 조용히 일었다. 제법 초연한 듯 세속과 담을 치고 조용히 지내왔건만 고백하건대 담을 넘지 않은 적은 단 한 번도 없었다. 누가 뭐래도 지구의 중심엔 언제나 에고에 찌든 '나'가 서 있었다. 집게로 집어서 고정해 놓은 빨래처럼 안타깝게도 늘 똑같은 줄에 묶여 한 발짝 더 나아가지도 뒤로 물러서지도 못한 채 수시로 바람에 펄럭였다. 그 점이 한없이 서럽고 억울했다. 만사가 공격하는 듯했다.

앞일을 모른다는 건 인간의 가장 큰 약점이다. 미래는 보이지 않고, 불확실하여 끊임없이 흔들어댔다. 건강이 회복되어 온전한 시간이 주어진다면 다시는 말장난에 휘둘리지 않고 지금에 충실하며 사람을 사랑하고 나누리라 맘먹었다. 가장 확실한 건 지금뿐이었다. 남자는 자신을 다독이며, 좀 더 단순해질 필요가 있다고 말해주었다.

11

"원적외선 활성산소 음료 워터월드는 원적외선 세라믹스와 자화설비가 장착된 활성화 장치를 이용하여 물을 분자에 가까운 레벨로 활성화, 미립화시켜 만든 활성수에 타우린과 산소가 함유된 음료입니다.

제품명 : 정제수 99.987%, 타우린 0.01%, 산소 0.003%,

품목번호 : 2003025······"

잠이 들었나 보았다. 깨자마자 평소 이용하던 1.8리터 들이 투명 페트병에 적힌 문구가 눈앞에 떠올랐다. 물 1.8리터 속에 용해된 산소 비율이 0.003퍼센트라는 소리일 텐데, 그게 도대체 얼마만 한 양이며 현실적으로 사람에게 얼마만큼 좋은 물이라는 건지 감이 잡히지 않았다. 깨알 같은 글씨에 눈을 가까이 대자 심지어 글자가 확대되듯 크고 또렷하게 보이기까지 했다.

별별 일이 다 있군.

"싱클레어, 뭔가 이상한 점이 있어. 다시 한번 집중하여 그 이야기를 읽어 봐. 두 명의 도둑에 관한 이야기 말이야. 석연치 않은 무언가가 있는 것 같아. 언덕 위엔 세 개의 십자가가 웅장하게 서 있어. 그런데 이 간사한 도둑 이야기는 너무 감상적이고 종교적이지 않아? 누가 봐도 죄인이고 잘못을 저지른 사람이 이제와 회개하며 후회의 눈물을 흘리고 있어. 무덤을 바로 코앞에 두고서 말야. 그따위 회개가 무슨 소용이 있지? 그런 일이 가능해? 그건 선교목적을 갖고 감상적으로 떠들어대는 달콤한 거짓말에 불과해. 만약 나한테 두 도둑 중 한 명을 친구로 고르라고 한다면, 적어도 난 눈물을 짜며 징징거리는 변절자를 선택하진 않을 거야. 당연히 당당한 다른 도둑을 택할 거야. 왠지 나는 그가 더 사나이답고 개성있는 사람처럼 느껴져. 회개 따위는 거들떠보지도 않았어. 당당한 도둑은 마지막까지 자신에게 충실했고 마지막까지 그동안 꽉 잡아 온 악마의 손을 비겁하게 놓지 않았어. 비록 일그러진 것일망정 그에겐 자존심과 뚝심이 있었던 거야. 소신 있는 사람들은 대개 성서 속에서 손해를 보지. 아마 그도 카인의 후예일 거야, 안 그래? 그렇지 않아?"

남자는 이마를 찌푸렸다. 찌푸리는 거 외에 불편한 심정을 달리 표현할 길이 없었다.

벌레들이 꼬이고 피로 얼룩진 사형 집행장의 십자가 3개가 뭐 대단하고 웅장할 게 있겠어? 지저분하고 악취 풍기는 음습한 곳일 뿐이겠지.

예수를 가운데 두고 오른편과 왼편에 달린 두 행악자의 이야기는 남자도 잘 알고 있었다. 작가 헤세는 데미안의 입을 통해 이기죽거리는 행악자를 소신 있고 의리 있는 사람으로 묘사했다. 사실 보통 그렇듯 사람들은 죽음의 문턱에 섰다고 하여 극적으로 과거를 뉘우치거나 후회하는 등 태도를 바꾸지 않는다. 살아온 대로 재물을 좋아하는 사람은 숨이 넘어가는 순간까지 잃을까 전전긍긍하고, 자녀에게 연연하는 사람은 여전히 자식 걱정을 하다가 죽어가며, 명예를 중요시한 사람은 끝까지 품위를 유지하기 위해 애쓰다 부자연스럽게 생을 마감하곤 했다. 갑자기 윤동주의 「서시」나 「참회록」의 주인공이 되지는 않았다. 하지만 몇 시간 후면 숨이 멈춰질 형틀 위에서 한쪽 행악자는 변심을 했다. 왜 그 순간 마음이 바뀌었을까? 남자는 이해될 만한 이유를 곰곰이 더듬어 보았다.

저희를 용서하여 주옵소서 자기들이 지금 무슨 일을 하고 있는지 모릅니다!

죽음으로 내몬 동족들을 향해 예수는 이 비슷한 말을 운명하기 전에 한 걸로 안다. 이마에 박힌 가시나 이 사람 저 사람에게 맞은 뺨에 찢겼을 입술, 등에 엉긴 핏자국, 이제 막 생살을 뚫은 못 아래로 흘러내리는 피, 극도의 고통으로 인한 경련 때문에 발음조차 제대로 되지 않았을 것이다. 작은 웅얼거림 같으나 심연에 떨어져 내리는 듯한 그 말이 바로 곁에 있는 행악자의 귀에 들렸을지 몰랐다. 아니 천둥소리처럼 크게 들렸을지 모른다. 대개의 죄인은, 고통 앞에서 회개도 하지 않지만 타인을 용서하는 그런 말 따위는 더더욱 하지 않았다. 아무리 생각해도 사형을 언도 받은 행악자가 예수 앞에서 다소곳해질 이유는 그뿐이었다.

감옥에 갇혀 지내는 동안 예수가 하나님의 아들이라는 소문이며 사람들에게 먹을 것과 병도 낫게 해줬다는 풍문을 혹 들었을지도 모르겠다. 약삭빠르고 사악한 죄수일수록 바깥의 정보 입수에 능란한 법이다. 들은 소문대로, 유대인의 왕이라 쓴 패 아래, 누가 뭐라고 비방하든 심지어 유대의 신을 모르는 로마 군병들조차 희롱하는데도, 마치 주인의 손에 가만히 몸을 맡긴 채, 깎여 떨어져 내리는 자신의 털을 바라보는 양처럼 묵묵히 수모를 견디고 있는 예수가 색다르게 느껴졌을까? 어느 누가 왕의 팻말을 달고 조용히 죽음의 십자가에 달린단 말인가! 예수의 태도에서 사람의 마음을 찌르는 듯한 서늘함이 느껴졌을지도 모른다.

"예수여 당신의 나라에 임하실 때에 나를 생각하소서."

충격적인 다른 무언가를 느끼지 않고서야 죽음의 문턱에서 마음 방향을 틀기는 어렵다. 내세에 대해서도 초연할 수 없었으리라. 그래서 남자는 행악자의 변절이라기보다는 용기라고 평가하고 싶었다. 뻔한 결과를 고집하는 건 지혜가 아니다. 하나님의 아들이라고 말로만 듣던 예수가 바로 옆에 있기에 부탁이나 한번 해보자는 심경으로 읽혔다. 배고픈 이들을 불쌍히 여기고 떡과 생선으로 자비를 베풀었던 예수라고 한다면 기대해 볼만 하다고 생각했을 공산이 크다. 면회 한 번 오지 않은 야멸찬 가족 중 누군가도 그의 떡을 받아먹으며 대신 속죄의 눈물을 흘렸을지도 모를 일이었다. 그래서 순해진 행악자는 내처 사후세계까지 부탁하지 않았을까? 물론 하나님의 아들이라고 하는 사람에게 거절당한다 해도 그로선 불만이 있을 수 없는 처지다. 죄에 상응한 형벌을 지금 받고 있는 터이기 때문이다. 남자는 예수가 신의 아들인지에 대해선 여전히 관심이 없었다. 그러나 헤세와 다르게 변절한 행악자에게 확실히 마음이 더 끌렸다. 더불어 예수가 한 마지막 답변이 무척 신경 쓰였다.

"오늘 네가 나와 함께 낙원에 있으리라."

성경과 예수를 믿건 안 믿건 여부를 떠나서 사람이면 모두가 꿈꾸는 말이다. 낙원, 완전한 쉼이고 행복이다. 하지만 남자는 곧 가망 없다는 생각이 들어 힘이 빠졌다. 몹시 바라는 일임에도 불구하고 낙원을 꿈꾸기엔 너무나 현실적이고 이성적이며 합리적인 성격의 소유자였다. 부처의 말대로 이성을 가진 사람으로서 환상이나 계시, 내세 따위는 개인의 믿음 영역이고 신념일 뿐 눈으로 확인할 수 있는 팩트가 아니었다.

그게 어떻게 팩트일 수 있겠어? 팩트가 될 수 있겠어?

남자는 자포자기하듯 길게 숨을 내뱉었다.

그때, "내세라는 것을 어떻게 보느냐"고 묻는, 동정과 우수에 찬 한 신부의 눈빛이 스쳤다. 그리고 곧이어 "지금의 이 생을 회상할 수 있는 그러한 생애"라고 맞받아치는 사형수 뫼르쏘의 목소리가 들렸다. 뫼르쏘는 알베르트 까뮈의 『이방인』 주인공이고, 신부는 사형선고 받은 죄인을 신 앞으로 돌려세우기 위해 배정된 수도원의 소속 신부 중 한 사람이다.

"나는 늘 막다른 최악의 경우를 상상하곤 했다. 상고 기각이 그것이다. 그래, 그때는 죽을 수밖에 없다. 다른 사람들보다 먼저 죽는 것은 사실이겠지만 그러나 인생이 살만한 가치가 없다는 것은 누구나 알고 있다. 결국 30살에 죽든지 60살에 죽든지 별로 다르지 않다는 것을 나도 모르는 바 아니다. 내가 죽더라도 다른 남자나 다른 여자들은 여전히 살아갈 것이다. 여러 천 년 동안 쭉 그래 왔다. 이것은 명백한 사실이다. 지금이건 10년 후이건 나는 죽을 것임에 틀림이 없다."

본문 중 주인공의 독백 같은 글의 일부가 이어졌다. 읽는 순간 온몸으로 공감했던 부분이다. 인간은 삶과 죽음 사이의 모순 속에서 살도록 운명지어졌다고 믿은 까뮈는 소년 시절부터 겪었던 가난과 병고, 그리고 자신도 알 수 없는 내부의 두 목소리에 시달리며 끊임없이 좌절하고 저항하며 부조리 철학과 문학을 낳고 이끈 작가다. 뫼르쏘는 그 까뮈가 창조한 부조리한 인간의 전형이다. 뫼르쏘는 단 한 방으로도 살인이 충분한데 이미 죽은 아랍인을 향해 5발을 더 쐈다. 왜 그랬는지 자신도 그 이유를 몰랐다. 살해 동기를 묻는 재판장에게 한참을 망설이던 뫼르쏘는 처음 발표를 하는 아이처럼 긴장하여 미간을 찌푸린 채 우물쭈물 스스로도 납득이 안 되는 이상한 답변을 했다. 바닷물을 말려버리기라도 할 듯 모래 위로 쏟아지는 새하얀 햇빛을 떠올리며, 눈 부신 태양 때문이었다고, 살해 이유를 설명했다. 그 대답에 법정 방청객들은 일시에 웃음을 터뜨렸다. 그의 변호사조차 어깨를 으쓱했다. 탓 같잖은 탓이었다.

그러나 남자는 웃을 수 없었다. 전율했다. 단박에 이해되었다. 이해가 갔다. 그냥, 진짜 그냥 그럴 수 있었다. 어려운 말이 아니다. 사실 전 세계를 깜짝 놀라게 하는 굉장한 사건들도 알고 보면 아주 사소한 감정에서 출발했다. 대개 손에 잡히지도 눈에 보이지도 않는 자디잔 소외와 불만이 쌓여 순간 '욱'해서 벌어진 경우가 대부분이었다. 굳이 까닭을 밝힌다면 불쾌감과 '그냥'이 이유다.

힌트라면 힌트가 되고 폐단이라고 치면 폐단으로 작용한 주인공의 긴 독백은 삶의 무게에 허덕이는 수많은 젊은 독자들에게, 특히 염세적이고 사회에 냉소적인 성향의 젊은 층들에게 큰 반향을 일으켰다. 까뮈는 만족하지 못하고 불안해하는 깜깜이 인생들을 향하여 어느 쪽으로든 나름의 길을 제시하였다. 역할을 했다. 그의 영향으로 삶의 진로를 결정한 사람을 두엇 봤다. 한 사람은 속세를 떠나 스님의 길로 접어들었고, 또 한 사람은 끝내 인간의 부조리함을 받아들이지 못 한 채 한국인의 평균수명을 채우지 못하고 청춘에 유명을 달리했다. 사실 남자도 현세의 행복에 중점을 둔 까뮈와 생각이 별반 다르지 않았다. 만약 내세가 있다면 이 땅에서 감각했던 것을 고스란히 회상할 수 있는 그 무엇이어야 한다고 믿었다. 그래서 언제 죽든지 별다를 게 없다고 대범한 척 굴었다. 믿음을 전제로 한 영적인 내세는 사절했다. 종교의 개입을 극도로 배제했다. 꼭 집어 말하자면 기독교식 내세관을 염두에 둔 사절이었다.

하지만 보나 마나 불완전한 몸에서 나온 과거의 회상이란 악취와 고통뿐일 텐데, 그래도 영원히 더듬을 건가? 결론은 '모르겠다'였고 역시나 확신이 서지 않았다. 어쨌거나 사후 내세 문제는 태어난 모든 인생에게 사는 내내 은근한 골칫거리요, 가볍게 털어버릴 수 있는 먼지 같은 것이 아니었다.

남자는 변절자와 뫼르쏘 사이에서 오락가락했다. 누가 모순 속에서 살도록 운명을 지웠다는 말인가? 어떻게 된 일인가? 관객 없는 무대에 홀로 서서 대사를 읊듯 뇌까렸다. 원하여 이 세상에 태어난 게 아니다. 알수 없는 어떤 힘에 쓸려가듯 그냥 흘러 떠내려가는 모양새가 병신같아싫었다. 전적으로 사람의 책임이라고만 하기엔 억울한 면이 분명 있었다. 그렇다고 누군가에 의해 그렇게 되었다는 것도 못마땅하긴 마찬가지였다. 부모님? 할머니, 할아버지? 거슬러 그 할아버지의 할아버지? 그 위, 윗대의 선조들은 어떠할까? 그들은 누구를 탓해야 할까? 답이 없는 물음이었다. 남자가 생각하기로, 알 수 없는 오랜 시간에 걸쳐 원생동물에서 진화했다기보다는 사람이 만들어졌다고 보는 축이 더 논리적일 것 같긴 했다. 그러나 그 누군가가 신이라 한들 그 뒤로 숨고 싶은 마음은 추호도없었다. 그건 지식인답지 못한 자세다. 자존심이 허락하지 않았다.

12

6여기 계시지 않고 살아나셨느니라 갈릴리에 계실 때에 너희에게 어떻

게 말씀하신 것을 기억하라

7이르시기를 인자가 죄인의 손에 넘기워 십자가에 못 박히고 제삼일에
다시 살아나야 하리라 하셨느니라 한대

8저희가 예수의 말씀을 기억하고

9무덤에서 돌아가 이 모든 것을 열한 사도와 모든 다른 이에게 고하니

10(이 여자들은 막달라 마리아와 요안나와 야고보의 모친 마리아라 또 저희와
함께한 다른 여자들도 이것을 사도들에게 고하니라)

남자는 멈칫했다. 뜨악했다. 성경의 일부다. 순간 낯선 중에도 다행
이라는 생각이 동시에 슬쩍 스쳤다. 퇴임 후 나름 작정하고 심혈을 기울
여 읽으려 했건만 잘 읽히지 않아 많은 시간을 질질 끌며 허비했던 기독
교 경전이다. 기억날 바에는 쓸데없이 토막토막 떠오르는 잡동사니보다
성경이 나았다. 사실 내색은 하지 않았지만 두꺼운 책 속에 도대체 무슨
내용이 그렇듯 길게 적혀 있는지가 궁금하였다. 안 궁금했다면 그건 거
짓말이다. 무시하고 대범한 척 굴었을 뿐이었다. 예수는 인류의 정신세
계사를 움직인 3대 성인 중 한 분이 아닌가. 물론 이해되는 것보다 안 되
는 게 많고 모르는 것이 많아 '왜'라고 묻고 따질 게 뻔했다. 심지어 마음
에 안 들면 언제든 중간에 집어치울 수도 있었다. 자유다. 집안에서 유일
하게 교회를 다니고 있는 여동생이 예전에 했던 말이 살짝 걸리긴 했지
만 남자는 부담 없이 따라가 보자 싶었다. 걸린다고 해서 하등의 달라질
건 없었다. 과거 이스라엘 민족이 전 세계로 흩어지기도 전에 고토로 다
시 모아들일 거라는 성경의 예언대로 2000년이 지난 1948년에 진짜로 독
립한 거며, 세계의 머리가 되고 꼬리가 되지 않게 하겠다는 약속대로 다
양한 분야에서 뛰어난 능력을 발휘하여 부를 축적한 유대인들을 보며

하나님의 존재를 인정할 수밖에 없었노라 말했었다. 우연한 일을 마치 당연한 역사의 한 장면이라도 되는 것처럼 여동생은 믿게 된 배경을 설명했다.

문맥으로 보아 4복음서 가운데 하나로서, 예수의 부활과 관련하여 십자가 처형 후 무덤의 시신이 사라진 상황에서 벌어진 것으로 추측됐다. 예수의 죽음과 부활에 관한 이야기는 세간에 흔하다. 죽음은 몰라도 부활을 진심으로 믿는 사람이 과연 있을까 싶었다. 믿어지는가 말이다. 마치 부활하기 위해 죽은 듯한 내용이 너무나도 현실과 동떨어졌다. 부활의 현장에 여신도들이 먼저 등장한 것을 볼 때도 예나 지금이나 감수성이 풍부한 여성들이 남성에 비해 종교의 몰입도가 높은 건 불변의 진리인 듯했다.

남자는 장난 같은 호기심이 일었다. 이어질 11절이 슬그머니 보고 싶어졌다. 우연히 떠오르는 기억 말고, 보고자 하는 것을 선택하여 볼 수 있는지 시험하고 싶었다. 스승의 부활 소식을 전해들은 제자들의 반응도 궁금했다. 정신을 집중했다.

11사도들은 저희 말이 허탄(虛誕)한 듯이 뵈어 믿지 아니하나

12베드로는 일어나 무덤에 달려가서 구푸려 들여다보니 세마포만 보이는지라 그 된 일을 기이히 여기며 집으로 돌아가니라

남자는 못 볼 것을 본 듯 순간 흠칫하다가 이내 뛸 듯이 기뻤다. 의도한 대로 11절이 나타났다. 놀라고 흥분한 나머지 연거푸 3번을 읽었다. 당시 예수를 직접 대면하고 따라다녔던 사도란 사람들조차 스승의 말을 마음에 두지 않고 믿지 않았다. 거짓말로 여겼다. 신약성경의 일부를 기록한 베드로가 유일하게 그나마 의문을 품은 채 무덤 안에 직접 들어가

확인을 하였으나 이상하게 여기는 건 마찬가지였다.

아니 믿음을 운운하기 전에, 당시 사도들은 다시 살아난다는 스승의 말이 이해됐을까? 부활에 대한 파격적인 개념 자체를 전혀 이해하지 못했을 수 있다. 심지어 유령처럼 섬뜩하게 들렸을 수도 있었다. 그저 생계를 위한 노동을 할 뿐 제대로 된 교육을 받아본 적 없는 사도들은 살아생전에 예수가 했던 추상적인 말들을 알아듣기에 너무나 벅찼을 거였다. 부활은 비단 당시 그들만의 문제도 아니었다. 권력과 좀 더 가까이 있으면서 부활을 부인하는 인텔리층 사두개파와 선조 때부터 내려온 율법을 철저히 지키며 부활이 있다고 믿는 바리새파가 이미 양축을 이루어 대립하고 있었다. 지식인일수록 받아들이기 힘든 개념이었으리라.

그나저나 당시 부활의 소식을 직접 듣고도 기이하게 여기고 믿지 않았는데, 2000년이 흐른 지금 사람들이야 말해 무엇 하겠는가? 과학이 고도로 발달한 작금에 믿지 못하고 안 믿어지는 건 당연하고 지극히 정상적인 거다. 오히려 믿어지는 게 뭔가 문제라면 문제일 수 있었다. 남자는 고개를 절레절레 저었다. 이왕 벌어진 일, 정면으로 부딪쳐보자는 심산이긴 했으나 아무래도 신기하다고 밖에 볼 수 없는 이 묘한 상황이 무슨 일인가 싶었다. 반기고 좋아할 일인지 어쩐지 확신이 안 섰다. 심호흡을 하며 마음을 진정시켰다. 다시 한번 13절이 이어지는지 도박하듯 시도해보았다.

13그날에 저희 중 둘이 예루살렘에서 이십오 리 되는 엠마오라 하는 촌으로 가면서

14이 모든 된 일을 서로 이야기하더라

어안이 벙벙했다. 어쩌다 맞아떨어진 우연의 일치가 아니었다. 기똥찬 일이 벌어진 거다. 가슴이 마구 뛰었다. 내친김에 이젠 구절을 좀 더 띄워

서 공격적으로 찾아보고 싶었다. 두 눈을 부릅뜬 채 팔짝 뛰어 25절을 주문했다.

25가라사대 미련하고 선지자들의 말한 모든 것을 마음에 더디 믿는 자들이여

남자는 유레카를 외쳤다. 자로 잰 듯 25절이 눈앞에 떠올랐다. 눈물이 찔금 났다. 얼마나 오래 갈지 모르나 기적에 가까운 새로운 능력이 발견되는 찰나였다. 반사적으로 몸이 조금 움직였는지 침상 조절 리모컨이 방바닥으로 떨어졌다. 그 소리에 창림이 달려왔다. 창림은 상체를 굽혀 리모컨을 주우며 진정시키는 양으로 남자를 살포시 껴안으며 다독였다. 목덜미에서 비누 향이 났다. 좋았다. 따뜻했다. 아들이어서 하는 말이 아니다. 참으로 따뜻한 마음씨를 가진 좋은 아이였다. 넌 잘될 거야. 미안하고 고맙다, 창림아.

창림은 이내 평온해진 남자를 조심히 내려놓고 방에서 나갔다. 창림이 나가자 남자는 다소 들뜬 마음으로 역시나 의미를 다 추측하기 어려운, 이어지는 생소한 구절들에 다시 눈을 주었다.

26그리스도가 이런 고난을 받고 자기의 영광에 들어가야 할 것이 아니냐 하시고

27이에 모세와 및 모든 선지자의 글로 시작하여 모든 성경에 쓴바 자기에 관한 것을 자세히 설명하시니라

글의 화자는, 이미 오래전에 선지자들이 기록해 놓은 기정사실이 지금 이루어지고 있는데 미련스럽게 왜 그걸 아직 알아차리지 못하느냐며 언젠가는 알게 될 테니 들어두라는 식의 질책 섞인 면박을 주는 듯했다. 본인이 본인에 대해 설명하는 투로 보아 정황상 화자는 부활한 예수일 가능성이 컸다. 제자들도 남자와 같이 스승의 말에 어려움을 겪고 있는 듯

했다. 화법도 묘했다. 내용은 예언적인데 말투는 결과론적이었다. 영광에 들어가고 싶은 마음은 알겠는데 왜 고난을 통과해야만 하는지, 또 선지자들은 성경에 뭐라고 미리 기록해 놨는지 조금은 호기심이 일었다. 다른 사람들이 아는 만큼은 남자도 성경에 대해 안다고 자부했다. 남자는 방점이 찍힌 까다로운 옛 문서를 살피듯 한 글자 한 글자 뜯어서 보기 시작했다.

맨 처음 보았던 6절 끝에 본문보다 작고 옅은 색으로 "눅9:22, 44"가 표기되어 있다는 걸 기억했다. 원문을 보충하기 위해 달린 각주쯤으로 여겼다. 남자는 기적 같은 새 능력에 반신반의하며 남의 집 문을 노크하듯 조심스레 웅얼거려 보았다.

22가라사대 인자가 많은 고난을 받고 장로들과 제사장들과 서기관들에게 버린 바 되어 죽임을 당하고 제삼일에 살아나야 하리라 하시고

44이 말을 너희 귀에 담아두라 인자가 장차 사람들의 손에 넘기우리라 하시되

문이 열렸다. 감탄했다. 스크린 위에 자막이 뜨듯 선명하게 눈앞에 구절들이 나타났다. 당연하지 않은 일이 당연한 듯 또 일어났다. 이쯤 되면 단순한 능력과 호기심이 아닌 대형 사건 사고였다. 신기했다. 의문투성이인 성경에 대해 알아볼 수 있는 절호의 기회라고 남자는 생각했다. 그러나 왠지 예수의 죽음은 알게 모르게 성경을 멀리하게 하고 싶은 무엇으로 만들곤 했다.

글의 흐름으로만 보자면 예수는 당시 권력자와 지식인들에 의해 죽임을 당할 줄 뻔히 알았다. 죽으러 왔다는 소리다. 죽는 게 존재의 목적인 양 저항이 아닌 다분히 자발적이고 수용적인 태도를 보였다. 참으로 이상한 얘기다. 예수가 진짜로 하나님의 아들이라고 한다면 굳이 죽을 필

요가 있었을까? 그리고 신이라고 한다면 죽을 수도 없는 일 아닌가 하는 생각이 들었다.

그런데 사람의 모습으로 온 신은 죽기를 원하였다. 가장 나쁜 해법을 택했다. 이유가 무엇일까? 무슨 뜻이 들어있을까? 그 순간 고등학교 국어시간에 배운 적 있는 김동리의 단편소설 「등신불」이 스쳤다. 어머니의 허물을 대신하여 자신의 몸을 불사르게 내준 승려 만적이 등장하는 단편소설이다. 예수의 고난과 매우 흡사했다. 예수 또한 만적과 마찬가지로 죄를 짊어진 채 모면하고자 하기는커녕 버림을 받은 후 죽기 위해 왔노라 스스로 말했다. 구제되기를 거부했다.

지금은 가고 없는 노작가가 앉은 채 앞으로 기운 듯한 어느 불상을 보며 상상하여 지어낸 이야기가 그나마 이해에 도움을 주었다. 죽음은 사람이 할 수 있는 최선의 대속 방법 같았다. 실지 옛날에 매품팔이라는 비정한 직업이 있었는데 가난한 사람이 부자 대신 매를 맞아주고 돈을 벌었다 한다. 어쨌거나 죽었다가 3일 만에 다시 살아나는 일이 가능한지 모를 일이지만, 왜 그래야 했으며 그래서 뭘 어쩌겠다는 소리이고 어찌한다는 건지 도통 알 수 없었다. 난센스처럼 여겨졌다.

무슨 일을 그런 식으로 했지?

남자는 마음이 언짢았다. 예수의 죽음과 부활은 당시 예수를 따라다닌 사람이나 나름의 특권을 누렸을 제자들에게는 얼마간 의미가 있었을지 모르나 솔직히 남자에게는 하등의 무관하고 구미를 돋우는 내용이 아니었다. 그런데 유대인들에 의해 작성되었다고 하는 성경이 직간접적으로 영향을 미쳐 생긴 종교가 전 인류의 반을 넘게 흡수하고 있는 게 현실이다. 이해하기 어렵지만 무시할 수만도 없었다. 또 한 차례 가슴이 무지근했다. 동족에 의해 기록되고 동족에 의해 살해된 스토리 앞뒤가 미스터리했다.

27절 아래에도 조그맣게 참고 구절이 달려 있었다. '사7:14'이다. '사'가 성경 중 이사야를 지칭한다는 것쯤은 남자도 알고 있었다. 남자는 흑색 장정의 성경책을 떠올리며 책 가운데쯤에 있는 이사야 7장을 폈다.

14그러나 주께서 친히 징조로 너희에게 주실 것이라 보라 처녀가 잉태하여 아들을 낳을 것이요 그 이름을 임마누엘이라 하리라

피가 머리로 쏠리는 느낌이었다. 대번에 마음이 불편해졌다. 예수보다 무려 수백 년 전에 태어나서 활동했던 **선지자**가 기록한 예수 탄생에 대한 예언이다. 신탁의 의미가 다분했다.

7주 여호와께서는 자기의 비밀을 그 종 **선지자**들에게 보이지 아니하시고는 결코 행하심이 없으시리라(아모스 3장)

남자는 선지자란 단어와 관련하여 나타난 아모스 구절을 보며 피식 웃었다. 마법 같은 일에 그새 얼마간 적응이 되어 이젠 놀라기보다 신기하여 재미있기까지 했다. 신탁자가 어떤 비밀을 품었는지 모르나 사람을 중간에 세워서 본인의 뜻을 전달하거나 실행했다는 뜻이다. 신과 사람 사이에 매개자를 뒀다. 가능하고 있을 수 있는 얘기다. 남자는 '자기의 비밀'이란 말에 얼마간 구미가 당겼다. 그게 무엇일까? 뭔가 얻어걸린다면 천만다행인 거고, 모른다 하더라도 밑질 건 없었다. 그러니까 이사야의 기록대로, 처녀에게서 아들이 태어나는 게 하나님의 비밀 중 하나다, 뭐 그런 말이 되었다. 곧이곧대로 받아들일 사람이 있을지 모르나 아무렴, 친히 나타내주는 징조란 말이며 처녀 잉태설은 가당찮았다. 너무 앞서 나갔다. 당자인 처녀를 빼고는 아무도 임신 조짐을 알아챌 사람이 없다. 타인이 무슨 수로 안단 말인가? 뿐만 아니다. 인류 역사상 어느 누구도 태어나기 전에 미리 어디서 태어나 어떻게 죽을지 기록되고, 또 그 기록한

대로 생을 살다 마친 예는 없다. 이름까지 정해졌다니, 상식적으로 있을 수 없는 일이었다. 그것도 무성생식 하듯 동정녀에게서 말이다. 흔히 구원받을 개개인이 정해졌다고 주장하는 기독교도들의 예정론과도 또 다른 이야기였다. 남자는 아무래도 괜한 일을 시작하나 보다 싶었다. 당시 로마의 압제를 받고 있던 유대 약자 신분의 극성 신도들이 정치, 사회적 위기를 돌파하기 위해 신비롭게 꾸며낸 이야기쯤일 수 있었다. 그런 일은 어느 시대에나 늘 있었다. 한 사람을 영웅시하는 행태나 희생양으로 만드는 일은 작금에도 종종 목격되었다. 남자는 어디까지나 새로운 기억능력을 테스트해 보기 위함이고 단순한 호기심이지, 참으로 성경을 믿고자 하여 보고 있는 게 아니다. 결단코!

13

성경은 서구에서 발달하여 동양에 들어온 서양 종교의 경전이다. 아니 엄밀하게 말하면 이스라엘은 지역적으로 아시아에 속한다. 동양에서 태동되어 로마를 통해 서구 쪽으로 먼저 흘러 유럽 등 서방세계 전반에 영향을 미치다가 그 조시로 돌고 돌아 동양으로 재유입된 것이라고 보는 게 맞다. 과거의 잡동사니 기억이 되살아날 바에는 평소 궁금했던 성경이 낫다고 여겼으나 막상 직접적으로 접하게 되자 불편했다. 신기하면서도 살짝 짜증이 일었다.

싫으면 그만이지 짜증은 왜 나는데?

남자는 이성적으로 이유를 설명할 수 없었다. 선입관 탓이겠거니 변명을 하였건만 까닭 모를 불편함에서 벗어나지 못했다. 알다가도 모를 게 사람의 마음이었다. 남자는 따지듯 허공에 대고 생각을 해보았다. 도대체, 계륵 같은 이 성경은 궁극적으로 뭘 얘기하고 싶은 것인지, 그리고 왜 또 창조를 거론하여 사람을 복잡하게 만들며 이 사달을 일으키는가 말이다. 혼란스러웠다.

성경이란 단어를 떠올리며 뇌까리자 문장 속에 동일한 단어가 들어있는 구절들이 물속에서 동글동글 기포가 올라오듯 눈앞에 줄을 지어 길게 나타났다. 맙소사! 남자는 무서운 무엇을 본 듯 눈을 질끈 감았다. 감은 눈 안에서 문구들은 더 선명했다. 마냥 손 놓고 맡길 일이 아니다 싶었다.

29너희가 성경도 하나님의 능력도 알지 못하는고로 오해하였도다(마태복음 22장)

39너희가 성경에서 영생을 얻는 줄 생각하고 성경을 상고하거니와 이 성경이 곧 내게 대하여 증거하는 것이로다(요한복음 5장)

24이는 성경에 저희가 내 옷을 나누고 내 옷을 제비 뽑나이다 한 것을 응하게 하려 함이러라 군병들은 이런 일을 하고(요한복음 19장)

'성경'이란 단어는 신약에만 등장했다. 무더기로 떠오른 수많은 구절 가운데서 의미있어 보이는 서너 가지를 골랐다. 하나님의 능력을 알지 못하여 오해를 했다느니, 성경을 응하게 하려 했다는 말과 함께 요한복음 5장 39절이 특히 인상적으로 끌렸다. 증거라는 단어가 단연 눈길을 사로잡았다. 그랬다. 성경을 믿자면 최소한의 증거 같은 게 필요했다. 39절은 예수가 직접 이스라엘 민족에게 성경에 대해 정의를 내리고 있는 대목 같았다. 그런데 한술 더 뜨고 있었다. 성경을 샅샅이 뒤지듯 파고드는 이유가 영생과 관련이 있는데 그 찾은 기록들이 모두 예수 자신을 가리킨다고 밝혔다. 모세와 선지자들이 쓴 글 전부가 예수 자기에 관한 것이라고 했던 앞의 누가복음 24장 27절과 맥락이 동일했다. 남자는 예수와 영생의 관계를 가늠해 보았다. 감이 잡히지 않았다. 사이가 너무 떴다. 남자는 쌈하듯 **영생**이라는 단어를 꼬나보았다. 흔하게 입에 올리고 내릴 수 있는 단어가 아니다.

2**영생**의 소망을 인함이라 이 **영생**은 거짓이 없으신 하나님이 영원한 때 전부터 약속하신 것인데(디도서 1장)

남자는 입을 딱 벌렸다. 속을 들어갔다 나온 듯 생각만으로도 관련된 구절이 눈앞에 펼쳐졌다. 성경 속에 영생이 들어있다는 말도 버거운데, 거짓이 없는 하나님이 영원한 때 전부터 약속한 것이라고 단정지어 적시했다. 맑은 하늘에 날벼락도 유분수였다. 시간이 시작되기 전부터 영생을 약속했다니, 이게 무슨 말인가? 다르게 표현하면 이 세상을 짓기 전에 먼저 영생을 약속하는 기획단계가 있었단 의미다. 도저히 비상식적이고, 이성적으로 이해가 안 되었다. 기발하다는 생각보다 해괴했다. 짐을 덜려다 오히려 덤터기를 뒤집어쓴 느낌이었다.

영생은 죽은 후 내세와 관계된다. 말대로라면 성경 읽는 이유가 결국은 천국 가기 위함이란 소리가 되었다. 오늘 네가 나와 함께 낙원에 있으리라, 행악자에게 했던 예수의 말이 생각났다.

누구나 한 번쯤 접했을 법한, '예수천국 불신지옥' 팻말을 들고 목이 터져라 외치던 지하철 입구의 전도자를 보며 얼마나 경멸했던가! 이용객들은 눈살을 찌푸리며 누구도 그의 말에 주목하지 않았다. 소음과 불편 그 자체였다. 그런데 예수 본인이 직접, 성경 속의 주인공은 바로 자신이며 천국 가기 위한 유일한 통로인 듯 밝히고 있으니 유구무언이었다. 여기서 말하는 성경이란 예수가 태어나기 전에 기록된 구약성경이 될 텐데, 구약은 선민인 이스라엘 민족과 한 옛 약속이 아니던가? 그 어떤 내용이 예수와 연결되고 또 어떻게 증거한다는 소리인지 떠오르는 게 아무것도 없었다. 성경을 응(應)하게 하기 위해서란 소리도 그렇다. 응하자면 구약성경에 선행된 사실이 존재해야 했다. 즉 일을 미리 짜놓고 맞춰갔다는 발상이다. 과연 그런 일이 가능할지 믿기지 않았다. 예수 탄생을 예언하고 있는 이사야 7장 14절을 증거로 삼기에는 턱없이 빈약했다. 역사적으로나 물리적으로 사실이라고 보자면 증거 위에 또 다른 증거가 더 필요했다. 어차피 무근한 예언일 수 있었다. 대신 들어본 기억이 있는, **임마누엘**이라는 말을 되뇌어 보았다. 그러자 선반에 있는 물건이 데구르르 굴러 바닥으로 떨어지듯 마태복음 1장 23절이 눈앞에 툭 튀어 불거졌다.

23보라 처녀가 잉태하여 아들을 낳을 것이요 그 이름은 **임마누엘**이라 하리라 하셨으니 이를 번역한즉 하나님이 우리와 함께 계시다 함이라

저자 마태는 이사야와 똑같은 말을 했다. 구약의 예언이 신약에서 응한 첫 번째 사례 같았다. 긴 시간을 사이에 두고 짜맞춰진 셈이다. 남자는 마음이 한층 복잡해졌다. 구약의 예언이 성취된 걸 보고 성경의 기록을 믿게 되었노라는 여동생의 말이 스쳤다. 사실 임마누엘이라는 말만 놓고 보자면 하나님이 사람과 함께 계신다는 얘기보다 더 좋은 건 세상에 없다. 창조주 하나님이라고 한다면 마땅히 그래야 했다. 굿 뉴스다. 문제는 신화 같은 성경이 말하고 있다는 점이었다. 어디서고 흔하게 볼 수 있는 십자가상의 예수가 연상되었다. 응하게 했다는 말이 들어있는 요한복음 19장 24절을 소환하자 맥락이 같은 시편 구절이 대기하고 있었다는 듯 쌍으로 겹쳐 떠올랐다.

18내 겉옷을 나누며 속옷을 제비 뽑나이다(시편 22편)

벌어진 입을 다물 수 없었다. 시편은 예수가 태어나기 1,000년도 전의 인물인 다윗이 쓴 시라고 한다. 다윗이 역사적인 실존 인물인지 알 길은 없으나 1000년을 뛰어넘어 한 책에서 맞물리고 있는 상황이 남자를 당황스럽게 만들었다. 이스라엘의 국기에 인쇄된 다윗별의 문양이 눈앞에 펄럭였다.

어떡하지?

난감했다. 기분이 있는 대로 잡쳤다. 벌써 뭔가 지고 들어가는 느낌이었다. 눈을 질끈 감았다. 하나님의 능력을 알지 못하여 오해하였다는 구절이 감은 눈 속에서 어른거렸다. 오해가 있다면 풀어야 하는 게 맞긴 하다. 이 말은 곧 잘만하면 하나님의 능력을 알 수 있다는 뜻으로도 해석할 수 있었다. 남자는 새로운 능력의 언저리에서 망설였다. 꼭 좋기만 하다고 할 수 없었다. 남자는 지극히 상식적이고 이성적이며 적당히 세속적인 사람이었다. 성경을 더 알아보기 위해 나아가야 할지 여기서 그만두고 애당초 시작도 하지 말아야 할지 갈등 되었다. 선택을 해야 했다.

14

"글쎄 말예요. 떠먹이는 것 빼고는 평소의 모습과 비슷해요. 의사도 영문을 몰라 의아해하지요. 이렇듯 오래 누워있는 경우를 본 적이 없다는 거예요. 대체로 뇌에 타박상을 입으면 잠깐 기절하거나 길어도 외상이 아물 때쯤엔 회복된다는 거죠."

여자는 방문을 열고 들어오며 누군가에게 길게 설명을 했다.

"허참, 이 친구 이렇듯 누워있어선 안 되는데……"

귀에 익은 목소리다. 외부의 찬 내음이 훅 풍겼다. 동장군의 위력이 느껴졌다. 예전의 직장 동료로서 주말이면 종종 함께 산사를 찾곤 했었다. 지향하는 바가 서로 비슷하여 말이 비교적 잘 통하던, 몇 안 되는 친구 중 한 사람이었다.

"검사할 건 다 해보셨다는 거지요?"

친구는 미진한 무언가를 더 들추어 발견해 내려는 듯 힘주어 신중하게 물었다.

"그럼요. 딸아이가 인맥을 동원하여 애를 많이 썼지요."

여자는 고개를 크게 끄덕이며 대답했다.

"아, 큰아이가 의사라고 했지요?"

"예."

"왜 이런 상태가 길어지는지 현대의학도 규명하지 못한다니 답답할 노릇이군요. 이 사람과 꼭 더 나눌 얘기가 있는데, 조만간 그렇게 되겠지요?"

친구는 뜸을 들여 되묻는 말을 했다.

"이이랑 나누시고자 하는 말씀이 뭔지 모르나 제발 빨리 그랬으면 저도 좋겠네요."

여자는 남자 머리맡에 있는 화장지 한 장을 소리가 나게 톡 뽑아 눈가를 꾹꾹 누르며 솔직한 심정을 토로했다.

"사실 주변에 있는 지인 여럿 중에 이 사람만큼 정직하고 또 인정할 거 인정할 줄 아는 용기 있는 친구가 없었어요. 거기다 깊이 있는 사유와 완곡한 표현, 늘 훌륭했지요. 사모님께서도 부군과 생각이 비슷하다고 하시니 우리의 마음을 이해하시겠습니다만, 참으로 알기 어렵고 의문인 게 한 가지 있습니다. 남들이 들으면 배부른 헛소리라고 하겠지만, 사람이 왜 이따우로 맹글어져서 이 고역이고 죽은 후엔 또 어디로 가는 건지 말입니다."

'이따우'라는 말에 지나치게 힘을 준 바람에 침이 튀겼다. 잠시 말이 끊겼다가 다시 이어졌다.

"초로의 나이가 되다 보니 젊었을 때와 다르게 궁금한 것도 단촐해지더군요. 모두들 돌아간다고는 하나 어디로 돌아가는 것인지 알 길이 묘연하단 말씀입니다. 하다못해 왜 태어났는지 대강이라도 짐작해야 자신을 알고 돌아갈 준비를 할 텐데 말입니다. 혹 우리가 흙이니 그냥 흙이 된다는 소리인지, 또 그러기엔 이놈의 정신머리라는 게 있어 아무래도 설명이 부족하지요? 누워있는 이 사람 앞에서 이런 말이 뭣하긴 합니다만 만감이 교차하고 어쩔 수 없이 우울해지는 건 사실이네요. 진정 돌아갈 희망적인 내세 같은 게 있을까요? 낙원 같은 거 말입니다."

친구는 말을 길게 하고 있었다. 꽤 감정이 깊었다.

나에 대한 소식이 어지간히 충격적이고 불안했군. 결국 자신의 코 길이를 줄여보고자 내방했어. 내가 정직하고 용기 있는 사람이라고? 나 자신에 대해 사진을 보듯 안다고 한다면 당신은 단 1초도 견디지 못하고 달아날 거야.

입에 발린 칭찬이라 쳐도 너무 빗나갔다고 남자는 생각했다.

흥, 나를 알 리 없지. 얘기하는 도중에도 맘에 안 드는 대목이 나오면 곧바로 비아냥대고 무시한 사실을 알 턱이 없지. 2년 전 종무식 마지막 회식 2차 자리에서 거나하게 술이 들어간 당신은 모두가 부러워하는 3층짜리 상가건물 구입 이유를 어설프게 됐지. 마치 없어도 그만, 있으면 더 좋을 것 같은 운동화 한 켤레를 사듯 가볍게 말했지. 자그마한 건물을 하나 샀어. 상가 월세가 노후를 좀 더 여유 있게 해주지 않을까 싶고 하나뿐인 아들놈에게 뭔가 남겨 줄 만한 걸 하나 장만하여 갖고 싶었지.

상대적인 박탈감이라는 걸 모르는 듯 순진한 척 뱉고 있는 친구의 말에 참석자 모두는 심통이 났었다. 어디 더 읊어보셔. 새로 취득한 건물에 불법이나 하자가 발각되어 애먹길 은근히 바라며, 걱정해 주는 척 이구동성으로 건물에 대해 이것저것 꼬치꼬치 캐물었던 게 떠올랐다. 연금에만 의존하여 살아야 하는 모두에게 배 아픈 얘기가 아닐 수 없었다.

이 친구야, 알기 어려운 게 어디 그뿐이고 비단 그 문제만이겠어? 절친이라고 하는 내 속도 제대로 아는 게 없으면서. 그리고 죽음 또한 생각하기 나름이라고 하던 사람이 왜 지금에 와서 새삼 그 후가 궁금할까? 희망적인 내세? 아무래도 이 땅에선 답을 못 듣지 싶네. 죽은 자는 말이 없으니 말야. 의식이 돌아오긴 했지만 나야말로 누구보다 더 궁금하나 내일 당장 어떻게 될지 진심으로 아무것도 모르겠고 솔직히 그저 두렵고 무서워. 나약한 인간의 발버둥이라고 놀린다 해도 두렵지 않다고 말하는 건 거짓말일걸세. 엄밀히 말해 우리 모두는 불가지론자가 아니겠는가? 그 입장에 가깝지.

"전들요. 오죽 답답하니 하시는 말씀이겠지만 저도 이 입장이 되고 보니 아무것도 없는 걸 붙잡고 이이나 저나 지금까지 '나'입네, 자긍하며 살아왔단 생각이 들기도 하네요. 누가 사후세계를 팩트로서 증명할 수가 있겠어요? 그저 우습지요."

여자는 친구의 물음에 한술 더 떴다. 손가락에 장을 지지기가 쉽다는 식의 부정이 담긴 말을 뱉었다. 그리고 물음에 답할 수 없는 게 남자의 탓이라도 되는 양, 손에 쥐고 있던 눈물 젖은 휴지를 남자의 가슴께로 홱

뿌리듯 던졌다.

"없다면, 누구의 말대로 정글에 쏘다니는 침팬지가 조상일 거고 엊그제 수백억 대출사기극을 벌여 내연녀와 해외로 날은 김 아무개가 일찌감치 잘한 셈이 되는 거예요. 애면글면 법 지켜 가며 착실하게 살아내야 하는 이유가 사라진다는 의밉니다. 허무하고……"

친구는 말을 하다 말고 돌연 멈췄다. 고개를 떨구어 자신의 발등을 응시했다. 양말은 검은색 민자였다. 엄지발톱 부분이 닳아 발가락 끝이 비쳤다. 겨울 양말로는 얇아 보였다.

"길 없는 난장판이 되겠지요. 한 번뿐인 인생이 어찌 이따운지 이해가 안 되어 답답할 뿐입니다."

친구는 자신의 말이 스스로 못마땅한 듯 혀를 찼다. 여운이 길었다. 뒷 베란다에서 작동되고 있는 세탁기 기계음이 희미하게 들렸다. 그때 문득 **인생** 타령을 하던 친구의 말에 대답이라도 하는 듯, 평지에서 헬리콥터가 솟아오르듯 두 사람의 대화를 듣고 있던 중 한 글귀가 떠올랐다.

7인생은 고난을 위하여 났나니 불티가 위로 날음 같으니라(욥기 5장)

남자는 느닷없는 눈앞의 선포 같은 말에 어안이 벙벙했다. 전혀 예상치 못한 말이다. 청천벽력 같았다. 행복을 꿈꾸는 인생들을 향해 성경은 대단히 도발적이게도 출발부터 삶이 뒤틀리게 태어났다고 전제하였다. 창조론에 바탕을 두고 있는 글치고 퍽 자기에게 불리한 언급이 아닐 수 없었다. 애초 창조주에 의해 그렇게 프로그래밍이 되어서 났다고 한다면 제아무리 노력하고 발버둥 쳐도 고통에서 벗어날 수 없단 소리다. 태어나 사는 게 기쁘지 않고 울적한 게 이 탓이었나 하는 생각이 문득 스쳤다. 사람을 기껏 창조하여 망하게 한다? 미리 계산하여 머리를 써 둔 딴 주머니가 없고는 할 수 없는 바보 같은 말이었다. 대안 같은 거 말이다. 그렇지 않고서야 손해보는 멍청한 짓을 할 리 없었다. 대화를 하자는 제스처일까? 왜 인생이 '이따우'인지 창조주에게 물으라는 소리처럼 들렸다.

은연중에 성경이 내 절반을 차지하고 있었나보군.

누구도 가본 적 없는 미지의 사후세계나 인생 문제는 증명할 수 있는 성질의 것이 아니다. 팩트를 원하나 결국 믿음의 문제가 될 공산이 크다고 남자는 생각했다.

"혹 우리가 답을 비껴서 찾고 있는 건 아닐까요?"

여자가 서먹하던 침묵을 깨고 말했다.

"예, 그 점도 무시할 수 없지요. 애초에 기독교에 무슨 진리가 있겠나 배제해 왔으니 말예요. 지금도 크게 생각은 다르지 않습니다만, 이렇듯 뒤져도 답이 없는 걸 보면 그런 생각이 드는 것도 무리가 아니지요."

친구는 여자의 말을 부정하지 않았다. 이어서 말했다.

"물론 가족의 안녕을 위해 희생하는 가장처럼 인간의 편에 선 신 하나쯤이 존재하여, 오욕 칠정에서 놓여나지 못하는 가련한 인생들을 위해 대변해 주고 또 든든한 울타리 역할을 해준다면야 안심이 되고 좋겠지요. 성경에도 왜 그런 말이 있잖아요? 암탉이 제 새끼를 모아 품듯 자기 백성들을 인도하고 보호했다는 뭐 그런 소리요."

말을 마친 친구는 침상 가까이 다가가 조용히 누워있는 남자의 머리칼 두어 올을 들었다 놓았다. 말을 하다 보니 진심이 드러나 머쓱했다.

"타력에 의해 이 허무주의를 극복하고자 생긴 것이 기독교가 아니겠어요? 언감생심 그런 신이 있다면 잘난 척하며 진즉 드러냈겠지요."

여자는 아무래도 괜한 헛물을 켰다는 듯 고개를 저으며 잘라 말했다.

"요즘도 의사가 왕진 같은 것을 하나요?"

친구는 여자의 완강한 태도에 말을 바꾸었다. 내세우며 진리에 관한 이야기는 하면 할수록 몽롱하고, 몽롱할 뿐 아니라 끝이 없어 막막함에도 조이듯 답답해져 오는 느낌이 싫었다.

"무슨요? 앱을 깔아 제가 매일 이것저것 체크하여 간호사실로 전송하고 궁금한 게 있으면 전화로 문의하지요."

"세상이 편리해졌군요. 아무쪼록 쾌차하여, 무슨 얘기가 되었건 예전처럼 나누는 때가 하루빨리 왔으면 좋겠습니다."

더 할 말이 없어진 친구는 여자를 향해 단정하게 인사를 하였다. 그리고 대꾸 없는 남자의 어깨를 말대로 쾌차하길 바라는 염원을 담아 두어 번 다독이고는 방을 나갔다. 곧 배웅하는 소리가 났다. 연약한 인간의 편에 선 신, 든든한 대변인처럼 울타리가 되어주는 신, 남자는 말만으로도 위로가 되어 뭉클했다. 어느 때, 어느 누구보다 누군가의 가호가 절실히 필요한 시점이고 입장이었다.

"모호하기 짝이 없지. 대변해주는 신을 기대하다니 실없는 양반이야. 그리고 병문안 와서 사후세계 운운은 또 뭐야?"

친구를 보내고 방으로 들어온 여자는 짜증을 냈다. 영 틀린 소리만 아닌 게 여자를 불편하게 만들었다. 공감되는 부분이 있어 듣기 싫었다. 여자는 남자와 생각이 달랐다.

"고생만 하다가 이제 가장으로서 무거운 짐을 내려놓고 휴식하려는데 집에 불운이 닥쳤어. 내가 제주도만 안 갔어도 이런 일은 없었을 텐데."

여자는 수리공을 생각하면 생각할수록 분이 나고 또 아쉬웠다. 타임머신이 있다면 타고 가서라도 되돌려놓고 싶었다. 그때 그 시간을 지워 없애고 싶었다.

여보, 자책할 것도 없고 불편한 마음 품을 필요도 없어요. 자연히 그런 마음이 먹어지겠지만 다 부질없는 일이야. 굳이 말하자면 가난이 죄 아니겠어요? 내가 봤을 땐 죄를 저지른 범인이나 복수를 다짐하며 용서 못 하는 마음이나 그 출처가 똑같다고 생각돼요. 나 때문에 당신의 좋은 마음까지 망가지는 건 싫어. 누구의 말대로 떠돌아다니는 나쁜 운에 내 차례가 된 것뿐이겠지. 사람이 이뿐이고 한 치 앞을 모르는 게 인생이다 생각하니 삶과 죽음이 마치 아무것도 아닌 손바닥과 손등 같구려. 손을 뒤집는데 뭐가 어렵겠어요? 그 너머의 세계까지는 알 수 없더라도 죽음은 그런 게 아닐까? 두렵지 않은 건 아니지만 숨이 멈춰지는 데가 곧 죽음이겠지. 친구도 아마 그런 뜻이었을 거야. 한 가지 아쉬운 점이라고 한다면 생전의 소중한 사람들을 다시 못 만나고 대화를 나눌 수 없다는 점이겠지요. 그것 말고는 괜찮을 것 같아. 아니, 글쎄 모르겠네요. 쯧, 될 대로되는 수밖에요.

남자는 여전히 모르는 것 투성이었다. 허탈했다.

15

실가닥만 한 바람 한 줄기 없어 정체되고 폐쇄된 것만 같은 광활한 사막의 땡볕 아래, 진즉부터 한 사나이가 한 줌도 안 되는 닳고닳은 샌들 두 짝을 움켜쥔 채 복종인지 반항인지 옷자락으로 머리를 감싸며 땅바닥에 엎드려 있었다. 이따금씩 사나이의 육중한 몸이 움찔거릴 때면 메마른 바닥에서 흙먼지가 올라와 흩어지곤 했다. 그 머리 위로 솔개 한 마리

74

가 넓적한 날개를 퍼덕이며 노상 같은 원을 그리며 유유히 날고 있었다. 작으나 뚜렷한 눈을 가진 그 새는 파수하듯 떠나지 않고 사나이 주변을 배회했다. 이윽고 사나이는 샅바를 쥔 씨름선수처럼 모래속에 두 발을 쑤셔박으며 충동적이고 격렬하게 일어섰다. 뿌옇게 일던 마른 먼지가 느리게 걷히자 사나이의 깊숙한 눈동자에 솔개가 비쳤다.

내가 누구관데 말입니까?

사나이는 마치 하늘을 날고 있는 새에게 하소연하듯 얼빠진 표정으로 긴 두 팔을 허공에 흔들며, 자신이 얼마나 무능하고 권위 따위는 이미 잃은 지 오래되어 보잘것없는가를 짧은 한 문장으로 표현했다. 슬픔이 담긴 음성을 삼킨 하늘은 여전히 고요했다. 사나이는 자포자기한 듯 쥐고 있던 샌들을 활기 없이 신으며, 몸에 묻은 야생 먼지들을 털어냈다.

석양 깊숙한 곳을 파고들 듯 그새 멀리 사라진 솔개를 힐끔 쳐다보던 사나이는 화들짝 놀랐다. 솔개는 사막의 기다란 갈색 뱀을 입에 문 채 날고 있었다. 사나이는 바닥에 있던 지팡이를 허겁지겁 움켜쥐었다. 신발과 지팡이는 사막에서 몸을 보호할 수 있는 최소의 장비였다. 뱀과 전갈은 치명적이었다. 지팡이를 움켜쥔 채 서서히 사라져 가는 솔개를 올려다보았다. 그 사나이의 구릿빛 얼굴이 두건 사이로 반쯤 보였다. 지친 기색이 역력했지만 그런 중에도 어딘가 전체적으로 기품이 물씬 배어났다. 어, 저 사람? 낯이 상당히 익었다. 누구지? 남자는 기억을 더듬었다. 그래 맞아, 찰턴 헤스턴! 성경을 소재로 한 영화의 단골 주연배우다.

이집트의 왕자 모세였군.

남자는 웃었다. 12월이 되면 해마다 TV에서 성경과 관련된 영화를 방영해 주곤 했다. 그새 기분이 조금 느슨해진 남자는 화면을 떠올리며 양 손목과 발목을 빙글빙글 돌렸다. 재활 차원에서 티 안 나게 짬짬이 몸을 움직였다. 발바닥은 여전히 두꺼운 가죽이 덧대어진 느낌이었으나 전체적으로는 한결 가벼워졌다.

영화를 너무 많이 봤어.

그분의 말씀이 내 손의 칼을 거두어가는 걸 느꼈소, 라는 대사랄지 〈벤허〉의 꽃이라 할 수 있는 전차경주와 관련된 대사들은 거의 외울 정도였다.

"우리의 경주는 아직 끝나지 않았다!"

패자가 되어 죽어가면서 뱉은 메살라 분의 남성 배우 목소리가 귀에 들리는 듯하여 남자는 실소했다. 그러나 곧 정색했다. 왠지 멈출 것 같지 않은 부조리한 삶 속에 매 순간 전쟁하듯 살아가는 현실이 마치 메살라 외침 같아 씁쓰레했다. 패색의 기미가 짙어지자 후퇴를 결심한 장군처럼 남자는 지그시 입술을 깨물었다.

꼼꼼하게 읽은 탓도 있겠지만 완독한 성경 전문이 파노라마처럼 눈앞에 펼쳐졌다. 창세기부터 요한계시록까지 1700여 쪽에 달하는 막대한 분량이다. 그 긴 책이 한눈에 보인다는 건 경이를 넘어 이건 뭐라고 표현할 수 없는, 말도 안 되는 사건이었다. 뉴킹제임스 버전의 한영 해설 성경은 가독성도 괜찮았다. 중간중간 확인차 대조하며 보았던 영문도 선명했다. 사실 남자는 자초지종을 알 수 없는 이 기적 앞에 어찌할 바를 몰랐다. 후천적 서번트증후군이라는 단어를 한 여성잡지에서 본 기억이 났지만 믿기지 않았다. 후천적 서번트증후군이란 좌측 측두엽이 만들어낸 미스터리로서, 벼락 맞아 죽을 뻔한 의사가 회복한 후 원래 피아노 치던 사람처럼 갑자기 능숙하게 연주하는가 하면, 기하학의 '기'자도 모르던 사람이 폭행당한 후 정신을 잃었다가 깨어나 그 방향으로 고수가 되는 등 지극히 비현실적이어서, 벌어진 상황을 병적으로 일컫은 명칭이다. 의사나 과학자들은 이러한 현상에 관해 달리 규명하지 못했다. 그저 대뇌피질에 의한 불가사의하고 신기한 마술쯤으로 여겼다. 남자는 자신이 그러한 경우와도 같은지 전혀 알지 못했다. 그뿐만 아니라 잠깐 작동되다가 멈춰서는 낡은 선풍기처럼 마술쇼가 곧 끝나버릴 것만 같은 생각에 사로잡혔다. 자신이 어쩌다 이렇게 되었는지 알 길이 없어 솔직히 불안하고 일면 걱정도 되었다. 그런데 오늘은 꿈까지 꿨다.

정황으로 보아, 이스라엘의 신 여호와가 불붙은 떨기나무 가운데 나났을 때 자신의 처지를 안 모세가 뱉은 말 같았다. 이 대목에서 여호와는 애굽 땅에서 고통받고 있는 이스라엘 자손을 이끌어 젖과 꿀이 흐르는 땅으로 인도하라 모세에게 명령했다. 그리고 '나는 스스로 있는 자'라고 소개했다. 과거가 있고 미래가 엄연히 존재하는 이 땅에서 I AM WHO I AM! 현재시제를 쓰고 있는 말은 뭔가 의미심장했다. 자기 자신을 뜻하는 명사 '스스로'는, 부사인 '저절로' 와도 색깔이 좀 다르다.

꿈은 마치 중요한 무엇을 알려주기 위한 엄중한 사인처럼 꽤나 사실적으로 와닿았다. 줄 맨 끝에 서 있는 듯 초조하고 불안을 느낀 남자는 '파스칼의 내기'를 떠올렸다. 정확히는 딸 창선과 그것에 대해 이야기 나누던 때를 회상했다.

"아빠, 부처님은 신이 아니잖아요?"
"왜?"
"신을 믿어야 할 것 같아서요."
"왜? 누가 뭐라든?"
"하나님이 있다고 믿어서 죽은 뒤에 진짜로 천국에 가면 엄청 좋고 행복하겠지만, 거꾸로 없다고 했다가 있으면 지옥행이잖아요? 천국이 있다고 믿든 없다고 믿든 신이 없으면 그건 아무것도 아니지만요. 확률은 결국 50%, 2분의 1, 믿어서 손해 볼 게 없다는 거죠. 그래서 신이 사는 천국이 있다고 믿는 게 보험처럼 현명하다는 말예요. 근데 부처님은 인도의 한 작은 나라의 왕자이지 신이 아니어서요."

"아빠가 천국에 못 갈까 봐 우리 딸이 걱정되었어? 걱정해 줘서 고마워. 그러나 걱정은 안 해도 될 거야."

"왜요?"

"신이 있다면 전지전능할 텐데, 마음도 없으면서 단지 천국 가기 위해 믿는 척하는 그 꼼수를 모르겠니? 만약 모른다면 그건 신도 아니고 진짜로 신이 없다는 소리이지. 그리고 확률이 반이어서 손해 볼 게 없다는 말에 아빠는 동의할 수 없구나. 왜냐하면 교회를 다니려면 일요일 아침에 늦잠도 못 자고 일찍 일어나 엄마를 돕는달지 착한 일을 해야 하고, 용돈에서 보험료 내듯 알지 못하는 목사에게 조금씩 헌금도 해야 할 텐데 손해가 전혀 아닐까?"

"그렇긴 하네요."

파스칼의 내기에 호기심을 보이던 창선은 남자의 논리에 제법 심각한 표정을 지었다.

"선생님은 뭐라서?"

"천재 수학자인 파스칼이 그런 말을 했다면서 중학생이 된 만큼 잘 생각하여 미래를 선택하고 또 수학 공부도 열심히 하래요. 6년 고생해서 60년을 편하게 사는 게 이익이고, 신을 믿어서 지옥을 피할 수 있다면 더 좋다는 뜻으로 받아들였어요."

창선은 대수롭지 않은 듯 가볍게 대답했다. 그러다 별안간, 방심한 틈을 타 상대방의 공을 낚아채듯 몸을 앞으로 기울이며 재빠르게 말을 이어서 했다.

"근데 아빠는 정말로 신이 존재할 확률이 0.00001도 없다고 생각하세요?"

"아무도 모르지."

남자는 기습적으로 파고드는 질문에 순간 얼굴을 붉히며 어깨를 으쓱 들어 올렸다.

"어떤 일이 일어날 가능성을 따져보는 기댓값 관점에서 신을 믿는 것이 믿지 않는 것보다 이득이라는 소리인데, 그러나 그 누구도 아직까지 신의 존재를 증명하지 못했으니 파스칼의 내기는 하나 마나 한 소리가 아닐까? 신의 존재와 무관한 논증이다 이런 뜻이야. 아빠 말 이해하겠어?"

"선생님의 이야기를 듣는 순간 뭔가 묘하게 멋있었어요. 아무튼 생각할 게 많아 중학교는 더 재미있고 공부도 해볼 만할 것 같아요."

창선은 고개를 갸웃하며 즉답을 피했다.

첫 수학시간에 여러 의미를 담아 선생이 한 말이었나 보았다. 아무래도 이제 막 중학생이 되는 창선에겐 어려운 말이었다. 일단 공부에 더 관심 두게 되었으니 적어도 창선에게는 선생의 말이 마중물 역할을 톡톡히 한 셈이다.

남자는 기왕 신기하고도 애매한 상황을 맞은 바에 입증되지 않은 신을 믿고 안 믿고를 떠나, 오랜 시간 동안 사람들의 입에 오르내린 성경을 알아보는 일은 손해 볼 게 없다고 생각했다. 자연스러울 것까지야 없지만 남자는 그런대로 받아들였다. 굿 뉴스, 복음이라고 하잖은가? 부조리하고 불공평하며 좋은 것이 없는 이 세상에서 숨통을 트이게 해줄지 누가 알겠는가. 복음이라는 말을 생각하자 가난한 자에게 복음을, 가난한 자에게 복음이, 복음으로 말미암아 살리라, 은혜의 복음 등등 복음과 관련된 구절이 두서없이 수증기 일 듯 눈앞에 피어올랐다가 사라졌다.

복음이며 천국은 전적으로 가난한 자들에게 돌아가는 몫 같았다. 부자에겐 허용되지 않았다. 물론 여기서 말하는 가난과 부자는 물리적인 것보다 마음의 상태를 의미할 것이었다. 이를테면 그것이 무엇이든 부끄러움을 모르고 두둑한 배를 두드리며 젠체하는 것이 부자가 아닐까, 싶었다.

남자는 심호흡을 했다. 탁구공처럼 허공에서 왔다갔다만 할 순 없었다. 본격적으로 맞부딪쳐야 하는 시점에 왔다고 생각했다. 지금 이 마당에선 더한 요구를 한다 해도 따르지 못할 이유가 없었다. 남자는 성경이 어디까지 데려가는지 지켜보자는 심정이 되었다. 이제 처음 접하고, 처음 아는 사람처럼 대면해 보자 맘먹었다. 하긴 의미를 모르면 안다고도 볼 수 없는 일이긴 했다.

16

남자는 뒤척였다. 성경이 말하고 있는 가난한 마음이며 복음이 구체적으로 뭘 의미하는지 궁금증이 뇌리에서 떠나지 않았다. 죄송합니다, 미안해요, 식의 흔하게 뱉은 겸양을 의미하지 않을 거고, 복 많이 받으라, 좋은 일만 있길 바란다는 덕담 따위를 뜻하지도 않을 터였다. 관련하여 떠오르는 이야기 하나가 있었다. 구약성경 민수기 21장에 나오는 놋뱀 이야기다. 처음 접할 때부터 묘하게 잊히지 않았다. 남자가 장대에 들린 놋뱀에 대해 예전부터 알고 있던 것은 아니었다. 창선이 의대를 다닐 때다.

공부의 양이 절대적으로 많은 탓에 학교기숙사를 이용하고 있었는데, 본가에서 주말을 보내고 데려다주는 차 안에서 서행하고 있는 옆의 구급차를 보며 창선이 말했다.

"아빠, 저 로고 보이시죠? 뱀이 휘감겨 있는 저 지팡이요. 아세요? 성경에 나온다는데."

"그래? 아니."

남자는 로고와 관련하여 기록된 내용을 모를뿐더러 솔직히 로고를 정면에서 똑똑히 본 기억도 없었다. 그때가 처음이었다. 평소 구급차를 가까이에서 볼 일도 없으려니와 또 도로에서 목격한다 해도 사람을 구석으로 쑤셔 넣는 듯한 다급한 사이렌 소리에 놀라 차체의 문양에 눈을 줄 틈이 없었다. 그야말로 쏜살같이 스쳐 지나갔다. 아무 생각이 없었는데 창선이 꺼냈다.

"같이 스터디하는 친구가 교회를 다니는데 구약성경 어딘가에 마크를 설명하는 똑같은 부분이 있다는 거예요. 신기했어요"

"집에 가면 찾아볼게. 성경책이 어디 한 권 있을 거야."

"적십자며 녹십자도 열십자 꼴이잖아요? 의학이 서양에서 발달한 이유도 있겠지만 치유나 구원 등을 상징하는 기독교의 십자가와도 왠지 무관할 것 같지 않았어요."

듣고 보니 일리가 있었다. 창선의 말이 계기가 되어 이런저런 참고 될 만한 자료며 성경을 뒤적이다가 민수기 21장을 알게 되었다. 물렸다가는 되려 목숨이 위태로울 수 있는데 왜 죽어가는 사람을 살리는 구급차에 섬뜩한 뱀의 문양을 넣었을까? 창선에게 처음 얘기를 들었을 때부터 떠올랐던 생각이었다.

생업이 목축이던 이스라엘 민족은 애굽에서 낯선 벽돌굽기와 농사를 지으며 노예로 지내던 중, 모세의 인도로 하나님이 지시한 젖과 꿀이 흐르는 땅으로 가기 위해 광야를 경유할 때 있었던 사건이다. 모든 게 열악하고 거친 광야 여정은 녹록하지 않았으리라. 기후도 기후려니와 먹고 마실 게 풍족했을 거며, 뒤처지는 사람을 노리는 조무래기 절도범들은 사막의 전갈처럼 또 얼마나 자주 출몰하여 괴롭혔겠는가. 애굽에서 해방된 기쁨은 잠깐일 뿐이고 눈앞의 고통은 너무나도 크고, 불투명한 여정 또한 무척 두려웠으리라.

5어찌하여 우리를 애굽에서 인도하여 올려서 이 광야에서 죽게하는고
(민수기 21장)

백성들 사이에서 터져 나올 법한 불평불만이다. 남자는 이스라엘 백성들의 심정이 십분 이해되었다. 법은 멀고 주먹은 가깝다는 속담처럼 신은 눈에 보이지 않고, 보이는 모세는 한없이 무기력했다. 신의 대리자 역할을 했던 모세가 스스로 할 수 있는 일은 별로 없었다. 누군들 그 상황에서 원망하지 않고 진득하게 따라가기란 쉽지 않았을 거였다. 그런데 환경을 개선해 달라며 보채는 백성들에게 하나님은 소원을 들어주기는커녕 엎친 데 덮친 격으로 징그럽고 무서운 불뱀들을 보냈다. 뭐 어쩌란 말인가? 순식간에 그 넓은 광야는 공포의 도가니로 변했을 거고, 뱀한테 물린 사람들은 약도 없는 허허벌판에서 시름시름 앓다가 죽어갔을 게 뻔했다.

7우리가 여호와와 당신을 향하여 원망하므로 범죄 하였사오니 여호와께 기도하여 이 뱀들을 우리에게서 떠나게 하소서

맷발은 바로 나타났다. 백성들은 반성했고, 하나님은 기다렸다는 듯이 놋으로,

8불뱀을 만들어 장대 위에 달라 물린 자마다 그것을 보면 살리라

82

처방하였고 약속대로,

9뱀에게 물린 자마다 놋뱀을 쳐다본즉 살더라, 로 글은 끝을 맺었다. 진득하게 신뢰하지 못하고 찡얼거려서 매를 번 셈이다. 상처치료를 위해 아무것도 할 수 없었던 아픈 사람에게 그저 높이 들린 모형의 뱀을 쳐다보면 산다는 말은 천금보다 값졌으리라. 그보다 더 좋은 뉴스가 어딨겠는가? 복음이다. 남자도 그러한 복음을 어디서고 제발이지 듣고 싶었다. 살고 싶었다. 고해에서 벗어나고팠다. 무슨 더 깊은 뜻을 담고 있는지 남자로선 알 길 없었지만 놋뱀 이야기는 나름 위로가 되고 좋았다.

물론 구급차의 로고에 대한 유래는 민수기 21장만 있는 건 아니었다. 찾다 보니 세간에선 오히려 그리스로마 신화에 나오는 의술의 신 아스클레피오스 지팡이가 더 유명했다. 그 지팡이가 의료와 의술의 상징이 되었다는 설이 우세했다. 남자가 보기에는 그 소리나 저 소리나 별반 다르지 않았다. 가장 과학적이어야 할 의학이 입증되지 않은 신화에 근거를 둔 사실이 퍽 아이러니했다. 그런데 뭐에 홀린 듯 의사협회나 전 세계는, 심지어 국제기구인 WHO조차 둥근 하나의 지구 안에 한 마리 뱀이 지팡이를 감싸고 도는 모양새였다. 실제 죽은 사람을 눈금자로 재서 그렸다는 레오나르도의 인체 비례도쯤이 완전한 회복을 담는 상징으로 사용된다면 뭐 그런대로 이해가 될 듯했다. 뭐라 말로 할 순 없지만 여하튼 이상스러웠다. 두 신화 중 군이 한편을 택하라고 한다면 남자는 민수기의 기록 쪽에 마음이 더 갔다. 어설픈 상징 같긴 했지만 어쨌거나 이스라엘이라는 현실에 근거를 두고 나온 예화이기 때문이었다.

그러나 문제는, 진짜 생각해 볼 문제는 그다음에 있었다. 인파와 먼지투성이인 광야 한가운데서 남산타워 높이도 아니고 기껏해야 장대에 달린 조그마한 조형물 하나를 사방팔방 어디서고 보기가 쉬웠을까? 하는 마음이 들었다. 상식적으로 말이다. 대답은 '아니올시다'에 가까웠다.

그리고, 불뱀들이 퍼지는 속도에 비해 아날로그적일 수밖에 없던 당시 사람들의 입소문은 더더서 피하지 못하고 물리는 사람이 더 많았을 것이다. 소리 없이 발밑을 파고드는 불뱀과 달리 놋뱀 소문을 접한 사람들은 그 진위 여부를 먼저 따져야 했고, 원래 사람이란 존재가 의심병이 많다. 설령 참말이라 쳐도 액면 그대로 받아들이기엔 머리들이 너무 굵었다. 그 중 진짜라고 여기는 축은 아픈 몸을 이끌고 장대에 달린 놋뱀을 보러 갈 용기를 냈을 텐데 그 수가 많았을까? 물려서 놋뱀을 바라보고 산 사람보다 분명 죽은 사람이 비교도 안 되게 더 많았으리라.

마침내 살고 싶다는 염원 하나로 믿고 출발했다손 치자. 장대가 보이는 곳까지 가자면 도중에 있기 마련인 장애물도 부지기수였을 텐데 과연 아픈 중에 헤쳐 나가기가 쉬웠겠는가 말이다. 놋뱀을 보러 가는 도중에 그건 헛소문이라는 말부터 시작하여 더 좋은 영약이 있다는 등의 유혹은 주변에 얼마든지 있을 수 있었다. 아예 다른 길을 소개하거나 환자들을 속여 금품을 갈취하는 축도 있었을지 몰랐다. 지금처럼 이정표가 세워진 번듯한 길도 아니요, 금방 확인해 볼 수 있는 전화기가 손에 들린 것도 아닌 시절에 제대로 목표물을 찾아가기란 너무나 버거웠을 것이다. 또한 손으로 만져야 낫는 것도 아니요 그저 먼 발치에서 바라보기만 하면 산다는 말은 어쩌면 허망할 수 있고, 직접 눈으로 보고 확인해야 직성이 풀리는 사람의 습성에 양이 차지 않을 수 있었다. 생각하는 동물인 사람은 결코 호락호락하지 않다.

가난한 마음이란 바라만 보면 낫는다는 소식을 접하고 오로지 살겠다, 살아야겠다는 일념으로 찾아가는 심정이 아니겠는가 남자는 추측해 보았다. 운이 좋으면 이미 쳐다보고 나았다는 사람을 노중에서 만날 수도 있는 일이었다. 남자는 광야 여정이 왜 40년씩이나 걸려야 했는지 짐작이 갔다.

남자는 좀 더 추리해 보았다. 확신 없는 소문에 몸을 맡기며 늣뱀이 있는 곳까지 갈 건가? 아니면 민간요법으로 주변에 있는 각종 약초를 구해서 내 힘으로 치료해 볼 건가? 어느 길이 더 쉬울까? 민간요법 또한 100% 상처를 낫게 할 거라는 확신이 없기는 마찬가지다. 죽고 사는 일 앞에 뭘 하든 당연히 두렵고 떨릴 수밖에 없다. 갈등이 크다. 어차피 죽을 운명이니 죽을 각오로 용기를 낸다면 보러 갈 거고, 확신이 안 선다면 상처를 보듬어 안은 채 다른 약을 찾아 전전할 수도 있었다. 이 또한 자유다. 그러나 모든 인생은 가는 데가 어딘지 모르는 그 어디께로 한번은 돌아가야 했다. 죽게 되어 있다.

내가 만약 그 상황에 놓인다면 나는 살기 위해 기어서라도 장대 앞에 갔을까?

남자는 팔꿈치를 주무르며 생각에 생각을 이어갔다. 꾸준히 움직여 준 덕분인지 제법 손에 힘이 실렸다. 갈 것 같기도 하고, 믿지 못해 떠나지 않을 것 같기도 했다. 고개를 갸웃했다. 말에 대한 신뢰의 문제이고 치유받고자 하는 절박한 마음이 관건이리라. 늣뱀 이야기는 남자에게 그렇게 다가왔다. 일화 하나로 별 쓸데없는 생각을 오래 했다는 후회가 잠깐 들긴 했지만 왠지 손에서 놓아지지 않았다. 멋쩍었다.

남자는 가난한 마음과 관련해서 늣뱀 외에도, 묘하게 깊은 인상을 받았던 한 여인의 이야기를 더 알고 있었다. 마태복음 15장에 실린 짧은 이야기다. 예수가 당시 두로와 시돈 지방 부근에 이르렀을 때다. 여인은 시돈 지방 어딘가에 살고 있던 가나안 출신으로 귀신이 들려 아픈 아이의 엄마다. 기록된 줄거리로 미루어 볼 때, 엄마는 병을 낫게 한다는 예수의 소문을 진즉부터 접하고 시돈 가까이 오기를 학수고대한 모양새다. 하지만 인파는 예수의 곁을 양보해 주지 않았다. 엄마는 무슨 수를 써서라도 예수의 시선을 끌어야 했다. 눈에 띌 방법은 오직 한 가지밖에 없었다. 소리를 질렀다.

22주 다윗의 자손이여 나를 불쌍히 여기소서 내 딸이 귀신들렸나이다

엄마는 귀신들린 딸의 얘기가 부끄러웠지만 너무나 간절하여 주변을 의식할 새가 없었다. "다윗의 자손이여"라고 부르는 걸로 보아 타민족이 분명했다. 절박하여 소리 지르는 여인을 눈앞에 떠올리는 건 남자에게 그리 어려운 일이 아니었다. 생생하게 그려졌다. 그러나 예수는 묵묵부답이었다. 귀에 들려서 들었으련만 무정하게도 외치는 엄마의 소리에 아는 척을 하지 않았다. 남자는 그 대목에서 분노를 느꼈던 기억이 났다. 반응이 없는 예수를 보며 엄마는 한 번만 외쳤을까? 사람들에게 둘러싸인 채 막 스쳐 지나가려는 예수를 향해 두 번이고 세 번이고 거듭거듭 악다구니를 쓴 듯했다.

23그 여자가 우리 뒤에서 소리를 지르오니 보내소서

시끄럽기도 하려니와 제자들 또한 같은 사람으로서 그 모습이 너무 안타까웠으리라. 돌처럼 눈 깜짝 안 하는 스승이 그들 눈에 어떻게 비쳤을까? 이해됐을까? 비정하게 보였으리라. 귀신들린 딸을 고쳐주지 않을 거면 아무 말이라도 하여 보내시라 제자들은 스승에게 조심스럽게 청했다. 제자들의 말에 예수는 비로소 대꾸했다. 가던 걸음을 멈추고 모두를 향해 조용히 말했다.

24나는 이스라엘 집의 잃어버린 양 외에는 다른 데로 보내심을 받지 아니하였노라

예수의 답변은 딱 잘라 안 고쳐주겠다는 소리였다. 관여할 일이 아니다는 무정한 말이었다. 그러나 엄마는 예수의 의중을 대번에 알아차렸다. 제자들 또한 스승의 답변을 통해 무심했던 이유를 알고 일면 안도가 되었을지 몰랐다. 예수는 아픈 딸을 걱정하는 엄마의 심정을 외면한 게 아니라 동족을 사랑하였다. 제자들이 스승의 말에 수긍하며 고개를 끄덕일 때 엄마는 다급하게 예수 앞으로 나아왔다. 그리고 뭇시선을 뒤로 한 채 필사적으로 매달렸다.

25주여 저를 도우소서

이방인인 엄마는 예수의 이유와 반응이 무엇보다 반갑고 고마웠다. 발을 들이밀어 볼 여지를 얻었다. 외가닥의 밧줄을 붙잡듯 애원했다.

26자녀의 떡을 취하여 개들에게 던짐이 마땅치 아니하니라

맙소사! 예수는 동족이 아니라는 이유로 가나안 여인을 개에 빗대어 말했다. 몹시 모독적인 언사다. 안 고쳐줄 거면 말지 굳이 개에 비유할 건 또 뭔가? 무슨 심사인가? 왜 똑같은 사람을 천한 짐승에 비유하여 말을 하는가? 남자가 알기로 진짜 '개'처럼 난잡하게 산 여인은 따로 있었다. 아무도 움직이려 하지 않은 뜨거운 한낮에 타인의 시선을 피해 몰래 물 길러 나온 사마리아의 수가마을 여인이다. 남편을 5명이나 갈아치우고, 현재 같이 살고 있는 여섯 번째 사람도 법적으로 정식 남편이 아니다. 그 사마리아 여인을 개라고 한다면 모를까 자식을 낫게 하기 위해 헌신하는 엄마를 개에 빗대서 한 말은 도저히 수긍이 안 되었다. 무슨 까닭일까? 무슨 의미가 숨겨져 있을까? 앞뒤가 맞지 않은 성경 속의 이야기가 편하지 않았다. 유난스럽게 유대인을 구별하고 있는 모양도 불편했다. 그들 속에 예수가 태어나야만 하고, 대대로 대변인 노릇을 시키고 **맡겨**야 했기 때문일까?

2범사에 많으니 첫째는 저희가 하나님의 말씀을 **맡았**음이니라(로마

서 3장)

남자는 구절을 보며 고개를 끄덕였다. 중요한 업무를 수행할 수탁자로서, 대언자로서 위임받은 민족이라고 한다면 구별될 만도 했다. 똑같을 수 없는 게 맞긴 하다. 모든 면에서 색다를 거고, 보상도 뒤따라야 했다. 하나님은 철저히 유대인의 신이었다. 그럼에도 어찌된 영문인지 세계는 유대인의 종교를 따르고 또 그 영향권 아래서 벗어나지 못했다. 왜지? 이유가 뭘까? 이상했다.

여하튼 딸을 살리고자 하는 엄마는 본능적으로 대담하고 똑똑했다. 간절함이 하늘과 통했나 보았다. 예수의 의도를 금방 알아먹었다. 엄마는 동족을 사랑하는 마음이나 혈육을 지키고자 하는 심정이 동일하다고 여겼다. 물론 개취급을 받으며, 내가 왜 개야? 빈정 상해서 돌아설 수도 있겠지만 엄마는 그럴 수 없었다. 포기할 수 없었다. 엄마와 딸은 하나였다. 엄마가 살아가는 유일한 이유였다. 용기를 냈다. 자식을 살려야 한다는 간절한 일념으로 예수를 똑바로 올려다보았다. 그리고 말했다.

27주여 옳소이다마는 개들도 제 주인의 상에서 떨어지는 부스러기를 먹나이다

엄마는 다윗 후손과 동등한 위치가 아님을 분명히 알았다. 예, 하찮은 개가 맞아요. 근데 자녀들은 상에서 떨어진 부스러기를 먹지 않을 텐데 그거 제가 먹으면 안 되나요? 라는 심정으로 꺼져가는 불처럼 말했다. 예수의 말을 듣는 순간 어쩌면 개보다 못하게 살아온 과거가 스쳤을지 몰랐다. 또한 엄마는 가족 아닌 다른 사람이 한 식탁에서 밥을 먹을 수 없다는 것도 잘 알고 있었다. 초대받는 경우야 다르겠지만 이방인인 엄마와 귀신들린 딸은 분명 초대받지 않았다. 초대받지 못한 사람이었다. 가나안 사람으로 태어난 게 내 탓인가? 반문할 수 있었으나 엄마는 그것조

88

차 받아들였다. 따져봐야 아무 소용 없는 일이었다. 타고난 운명이었다. 오로지 아픈 딸을 낫게 하는 게 목적이었다. 자비를 구했다. 아무도 신경 쓰지 않는 개가 되는 것도 괜찮았다. 개는 짖어야 했다. 존재를 알리자면 부르짖는 길밖에 없었다. 죽어가는 딸을 위해 엄마가 할 수 있는 일은 오로지 딱 그 한 가지뿐이었다.

하지만 거기에도 구멍은 있다. 간절히 부탁하면 반드시 들어주리라는 확신이 엄마에게 있었을까? 보장 따위는 없었다. 예수의 말투로만 보면 어느 모로 보나 거절당하기가 쉬웠다. 엄마는 이스라엘 집의 잃어버린 양도, 자녀도 아니기 때문이었다. 철저히 무관했다. 전적으로 예수의 손에 달렸다. 그렇다. 고쳐주지 않는다 해도 엄마로선 할 말이 없었다. 예수는 아무 잘못이 없다. 책임이 없다. 책임이 있다면 그건 오로지 아픈 딸을 낳은 당자 엄마의 몫이었다. 엄마는 슬프게도 그 사실을 너무나 뼈저리게 잘 알고 있었다.

28여자야 네 믿음이 크도다 네 소원대로 되리라 하시니 그 시로부터 그의 딸이 나으니라

처분만 바랄 뿐인 엄마에게 예수는 뜻밖의 대답을 했다. 개취급 하던 예수의 마음이 확 바뀌었다. 연민과 온정으로 바뀐 것이다.

무슨 일일까? 무슨 일이 있었지?

자녀 대접을 했다. 바람대로 고쳐준다는 응답을 받았다. 그리고 나았다는 말도 들었다.

네 믿음? 네 믿음이 크다고?

남자는 알쏭달쏭했다. 길지 않은 몇 구절 안에서 믿음이라고 할만한 걸 발견하지 못하였다. 그런데 예수는 심지어 크다고까지 얘기하며 소원을 들어주었다. 일방적인 은혜이고 선물이다. 더 이상 엄마에게 필요한

건 없었다. 뭐가 더 있어야 하겠는가? 남자는 의심스러운 눈초리로 구절을 잠자코 바라보았다. 그리고 마치 무게를 비교하듯 개와 사람의 차이점에 대해 곰곰이 생각해 보았다. 딱 한 가지가 짚였다. 모르긴 해도 하나님의 말씀을 아는 민족이냐 아니냐에 따라 사람과 짐승이 갈린 듯싶었다. 비록 물긷는 여인은 문란하나 말씀을 맡은 후손이기에 말 상대가 되었으며, 아픈 딸의 엄마는 제아무리 훌륭하다 해도 말씀이 없는 이방인이었기에 개 취급받은 듯했다. 그 외 무슨 이유가 더 있을까? 더는 생각이 나지 않았다. 확실히 구절과 구절이 연결되다 보니 예전에 읽었던 때와는 다른 느낌으로 성경이 다가왔다. 꽤나 인간적이었다.

일어나고 싶어 좀이 쑤셨지만 그런대로 견디며 천장을 바라보고 있던 남자의 눈에, 죽을 것 같은 몸을 이끌고 어느 방향인지, 어디쯤인지 알지 못한 채 장대에 들린 놋뱀을 보기 위해 홀로 처연히 걸어가고 있는 한 사람이 보였다. 애오라지 자식을 낫게 하고자 개가 되는 수모도 마다하지 않은 엄마를 보았다. 의사 앞에 빨가벗고 수술을 받듯, 죽어도 어쩔 수 없으며 부끄러움이 다 드러나도 고침을 받겠다는 각오가 없고는 불가능한 두 경우다. 그 외에 그 시로 낫는 일은 없었다.

수술대를 직시할 용기가 필요했다. 그 용기는 곧 자신을 인정하고 고백할 줄 아는 정직이 될 것이었다. 스스로 어찌해 볼 수 없는 환자임을 시인해야 했다. 남자는 지난날을 회상했다. 과연 오로지 치유 하나를 위해 천한 개가 될 용의가 있었던가? 없어도 목숨이 붙어있는 한에는 살아갈 것이고, 있어서 나으면 더 좋은 액세서리 하나쯤으로 여기며 진리를 찾지는 않았는지, 자성의 소리가 삽으로 땅을 파듯 가슴을 후비었다. 마음의 대답은 아니다, 였다. 용기도 용의도 없었다. 정직하지 못했다는 편이 맞다. 굴뚝의 연기가 바람에 흩어 사라지듯 그렇게 은연중에 망각되길 바랐다. 가슴이 먹먹했다. 그 후유증인 양 놋뱀 이야기는 여태 잊히지 않은 채 기억 속에 남았다. 세상의 모든 사람은 그때나 지금이나 네 소원대로 되리라는 꿈을 이루고 또 위로를 받고 싶어 했다. 남자도 마찬가지였다. 괜히 울컥했다.

17

성경이 어디까지 데려가는지 보자, 싶으면서도 마냥 편하지만 않은 마음으로 남자는 창세기를 폈다.

하나님을 믿는 사람을 제외하고 관심 두며 읽어볼 사람이 몇이나 될지 모르나 이 세상이 창조되었다고 말하는 책은 기독교의 경전이 유일하다. 내세에 대해 구체적으로 언급한 책도 마찬가지로 성경뿐이다. 책의 도입부에 해당되는 창세기 1, 2장에서 만물의 기원에 관해 설명했다. 만물이 피조되었다는 것도 웃기는 소리로 들렸지만 장독대에 정화수를 올려놓고 혹은 번쩍거리는 황금색 불상 앞에서 안전이나 복을 비는 모습 또한 신뢰가 안 가고, 미신 같기는 매한가지였다. 또다시 말하건대 잃을 게 없다. 창조주가 진짜로 존재한다면 돈도 건강도 아닌, 자기를 잘 알고 싶다는데 나 몰라라 하진 않을 것 같았다. 구하라 두드리라 말했었다. 그건 본인이 책임지겠다는 의미가 아니겠는가! 남자는 흠흠, 목을 가다듬으며 1장 1절을 떠올렸다.

태초에 하나님이 천지를 창조하시니라

예상했던 첫 문장이건만 순간 남자는 외면하듯 눈을 질끈 감았다. 평소 알고 있는 말로서 새삼스러울 게 없었다. 그럼에도 천지가 시작되었음을 알리고 있는 글이 막상 눈앞에 펼쳐지자 당혹스러웠다. 이는 중동의 한 귀퉁이에 있는 신이 아니라는 의미였다. 이 세상을 왜 창조했는지 먼저 이유부터 밝혀야 할 것 같은데 거두절미하고 다짜고짜 선언부터 했다. 불친절했다. 이 상황에서 어떤 식으로 접근을 해야 그런대로 성경을 잘 보았노라 할 수 있을지 남자는 고민이 되었다.

마침내 도박하듯 창세기 1장 1절 다음으로 맨 마지막에 있는 요한계시록 끝장 끝 절을 찾아보기로 결정했다. 책의 앞뒤 얼개가 궁금했다. 기억의 책장을 휘리릭 뒤로 넘겼다.

21주 예수의 은혜가 모든 자들에게 있을찌어다 아멘(요한계시록 22장)

의외로 결말이 단순하고 차분했다. 생각 밖이었다. 물론 지옥이나 저주가 나오는 등 뻔한 소리를 예측하고 또 바란 건 아니었지만 세상 모든 사람에게 은혜가 있길 바라는 마무리는 허를 찔렀다. 알 수 없는 묘한 압박감으로 작용했다. 은혜란 고맙게 베풀어 주는 혜택을 뜻하는 말로서 대개는 윗사람이 아랫사람에게 베푸는 자비나 사랑을 이른다. 남자는 성경을 무턱대고 폄하한 사실에 조금 반성이 되었다. 누구에게랄 것 없이 그냥 부끄럽고 미안했다. 그건 진정한 구도자의 자세가 아니었다. 안다.

다만 하나님으로 시작했다가 예수로 끝을 맺고 있는 점이 눈에 설었다. 이 성경이 곧 내게 대하여 증거하는 것이다, 했으니 태초에 천지를 창조한 하나님이 곧 신약의 아들 예수란 등식이다. 남자는 픽 웃었다. 긴장이 풀렸다. 무슨 의미가 담겼는지 모르나 아무래도 일관성이 없고 설득력이 떨어져 보였다.

이런 경전에서 무슨 일관성을 바라겠어? 그저 진리와 무관한 유대민족만의 고집스런 역사책쯤이겠지.

인류의 구원 운운은 아무래도 낯간지러웠다. 그나저나 성경을 알아가는 데 있어서 어느 누구의 도움도, 자료도 없이 맨손으로 더듬어 볼 일이 암담했다. 어떻게 풀어나가야 할지 난감했다. 행운이라고 한다면 행운일 지금 주어진 이 기회를 어떻게든 그냥 흘려보내 버리고 싶지 않았다. 살리고 싶었다.

한 가지 아이디어가 떠올랐다. 보통 어떤 일이면 일, 책이면 책 시작하는 동기와 짓는 목적이 있기 마련이다. 알다시피 긴 내용을 오랜 시간 동안 기록하도록 한 여호와 하나님 또한 천지를 창조한 목적과 말하고 싶은 게 분명 있었을 것이었다. 다시 말해 초자연적이고 전지전능한 신이라는 분이 비록 고난에 찬 인생이라고 밝히고 있긴 했지만, 개미처럼 작고 볼품없고 불완전한 인간들을 지어놓고 자기 뜻을 문자로 남겼을 땐 그만한 이유가 있을 터였다. 시간은 걸리겠지만 인생의 궁극적인 의문을 푸는 데 도움이 되는 절호의 기회일 수 있었다. 여동생이 성경을 믿게 된 배경에 대해 했던 말 또한 은연중 뇌리에 걸쳐져 무시가 되지 않기도 했다.

장르에 따라 다소 차이가 나겠지만 말하고자 하는 핵심 내용을 맨 앞에 두느냐, 끝에 두느냐에 따라 글의 전개가 달라진다. 단순 정보를 전달하는 두괄식 보고서 양식이 아니면 대부분 책은 하고 싶은 얘기를 대개 말미에 두는 경우가 많다. 눈치 빠르고 머리가 괜찮은 신이라고 한다면 그도 그럴 가능성이 컸다. 병목 같은 미괄식 글은 극적으로 보이게 하는 반전 효과와 함께 메시지 전달이 쉽고 끝이 명쾌했다. 물론 수십 명의 기록자가 각기 별개의 내용을 나열하듯 시대에 따라 서술하고 있는 성경을 하나의 통으로 여기고 두괄식이니 미괄식이니 분류하는 것 자체가 의미

없을 수 있다. 어쨌거나 잘 알 길은 없지만 신은 왜 기록하여 남기게 했는지가 궁금했다. 인생 모두에게 은혜가 있기를 바라는 계시록의 마무리는 아무리 봐도 괜찮았다. 다행이다. 누구도 죽음에서 자유롭지 못하다.

　너무 방대하여 어디서부터 봐야 할지 막막하던 남자는 조금 설레는 마음으로 병목이라 생각된 요한계시록을 폈다. 1장이다. 자연스러웠다. 지갑에서 돈을 꺼내고 필통에서 좋아하는 0.7㎜ 제도 샤프를 골라 꺼내듯 기억의 그 어디께에 있는 글을 꺼내서 읽기만 하면 되었다. 〈마이너리티 리포트〉라는 영화에서, 누명을 쓰고 도망자 신세가 된 주인공 톰 크루즈가 예지자의 꿈을 확인하고 분석하기 위해 저장장치에서 과거의 관련 영상을 끄집어내 오듯 남자 또한 기억 속의 것들을 꺼내왔다. 연관어를 떠올리면 관련된 단어나 내용이 들어있는 구절이 여럿 나타났다. 그중 이해하는 데 도움 될 만한 것을 끌어다 보면 되었다. 다만 완벽에 가까운 이 기억능력이 언제 사라지고 희미해질지는 남자도 알 수 없었다. 그러하기에 기회가 소중하다면 소중하고 애틋했다. 약간은 조바심마저 일었다.
　1절이다.
　예수 그리스도의 계시(啓示)라 이는 하나님이 그에게 주사 반드시 속히 될 일을 그 종들에게 보이시려고 그 천사를 그 종 요한에게 보내어 지시하신 것이라
　예수 그리스도의 계시라는 말로 시작했다. 왜? 물음에 대답이 있을 리만무했지만 보자마자 먼저 툭 튀어나왔다. 남자가 생각하기로 하나님이 있어야 할 자리에 예수가 등장한 것이다. 하나님과 예수가 빈번하게 혼용되었다. 이해가 되지 않았다. 일개 소수민족의 신인 여호와가 천지를 창조한 창조주와 겹치는 점도 버거운데 한 문장 안에서 하나님과 예수로

나뉘었다가 다시 하나로 묶이는 형태가 남자는 도무지 아리송했다. 언제라도 용어정리는 꼭 할 필요가 있다고 느꼈다.

성경의 맨 끝에 있는 계시록은 타 종교와 다르게 앞으로 되어질 미래와 인류의 종말을 동시에 언급한 예언서라는 점에서 알게 모르게 은근히 사람들의 주의를 끌었다. 해석 또한 분분했다. 종말론과 관련하여 종종 사회에 물의를 빚기도 했다.

속히 될 일이라니, 어떤 무엇이 속히 도래한단 소리인가? 짐작한 대로 성경을 알아보는 일은 녹록하지 않았다. 대면해 보자 먹었던 마음은 출렁이는 물처럼 수시로 흔들렸다. 괜한 시도인지도 모른다는 생각이 또 들었다. 남자는 불편한 마음을 누르며 재차 1절을 읽어 보았다. 액면 그대로 보자면, 앞으로 반드시 될 일에 대해 하나님이 예수에게, 예수는 종들에게 알리기 위해 천사를 시켜 요한에게 지시했다는 것이다. 절차가 복잡했다. 예수 그리스도의 계시라고 먼저 밝혔음에도 하나님은 또다시 예수에게 전달했다. 앞뒤가 어설펐다. 모세에게 하듯 하나님이 직접 요한에게 계시하면 될 일이었다. 왜 쉬운 방법을 두고 돌아갔을까? 꿍꿍이도 가지가지였다.

남자 역시 평소 계시록을 의식해 본 적은 없었으나 은연중에 자유롭지 못한 면이 있긴 했었다. 부쩍 잦아진 기상이변으로 빠른 속도로 빙하가 녹아내려 이번 세기가 다 하기 전에 거의 모든 땅이 사라질 거라는 불길한 예측이며 가뭄과 홍수, 지진과 전쟁 등으로 사람들이 고통당하는 뉴스를 접할 때마다 말세가 된 건가? 저절로 걱정이 되곤 했다. 특히 예언 가운데 종말론자들이나 근본주의자들이 즐겨 인용하는 단골 메뉴로서 계시록 13장 16절(저가 모든 자 곧 작은 자나 큰 자나 부자나 빈궁한 자나 자유한 자나 종들로 그 오른손에나 이마에 표를 받게 하고)은 시중에 꽤나 유명하다. 정보가 담긴 칩을 생체에 이식한다는 내용이다. 일부 반려동물에게는 이미 시행 중에 있다. 잃어버렸을 때를 위해서다.

몇 해 전에 본 해외뉴스다. 일부 나라이긴 했으나 관리가 까다로운 감옥의 재소자들을 대상으로 개인정보가 든 칩을 몸 안에 이식한다는 계획이 발표됐다. 인체에 무해하고 분실, 복제의 우려가 없으며 관리가 용이하다는 점을 이유로 들었다. 물론 인권이라는 이름하에 반박하는 기사가 빽빽하게 뒤를 이었다. 어쨌거나 21세기에 살고 있는 사람으로서 2000년 전의 기록이라는 점을 감안할 때 언급 자체가 놀랍고 신기한 건 사실이었다. 일거수일투족이 외부에 노출된다는 점에서 조지 오웰의 〈1984년〉과 맥이 닿았다. 비록 허구라고는 하나 안 듣고 모르느니만 못한 소설이고 성경 구절이었다.

계시록을 보면서 특히 거슬린 부분이 두어 군데 더 있었는데, 어느 순간 사람들이 사고파는 상품 가운데 사람의 영혼이 포함되어 있는 대목이 나왔다. 18장이다. 너무나 충격적이고 무서운 소리였다. 컴퓨터의 발달과 대세 일로에 있는 인공지능의 개발로 요즘에나 겨우 우려하여 거론해 볼 법한 이야기다. 너무 앞서갔다. 괴테가 60년에 걸쳐 고민하여 썼다는 『파우스트』가 동시에 떠오르면서 등골이 오싹했다. 주인공 파우스트는 젊음을 되찾아 더 많은 지적 욕망을 채우고 또 사랑을 위해 자신의 영혼을 악마한테 팔았다. 괴테는 2000년 전에 기록된 이 성경구절을 알고 썼을까? 루터교 가정에서 태어난 그가 전쟁을 겪으며 신에 대한 회의를 느끼고 비록 비기독교인을 자처하긴 했지만, 당시 지식인으로서 성경을 모르지 않았을 것 같았다. 인류문명을 예견하고 선도하는 것은 물리적인 과학의 발달보다 어쩌면 문학작품을 쓰는 작가들의 상상력이 더 가까울지 몰랐다. 영혼을 판다는 게 무슨 의미일까? 섬뜩했다.

그리고 두 번째로 마뜩잖았던 것은 고대 그리스어인 알파와 오메가라는 단어 사용이었다. 이 말 또한 성경책에서 처음 접할 때부터 신경 쓰였다. 1절 조금 아래에 씌어 있다. 알파와 오메가라는 두 단어와 영문 전체에 밑줄이 그어져 있었다.

8"I am the Alpha and the Omega, the Beginning and the End, says the Lord, who is and who was and who is to come, the Almighty."

몇 군데 더 표시를 했던 기억이 났다. 과연 그랬다. 21장 6절과 22장 13절이다.

이루었도다 나는 알파와 오메가요 처음과 나중이라 내가 생명수 샘물로 목마른 자에게 값없이 주리니

나는 알파와 오메가요 처음과 나중이요 시작과 끝이라

무엇에 대한 시작이고 끝이며, 뭘 이루었다는 소리인지 행간이 보이지 않은 채 거듭 반복되고 있는 말이 괴이하기만 했다. 갈수록 태산이었다. 반복하고 있는 까닭도 궁금했지만, 특히 생명수 샘물로 목마른 자에게 값없이 준다는 언급은 아예 처음부터 비위를 틀리게 했다. 남자의 마음에 샘물 따위는 애초 없었다. 있어 본 적이 없었다. 결혼을 하고 승진을 하고 창선과 창림이 원하는 대학에 합격하여 기쁘고 좋은 순간에도 돌아서면 곧 목이 말랐다. 왜 그러한지 이유를 몰랐다. 알 수 없었다. 답답하여 죽을 지경인데 성경은 물을 그저 주느니 마느니 한가한 소리를 늘어놓고 있었다. 그 불편함에 뿔다귀가 난 나머지 에잇! 하며 책을 때리고 덮었던 기억이 있다.

과연 어느 누가, 어느 신이 당당하게 처음과 끝, 모든 것을 다 안다는 식의 발언을 할 수 있단 말인가? 들어보질 못했다. 남자는 입술을 뚱하게

내밀며 어깨를 으쓱했다. 만감이 교차했다. 놋뱀을 바라보기만 하면 낫는다는 얘기와 가나안 여인이 슬쩍 떠올랐다. 그러나 남자에겐 좀 더 합리적이고 이성적인 증거가 필요했다.

그러니까 기록으로만 보자면 지금도 있고 전에도 있었으며 앞으로 올 전능자는 처음 여기서부터 마지막인 저기까지를 훤히 알 뿐 아니라 시간 밖에서 시간조차 창조한 존재로서 선도미후지미(先掉尾後知味)* 했다는 얘기가 되었다. 수효가 미미하고 냄새나는 유목민들의 신인 여호와 하나님이 말이다. 가능키나 한 이야기인가? 이 말을 바꾸면 하나님은 불변의 창조주가 되고 만물은 피조물에 그쳤다. 무엇이 되었건 만물에 포함되지 않는 건 아무것도 없다. 사람이 생각할 수 있는 모든 것이 만물에 속했다. 선악이며 죄와 벌, 생명뿐 아니라 심지어 소멸되는 죽음조차 만물에 속한다. 뒤집어 말하면 시작과 끝에 대한 답이 있다는 소리로 들렸다. 남자는 에스컬레이터 위에 멍하니 서 있는 기분이었다. 이대로 가다간 느리지만 서서히 움직여 결국 성경 앞에서 멈출 것 같았다.

18

도착지가 성경 앞일 거라는 점에 언짢다고 해야 할까, 다행이라고 해

---

* 개가 음식을 먹고자 할 때는 먼저 꼬리를 흔들고 난 뒤에 먹는다는 뜻으로, 무엇을 먼저 계획한 다음에야 그것을 이룸을 이르는 말.

야 할까? 남자는 망설이며 적절한 구절이 있을까 싶은 마음으로 만물이란 단어를 읊조려 보았다.

20창세로부터 그의 보이지 아니하는 것들 곧 그의 영원하신 능력과 신성이 그 만드신 만물에 분명히 보여 알게 되나니 그러므로 저희가 핑계치 못할찌니라(로마서 1장)

남자는 눈앞의 구절을 얼빠진 듯 물끄러미 쳐다보았다. 뒤통수를 세게 한 대 얻어맞은 듯했다. 만감이 교차했다. 전혀 모를 말이 아니었다. 알 만했다. 한마디로 작가는 작품으로 말한다, 였다. 신을 짐작할 수 있는 힌트가 창조물 안에 들어있다는 설명이다. 짓는 이의 취향이나 생각이 피조물에 반영되는 건 당연하다. 그림에 화가의 의도가 숨겨져 있듯 말이다. 기역 자 모양으로 생긴 낫을 보며 기역 자쯤은 알아야 한다는 취지로 읽혔다. 그래서 낫을 들고 있으면서 기역 자를 본 적이 없다고 핑계를 댈 수 없다는, 단호한 경고처럼 들렸다.

창선과 창림이 어렸을 때 보곤 하던 책으로 『자연의 신비』세트가 있었다. 아이들과 같이 보고 읽으며 그때 이미 남자는 7할쯤 창조 쪽으로 기울었다가 솔직한 심정일 것이다. 표현을 안 해서 그렇지, 짓는 이가 없고는 동일한 원리 아래 그렇듯 섬세하게 맞물리기가 이성적으로 어려웠다. 그게 꼭 성경에서 말하는 창조주 하나님이라곤 할 수 없겠지만 외부의 그 어떤 힘에 의해 탄생되었다는 생각만은 지울 수 없었다.

몇 해 전이다. 망막에 이상이 생겨 응급으로 수술을 받았다. 걱정이 되어 회복 여부를 묻는 남자에게 의사는, 하늘에 맡길 수밖에 없다는 허망한 답변을 했다. 과학자가 할 말이 아니었다. 모든 신체가 중요하겠지만, 사람이 천 냥이면 눈이 팔백 냥이라는 속담이 있을 정도로 눈은 특히 중요했는데, 중요한 만큼 기능 면에서나 구조에 있어서 탁월하고 그야말로 어마어마하게 정밀하고 복잡하게 조립되어 있었다. 빛의 양을 조절하는 홍채며 물체의 초점을 맞추는 수정체, 총 10개의 층으로 구성된 망막의 정교함은 상상을 불허했다. 아무리 생각해도 윷을 던져 모가 나오듯 우연히 그리될 수는 없었다. 그래서 의사의 대답은 허망이 아닌 정직한 거였고, 그것 말고 불안해하는 환자에게 더해줄 다른 위로가 없었던 게 맞았다. 신비한 뇌는 또 어떠한가? 더 말할 게 없다. 가늠이 불가했다.

주말이면 가족 모두가 즐겨보던 TV프로 중 '동물의 왕국'이 있었다. 지금도 방영되고 있는 줄 안다. 아마 전 국민, 전 연령대가 좋아하는 영상일 것이다. 새들의 신비한 관계를 다룬 내용은 아직까지 기억 속에 선명하다. 남의 둥지에 알을 낳을 뿐 아니라 그곳에서 부화된 새끼조차 제 손으로 기르지 않고 남에게 떠넘기는 얌체 뻐꾸기와 자신보다 몇 곱절 더 큰 새끼뻐꾸기를 애면글면 먹이고 뒤치다꺼리해 주는 붉은머리오목눈이 관계는 묘하다 못해 슬프고 희극적이기조차 했다.

다리가 긴 황새와 비견되어 속담의 주인공이 된 뱁새가 붉은머리오목눈이다. 얌체 뻐꾸기와 어리숙한 뱁새 관계가 있는가 하면, 비슷한 종류의 딱새와 파랑딱새도 있었다. 그놈들이 하는 모양은 더 가관이고 재미났다. 딱새는 남의 알을 귀신같이 알아보는 천부적인 재능을 갖고 있었다. 제 둥지에 있는 모르는 알을 발견하면 그 즉시 구분하여 처리해 버렸다. 문제의 소지를 미연에 방지했다. 절대로 집을 무상 임대하거나 추호도 동거할 생각이 없었다. 사수했다. 파랑딱새란 놈은 거기다 한술 더 떴다. 딱새와 같은 구별 능력이 없는 파랑딱새는 자신의 둥지에 누군가 알을 낳든 말든 상관하지 않고 있다가 부화되면 그 남의 새끼한테만 소화할 수 없는 단단한 껍질의 곤충을 먹여 굶겨 죽였다. 진화론의 주장대로 생존을 위해 그렇게 변화되었을까? 아무리 생각해도 그건 아니지 싶었다. 각각이 생존하는 고유방식을 태생적으로 가지고 나고 행동한다고 보는 게 합리적이고 쉬웠다.

몸에 닿는 것을 본능적으로 둥지 밖으로 밀쳐내는 새끼뻐꾸기의 습성이며, 좋게 말하면 이웃을 사랑하고 나쁘게 말하면 남에게 이용만 당하고 사는 뱁새, 애당초 문제의 싹을 단호히 잘라버리는 딱새, 내 거가 아닌 것은 결국 끝에 가서 정리해 버리고 마는 파랑딱새, 새들의 지혜라면 지혜일 그 본성은 누가 가르치거나 시간이 흐른다고 하여 체득될 것이 아니었다. 아무리 생각해도 우연이긴 힘들었다. 그저 사람이 알 수 없는 신비한 자연의 섭리라고 남자는 여겼다. 그렇게 해서 각각의 개체수는 넘치지도 부족하지도 않고 스스로 돌아갔다. 인간이 개입하지 않는 한 자연은 지어진 제 속성대로 살아가며 유지되어 갈 것이었다. 인간세계의 단면을 보여주는 듯한 새들의 생존방식은 다분히 시사적이었다.

새 못지않게 놀랍고 신기한 얘기는 더 있다. 해저에 기하학무늬를 그리는 흰점박이복어와 부성애의 대명사인 가시고기가 그 주인공이다.

일본 근해에 살고 있는 흰점박이복어는 고작 10㎝ 이쪽저쪽 되는 작은 물고기다. 그 몸으로 컴퍼스도 없이 직경 2m쯤 되는 완벽한 원형구조물을 해저 모래바닥에 건설했다. 누가 모래 위에 이런 문양을 그렸을까? 외계의 지적생물체일까? 미스터리는 2011년에 비로소 밝혀졌단다. 그 기술자가 흰점박이복어이고 원형무늬는 암컷과 짝짓기 위해 수컷이 바치는 세레나데였다. 물살에 문양이 일그러지면 끊임없이 지느러미를 움직여 보수하며 암컷이 찾아오기를 오매불망 기다렸다. 놀라웠다. 보이지 않는 하나님은 흰점박이복어라는 작은 작품을 통해 뭘 얘기하고 싶었을까? 하나님의 어떤 신성과 능력을 알기 바랐던 걸까? 사랑의 짝과 후손? 남자는 그것 말고 더 생각나는 게 없었다.

그뿐 아니었다. 집이 맘에 들어 찾아온 암컷은 구조물의 정중앙에 발을 들여놓고 알을 낳았는데, 중앙의 유속이 다른 곳보다 25% 정도 느려서 알이 떠내려가는 걸 방지한다 했다. 원 중앙의 유속이 느리다는 것을 작은 물고기는 도대체 어떻게 알았을까? 그 지혜가 어디서 왔을까? 그렇게 지어졌다는 것 빼고 달리 해명할 길이 없다. 실지 창조되었다면 짓는 이의 능력과 세심한 배려가 느껴지는 대목이 아닐 수 없었다.

남자가 알기로 가시고기의 부성애는 자연의 신비에 정점을 찍었다. 소설로도 이미 출간된 바 있어 많은 사람에게 감동을 준 수컷가시고기다. 알을 보호하고 지킬 뿐 아니라 죽어서도 자신의 몸을 새끼들의 먹이로 아낌없이 내주었다. 작은 물고기의 헌신은 보는 이의 심금을 울렸다. 종족번식을 위한 눈물겨운 자식사랑이다. 사람으로서도 쉽지 않은 희생이고 사랑이었다.

다윈이 세상에서 가장 놀라운 식물이라고 감탄했다는 여러해살이풀 파리지옥은 더 의미심장했다. 창림이 가장 재미있어했던 으시시한 식충식물이다. 덫처럼 생긴 뾰족한 잎에 먹이가 들어온 순간 소화액을 분비하여 외피부터 서서히 녹여 양분을 빨아먹었다. 더 먹을 수 없는 뼈다귀 같은 찌꺼기 일부만 남긴 채 말이다. 사람에겐 그지없이 신기한 광경이지만 한번 들어가면 빠져나올 수 없는 벌레들 입장에선 그야말로 생지옥 그 자체다.

또 말하건대 신은 이 생명체들을 통해 사람이 무엇을 알아채길 바랐을까? 느낌상 인생에게 뭔가 신랄하고 묵직한 의미를 던지고 있는 듯하기에 남자는 거북하고 어떤 면으로는 불편했다. 과거의 먼 시간을 그저 '오래된 길'로 표현한 부처와는 전혀 다른 모습이었다.

19

창조는 무한 안에 포함되는 작은 개념이다. 연속되는 무한 속에 알파와 오메가라는, 창조된 유한의 세계가 필요에 의해 잠깐 끼어든 느낌을 풍겼다. 큰 그릇에서 한 숟갈 떠내는 푸딩 같은 인상이다. 그 느낌이 맞다면 인생은 대중가요의 노랫말처럼 나그네인 게 맞다. 기가 막혔다. 이왕 말이 나왔으니 생각나는 김에 덧붙이자면, 1700쪽 가까이 되는 뉴킹제임스 버전 성경 전체가 한눈에 들어오자 예전에 감지하지 못했던 놀라운 점들이 보이기 시작했는데, 구약성경이 뭔가를 제시하고 밑그림을 보여주면 신약성경은 거기에 답하고 '응'하기 위해 성취하고 풀어가는 모양새를 띄었다. 이를테면 동형반복 같은 거다. 신구약성경에 등장하는 여러 비슷비슷한 이야기들이 경계를 허물고 신기하게 닮은꼴로 자주 겹쳤다. 예를 들어 신약성경에 나오는 일화로서 시중에도 잘 알려진 탕자 비유의 맏아들과 둘째 아들 관계가 구약성경의 가인과 아벨, 이스마엘과 이삭, 에서와 야곱 관계 등에 그대로 투영되어 언제나 둘째가 복을 받는 패턴이 그랬다.

그리고 창세기 3장에 나오는 가죽옷과 아벨이 제물로 바쳤던 새끼 양, 문에 피를 바른 덕분에 출애굽할 수 있었던 유월절, 제사 때마다 희생된 동물들이 왠지 대속의 역할을 했던 예수와 닮았다. 죽지 않고는 얻을 수 없는 것들이다. 배후에 어떤 규칙 같은 게 느껴졌다. 묘했다. 그것은 마치 소설이나 드라마 등에서 사용되곤 하는 기법 중 하나로써, 나중에 있을 진짜 사건에 대하여 미리 넌지시 예고해 주는 복선 같았다. 물을 마시다 우연히 컵을 떨어뜨려 깨지고 나면 그다음 장면에서 교통사고가 나는 경우와 비슷했다. 어쩌다 한두 가지가 교차하는 게 아니었다. 책에 등장하는 각종 숫자며 사건마다 거론되곤 하는 방향 문제도 그랬다. 획기적인 삶의 전환기를 맞을 때마다 등장하는 40이라는 숫자가 그렇고, 동쪽과 서쪽이 늘 갈렸다. 하나님은 언제나 서쪽을 선호했다. 의도적으로 계산하지 않고는 흔할 수 없는 경우다. 진짜로 창조주인 하나님의 한 아이디어에서 나왔기에 가능한 일일까?

만약, 유사한 꼴로 반복되고 있는 에피소드들이 만에 하나, 봉사 문고리 잡는 식의 우연히 맞아떨어진 해프닝이 아니라고 한다면 여동생의 말마따나 성경은 사실이어서 무서운 책이 된다. 요한계시록 마지막 장, 마지막 구절에 모든 이가 은혜를 받아 행복하기를 바란다는 투로 끝맺음을 하고 있기에 망정이지, 모세로부터 1600여 년이라는 긴 시간 속에 앞뒤가 촘촘히 맞물려 기술된 책의 결말이 곧 천국과 지옥이기 때문이다. 누군가는 천국에 가고 누군가는 지옥행이란 소리이다. 그 기록의 세월을 절반, 절반의 절반으로만 친다 해도 한 책에서, 한 논조로 그 긴 시간 동안 이어가듯 닮은꼴로 저술되는 건 쉬운 일이 아니었다. 불가능하다. 사실상 신 중심에서 인간 중심의 사상으로 교육 판도가 바뀌고, 그 방향을 틀게 된 다윈의 진화론이 불과 200년도 채 되지 않은 발표라는 걸 상기할 때 절반의 절반인 400년이라는 시간도 결코 짧지 않다. 너무나도 긴 시간이다. 마치 세상 밖에서 기록한 것 같은 착각에 빠지게 했다. 짧은 생을 살다 가는 사람으로선 할 수 없고, 있을 수도 없는 저작물인 셈이다. 마음이 불편해진 남자는 진즉부터 무겁던 가슴을 달래듯 손바닥으로 살살 문질렀다.

교회 건물이라고 생긴 데를 가면 언제든 볼 수 있는 십자가상의 예수가 눈앞에 스쳤다. 아랫도리만 겨우 가린 모습이다. 아니 성경의 기록대로라면 로마 병사들이 겉옷은 물론이거니와 속옷조차 제비를 뽑아 벗겨 갔다. 십자가에 달린 예수는 그야말로 실오라기 하나 걸치지 못했단 소리다. 채찍에 맞아 온몸은 매끈한 데가 없었을 것이며 두 손과 발에는 무딘 못이 박혔다. 그 3개의 못으로 중력을 견디었다. 청년의 몸무게를 지탱했다. 쳐다만 봐도 고통과 처참함이 느껴지는 모습 그 자체였을 것이다. 사람의 몸을 입고 온 신은 철저히 말살되고 망가졌다. 남자는 그 모습을 떠올리며 부르르 진저리를 쳤다. 가슴을 마사지하던 손을 멈췄다. 전지전능하다는 신이 무슨 그 모양인가, 혀를 찼다. 한숨이 절로 터져 나왔다. 소리를 지르듯 천장을 향해 입을 크게 벌렸다 오므렸다. 답답했다.

대면해 보자, 하면서도 성경이 부담스러워지는 것은 어쩔 수 없었다. 누구든 그러하겠지만 작위적인 설정을 특히 싫어하고 감동하지 못하는 성미의 남자로서는 거부감이 먼저 드는 게 당연했다. 그러나 문화가 다르고 시대가 다른 여러 선지자의 손에 의해 작성된 책인데 일관되이 의미를 담아 반복한다는 게 암만해도 두고두고 걸렸다. 남자는 왠지 에스컬레이터가 멈춘 곳이 반드시 낙원일 거라는 확신이 안 섰다. 물론 어디까지나 사람이 창조되었다는 가정하에 성경이 말하고 있는 내용들을 액면 그대로 신뢰하고 받아들였을 때의 문제이긴 했다. 하지만 그저 우연이고 픽션이라 쳐도 대단한 책만은 분명했다. 창선과 나누었던 파스칼의 내기가 다시 떠올랐다. 피하지 않고 부딪혀 보리라 마음먹었건만 자꾸 신경을 건드렸다. 증거가 없잖은가? 신이 존재한다고 누가 증명했는가? 남자는 미간을 접으며 혀를 찼다. 눈을 감자, 인간의 편에 서서 대변해 주고 울타리 역할해 줄 신을 찾던 친구의 목소리가 들렸다. 마음이 한없이 착잡했다.

20

방문이 벼락을 쳤다. 열려진 문 앞에 골이 잔뜩 난 듯한 노인이 한쪽 벽을 짚고 서 있었다. 문이 쿵하고 벽에 부딪히는 소리가 너무 큰 나머지 집안은 상대적으로 고요하여 순간 정적에 휩싸였다. 노인 뒤로 역시나 무거운 표정의 얼굴 넷이 방안을 향하고 있었다. 더 정확히는 남자를 쳐다보고 있었다. 여러 가지 생각에 복잡했던 남자는 미동도 없이 눈을 감은 채 누워있었다. 몸 어딘가 불편해 보이는 노인은 마침내 그다음에 할 일을 알아차린 듯, 발보다 상체를 먼저 앞으로 기울이며 재빠르게 두 걸음을 방안으로 옮겼다. 그리고 철푸덕 꼬꾸라지듯 방바닥에 쓰러졌다. 몹시 극적이었다. 눈물은 없고 소리만 나는 마른 울음을 쏟아내기 시작했다.

"아이고, 이게 다 무슨 일이다냐? 니들 아빠가 왜 저러고 누워 있어, 응? 세상 젊잖고 똑똑했던 사람이 왜 이렇게 되 어? 암만해도 내가 너무 오래 살았능갑다. 저승 가서 오빠를 어찌 볼까나. 만나 뭐라고 한다니?"

노인은 문 앞에 병풍처럼 서 있는 여자와 두 아이, 창선과 창림을 번갈아 올려다보며 가슴을 쳤다.

고모님이 어떻게 알고 오셨지?

남자는 집에 들어설 때부터 노인의 목소리를 알아보았다. 부담이 확되었다.

"어머니, 슬프신 건 알겠는데 누워있는 형을 생각해서라도 좀 조용히 하셔야 할 것 같아요. 집안이 울리잖아요."

정환이가 모시고 왔군. 정환은 노인의 아들로서 대형 제약회사의 이사로 일찌감치 성공 가도에 들어선 사촌이다.

"그래서 아무것도 몰라? 깔딱깔딱 숨만 붙어있단 소리여?"

노인은 정환에게 무슨 말을 어떻게 들었는지 이마를 찌푸리며 한껏 낮춘 작은 소리로 여자에게 물었다.

"아니에요, 고모님. 당연히 아니지요. 조카가 평소 워낙 건강했으니 조만간 털고 무사히 잘 일어날 거예요. 일어나야지요. 너무 걱정마세요."

기척이 없어 죽은 거나 다름없다고 생각한 노인을 향해 여자는 희망을 담아 성심껏 답변했다.

"며칠 전 회사 일로 병원장을 만나러 갔었는데 거기서 창선이를 본 거예요. 그 병원에서 근무하는 줄 몰랐어요. 그날 형 얘기를 들었지요. 어머니 팔순 잔치 때 보고 못 만났으니 긴가민가했는데 조창선 이름표를 보고 알았네요."

정환은 양손을 비비며 어색스레 웃었다.

"그러셨겠지요. 친척이라 해봐야 집안 대사가 아니면 만나 볼 기회가 없어 모르게 마련이지요."

여자가 대꾸했다.

"옛날 우리 때 같으면 사촌은 형제지간이나 다름없이 가까웠어. 그 밑에 자식들도 그렇고. 근데 요즘은 안 그래. 변했지."

저승 운운하던 노인은 그새 마른 울음을 그치고 말참견을 했다. 노인은 집안을 통틀어 생존해 있는 최고 연장자였다.

"변하고 말고요. 참, 고모님도 많이 편찮으시다는 소식을 들었는데 요즘 건강은 좀 어떠세요?"

여자는 우는 소리가 멈춘 틈을 타 노인 앞에 마주 앉으며 씩씩하게 큰 소리로 물었다.

"나야 다 살았는데, 뭘. 평생 달고 사는 신경통 때문에 걷는 게 불편했는디, 신경통이 우리 집 내림이잖어? 지랄맞게 목욕탕에서 혼자 괜히 미끄러져서 넘어진 바람에 이놈 다리하고 왼쪽 팔목댕이가 부러져 그거 푼 지 얼마 안 되었어."

"깁스요?"

여자는 추임새를 넣듯 가볍게 응수했다. 거기에 힘을 얻은 노인은 말을 좀 더 길게 했다.

"응, 혈압도 높고, 소화도 안 되고, 눈도 침침했는데 쟈가 주는 약 덕분에 안 죽고 살고 있제. 그 약값도 솔찮을걸?"

노인은 외투를 접어 들고 서 있는 정환을 자랑스레 올려보며 말했다. 환자의 침상이 높아 방문객들은 자연스레 서 있게 되었다. 서 있는 게 편했다.

"존일에 언능 죽었으면 좋것어, 지발! 약 먹는 것도 몸서라나. 잠자드끼 오빠 곁으로 갔으면 좋것어."

노인은 오른쪽 다리와 왼 팔목을 조물락거리며 말을 이었다. 아무래도 빈말 같아 아무도 대꾸하지 않자, 노인은 귀염성 있게 한쪽 눈을 찡긋거리며, 다른 데는 다 바보가 되고 성한 데가 없는데 귀만은 아직 여전하다며 웃었다.

"진인사대천명이라고 사람 가는 일을 뜻대로 할 수 있나요? 그 연세에 귀가 밝으신 것만 해도 어디예요. 사시는 날까지 건강하게 지내셔야지요. 출세하여 돈 잘 버는 아들 있겠다, 시어른께 잘하는 며느리 있겠다, 며느리한테 좋고 맛난 거 많이많이 해달라고 하세요."

여자는 헛웃음을 날리며 불편한 몸을 이끌고 온 노인에게 말대접을 푸짐하게 했다.

"맛난 것도 없어. 입맛도 변했어. 옛날에야 없어서 못 묵었지만 시방은 죄다 쓰고 시고 이빨이 안 좋아 씹질 못해. 앞으로 살면 얼마나 더 산다고 이 털옷도 며느리가 해줬다니께. 이 비싼 걸 머덜라고 샀는지 몰라. 속에 얄프당한 쉐타 한 개만 걸쳤는데도 땀이 난다니까. 더워."

황갈색의 윤기가 자르르 도는 모피 앞섶을 풀어헤치며 노인은 눈을 희번덕거렸다. 노인은 이제 남자를 잊은 듯했다. 방문목적을 잊어버린 듯했다. 노인은 자식 복 자랑에 그새 마음이 가벼워졌다. 노인은 죽었는지 살았는지 사람이 와도 기척이 없는 조카를 올려다보며, 내 자식은 저런 험한 꼴을 당하지 않아서 다행이고, 말 만하면 좋은 약을 포르르 챙겨다 주는 효자가 있어 그저 더없이 행복하기만 했다. 노인의 어깨는 한껏 올라갔다. 마실 나온 노인네 같았다.

"네, 좋으시겠어요. 고모님 복이시지요. 참, 찬은 없지만 오셨으니 점심은 드시고 가셔야지요. 창선아!"

여자는 노인과 말을 하다말고 고개를 돌려 창선을 불렀다.

"아니에요. 제가 바쁜 일이 있어 지금 가봐야 해요. 일어서세요, 어머니. 형님 뵀으니 어머님 모시고 갈게요. 좀 더 일찍 차분하게 찾아뵙고 싶었는데 연초에다 올해 유난히 명절이 일러 어디든 다 바쁘더라구요."

정환은 격하게 손사래를 치며 들고 있던 겉옷을 재빠르게 걸쳤다. 그리고 수순이듯 창림을 향하여 두툼한 봉투를 내밀었다. 창림이 여자의 표정을 살피며 머뭇거리자 노인은, 받어! 정색하며 사뭇 엄하게 말했다. 창림은 노인의 서슬에 봉투를 공손히 받았다.

"요즘은 약이 좋아 죽은 사람도 살리는 세상 아녀?"

"어머니, 형은 그런 게 아니에요. 얼른 나가십시다."

두 사람이 방문하여 머문 시간은 한 20분쯤 될까? 방문을 밀치고 장렬하게 들어섰던 노인은 말이 끊긴 채 정환에게 떠밀려 절뚝절뚝 걸어 나갔다. 엘리베이터 문이 열리고 닫히는 소리가 났다.

"아빠 보러 오신 게 아냐. 당신 행복을 확인하고 싶었던거야."

배웅하고 돌아선 여자는 누구에게랄 것없이 쌩하고 냉기 도는 말을 뱉었다. 여자는 기운이 빠지고 기분이 잡쳤다. 잡친 기분을 숨기지 않았다.

"엄마, 진짜로 고모할머니 식사준비 시키려고 하셨던 거 아네요? 순간 막막했었는데."

창선이 여자에게 물었다.

"무슨? 바로 일어서게 만들었잖니? 정환 씨 향수 냄새도 역겨워 참느라 혼났어."

여자가 말을 마치고 침상 곁의 의자에 앉자, 창림은 정환에게 받은 돈 봉투를 조심스레 내밀었다.

"그래, 아빠 소식 듣고 얼마나 쾌재를 불렀는지 그 속을 좀 들여다 보자. 꺼내 보렴."

여자는 괜히 남자의 머리카락을 손바닥으로 벅벅 쓸어넘기며 말했다.

"오만 원권이니… 한 이백만 원쯤 되겠는데요?"

봉투 안을 들여다보던 창림은 간격을 두고 어림잡아 말했다.

"꽤 살맛 났었군."

사람이란 동물은 타인의 불행을 보며 상대적으로 자신의 행복을 가늠한다고 여자는 믿었다. 창선과 창림은 여자가 눈치채지 못하게 혀를 쏙 빼밀며 조용히 방을 빠져나갔다.

헐, 고상했던 우리 기은식 씨가 왜 이렇게 뒤틀렸을까? 아무리 못마땅하고 불편해도 그렇지, 당신답잖게 애들 앞에서까지 무슨 말둘까. 꼭 그걸 그리 까발리고 전염을 시켜야 속 후련해?

남자도 덩달아 심란해졌다.

"여보, 나 웰케 벨벨 꼬였지? 너무 신경질 나. 거동 불편하신 어른이 기껏 오셨는데 내몰 듯 가시게 하고 또 이 가시 돋친 태도가 뭐냐고요? 나 원래 이런 사람 아니었잖아? 이것밖에 안 됐어? 나 자신이 너무 밉고, 실망스럽고 죽기보다 싫으네요. 밟은 똥을 또 밟은 느낌이야. 아, 증말 구려!"

여자는 원색적인 표현을 해가며 자탄했다.

기은식 씨, 우리 원래라는 말은 뺍시다. 빼는 게 맞는 것 같어. 시간이 얼마가 흐르든, 어디에 놓아두든 고유의 성질이 바뀌지 않는 자석처럼 우리는 본래 그뿐이 아니었나봐. 사람은 말이야. 테레사나 교황과 같은 성직자는 다를까? 산사에서 지내는 스님은 다를까? 난 아니라고 봐. 표현이 달라서 그렇지 고모님과 정환도 우리와 똑같은 심정이었을 거야. 우리가 그동안 해왔던 수십 년의 공부가 도로아미타불 된 거지요. 이런 공부 가지고는 턱도 없나 봐. 그러나 자충수를 뒀다고는 생각지 않아요. 기대할 게 없는 나 자신을 발견하게 되었으니 그만하면 남는 장사 아니겠어? 당부하건대 지금 이 지경이 되었다고 포기하고 자책하지는 맙시다.

여자는 피곤했는지, 아니 매일이 피곤하고 긴장의 연속이었다. 어린아이처럼 칭얼대고 독설을 퍼붓던 사람은 어디 가고, 여자는 남자의 팔께에 엎드려 그새 잠이 들었다. 집안은 고요했다. 그 흔하던 백색소음마저 바람이 걷어간 듯 사라지자 여자의 심장 뛰는 소리가 들리는 듯했다. 마음 같아선 금방 일어나 여자를 데려다 편히 누이고 싶었다. 내 것 아닌 것 같던 팔다리도 얼마쯤 돌아왔다. 그러나 그럴 수 없었다.

　남자는 우울했다. 그 기분은 남자를 좀 더 먼 곳으로 데리고 갔다. 과연 사후세계가 있고 영혼이란 게 정말 존재할까? 윤회도 결국 영혼이 불멸한다는 데서 나온 발상 아니겠는가? 가차 없는 기독교의 일회성 심판과 다르게 수레바퀴처럼 죽어서도 끝없이 돌고 돈다고 보기에 솔직히 위안되는 부분이 있었다. 그러한 여지 때문일까? 사람들이 자살의 유혹에 더 잘빠지게 되는 게 아닌가 하는 생각이 가끔 들었다. 물론 그럴 리야 없겠지만 자살률 1위라는 오명을 접할 때마다 너무너무 답답해서 해본 생각이다. 개든 소든 뭘로든 다시 태어날 수 있으니 구차하게 지금에 연연하여 굳이 살 이유가 없는 것이다. '오죽했으면'이라는 단서가 붙긴 하였으나 은연중 믿는 구석이 없다면 참으로 단행하기 어려운 일이다.

　그러한 영혼이 있다고도 없다고도 단정 지을 순 없으나 분명한 건 누구든, 모두는 현세에서나 내세에서나 몸으로나 생각으로나 영원한 평안과 자유를 꿈꿨다. 선을 쌓으려는 노력이나 극단적인 자살 테러를 선택하는 것도 결국 알고 보면 내세에 대한 갈망 때문이 아니겠는가? 어떤 식으로든 내세에 대한 나름의 확신이 없거나 바라지 않는다면 할 수 없는 행동들이다. 평온한 내세를 위한 필요조건으로 선행을 쌓아야만 한다고, 종교와 신화와 고전은 입을 모아 강조했다. 남자 또한 매일이 어제보다 오늘 더욱 순수해지고 더욱 친절해지고 더욱 너그러워지길 원했다. 그러나 고백하건대 단 하루도 올바른 생각만으로 채워본 적이 없었다. 부처의 자비나 네 이웃을 네 몸과 같이 사랑하라는 예수의 말에 비춰보자면 그랬다. 내부 프로그램에 이상이 있는 듯 실행할 능력이 없었다. 그 사실을 뼈저리게 느낄 뿐이었다. 마치 눈에 띄지 않은 벽 귀퉁이에 달라붙어 두 발을 싹싹 비비고 있는 파리 한 마리 꼴이었다. 참으로 인생은 고난을 위해서 난 듯했다.

저승…… 죽은 사람의 영혼이 가서 산다는 세계. 노인은 저승을 대문 밖 이웃집 정도로 생각했다. 이승 떠난 사람을 현세와 똑같이 만나고 얘기 나누고 알아볼 것처럼 말했다. 나그네가 긴 여행을 마치고 집으로 돌아와 두 다리 쭈욱 뻗어놓고 앉아 회포를 푸는 발상이었다. 가식 없고 지식 없는 촌로의 말이 무게감 있게 다가왔다. 다분히 까뮈적이고 릴케쏘적이었다. 한마디로 죽음을 옆집 마실 가듯 하는 삶의 연장으로 보았다. 노인의 표현을 빌리자면 그랬다. 과연 그럴까?

사후세계와 영혼에 대해 이성적으로 납득되도록 명쾌하게 정의하고 있는 이론은 어디에도 없었다. 이럴 것이다, 저럴 것이다, 이렇게 보여진다, 저렇게 보여진다 말장난 같고 비현실적인 추론만 난무했다. 사람에게 이 문제보다 더 중요한 게 무엇이 있을까 싶은데 말이다. 그런데 기대하지도 않았던 성경이 딴 세계의 삶인 영생을 논했다. 기분이 묘했다.

이불을 통해 여자의 잔잔한 들숨과 날숨이 느껴졌다. 남자는 여자를 따라 숨을 들여 마실 때 같이 들여 마시고 내쉴 때 같이 내뱉었다. 울적한 마음은 좀체 가시지 않았다. 무엇을 생각하든 지상을 뛰어넘을 순 없었다. 인식의 한계에서 벗어나지 못하는 인생이란 처지가 참으로 딱했다.

21

남자는 그리스 문자의 첫 글자인 알파와 끝 글자인 오메가 사이를 헤아려 보기 위해 머릿속에 가로의 긴 일직선을 그렸다. 그리고 간격을 띄워 선 위에 붉은 두 점을 찍고, 그 점 아래 그리스어 Å와 Ω를 표기했다. 시작을 알리는 첫 빨간 점 위에 개미 한 마리를 그려 넣었다. 남자는 실눈을 하고 개미를 바라보았다. 개미는 선을 따라 움직이기 시작했다. Å를 출발하여 끝 지점 Ω로 갈 것이다. 꼭 가야만 할까? 남자는 순간 반발감이 드는 자신을 보았다. 중간에 경로를 이탈할 수도 있고 멈출 수 있다고도 생각했다. 자유다. 자유 아닌가? 하지만 시간과 공간과 물질로 이루어진 법칙 세계에서의 이탈은, 남자가 생각하기로 죽음밖에 없었다. 스스로 마감하는 생을 뜻했다. 인위적인 마감이라고 해서 죽음이 아닌 다른 경로를 밟을 순 없었다. 시작점이 있는 모든 인생은 어떤 식으로든 죽음으로 마무리되었다.

우울한 말이지만 성경의 논리대로라면 인생은 누구나 천국과 지옥 둘 중 하나에 가야 했다. 중간 도착지는 없었다. 원하지 않아도 어느 쪽으로든 가야만 하는 부조리함에 개미는 반항하거나 순응하거나 둘 중 하나를 택해야 했다. 중국의 진시황제가 왜 그토록 기를 쓰고 불로초를 원하였는지 절절히 공감되고도 남았다. 그러나 진시황은 갔다. 어느 쪽일까? 천국의 약속을 굳게 믿고 예수를 따른다는 사람들조차 원하지 않는 게 죽음이다. 가봐야 아는 불확실한 내세를 버거워했다. 똥밭에 굴러도 이승이 낫다는 관용구가 나온 배경이리라.

남자는 입안에 괴는 텁텁한 침과 흥분하여 나온 콧물을 사레들지 않도록 조심히 삼키며 생각을 이어갔다. 시간과 관련하여 진작부터 궁금한 게 더 있었다. 사람이 불완전한 까닭은 한정된 시간 안에서 살기 때문일까? 만약 사람이 죽지 않고 영원할 수 있다면 무한한 시도와 반복의 기회로 신처럼 완전해질까? 모르긴 해도 그러지 않을까 싶었다. 남자는 알파

이전의 삐져나온 선과 오메가 이후에 연장되어 삐져나간 선을 떠올렸다.

그게 혹 전에도 있었고 장차에도 있는 영원이란 시간에 해당될까? 영원이라고 불러도 좋을까?

시간이 외부의 누군가에 의해 만들어졌다고 한다면 논리적으로 그게 맞다. 의술의 발달로 예전에 비해 수명이 길어져 100세 시대를 운운하나 영원이라는 시간에는 턱없이 못 미친다. 시간 안에 갇혀 초월하지 못하고 경험해 보지 않은 영원이라는 시간은 사람으로서 그 개념 자체를 알기 어렵다. 그럼에도 세간에서는 **영원**이라는 단어를 퍽 즐겨 사용했다. 좋은 말 앞에 혹은 궂은 말 앞에 흔하게 사용했다. 영원히 헤어지지 말자, 영원히 변치 말자는 등 사랑하는 남녀나 친구와의 우정이 변치 않기를 바랄 때 또는 영원히 다시 보지 말자는 식의 관계와 관련하여 주로 쓰였다.

11하나님이 모든 것을 지으시되 때를 따라 아름답게 하셨고 또 사람에게 **영원**을 사모하는 마음을 주셨느니라(전도서 3장)

소설 속 가상의 공간과 시간에 구애받지 않는 작가처럼 시간을 지은 창조주에겐 '영원'이 가능하겠으나 피조물인 사람에겐 불가능한 일이다. 속박되어 있다. 말대로 영원을 사모하는 마음이 사람에게 주어져서일까? 이생이나 내세의 안녕을 비는 종교 심리와 함께 마음으로는 뭐든 가능했다. 회상이라는 이름으로 여기 앉아 과거의 그때, 그곳 그 시간 속으로 얼마든 들락거릴 수 있었다. 63빌딩에서 뛰어내리면서도 안전하게 착지할 수 있었다. 그리고 오지 않은 먼 시간으로도 건너갔다. 상상할 수 있었다. 남자는 이해를 돕듯 영원과 관련하여 금세 떠오른 구절을 보며 약이 올라 다시 한번 에잇! 책을 때리며 멈추고 싶은 충동을 느꼈다.

심란해 하던 차에 어디선가 종소리가 아련하게 들려왔다. 집 근처에는 교회 건물이 없다. 환청인가? 그때 엎드려 잠이 들었던 여자가 화들짝 놀라 쏜살같이 거실로 내달렸다. 탁자 위에 있던 전화기를 집었다.

"여보세요? 네? 잘못 거셨네요. 아닙니다. 여기는 가정집입니다."

여자는 전화기를 소파 위로 휙 내던지며 혀를 찼다. 여자의 격한 기척에 두 아이가 각자의 방에서 슬금슬금 나왔다.

"잘못 걸려 온 전화예요? 갑자기 우당탕하는 소리에 깜짝 놀랐어요."

창선의 말에 창림도 고개를 끄덕였다.

"응, 마음이 심란하여 잠깐 눈 감고 있는다는 게 피곤하여 깜박 졸았나 봐."

"벨소리를 바꿨어요? 웬 종소리?"

"목탁소리는 없더라. 아스라한 게 뭔가 애절함이 묻어 있는 듯해서 바꿔봤어. 근데, 영 아니야?"

"응, 엄마. 아냐."

창선의 단호한 대답에 모두는 웃었다. 여자는 그새 고모와 정환의 존재를 잊고 쾌활해졌다.

"저도 웬 교회 종소린가 하고 깜짝 놀랐어요."

"교회 종소리에 왜 놀라? 은은하고 좋지 않았어?"

여자는 남자의 친구와 대화하는 가운데 기독교의 신에게도 부탁해보자 마음을 먹었었다.

"엄마가 좀 예민하고 지쳐 보이는 게 영양 보충이 필요한 시점인 것 같아요. 밥 차리기도 싫은데 일요일이겠다, 제가 쏠 테니 치맥 시켜 기분 전환합시다. 응?"

창선은 여자 옆구리를 파고들며 애교스럽게 말했다. 창림의 눈빛도 이미 동조하고 있었다.

"기분 꿀꿀했는데 잘됐네. 그래, 시켜 먹자, 먹어."

여자는 부스스한 머리를 풀어서 새로 묶으며 맞장구쳤다.

"아빠의 쾌유와 우리 모두의 새날을 위하여!"

주문할 생각만으로도 거실은 금세 활기를 되찾았다.

냄새 죽이겠군.

남자는 입맛을 다셨다.

22

성경은, 소설로 치자면 작가가 등장인물들의 말과 행동은 물론이고 내면세계까지 훤히 들여다보며 이야기를 끌어가는 전지적 작가시점과 닮고, 모든 사람에게 은혜가 있길 바란다는 책의 끝을 미루어 볼 때, 아이들이 좋아하는 게임으로 치자면 따라 하기만 하면 반드시 이기도록 짜여진 프로그램과 비슷했다. 신성한 종교의 경전을 경박스럽게 소설이나 게임에 빗댄 표현이 적절한가 의문이 들긴 하였으나 지금까지 보아온 몇몇 구절들을 조합해 봤을 때 그것 말고는 달리 비유하여 이해할 길이 없었다.

소수 유대민족의 신을 자처한 하나님이 작가이자 프로그래머란 뜻이고 성경은 그가 구상한 완결작품이란 소리다. 그래서 태초에 천지를 창조하고 사람을 지은 이래, 시작된 인류역사는 상자 안에 든 내용물 같은 것으로서 기록된 대로 흘러가게 되어 있다는 계산이 나왔다. 지나간 역사는 사람이 고치거나 방향을 틀 수 없다. 믿거나 말거나 마스터테이프인 성경이 그러하다는 투다. 어처구니없게도 그래서 세상은 그저 꼭두각시처럼 프로그램대로 가야 하는 운명이란 말이 되었다.

그러나 부처님 손바닥 위라는 말은 있어도 하나님의 계획에 의해 우주와 지구, 인류의 역사가 진행되고 결정되었다는 얘기는 금시초문이며 너무 허황되었다. 누가 듣건 코웃음칠 말이다. 대부분의 과학자는 입 모아 이 세상은 결코 창조된 적이 없다고 잘라 말했다. 검은 바탕에 흰색 페인트가 튀기고 묻은 것 같은 칼 세이건의 걸작 『코스모스』 표지가 눈앞을 스쳤다. 창조냐 저절로냐? 세이건의 말마따나 특별한 주장에는 특별한 증거가 있어야 했다. 하지만 현실에서 성경을 입증하기 위한 합리적인 데이터는 너무나도 빈약했다. 거론하는 자체가 우스꽝스러울 지경이었다. 그러나 작가의 손끝에서 작품이 탄생되듯 만물을 지었다는 성경의 기록대로라면 **손바닥**은 하나님의 것이 되고, 피조물인 부처와 과학자는 그 위에 놓이게 된다. 그들은 지상에 머물다 운명이 다 하면 흙으로 돌아가는 등장인물 1과 2에 불과했다.

12누가 **손바닥**으로 바닷물을 헤아렸으며 뼘으로 하늘을 재었으며 땅의 티끌을 되에 담아 보았으며 명칭으로 산들을, 간칭으로 작은 산들을 달아 보았으랴(이사야 40장)

남자는 손바닥이 들어간 눈앞의 구절에 피식 웃었다. 허풍하고는! 바꾸어 말하면 피조물은 창조주를 알 수 없다는 소리였다. 아니 알 수 있는 입장이 아니란 의미다. 그렇잖은가? 반대로 창조주는 피조물에 대해 머리에서 발끝까지 모르는 것이 없다. 논리적으로 그렇다. 지은 물건이 맘에 안 들거나 수가 틀리면 폐기할 수도 있는 것이 짓는 이의 권한이다. 도공이 파치 된 걸 내버리듯 말이다. 누가 **토기장이**를 탓하겠는가? 여느 예술가들과 마찬가지로 하나님도 자신의 명예를 걸고 온전한 작품을 완성하고자 매진했을 것이다. 성공작이 나올 때까지 고치고, 짓고 부술 것이다. 짓고 부수고 할 권한이 있다. 작품은 작가의 또 다른 얼굴이기 때문이다. 그의 영원한 능력과 신성이 만든 만물에 드러나 있다고 한 말대로 반영이 안 될 수 없다.

16너희의 패리(悖理)함이 심하도다 **토기장이**를 어찌 진흙같이 여기겠느냐 지음을 받은 물건이 어찌 자기를 지은 자에 대하여 이르기를 그가 나를 짓지 아니하였다 하겠으며 빚음을 받은 물건이 자기를 빚은 자에 대하여 이르기를 그가 총명이 없다 하겠느냐(이사야 29장)

남자는 눈앞의 구절에 또 한 번 미소했다. 토기장이와 연관된 구절이 바로 이어졌다. 돈을 넣고 버튼만 누르면 즉각 튀어나오는 자판기 커피 같았다. 패리는 이치에 어긋남을 뜻한다. 아이러니하게 피조된 물건의 횡포를 지적했다. 도공과 작품의 관계를 이성적으로 잘 생각해 보라는 의미로 들렸다. 도공의 손이 없고는 작품은 존재하지 않는다.

문제는 사람이 과연 제정신으로 피조물임을 인정할 수 있느냐였다. 더 따져볼 것도 없이 그 말은 곧 창조주인 신의 존재를 인정한다는 소리와 직결되었다. 사실 남자는 누군가 신이 있을 것 같으냐 물으면 그럴 것 같다,라고 대답하고 싶은 축이었다. 어디가 어딘지, 어디로 흘러가는 건지 알지 못한 채 막막하게 살아가기보다는, 초록별이 달린 우주의 거대한 항공모함에 함장 같은 신 하나쯤이 있다면 안전하고 더 좋을 것 같아서였다.

그러나 백번 양보하여 인정해 준다 해도 성경 속의 창조주는 결코 뛰어난 작가이거나 유능한 프로그래머가 되지 못한 듯했다. 피조물의 반발을 탓할 계제가 아니었다. 죄를 막아야 할 신은 성경 초입부터 방조했다. 도깨비방망이를 두드려 뚝딱 생겨난 듯한 6일 천지창조의 대략을 이야기하고 있는 창세기 1, 2장을 빼고 3장부터는 누구나 다 아는 배반의 죄가 바로 등장했다. 그리고 4장에서 절정을 이뤘다. 친혈육 간에 잔인한 피바람이 불었다.

홀륭한 작가나 프로그래머는 대개 도입 부분을 입질하기 좋도록 그럴싸하게 장식한다. 작가들이 리드 문장과 첫 문단에 심혈을 기울이는 이유이다. 프로그래머는 일어날 수 있는 모든 경우의 수를 세심하게 계산하여 미연에 방지하고 취약점을 보완한다. 우연을 지양하고 해킹의 위험성을 근절했다. 어떤 공격에도 대응하여 이기도록 설정한다. 하지만 알다시피 성경의 개발자는 모든 이에게 은혜가 있기를 바란다는 마지막 말과 다르게 관리시스템에 있어서도 철두철미하지 못하고 허점을 보였다. 블랙해커가 쉽게 침투했다. 무방비 상태로 에덴동산이 노출되지 않았던가? 선악과의 서리를 막지 못한 것은 그래서 인류의 시조라 하는 첫사람 아담의 잘못이고 실수라기보다 작가의 실수이고 프로그래머의 탓이며 시스템의 오류로 봐야 하는 게 맞다. 아담에게 죄를 묻는 건 옳지 않았다. 상식적으로 파치하기 위해 작업을 하는 토기장이는 없다. 창조가 분명하다면 하나님은 스스로 결자해지를 해야 한다. 파치하고 끝낼 문제가 아니다. 좀 더 책임 있고 소신 있는 모습을 보여야 한다. 사람이 이렇듯 불완전한 채로 끝을 맺을 순 없다. 너무 억울하다.

이렇게 설득력이 약하고 허술하기 짝이 없는 책이 어찌 홀리(holy)라는 이름을 앞에 달 수 있었으며 전 세계 최고 스테디셀러가 되고 그 긴 시간 동안 인구에 회자될 수 있었는지 불가사의했다. 어디 그뿐인가? 전 세계는 실존 여부가 불투명한 예수 탄생 시기를 기점으로 하는 BC, AD 기년법을 사용하고 있다. 물론 일부에선 종교와 무관한 중립적인 입장을 취하기 위해 공통시대를 뜻하는 BCE, CE를 만들어 쓰기도 하고, 또 극

소수 나라에서는 자기들만의 연호와 혼용하고 있기도 하나 어쨌든 가장 널리 통용되고 있는 게 BC, AD이고 현실이다. 전 인류는 믿고 안 믿고를 떠나 늘 그 영향권 안에 있었다. 불편한 대로 그 사실만은 부정할 수 없는 게 진실이다. 왜 하필 강대국 로마의 지배를 받던, 지극히 약소한 민족 가운데 하나인 유대의 조용한 혁명가 예수가 역사의 기점 주인공이 되었는가 말이다. 유감스러웠다. 소크라테스도 있고 부처도 있고 공자도 있으며 로마 시저와 알렉산더대왕도 있었다.

미들 이스트(Middle East) 중동(中東)이라는 표현도 평소 불만이라면 불만이었다. 일반적으로 가장자리가 있는 도형의 가운데를 중앙이라 하고 그 중심을 기준으로 왼편은 동쪽이 되고 오른편은 서쪽이 된다. 세계는 가장자리가 있는 하나의 땅덩이가 아니다. 조각조각 널브러져 있다시피한 둥근 세계지도에서 무얼 근거로 메소포타미아 지역이 지구 중앙, 땅 한가운데가 되었는지 말이다. 단순히 기독교에 뿌리를 두고 발달한 서구 문명의 영향력이라고만 하기엔 석연찮았다. 괜한 생각이고 기우겠지만 문득 사람이 모를 뿐 보이지 않는 초자연적인 힘, 그것을 물리법칙이라 이름해도 좋다. 만물 속에 법칙이 작용되도록 하는 어떤 힘의 존재가 실지로 있는 게 아닐까, 하는 시답잖은 의구심이 진짜처럼 짧게 스쳤다.

이러쿵저러쿵 말 많은 과학도 알고 보면 기껏해야 드러난 현상에 주목할 뿐이니 말이다. 드러나고 발견되기 전까지는 아무도 몰랐다. 못 봤다고 하여 없는 게 아니다. 존재했다. 그 대표적인 게 미생물이지 싶었다. 현미경이 발명되던 17세기가 되어서야 인류는 비로소 온 땅을 덮고 있는 미생물과 얼굴을 마주했다. 늦은 조우다. 지식의 한계다. 그만큼 사람은 열등했다. 남자는 이 생각이 어느 길로 통하고, 또 뭘 의미하는지 잘 알았다. 그 끝에는 설마 하며 그토록 무시하고 회피했던 창조설의 문턱이 있었다.

23

"입장을 바꿔서 생각해 봐. 그러면 문제가 쉬워져. 그 사람의 사정을 알면 용서 못 하고 이해 못 할 일이 없대잖어?"

여자는 귀에 전화기를 댄 채 방으로 들어왔다. 남자는 생각을 멈춰야했다. 남 저음의 상대 목소리는 창림의 것이었다.

"극구?"

"예."

"그래, 좀 싫긴 했겠다."

알아들을 수 없는 창림의 몇 마디가 더 이어지다가 이내 끊겼다. 전화기를 내려놓은 여자는 잠깐 멈췄던 일을 이어서 하듯 자연스럽게 이불속으로 손을 넣어 남자의 다리를 주무르기 시작했다. 남자는 여자가 그저 고맙고 미안했다. 무슨 얘기가 됐건 여자가 좀 더 하길 바랐다. 그러나 여자는 조개처럼 입을 다물었다. 여전히 남자가 혼미한 가수면 상태라고 판단했다. 여자의 손에서 피로가 느껴졌다. 자주 멈추곤 했다.

"여보, 기은식 씨"

남자는 나직이 여자를 불렀다. 얼마 만인가? 힘들면 그만두라는 말을 하고 싶었다. 그러나 의도와 다르게 발음이 엉켰다. 목이 잠겨 똑바른 말이 되지 못하였다. 여러 날 닫혀 있던 목구멍에서 쇳소리가 났다.

"여보, 여보?"

놀란 여자는 공기를 주입한 막대풍선처럼 의자에서 발딱 일어섰다.

"내가 누군지 알겠어요? 내 말이 들려요?"

여자는 멀리 있는 사람에게 소리치듯 큰 소리로 말했다. 남자는 대답을 하려고 했지만 마음과 다르게 목소리가 또다시 서툴게 나왔다. 남자는 여자 앞에서 평소처럼 목을 가다듬을 순 없었다. 말을 그만두었다. 참았다.

"여보, 제가 잘못했어요. 내가 왜 그놈 있을 때 그런 말을 했나 몰라. 나 어떡해? 나 어떡하라고 일어나질 못하고 계시는 거예요?"

여자는 자책하며 흐느꼈다. 그때 창선이 이른 퇴근을 하여 돌아왔다.

"창선아, 아빠가 나를 쳐다보며 무슨 말을 하고 싶은 눈치였어."

여자는 구세주를 만난 듯 신발을 벗고 있는 창선의 손목을 잡아끌었다. 창선은 재빠르게 남자의 동공을 살피고 혈압을 쟀다. 노련한 손놀림이 달리 의사가 아니었다.

"무슨 일이 있었나요?"

"있을 게 뭐겠니?"

여자는 억울하다는 듯 미간을 찌푸렸다.

"맥박이 좀 빠르고 혈압이 높으시네요. 그러나 우려할 만한 수준은 아니니 오늘 밤 지켜봐요. 동공반응도 좋아요."

"병원에 전화해 봐야 하는 거 아니니?"

"의사들은 거의 퇴근하고 응급만 있을 텐데요, 뭘. 기다리기 힘드시겠지만 아침에 전화합시다."

창선은 웃으며 대수롭지 않은 듯 느긋하게 대꾸했다.

"너는 이런 상황에서 웃음이 나오니?"

"넘 걱정마세요. 곧 일어나실 거예요."

창선은 말을 하면서 허둥대는 여자 모르게 남자의 손을 꼭 쥐었다가 풀었다. 남자는 놀란 나머지 순간 일어나 앉을 뻔했다. 의사인 창선은 의식이 회복된 걸 알아채고 은밀한 사인을 보낸 거라고 남자는 짐작했다. 의사라고 하면 모를 수 없을 것이라고 생각했다. 남자는 이내 놀란 가슴을 쓸어내리며, 그만 두 사람에게 깨어났노라 고백을 해야 할까? 망설였다. 창선은 머뭇거리고 있는 남자를 뒤로 한 채 서둘러 여자를 데리고 방에서 나갔다. 거실에 곧 전등이 들어왔다.

다시 혼자가 된 남자는 꽤 긴 시간을 뒤척였다. 입장을 바꾸어 생각해보라는, 창림과 주고받았던 여자의 말이 마치 움직이지 않은 그림자처럼 뇌리에서 떠나지 않았다. 여러 가지 상반된 입장이 있을 터였다. 토기장이와 질그릇, 의사와 환자, 채권자와 채무자, 임대인과 임차인, 원고와 피고…… 그때 문득 유성과 같은 한줄기 반짝이는 빛이 마음 한복판에 길을 내며 스치고 지나갔다.

신과 나? 사람이 신의 입장이 되어본다? 내가 하나님이다?

초자연적인 신이 존재한다면 실지 모든 게 가능할 것이고 처음과 끝을 모를 수 없으며, 마땅한 소관이다. 신의 개념이 그렇다. 그게 신다운 것이다. 순간 절로 탄성이 터져 나왔다. 너무나 뜻밖의 전환이었다. 하늘거리는 파란 손수건에서 빨간 장미꽃이 피어나고 그 빨간 꽃이 마술사의 손에서 연이어 하얀 비둘기로 변하여 천정을 향해 솟아오르는 것을 본 어린아이처럼 남자는 놀라고 당황하다가 이내 함박웃음을 지으며 감탄했다.

내가 신이라면, 단지 가정하여 입장 하나만 바꾸었을 뿐이었다. 너무나 찰나적이어서 바뀐 입장에 대해 이렇다 저렇다 아직 설명할 근거도 찾지 못했는데 성경 속의 하나님이 말한 알파에서 오메가라는 말이 이해될 것 같은 친근한 마음이 들었다. 적어도 창조주인 신이 뭘 시도하고 계획했든 이해될 것 같은 기분이 들었다. 계시도 기적도 아니다. 믿음 따위는 더더욱 아니다. 그저 관점을 틀어서 보았던 것뿐이다. 동그라미와 네모 도형이 마치 원기둥의 또 다른 모습이고, 이편에선 애국자이나 저편에서 는 테러리스트가 되는 경우와 흡사했다.

남자는 그동안의 오해가 무엇으로부터 처음 시작되었는지 생각해 보았다. 입장이 다를 경우 다툼이 왜 일어나는지 더듬어 보았다. 남자는 얼마 안 되어 곧 알 것 같았다. 거기엔 서로 다른 기준의 입장 차가 있었다. 각자는 나름의 기준을 가지고 살아간다. 기준을 다른 말로 하면 '내 생각'이라고 해도 될 것이다. 내 생각이 곧 나에겐 선이다. 지상에서 둘도 없는 선이다. 당연한 말이다. 만약 세상에 내 의도만 있다고 한다면 오해 며 악은 존재하지 않을 것이다. 그러나 알다시피 전 세계 인구가 70억이 면 70억 개의 기준이 있는 세상에서 살고 있는 중이다.

다툼이나 반목 없이 평화롭자면, 평온하자면 각각 다른 생각을 하나로 모아야 했다. 그 각각을 자발적으로 어떻게 맞춰 가느냐가 관건이리라. 이 세상에선 참으로 어려운 일이다. 맞출 수 없고 공감이 안 되기에 갈등이 빚어졌다. 부딪혔다. 그 순간 언뜻, 성경에 대한 편견만 내려놓을 수 있다면 오해 푸는 것은 일도 아닐 것 같은 기분이 들었다. 남자는 그동안 모든 가치를 대등하게 보았노라 장담하지 못했다. 취향이 작용했다. 하나님이 무엇을 생각하며 이 세상을 창조했는지 한번은 진지하고 자세하게 들어보는 게 도리라고 여겼다. 다시 말하지만 손해 볼 게 없었다.

다만 그동안의 오해와 지금의 이해 사이의 간격이 너무나 뜨고 비약이 심하여 그 행간을 무엇으로 설명하고 메울지가 난감했다. 그러나 쉬운 수학문제를 풀듯 남자는 금세 알아차렸다. 공감, 공감력이었다. 아하, 그럴 수도 있겠다! 그것은 모든 세기에 걸쳐 모든 이에게 필요한 공감의 힘이었다.

토기장이로서, 작가로서, 프로그래머로서 자기 마음대로 할 수 있는 신의 입장이 어느 만큼 인정이 되면서 남자는 이해가 되었다. 솔직히 다행인지 어쩐지 감도 잡히지 않았다. 한 가지 분명한 것은 남자 역시 언제 어디서든 누구에게든 공감을 받고 싶었다는 사실이다. 인정받고자 하는 마음과 닮았는지 모르겠다. 공감받기를 희망하였다. 받지 못했을 때 마음은 상처가 되고 성이 났다. 불통만큼 괴롭고 답답한 일은 세상에 없었다. 모든 오해와 죄의 시발인 듯했다.

공감은 지성의 부분이 아닌 감성의 영역이다. 전지전능하다는 하나님도 뭔가 피조물인 인간에게 공감받고 싶고 소통하고 싶어 천지를 창조하지 않았을까 하는 데에 생각이 미쳤다. 하지만 뭐가 부족해서 피조물에게 공감을? 당연히 납득될 만하고 이성적인 이유는 떠오르지 않았다. 사람이 신의 입장이 되어 인간사를 조망하여 본다는 게 상식적으로 가능한 일인지도 알 수 없긴 했다.

사실 남자가 그동안 알고 봐왔던 성경 속의 신은 한마디로 독재자요 구원을 논했지만 안하무인이었다. 일방통행을 일삼았다. 도무지 미더운 존재가 아니었다. 여느 불신자와 마찬가지로 이 땅의 온갖 폭력과 불평등, 부조리, 고통을 신의 무능 탓으로 돌리며 남자는 철저히 외면했다. 그 횡포에서 벗어나기 위해 무시했다. 신을 믿는다는 건 지적자살 같은 거라고 생각하며 백안시했다. 대신 진리에 대한 깨달음이 있다는 선각자들의 책으로 고개를 돌려 탐독하고 연구하고 추종했다. 하지만 어쩐 일인지 이때까지 무거운 짐은 터럭만큼도 덜어지지 않았다. 제자리에서 맴도는 팽이처럼 여전히 공허한 춤을 출 뿐이었다. 이 땅이 하나님의 뜻을 이루어가는 중간 작업장이라고 친다면 그럴지도 모르겠다. 완공을 앞둔 현장은 쓰레기 천지일 테니 말이다. 이젠 완전히 지쳤다. 총체적으로 인생 스텝이 꼬였다. 파트너를 교체할 때가 왔다고 생각했다.

만약 진짜로 든든하고 전지전능한 신이 존재한다면 이렇듯 사람이 복잡하고, 고통스러운 이유를 물어서 알아내는 게 맞다. 반드시 알아내야만 한다. 알아내자, 다짐을 하자 쌈닭처럼 따져보자는 오기가 불끈 솟았다. 지금으로서는 달리 달아날 마땅한 구멍도 없다. 영성가들의 말 역시 어차피 인식의 문제이지 과학으로 입증할 수 있는 게 아니었다. 뜻을 품고 창조한 사람에게 병을 줬을 땐 낫게 하는 처방전도 반드시 가지고 있으리라. 남자는 약을 기대하며 신의 알파와 오메가 프로그램 속에 뛰어들기로 작정했다. 지레 낙담하거나 비토 놓을 필요가 없었다. 숨은그림 찾기 하듯 혹 기록을 **더듬어**가다 보면 가나안 여자처럼 인생의 얽힌 실타래가 풀릴지 몰랐다.

27이는 사람으로 하나님을 혹 **더듬어** 찾아 발견케 하려 하심이로되 그는 우리 각 사람에게서 멀리 떠나 계시지 아니하도다(사도행전 17장)

멍청한 창조주가 아니라면 스스로 면을 깎는 일은 하지 않을 것이다. 성경을 알아서 나쁠 이유보다 좋은 점이 더 많다면 피할 이유가 없다. 없었다. 약간의 행운이 보태진다면 멀리 떠나 있지 않다는 말대로, 제법 진짜다운 진리와 대안이 발견될지도 모르는 일이었다.

허무주의를 극복하기 위해 만들어진 것이 기독교의 신이다 했던 여자와 사람이 왜 '이따우' 밖에 안 되는지 실망하여 푸념하던 친구의 말이 잠깐 떠올랐으나 그게 작정을 포기하게 만들진 못했다. 길 없는 곳에서 더 지체할 수 없었다. 제발이지 이왕이면 인생의 병을 완치시킬 최상의 처방이고 대안이길 남자는 간절히 바랐다.

마음을 바꾸고 나자 영성가들 또한 나약한 사람들일 뿐이었다는 자각이 왔다. 표리부동한 크리쉬나무르티마저 손가락질할 일이 아님을 남자는 시인했다. 똑같은 사람으로서 누워 침 뱉기였다. 최고의 포식자요 만물의 영장인 사람은 강인한 것 같으나 안타까우리만큼 연약했다. 연약한 너는 나였고 나는 너였다.

24

시작과 끝이라, 사람마다 보는 기준에 따라 다를 수 있겠지만 남자가 파악하기로 성경은 크게 3등분으로 나뉘는 듯했다. 창세 전과 창세 이후, 창세 너머의 내세가 그것이다. 물론 두꺼운 책의 대부분은 6일 창조 이후의 사람에게 할애되었다. 남자는 그 셋 가운데 가장 중요한 부분이 **창세 전**이 아닐까 생각했다. 계획을 세우고 꿈을 꾸는 첫 단계로서 향후 방향과 성격 등이 결정되는 시기다. 어쩌면 가장 분주하고도 행복한 시간이리라. 결과를 그리며 생각만으로도 기대가 되고 설레는 순간이다. 땅을 지은 창조주도 창세 전에 그랬을 수 있다.

5창세 전에 내가 아버지와 함께 가졌던 영화로써(요한복음 17장)

빙고! 추측이 맞아떨어졌다. 창세 전에 이미 누리고 싶은 영화를 예수는 꿈꿨다. 그게 무엇일지 남자는 무척 궁금했다. 신이 바라는 영화가 이 세상에 있다는 소리로 받아들여도 될지 모르겠다. 신과 사람이 생각하는 영화가 똑같을 리 없겠지만, 어쨌거나 하나님을 알 만한 것이 만물 속

128

에 있다고 하였으니 그 힌트를 추적해 가다 보면 얼추 퍼즐이 맞춰질지도 몰랐다. 숨겨진 창세 전의 영화가 창세 후에 어떻게 발현하여 실현되어 가는지 보면 알 일이었다. 살아있는 한에는 희망이 있다는 의미다. 반가웠다. 다만 구절 속의 '나'와 '아버지'의 관계가 낯설었다.

내가 만약 신이라면 나는 어떤 세상, 어떤 영화를 바라며 창조할까?

남자는 어린아이와 같은 단순한 물음을 자신에게 던진 것만으로도 마음이 풍선처럼 들뜨고 가벼워졌다. 오랜만이다. 머리도 개운했다.

창림이 초등학교를 입학하던 그해 여름방학 때다. 도심 한가운데와 다르게 속초해수욕장에서 누워 바라본 맑은 밤하늘은 그야말로 반짝이는 별 투성이었다. 그 별들을 헤아리며 네 사람은 각자가 소원하는 나라를 하나씩 건설했다. 창선이 먼저 손을 번쩍 들며 말했다.

"내가 만든 내 나라의 백성들은 아무도 아프지 않을 거예요. 장애랑 병이란 놈을 아예 들어오지 못하게 할 테니까요. 그리고 백성들은 서로서로 우애가 좋고 먹을 것도 많아 일하지 않아도 되고 아이들은 맘대로 텔레비전을 봐도 혼이 안 나요. 화라는 것도 이참에 없애버릴까? 모든 백성에게 이쁜 옷이랑 아파트를 한 채씩 하사하여 서로 사랑하며 행복하게 오래오래 살도록 해줄 거예요."

그동안 생각해 온 바였는지 몸이 허약했던 창선은 평소의 바람을 새 나라 건설에 투영시켰다.

"막 퍼주는 왕의 맘을 백성들이 과연 알아줄까?"

여자는 창선을 향해 돌아누우며 말했다.

"뭐든 꽁짜로 다 해주는데도요?"

창선은 일어나 앉으며 이해가 안 된다는 투로 말꼬리를 올렸다.

"그러게. 근데 모르더라니깐. 자기가 잘해서 받는 줄 알고 말도 잘 안 들어요. 그래서 꽁짜는 좀 아닌 것 같아."

"그래요?"

창선은 제법 심각해졌다. 남자는 생각에 잠긴 창선을 바라보며 씩 웃었다. 그때 창림이 끼어들었다.

"누나, 기준을 정해. 우리 선생님은 칭찬스티커를 10장 받으면 축구하게 해준댔어."

"오, 굿 아이디어!"

여자는 손을 들어 창림에게 엄지 척을 보냈다.

"공주 생각은 어때?"

"규칙이 있으면 공평하긴 하지요."

창선은 여자의 말에 고개를 끄덕였다.

"서로 사이좋게 말 잘 들어주기 어때?"

"그것 뿐예요? 좋아요. 약속해요."

창선은 여자와 새끼손가락을 걸며 뭔가 이상하다는 듯 고개를 갸웃했다가 금세 덧붙여 말했다.

"참, 집집마다 개나 고양이 중 애완동물을 한 마리씩 반드시 기르도록 법으로 정할 거예요. 어때요? 그러면 모든 사람이 나를 좋아할 거고 나도 넘넘 행복하겠죠?"

"글쎄, 털 싫어하는 사람도 있을 텐데, 엄마아빠는 별루야."

여자는 입을 뚱하게 내밀며 말했다.

"왕의 말대로 법을 지켜야지요."

"선택할 수 있는 자유를 뺏는 폭군이 되시겠다?"

남자가 끼어들었다.

"백성들을 행복하게 해주려고 그러는 건데."

창선은 남자까지 거들고 나서자 뾰루퉁했다.

"사랑하는 마음으로 기다리다 보면 결국 왕의 마음을 알아주지 않겠어요?"

여자는 남자를 흘겨보며 창선의 편을 들었다. 창선은 마음을 알아주는 여자에게 뽀뽀를 하며 다시금 기분이 좋아졌다. 모두는 건강하고 풍요로우며 행복스런 창선의 왕국에 기꺼이 물개박수를 보냈다. 그런 창선은 지금 건강한 의사가 되어 의료봉사를 하며 보람되이 보내고 있다.

"엄마, 아빠, 누나 우리 네 식구 모두모두, 반짝반짝 빛나는 저 별들처럼 엄청엄청 사랑하며 서로서로 오래오래 영영영, 여엉원히 행복하게 사는 그런 나라를 나는 만들 거예요. 약속!"

의태어, 의성어 같은 첩어에 관심갖기 시작한 창림은 1학년 아이답게 첩어를 남발하며 가족 네 사람만 있어서 좀 많이 휑할 것 같은 왕국을 세워, 오랫동안 영, 영, 영, 영원히 사랑하며 행복하게 살겠노라 목소리를 길게 빼서 약속했다. 신데렐라도, 백설공주도, 숲속의 잠자는 공주도 멋진 왕자를 만나고 결혼하여 행복하게 오래오래 살았다. 만고의 진리를 창림은 신이 나서 말했다.

"아들나라에 가면 우리 넷뿐이어서 엄마는 쉬지도 못하고 영, 영, 영, 여엉원히 빨래하고 밥 짓고 설거지를 해야겠네?"

"나를 따르는 쫄병과 백성들이 엄청 많을 테니까 걱정 안해도 돼요. 우리는 뭐든 다 가지고 있는 왕이 되어 놀기만 할 거예요."

누가 가르쳐 주지 않아도 어린아이나 어른이나, 남자나 여자나 모두는 사랑하며 영원히 행복하게 살기를 희망했다. 영화를 꿈꾸며 왕이 되길 원했다. 왕이 되고자 하는 마음은 어디서 유래하였을까? 남자가 바라는 나라도 별반 다르지 않았다. 창선과 창림이 자신들의 행복을 제일로 우선하듯 남자 또한 그럴 것이다. 당연한 이치이다. 자신이 불행할 나라를 만드는 바보는 없다. 따르는 **백성**들과 함께 사이좋게 행복을 구가할 것이다. 인간적인 발상이겠으나 신도 있다면 그러하지 않을까 생각했다.

21이 **백성**은 내가 나를 위하여 지었나니 나의 찬송을 부르게 하려 함이니라(이사야 43장)

그랬다. 사람과 별반 다르지 않았다. 높임을 받을 때 행복감을 느끼는 건 신이나 사람이나 비슷한 듯했다. 그러나 안타깝게도 이 땅의 현실에서 칭찬은 인색하고 행복은 요원했다.

소통과 영원한 행복, 떠올리기만 해도 기분 좋아지는 말이다. 누군가의 말대로, 흰수염을 길게 기르고 하늘의 권좌에 앉아 지상에 떨어지는 참새를 일일이 세는 흰피부의 노인네가 되었건, 곧 터질듯 풍만한 가슴으로 세상 모든 이를 껴안을 듯 팔이 12개나 달린 다산의 상징 섹시녀가 되었건 어떤 신이라 한들 이보다 더 나은 답을 바라긴 어려울 듯싶었다.

남자는 미소했다. 창림은 몰라도 좀 더 자란 창선만 해도 희망하는 나라를 예전부터 한 번쯤 염두에 뒀던 듯했다. 그랬겠지. 남자는 고개를 끄덕였다. 생각하지 않는 것은 말로도 표현 못 한다. 처음이자 마지막인 하나님도 창세 전에 이미 영화를 꿈꾸었다.

4곧 창세 전에 그리스도 안에서 우리를 택하사 우리로 사랑 안에서 그 앞에 거룩하고 흠이 없게 하시려고(에베소서 1장)

긴 탄성이 마음속에서 저절로 터져 나왔다. 다시 한번 창세 전과 관련하여 같은 단어가 들어있는 구절이 겹쳐 떠올랐다.

이런 계획을 갖고 있었던 거야? 찬송하지 않을 수 없겠군.

그동안 얼마나 애타게 바라며 찾고 찾던 바였던가? 이보다 더 좋은 답은 세상에 없으리라. 세상이 있기도 전에 '우리'를 거룩하고 흠이 없게 하기 위해 사랑 안에서 이미 택하였노라 기록했다.

남자는 혀끝을 동그랗게 말아 휘파람 부는 시늉을 했다. 그리스도의 사랑 안에서 택해진 '우리'란 무리가 누구인지 몰라도 분명 최상의 처방이고 대안인 것만큼은 확실했다. '그리스도'가 와서 스스로 결자해지를 했다. 제대로 올 데를 왔나? 하는 생각이 들었다. 운이 좋으면 그동안 찾아 헤매었던 답을 만나게 될지도 몰랐다. 택해진 무리가 누군지만 알면되었다. 희망이 보였다. 앞으로 남은 시간은 그 길을 찾아가는 여정이 되리라! 탁 트인 벌판에서 맞바람을 맞은 듯 폐부가 뚫렸다. 위로가 되었다. 이 땅에서 거룩하다 할만하고 흠이 없는 게 있는지 모르겠으나 창조주는 기어코 택하고 뽑아서 계획대로 밀고 나갈 눈치고 기세였다.

그러나, 그러나 다 좋은데 딱 한 가지, 그리스도 안이라는 단서가 아무래도 걸렸다. 그리스도는 구세주라는 뜻으로 메시아, 즉 예수를 지칭했다. 예수쟁이가 되어야 한다는 소리다. 그리스도를 모르고서는 백날 헛일이었다. 꼭 이 길이어야 하는가? 의문이 들었다. 모르긴 해도 성경 안에서의 길은 그리스도를 통해서만 거룩하고 흠이 없도록 시스템화된 것 같았다. 약속이 확실하다고만 한다면야 양보 못할 것도 없을 것 같았다. 더는 없는 길 위에서 헤매고 싶지 않았다. 솔직히 너무 힘이 들었다. 살아도사는 것 같지 않았다.

물론 어떻게 그리스도 안으로 들어갈 수 있는지 절차와 방법상의 문제가 남긴 했으나 지레 포기할 만큼 나쁘진 않았다. 고무적이었다. 쑥쓰러워 어깨를 으쓱했다. 자존심이 상하는 때를 빼고는 죽기보다 싫은 일은없었다. 예수가 열어놓았다는 길을 하등의 못 갈 이유가 없었다. 그새 놀라운 마음의 변화였다. 그 길을 가지 않을 거면 모를까 구리뱀을 보기 위해 가야 한다면 고분고분 따라가 볼 일이었다. 요 며칠 마주친 성경은 선행을 하면 좋은 데 가고, 죄짓고 나쁜 짓하면 지옥불에 들어가는 권선징악 차원의 도덕책이 아니었다. 근처도 안 갔다. 성질이 아예 달랐다. 지극히 현실적이고 장황한 왕들의 일대기를 빼면 치밀하게 설계된, 그 뭔가에 대한 사용설명서거나 안내서 혹은 주인공인 예수 자서전 같기도 했다. 묘했다.

25

남자는 처음 대하는 진기한 물건을 뜯어보듯 아니면 기싸움이라도 하듯 눈앞의 두꺼운 성경책을 뚫어져라 쳐다보았다. 무엇에 관한 안내문이고, 살아생전에 예수가 무슨 마음으로 어떤 일을 어떻게 하였는지 그 비밀들을 알자면 성경 속으로 걸어 들어가는 길밖에 없었다. 모세와 선지자들이 기록해 놓았다는 말을 경청하다 보면 찾게 될지 몰랐다. 그리만 된다면 알아볼 가치는 충분했다. 설핏 기대하였다. 그러나 기독교인이 아닌 남자가 비벼볼 만한 언덕은 쉬 보이지 않았다. 계시 같은 게 있을 리 만무했다. 그저 추적하고 추론하여 미켈란젤로의 그림에 등장하는 두 남자처럼 손가락 끝이 맞닿아지기만을 간절히 바라야 했다. 우연에 맡겼다.

남자는 마침내 지퍼로 채워진 흑색 장정을 열었다. 간행사와 일러두기를 지나고 차례를 건너 창세기 1장을 폈다. 드넓은 역 광장에서 방향을 잃고 홀로 서 있는 듯 막막했다. 저절로 미간이 접혔다. 여정은 순탄할지, 원하는 곳에 닿기는 닿을지 아무것도 모르는 채 낯선 길을 나서는 여행객처럼 8할의 두려움과 알 수 없는 2할의 설렘이 동시에 교차했다. 두근댔다. 남자는 어지러이 누워있는 선로 가닥들 사이로 이제 막 들어서는 열차에 오르려고 한다. 사람을 거룩하고 흠이 없게 하기 위해 구체적으로 어떤 계획을 가지고 어떻게 천지를 창조했다는 소린지 그리고 그 하나님이 누군지 알기 위해 서행하는 차체를 따라 몸을 움직이기 시작했다.

1태초에 하나님이 천지를 창조하시니라

남자는 산에서 마을을 내려다보듯 눈을 가느다랗게 뜨고 담담히 눈앞의 첫 구절을 응시했다. 계획 없이 다짜고짜 일부터 저지르는 바보는 없다. 시작과 끝을 관장한 하나님은 예상한 바대로 서두부터 적극적인 태도를 취했다. 이건 누가 봐도 창조의 이유와 목적이 분명히 존재한다는 점을 깔고 있는, 의지가 서린 단문이다. 결론부터 발표했다. 천지라 하면 우주와 사람이 살고 있는 지구를 의미할 터였다. 지독하게 함축적인 첫 문장은 먼 도착 지점을 향해, 경적을 울리며 육중한 차체를 움직여 단호하고도 위풍당당하게 출발하는 기차의 모습을 방불케 했다. 공연히 글이 주는 분위기에 압도된 남자는 뒤이어질 구체적인 창조 과정을 보기 위해 서둘러 2절로 넘어갔다.

2땅이 혼돈하고 공허하며 흑암이 깊음 위에 있고 하나님의 신은 수면에 운행하시니라

선언적이고 패기 넘치는 첫 구절과 달리 2절은 먹잇감을 찾아 숨어 웅크린 하이에나처럼 왠지 음험하고 차가운 느낌으로 다가왔다. 무언가 꺼

림칙했다. 천지가 아직 다 형성되지 않고 질서가 잡히지 않아 먼저 어두운 모습으로 운을 뗀 게 아닌가 추측했다. 완성되는 과정에서 어쩔 수 없이 생기게 마련인 부산물로서 혼돈할 수 있고 공허할 수 있으며 어두울 수도 있다고 보았다. 찰흙 놀이를 할 때 주변은 늘 어질러졌다. 다만 사랑 안에서 거룩하고 흠이 없게 하겠다고 한 선언에 반해 부정적인 표현이 책 첫머리에 등장한 사실이 의아스러웠다. 뜻밖이었다. 소설로 치자면 글에 대한 첫 반전의 시도로서 극적인 효과를 노린 하나의 장치에 해당된다고도 보겠는데 그러기엔 긴 책의 분량에 비해 타이밍이 너무나도 이르고 성급했다. 땅이 주어가 되고 있는 점도 묘하게 마음에 걸렸다. 의인화하지 않은 이상 땅이 주어가 되는 경우는 흔하지 않다. 흙으로 지어졌다는 사람의 마음이 혼돈하고 공허하며 어둡다고 한다면 이해가 쉬웠다. 남자는 어딘가 자신과 썩 닮은 데가 있다고 느꼈다. 멋쩍었다. 쑥스러워 몸을 한차례 뒤척였다.

난제는 신이 수면에서 운행한다는 뒷부분이었다. 한강에서 잠깐 운행되다가 타산과 승강장 이용 등의 불편 문제로 폐쇄된 바 있는 수상 셔틀 택시가 언뜻 교차했다. 신이 수면에서 운행한다는 게 무슨 뜻일까? 신과 물은 무슨 관계가 있을까? 말 자체가 어려울 뿐 아니라 물과 관련짓고 있는 점이 생소했다. 영어를 찾아보았다. hovering 단어가 눈에 들어왔다. 호버링은 보통 잠자리나 헬리콥터 따위가 한자리에 떠서 맴도는 모양을 가리키는 말이다. 즉 공중에서의 정지비행을 뜻한다. 맥이 닿아 보이지 않은 이 단어가 왜 여기 쓰였는지 역시나 알 수 없었다. 문자 그대로 보자면, 빛 한 점 없는 어둔 땅덩이를 하나님이 외부 어딘가 수면 위에서 유심히 내립떠보는 모양새다. 지켜보았다는 의미이다. 왜 땅을 주시했을까? 그것도 물 위에서 말이다. 아무래도 앞뒤 분위기가 낯설었다. 편안하지 않았다. 승강장에서 버스를 기다리며 혹은 영화관에서, 길거리에서 누군가 집요하게 쳐다보는 듯한 시선을 느끼고 문득 휙 뒤돌아볼 때가 있다. 물론 뒤엔 아무도 없다. 그 상황과 얼추 비슷했다. 등이 오싹했다. 남자는 이어지는 다음 구절로 곧장 눈을 돌렸다.

3하나님이 가라사대 빛이 있으라 하시매 빛이 있었고

아직 형태가 잡히지 않은 어두운 천지를 향해 하나님이 가장 먼저 한 일은 빛이 있으라는 선포였다. 무언들 보려면 빛이 있어야 하는 게 맞다. 흑암에 필요한 건 빛이다. 공감이 되었다. 누구라도 어두운 데 들어서면 먼저 불부터 밝힌다. 빛에 대해 좀 더 자세히 알아볼 필요가 있었다. 빛이란 단어가 들어간 구절들이 빼곡히 나타났다.

46나는 빛으로 세상에 왔나니 무릇 나를 믿는 자로 어두움에 거하지 않게 하려 함이라(요한복음 12장)

예수가 사람들을 향해 직접 한 말이다. 남자는 신기했다. 어둔 세상에 빛이 있어야 하는 건 맞긴 맞으나 목수인 예수의 입에서 나올 수 있는 수준의 말이 아니었다. 과학의 '과' 자도 모르고 빛의 이론에 대해 문외한일 2000년 전의 예수가 다른 무엇이 아닌 빛으로 이 세상에 왔노라는 발언은 꽤 파격적이었다. 최대한 멀리 잡아봐야 빛을 연구하기 시작한 건 천문학자 케플러 때인 17세기 중엽이다. 지금으로부터 불과 3세기 전 일이다. 부피가 없고 가장 작은 단위의 에너지인 빛은 어디든 속속들이 닿지 못할 곳이 없다. 빛으로 왔다는 말은 곧 어느 누가 되었건 빛으로부터 자유로울 수 없듯이 누구든 예수로부터 벗어날 수 없다는 뜻으로 해석될 수도 있었다. 물론 '나'를 믿는 자는 어두움에 거하지 않게 하겠다는 예수의 표현은 물리적인 빛이 아닌 심리적인 어두움에 더 가까워 보였다. 남자는 어두움이란 단어에서 쉽게 눈을 떼지 못했다. 부끄럽지만 구절이 말하고 있는 빛이나 어두움이 무얼 의미하는지 알만했기 때문이었다.

당시 사람들은 빛으로 세상에 왔다는 예수의 말을 알아먹었을까? 천만이다. 소귀에 경읽기였을 것이다. 광학적으로나 심리학적으로나 더 이상 짧은 지식으로 접근할 성경이 아닐지도 모른다는 생각이 불현듯 뇌리를 스쳤다. 한 가지 의문인 건, 말마따나 빛을 있게 한 신은 나름 큰 포부를 가지고 천지를 창조했을 텐데 왜 2절에서 빛보다 먼저 어두움을 등장시켰는가 하는 점이었다. 아무래도 자연스럽지 못했다. 창조한 세계에서 행복을 꿈꾸었다면 어두움이 아닌 빛이 먼저 등장하여 땅 위의 만물을 풍요로이 비춰야 하고, 완성도에 초점을 맞추는 게 순리다. 남자는 매끄럽지 못한 논리에 힘이 좀 빠졌다. 어린아이들이 보는 동화 같은 6일 창조 이야기는 여전히 매력이 없었다. 글을 빠르게 훑어 내려갔다. 아무래도 6일 창조를 책 서두에 배열하는 건 모세의 실수 같았다. 성인에겐 자연 관심과 재미가 떨어졌다.

4그 빛이 하나님의 보시기에 좋았더라 하나님이 빛과 어두움을 나누사

5절, 6절, 7절 차례대로 무심코 읽어내려 가던 남자는, 누군가 불시에 뒤통수를 침으로써 제정신으로 돌아오듯 깜짝 놀라 눈길을 멈췄다. 전에 느끼지 못했던 색다른 흐름이 글에서 감지되었다. 나름의 순서와 원칙 아래 일관되게 설명하는 듯한 인상을 받았다. 남자는 천천히 음미하듯 되짚어 첫째 날부터 다시 읽어보았다.

3절에 빛이 있으라 해서 빛이 있은 후, 4절 첫째 날에는 빛과 어둠을 나누고, 둘째 날엔 물과 물을 나누며 셋째 날에도 땅과 바다를 나누었다. 그리고 14절 넷째 날부터는 앞의 3일과 관련하여 차례대로 지은 각각의 새 창조물들에게 역할을 부여하는 듯한 묘한 정교함이 풍겼다. 선입견을

가지고 섣불리 판단할 책이 아니었다. 우연치고 꽤나 놀랍고 의외였다. 이왕 시작한 일, 천지가 창조되었다는 가정하에 6일간의 천지창조 과정을 좀 더 차근차근 파헤쳐 보고 싶은 마음이 생겼다. 성경과 하나님을 알아가는 본격적인 첫 노정이 되리라. 창조 과정을 노트하듯 육하원칙하에 정리해 보았다. 많은 게 시간이었다. 아무에게도 방해받지 않는 시간 말이다. 생각에 잠기자, 시간은 멈춘 듯했다.

26

누가: 스스로 있는 창조자 하나님이 (물론 모세에 의해 최초로 기록됨)

언제: 천지를 창조할 때

어디서: 가늠하기 어렵지만 어두운 우주 밖 어딘가에서

무엇을: 우주와 그에 딸린 만물을

어떻게: 가라사대, 그대로 되니라는 표현이 있는 것으로 보아 말로

왜: 글쎄, 윤곽이 잡히지 않아 이유는 잘 알 수 없지만 그리스도의 사랑 안에서 하나님과 생각이 같은 거룩한 팔로우들을 모아 행복하기 위함이 아닐까, 추측해 봄. 누가 됐건 자발적으로 서로 마음이 맞으면 행복하지 않기가 어렵다. 더듬어서 알 수 있기를 희망함.

1일 : 캄캄한 땅에 빛이 있으라 한 후 빛(light, 낮 Day)과 어두움(darkness, 밤 Night)을 나눔. 하루가 저녁부터 시작되는 것으로 보아 유

대인들의 풍습에 따라 기록되었음을 알 수 있고, 또 이때부터 시간과 함께 지구의 공전과 자전이 시작되었음을 엿볼 수 있음. 즉 태양과 달과 지구가 이미 갖추어졌음을 뜻함. 가능한 일일까? 빛을 만들었다는 언급 없음. 어딘가 있던 것에서 있는 것이 나왔다는 뉘앙스. 어두움에 대해서도 역시 만들었다는 소리는 없으나 빛이 있으면 굳이 따로 만들지 않아도 불투명체가 있으면 자연히 생기게 마련. 지극히 주관적인 느낌이나, Night 밤이 낮 Day와 반대되는 물리적 개념의 어두움이라고 한다면, darkness의 어두움은 light 빛과 대척지점에 있는 것으로서 왠지 흐림, 우울, 배신 등 마음과 관련된 회색빛 단어들과 연관될 것 같은 느낌임. 하나님의 보시기에 좋았더라는 말은 계획대로 착착 진행되는 사실에 꽤 만족한 창조주의 심정을 모세가 대변한 것으로 보임.

2일 : 하나의 엄청난 물 덩어리에서 아랫부분의 물이 떨어져나와 물이 두 개로 나뉨. 그 사이에 거대한 공간 궁창(하늘)이 생겨남. 상상하기 어려운 말이나 어쨌거나 본래 있던 물에서 둘로 분리된 그 사이의 공간은 지구의 대기권이 포함되고 태양계가 속한 우주 쯤이 되지 않을까 싶음. 생명체에게 절대적인 신비의 물질, 물도 창조되었다는 언급 없이 빛과 마찬가지로 본래 있던 물에서 분리된 느낌.

3일 : 천하 즉 대기권 아래 지구를 덮고 있던 아랫물이 한곳으로 모이면서 바다와 뭍으로 나뉨. 그 땅에서 종류대로 식물이 남. 빛과 물, 땅의 3박자가 갖추어짐으로써 생명이 싹틀 수 있는 기초적인 환경이 마련되어 생물 중 비교적 단순한 구조의 식물이 맨 처음 등장한 것으로 어림됨. 엄청난 양의 물을 움직이고 뿌리가 내리자면 중력이 반드시 필요, 작용되고 있음을 시사.

4일 : 최종 시나리오가 나오면 배우들에게 각각의 배역이 주어지듯, 첫째 날의 빛과 관련하여 등장한 광명들과 별은 땅을 비추는 역할이 부여됨. 큰 광명과 작은 광명이 합쳐져, 징조와 사시와 일자와 연한이 이루어졌다는 말은 행성 간의 거리와 크기 등이 구조적으로 문제없이 배열되었음을 암시. 만약 시간이 창조되었다고 한다면 빛이 있으라 하던 때 동시에 생겨났을 가능성이 큼. 낮을 주관하는 큰 광명을 태양으로 보고, 밤을 주관하는 작은 광명을 달과 별로 봐도 될 듯. 동양의 모든 절기는 달이 중심임. 바라보고 있노라면 왠지 아쉬웠던 일과 보고 싶은 얼굴들이 떠올라 사람을 센티멘털하게 만드는 달은 자체 발광을 못하고 전적으로 태양 빛에 의존하여 되쏘는 역할을 함. 태양과 지구와 달의 3자 관계가 묘함.

5일 : 둘째 날 생긴 궁창에는 날으는 새가, 아랫물에는 물에서 사는 생물이 창조되어 배정됨. 민물이건 짠 바닷물이 되었건 지표면적의 70%를 차지하고 있는 물은 물고기를 비롯하여 여타 생물들이 살아가는 데 없어서 안 되는 중요한 역할을 함. 누구나 알듯이 인체도 약 70%의 물로 이루어져 있음. 우연의 일치일까? 과학자들은 이 둘의 연관성에 대해서 어떠한 설명도 내놓지 못함. 물이 부족하여 노화가 이뤄진다는 가벼운 얘기만 할 뿐임. 심지어 아기는 지구의 탄생과 비슷하게 엄마의 양수 속에 있다가 태어남. 뭘까?

6일 : 셋째 날 만들어진 식물을 음식으로 삼는 동물이 언급되고, 마침내 만물의 영장이자 하나님을 닮은 사람이 창조되는데 대상이 누구냐에 따라 먹거리 배정이 달라짐. 날든 걷든 기든 모든 동물에게는 그저 푸른 풀이 먹거리로 주어지는 반면, 사람에겐 유독 씨가 강조되어 씨 맺는 채소와 씨 가진 나무의 열매를 먹도록 허락하고 있음. 저의가 궁금.

남자는 여섯째 날에 이어 일곱째 날로 연결되는 2장 앞부분을 좀 더 읽어 내려갔다. 문맥상으로 보아 1장 1절에서 시작된 창조 작업은 2장 1절의 '천지와 만물이 다 이루니라'는 선언을 끝으로, 혼돈하고 공허한 땅에서 최종적으로 창조된 사람이 살아갈 수 있도록 지구의 안팎이 두루 갖춰졌음을 알렸다.

7일 : 다른 여섯 날과 다르게 저녁이 되며 아침이 되었다는 말이 생략된 채 일곱째 되는 그 '날' 자체에 복을 주고 있음. 짓고 나누고 역할 배정을 모두 마친 하나님은 쉬는 게 목적인 양 안식함. 이게 무슨 의밀까? 일을 했으면 쉬어주는 게 맞긴 하다.

예전에는 반공일이라고 하여 토요일 오후부터 쉬었다. 언제부턴지 모르나, 혹시 반복되는 이 7일 주기도 6일 창조에서 비롯되고 일요일 또한 안식과 관련된 일곱째 날에서 유래되었을까? 설마! 남자는 적잖이 놀랐다. 아니라고 말할 수도 없는 문제였다. 그동안 백지나 다름없이 취급해 오던 성경이고 창세기 1장이었다. 신의 입장을 이해해 보기 위해 심정적으로 조금 가까이 다가갔을 뿐인데 행간이 넓어지면서 수긍되는 면들이 확대되어 보이기 시작했다.

하나님의 하루와 사람의 하루가 같을까? 글쎄다. 6일간에 걸쳐 천지가 창조되었다는 기록을 대개는 허무맹랑한 농쯤으로 여겼다. 진리는커녕 더 알아보려고도 하지 않았다. 그저 못 믿을 종교 경전 중 하나로 치부했다. 남자 역시 다르지 않았다. 도깨비방망이 같은 인상을 지울 수 없었다. 상식적이지 못하다고 생각했다. 그렇다고 남자는 딱히 과학을 전적으로 신봉하는 추종자도 못되었다. 발표대로라면 우주는 빅뱅이라는 사건으로 인해 수치상 138억 년을 살고 있는 셈인데 그 일이 왜, 그리고 어떻게 일어났는지 어디서도 속 시원하게 설명을 듣지 못했다. 뉴턴과 아인슈타인, 그 뒤를 이은 과학계의 거장 호킹조차 얼버무렸다. 입증할 수 있는 문제가 아니냐 보았다. 어떻게 증명해 보이겠는가? 우주의 96%는 여전히 베일 속에 가려져 있다, 한다. 토기장이 논리로 본다면 그릇이 도공을 헤아려 알 수 없고 능가할 수도 없는 일이긴 했다. 과학이니 이성이니 하는 말이 우스울 뿐인 거다.

아기가 엄마 뱃속에서 빠져나오듯이 저 위 어딘가에서 아래로 내려온 듯한 6일간의 창조 과정은 나름 조화롭고, 경이롭고 아름답기까지 했다. 남자는 은근히 긴장되었다.

27

창세기는 유대민족에게 율법이 주어지면서 히브리 사람 모세에 의해 기록된 것이라고 전해진다. 모세가 실존 인물인가에 대한 논란은 예수만은 못해도 어쨌거나 뜨겁다. 확실치 않지만 BC14~5세기경 이집트 신왕국 시대에 살았던 인물로 보는 견해가 있긴 하다. 그러나 만물이 피조물임을 인정하는 순간 자동적으로 창조주를 시인하는 격이 되듯, 모세를 인정하게 되면 이스라엘의 유일신과 구약성경을 모두 인정하는 꼴이 되기에 남자는 신중할 필요가 있다고 생각했다. 지금은 단지 뜻밖의 호기를 만나 기억을 바탕으로 성경의 앞뒤를 재어 추리해 가보고 있는 중이다. 더도 말고 덜도 말고 딱 순수 기록에만 집중하여 편견 없이 따라가 볼 심산인데 창조의 순서가 그럴듯하여 마음이 조금 더 기운 것이다.

짐작하건대 처음 창조가 이뤄진 후, 오랜, 오랜 시간이 흘러 지금과 비숫한 환경이 된 땅에서 살던 모세가 신으로부터 계시를 받아 눈 앞에 펼쳐진 상황을 과거 회상하듯 서술한 것으로 보였다. 그래서 해와 달과 지구가 단순히 순차적으로 지어진 게 아닐 수도 있겠단 생각이 들었다. 이를테면, 첫날부터 이미 저녁이 되고 아침이 되었다는 소리며 셋째날 천하의 물이 한곳으로 모이자면 중력과 달의 작용이 뒤따라야 했다. 사시와 일자와 연한이 등장하는 넷째 날 또한 마찬가지다. 따라서 6일 창조가 반드시 신화만이 아닐 수도 있겠단 생각이 들었다. 보지 말고 생각하지 말아야 할 것을 잘못 보고 잘못 생각한 것처럼 남자는 또다시 망설였다. 자연 신경이 쓰였다. 혀를 찼다. 추적해 보는 과정이 맞기를 바라야 할지 틀리기를 바라야 할지 곤란했다. 그때, 꿈속에서 보았던 모세가 떠올랐다. 아니 모세분의 영화배우 찰턴 헤스턴이 떠올랐다.

조상 대대로 내려온 신, 여호와 하나님에게 이끌리어 광야를 덮고도 남는, 끝없는 밤으로 채워진 흑연색 공간에, 곧 부딪칠 듯 촘촘하게 허공에 박혀 있는 별들을 올려다보며 모세는 과연 무슨 생각을 하였을까? 무엇을 알 수 있었을까? 창문 너머 얼어붙은 밤하늘을 떠올리며 남자는 가늠해 보았다. 경이와 경외감에 그저 납작 엎드리지 않았을까? 가끔 유튜브에 올라온 천체 사진들을 볼 때면 그런 감상에 젖곤 했다.

모세를 떠올리자, 그의 이름이 들어간 관련 구절들이 눈앞에 무더기로 쏟아졌다. 인용된 구절의 양이 많다는 것은 그만큼 신과 밀접했다는 의미로 읽혔다. 천지창조뿐 아니라 노아방주며 십계명, 제사법 등 유대인들의 근간이 되는 모든 규범과 식양을 기록한 사람이니 그럴 만도 했다. 구약성경 속의 인물 중 다윗 못지않게 널리 알려진 이름이다. 그가 유명세를 탄 데는 알게 모르게 세간의 영화도 톡톡히 한몫을 했다.

여기서 남자는 먼저 한 가지 알고 싶을 게 있었다. 모세는 일러준 그 막

대한 양의 내용들을 기억할 뿐 아니라 알아먹어서 기록하고 전달했을까, 하는 의문이 들었다.

22모세가 애굽사람의 학술을 다 배워 그 말과 행사가 능하더라(사도행전 7장)

능력이 뛰어났다는 표현이 있긴 하나, 아무래도 알아먹긴 불가능했지 싶었다. 심부름하는 아이가 이유를 속속들이 모르고도 할 수 있는 경우와 비슷하다. 예를 들어 두부 한 모를 사 오라 하면 그 용도를 모르고도 사 올 수 있다. 김치찌개에 넣을지 동그랑땡에 넣을지 맑은두부탕을 끓일지 말을 안 하면 알 리 없다. 까먹지 않고 제대로 사 오는 것만도 칭찬감이다. 그렇듯 선지자 모세가 하나님의 뜻을 알아먹고 기록했을까에 대한 답은 '아니오'에 가까웠다. 신과 직접 대화를 했던 모세도 알기 어려운 의미를 온갖 형태의 사상이 주름잡고 있는 작금의 사람들이 신의 의중을 알아채기란 더 힘드는 게 당연하지 않겠는가? 다만 외부에서 유입된 정보를 사진 찍듯 그대로 기억한 능력자로서 모세가 천재 중의 천재였을 거란 짐작은 갔다. 요즘도 공부가 제일 쉽다는 사람들이 있다. 그리고 보면 신비한 뇌며 측두엽의 충격으로 과거의 모든 기억이 되살아나는 이 기이한 현상도 완전히 생뚱맞은 일만이 아닐지 몰랐다. 어쩌면 창조된 인류의 본래 능력일 수도 있었다.

인간은 보통 가지고 태어난 뇌를 고작 10%로도 채 사용하지 못하고 생을 마감한다 들었다. 얼마나 신빙성 있는 말인지 모르겠으나 다 쓰지도 못할 200억 개의 뉴런이 우연하게 쓸데없이 생겼다기보다, 시간이 흐르는 동안 어느 순간 어느 계기로 제 기능을 잃어버렸다고 보는 편이 더 이성적일 듯싶었다. 아담은 처음 본 각종 동물의 이름을 모두 지어줬다 하잖은가. 현존하는 이집트 기자의 대피라미드만 봐도 그렇다. 무려

145

4500년 전에 세워진 정사각뿔 모양의 석조건축물이다. 어마어마한 과거의 시간이다. 아직까지 이집트에 남아 막대한 외화를 가져다주는 랜드마크로 관광명물 역할을 톡톡히 하고 있다 한다. 불가사의하게 여겨지는 그 옛날 대피라미드는 놀랍도록 방향과 각도가 정확하고 지반의 침식이 거의 없어 현대 건축과학으로도 도저히 따라잡을 수 없는 미스터리라 한다. 과연 그 시대 고대인들의 지혜가 지금 21세기보다 더 못하다고 말할 수 있을까? 모세는 그보다 10세기 뒤 사람이다.

가끔 감성은 논리를 앞서기도 했다. 진리와 가장 거리가 멀다고 제껴 놓았던 성경이 답을 줄 것 같은 예감이 들어 당황스럽고 황당하여 가만 있기가 곤혹스러웠다. 어수선했다. 굳이 계시가 아니더라도 믿음이란 결국 이렇게 시작되는 게 아닐까 쓸쓸하게 뇌까렸다. 사유세계는 사과 자르듯 자를 수 있는 물질계가 아니다. 그저 드러난 현상을 논할 뿐이고 새로운 사실이 등장하면 언제든 수정, 변경이 가능한 과학을 절대적인 잣대로 보고 믿는 일은 어리석다. 마음이 술렁이자 돌연 배가 슬쩍 아파오기 시작했다. 겁을 집어먹은 아이처럼 두근거렸다.

그동안 내 삶을 지탱해 주었던 신념과 깊이가 이것밖에 되지 않았나?

치기심과 자존심이 고개를 내밀었다. 회의가 밀려들었다. 신이라는 개념은 어쨌거나 입증할 수 없기에 비이성적이고 공갈 같아서 이해가 안 돼야 하는 게 맞다. 그런데 성경 몇 구절에 그새 공감을 하고 또 마음이 빨려 들어간 느낌이 들어 남자는 유쾌할 수 없었다. 자발적으로 성경을 알아보겠다는 마음과 서서히 야금야금 이해가 되어가는 것은 큰 차이가 났다. 느낌이 달랐다. 아픈 아랫배가 명치께까지 무지근하게 올라왔다. 마침내 올 것이 왔다는 심정이었다. 제대로 된 인간이라고 한다면 고민이 없을 수 없고, 죽음과 그 너머의 세계에 대해 초연할 수 없다. 모든 게 이성적이고, 팩트여야만 한다고 믿었던 남자는 자신도 모르게 그 모호한 경계에 들어서고 있음을 직감했다. 어떠한 경우든 무엇이 되었건 100% 신뢰도 어렵지만 100% 반대하고 불신하기도 쉽지 않다. 입장을 바꾸어 생각하면 이해 못 할 일이 없다고 한 여자의 말에 우연히 시작된 일이 숙명처럼 다가오고 있었다. 앞일은 아무도 모른다.

28

"여보, 자요?"

여자는 방으로 불쑥 들어오며 무심코 말했다. 정신이 팔려있던 남자는 갑작스런 여자의 출현에 몸을 움찔했다.

"내 말을 알아들은 거예요? 들려요?"

여자는 남자의 반응에 대번 반색했다. 대답을 바라고 한 말이 아니었다. 그저 습관적이거나 내면의 바람이 담긴 혼잣말 같은 것이었다. 남자는 얼굴 가까이에서 여자의 숨결을 느꼈다. 향내가 났다. 감고 있는 두 눈을 뚫어져라 쳐다보고 있을 여자의 표정이 눈앞에 그려졌다. 남자는 알은체를 하려다 그만두었다. 남자는 지금의 상황이 나쁘지 않았다. 다시없을 시간이고 여유란 생각이 들었다. 무엇보다 예전의 생활로 돌아갔을 때 지금과 같은 기억능력이 잔류할 건가에 대한 확신이 없었다. 눈을 뜨고, 대화를 하다 보면 기적과 같은 능력이 휘발되어 사라질 것만 같았다. 남자는 더 이상 물러설 곳이 없었다. 삶의 답을 찾는데 매달릴 마지막 기회여서 더더욱 그 무엇에 방해받고 싶지 않았다. 남자는 슬그머니 어금니를 깨물었다.

　남자에게서 더 이상 색다른 움직임을 발견하지 못한 여자는 곧 포기했다. 기대로 인한 착각이자 과민반응이라고 자신을 탓했다. 고분고분하고 더 나빠지지 않은 남자가 그나마 고마울 따름이었다.

　"낼모레가 곧 명절이네요. 지금 마음 같아선 차례도 다 그만두고 싶지만 어디 또 그래요? 잠깐 시장엘 다녀와야 할 것 같아요. 그리고 나가는 김에 미용실에도 들러올까 봐요. 볕이 좋네요. 두어 시간은 혼자 계실 수 있지요?"

　예전 같으면 하지 않아도 되는 말을 여자는 길게 했다.

　말을 마친 여자는 두 손으로 자신의 얼굴을 감쌌다. 아무래도 거부하고 싶은 현실이었다. 제주도를 가지 않았더라면 그래서 변고가 생기지 않았더라면 명절시장을 혼자 가는 일은 없었다. 여자는 이내 기분을 털어내듯 결연히 고개를 들었다. 그리고 들고 있던 모자를 푹 눌러썼다. 다녀온다는 말을 남기며 여자는 방에서 나갔다.

　미안해요. 내가 너무 이기적인 건 알겠는데 이 순간을 놓치고 싶지 않네요. 내 걱정은 하지 말고 천천히 다녀와요.

　남자는 여자에게 용서를 빌며 이해를 바랐다.

　곧 도어락 닫히는 소리와 함께 안전키 채워지는 소리가 찰칵 났다. 사고 이후 자동키 위에 철통같은 수동 잠금장치를 하나 더 달았다. 엘리베이터의 문이 곧 열리고 닫혔다. 그 소리가 적막 중에 났다.

　혼자가 된 남자는 전자동 침대 리모컨을 조작하여 천천히 상체를 일으켰다. 본래 3단 조절기능이 있던 일반 침대다. 여자가 역류성식도염 때문에 렌탈한 건데 이참에 잘 써먹고 있는 중이다. 여자의 말대로라면 곧 명절이 돌아온다. 최소한 명절에 일어나는 게 도리다. 더 혼자만의 시간을 갖는다는 건 용서받지 못할 배신이 되리라.

움직임과 소리가 사라진 집안은 고즈넉했다. 이불을 밀치자 빛 속에 떠도는 먼지가 보였다. 손을 한번 휘젓자 희기도 하고 잿빛을 띠기도 한 먼지들이 이리저리 흩어졌다. 남자는 발가락을 움직여 보았다. 좋았다. 괜찮았다. 힘이 들어갔다. 계속 마사지를 한 여자의 노력이고, 아무도 모르게 수시로 몸을 추스른 덕분이었다. 일어설 만하다는 확신이 섰다. 남자는 천천히 두 다리를 침대 아래로 내려뜨렸다. 그리고 마저 내려섰다. 다리가 저릴 때처럼 감각이 없어 순간 휘청했다. 마음은 달음박질도 할 것 같은데 남의 다리 같고 발 같았다. 가만히 누워만 있었건만 많이 쓴 듯 퍽퍽했다. 침대 난간을 붙잡고 걸터앉아 숨을 돌렸다. 시간이 조금 지나자 서 있을 만했다. 그새 피가 순환되었는지 발바닥의 감각이 나아졌다. 다리에 힘이 실렸다. 남자는 손을 살그머니 떼보았다. 마침내 남자는 세로의 세상과 마주했다. 감격하였다. 이깟 일에 고마워하고 있는 자신이 우스웠다.

그러나 해냈다는 감격도 잠깐, 갑작스런 기립은 현기증과 허리통증을 불렀다. 남자는 침대 머리판을 붙잡고 선 채 통증을 가라앉혀 볼 양으로 몸을 좌우로 살짝 틀었다. 그러자 명치 저 아래에서 주먹만 한 무언가가 올라오는가 싶더니 트림이 격하게 터져 나왔다. 그 바람에 몸이 기우뚱했다. 쓰러지지 않기 위해 본능적으로 몸을 가누었다. 동시에 배에 힘이 들어가자 진즉부터 조짐을 보이던 배에서 배설의 신호를 보내왔다. 중력의 위대함을 체험하는 순간이었다. 남자는 히죽댔다. 배가 찌릿찌릿 아픈데도 괜한 헛웃음이 연신 나왔다. 경관의 말대로 이만하길 다행이라든가, 곧 일어날 거라는 창선의 희망 섞인 말 때문이 아니다. 그저 살아있음에 대한, 고통을 느낄 수 있는 정상적인 감각에 대한 다행스러움이 남자를 기쁘게 만들었다. 만감이 교차했다.

남자는 마냥 서 있을 수 없었다. 괄약근을 조절할 수 있는 대로 한껏 조이며 벽을 짚고 신중하게 한 발짝씩 발을 뗐다. 가슴으로 숨을 붙잡은 채 아래로 향하는 모든 무게를 최대한 줄이며 옮겨 걸었다. 마침내 사고의 원인을 제공했던 예의 방안 화장실에 다달았다. 변기가 보였다. 기분은 언짢았지만 망설일 겨를이 없었다. 서둘러야 했다. 앉자마자 어제 그제 먹었던 두유 탓인지 대장은 맘껏 쏟아냈다. 배설의 쾌감은 놀라웠다. 사람을 살맛 나게 해주었다. 반동에 의해 허리통증이 동반되었음에도 마음만은 깃털처럼 가벼웠다. 가스가 빠져나가자 머리도 맑아졌다. 변기 손잡이를 누르자 요란한 소리를 내며 순식간에 오물이 사라지고 금세 새 물이 차오르는 소리가 났다. 사람에게도 이런 기능이 있으면 좋으련만, 남자는 손끝 하나면 모든 오물이 처리되는 변기의 기능에 엄지척을 했다. 사람에겐 절대 없는 거였다.

남자는 변기 옆에 나란히 붙어있는 세면대를 잡고 섰다. 구부정한 채 조심히 손을 씻으며 입 안을 헹구었다. 고개를 들자 초췌한 몰골의 사내가 수도꼭지 위 조그마한 거울 안에 있었다. 남자는 턱에 묻은 물을 뚝뚝 떨구며 서 있는 거울 안의 사내를 생전 처음 보는 듯 유심히 뜯어보았다. 희끗희끗 웃자란 수염 탓인지 나이보다 더 지긋해 보였다.

소중한 나의 껍데기로군.

울컥, 새삼 감동이 되었다. 고맙고 대견했다. 남자는 평소 외양을 낮게 보는 경향이 있었다. 어렵게 지내 온 유년 시절과 소탈한 성품 탓도 있겠지만 몸뚱이는 그저 진화의 단순 산물로서 생리현상이 채워지면 그만인 유기물 덩어리로 여겼다. 그럼에도 한편, 남자는 어쩐 일인지 베토벤과 차이코프스키를 듣고 라흐마니노프를 가까이했다. 유물사관적인 소신과 대조적이게 유심론에 바탕을 둔 책을 가까이하며 찾아다녔다.

남자는 티벳의 밀교경전인 『마하무드라의 노래』를 떠올리며 혼자 쑥스러워했다. 거울 안의 사내는 겸연쩍게 웃었다. 50대 초중반의 시간과 열정을 고스란히 쏟아부었던 책이다. 세면대에 기대어서 그 순간을 회상하던 남자는 문득 눈앞의 무언가에 놀라 진저리를 치듯 몸을 부르르 떨었다. 옷이 얇고, 힘에 부치기도 했지만, 그때 그 시간이 떠오르자 얼마나 어리석게 낭비하였는지가 훤히 보였다. 다시는 기억하고 싶지 않은 그때였다. 바보 같아 부끄럽기조차 했다. 이순의 나이가 되어감에도 자기정체성에 있어서는 청년에서 별로 자라지 못했다는 자괴감이 들었다.

남자는 침대로 돌아가 눕고 싶었다. 다시 화장실 문을 붙잡고 문턱을 조심스레 넘어, 스위치를 내리고, 벽을 따라 처음처럼 걸었다. 그것도 운동이 되었는지 아니 엄청난 운동이 되었다. 마음 같잖고 다리가 몹시 후들거렸다. 그러나 침대에 눕자 남자의 마음은 언제 그랬냐는 듯 금세 가뿐해졌다. 안락함이 온몸을 감쌌다. 몸이 따뜻해지자 행복하다는 생각까지 들었다. 평소 같으면 무심코 했을 행동이고 느끼지 못할 뿌듯함이었다.

남자는 간지럼을 타듯 입을 다물지 못하고 헤실거렸다. 어디를 향하고 누구를 향한 감사인지 모르나 그저 감사하다는 마음이 몽글몽글 솟아올랐다. 신기했다. 가만 생각해 보니 머리부터 발끝까지, 안전하게 먹고 입고 움직이는 모두가 다행이고 감사한 일이었다. 이 지경이 되고 보니 보였다. 내 몸이라고는 하나 정작 임의로 할 수 있는 일은 불과 몇 가

지 안 되었다. 새삼 신체의 오묘함에 놀랐다. 만족했다. 감사했다. 감사
는 곧 사라져 버릴지 모르는, 아주 사소하고 조그마한 것에서 비롯되는
듯했다.

　남자는 악산을 등반하고 돌아온 사람처럼 노곤함을 달래듯 다리를 시
원하게 쭈욱 뻗으며 두 눈을 감았다. 편안했다. 좋았다. 꿈결인가 싶었
다. 곧 진짜 잠속으로 빠져들어 갔다.

29

Don´t recall.
Don´t imagine.
Don´t think.
Don´t examine.
Don´t control.
Rest.

　지나간 일을 기억하지 말고 다가올 일 또한 상상하지 말며, 생각하고
조절하는 것을 멈추고 그냥 쉬어라. 생각나면 생각하는 거고, 하게 되면
할 뿐이니 망상을 버리라고 『마하무드라의 노래』는 주문했다. 그때 비로
소 모든 허상에서 벗어나 순수하고 완전한 휴식을 누리며 '참나'를 발견
하게 된다는 티벳 밀교의 가르침이다. 강렬하나 호들갑스럽지 않고, 단

호하나 유연하면서도 간결했다. 진정 새로운 세계로 데려다줄 것 같은 구원의 방주 같았다. 긴 시간 동안 오욕칠정에서 벗어나길 갈망하며 아니 최소한 현재보다는 자유롭기를 희망하며 얼마나 애쓰고 집중을 하였던가? 남자는 사람이 이룰 수 있는 궁극의 경지라고 여기며 격하게 공감하고 사랑하였다. 진심으로 마음을 다해 바라던 바였기에 더없이 소중했다. 그토록 전율케 했던 마하무드라였건만 그 노래 또한 3년을 넘기지 못하고 좌초되었다. 물론 3년이란 시간은 짧지 않다. 예수의 공생애와 맞먹는 긴 시간이다.

그러나 남자가 변덕을 부렸다기보다 책 스스로가 연기가 되어 풀풀 공기 중으로 흩어져버렸다는 게 맞는 표현이다. 일어나지 않고 실현성이 없는 망상을 끊으라는 주문은 천번 만번 알아먹겠고 알아들었으나 어찌된 영문인지 그리되지 않았다. 소낙비가 오면 바짓가랑이가 젖게 마련이듯 망상은 호흡이 있는 한은 저절로 생겨나는 생의 부유물 같은 거였다. 안 생길 수 없었다. 심지어 책에 눈길을 주고 있으면서도 딴 세계에 가 있곤 했다. 보이지 않는 마음은 과거든 미래든 어디든 넘나들었다.

3년 만에 내린 결론은 그런 사람은, 그런 건 '없다'였다. 다만 한 가지 예외의 경우, 뇌사상태일 때 가능했다. 몸은 있으되 헤아림과 긴장이 없어 아무것도 꾸미지 않아도 되었다. 반대로 기억나면 기억하는 거고, 상상하면 상상하는 거고, 쉬게 되면 쉬는 것은 오직 식물인간뿐이었다. 과거의 굴레에서 무조건 벗어나라고 주문한 크리슈나무르티와 별반 다르지 않았다. 그건 억지이고 논리의 빈약을 의미했다. 무얼하든 쓸쓸하고 답답하여 매일이 흐림인 남자의 마음을 위로해 주지 못했다. 늘 만족스럽지 못하고 상쾌하지 못하고 공허했다. 시간이 흐를수록 미궁 속으로 빨려 들어가는 듯했다. 근본적인 그 무엇이 바뀌고 비워지거나 채워지지 않는 한은 가시지 않을 치명적인 목마름 같은 것이었다. 원하여 태어나고, 사는 게 아니건만 마치 대가인 양 마르지 않는 욕망은 쉼 없이 다그치고 괴롭혔다. 이것도 에러, 저것도 에러 사방천지에서 에러가 났다. 혼자만 아는 고통이었다. 참말로 억울했다. 아닌 게 아니라 고난을 위해 난 인생이고 사람에게 지워진 형벌 같았다.

남자가 따지려 들자, 달콤했던 그 노래는 종적을 감추었다. 애초에 싹을 틔울 수 있는 씨앗이 아니었을지 몰랐다. 껍데기를 심어놓고 싹이 나길 비는 꼴이었다. 체념했다. 지나간 일은 기억하지 말고 다가올 일을 상상하지 말아라, 지내놓고 보니 솔직히 이보다 더 우스꽝스러운 말은 세상에 없었다. 자연으로 되는 걸 무슨 수로 막겠는가? 동풍이 불면 이파리는 서쪽으로 기울게 마련이다. 어찌 그 같은 관념의 극치를 3년 동안이나 좇았는지 자신이 딱하기조차 했다. 한마디로 무용하고 무책임했다. 앞에서 보았던 창세기 1장 2절의 혼돈과 공허, 어두움을 인정했다. 남자는 사람이었다. 지극히 상식적인 사람이었다.

당시 상실에 젖었던 남자를 위로해 준 건 코믹하게도 다른 무엇이 아닌 흘러간 옛노래의 한 자락이었다. 도시로 이사를 나온 후 아버지는 계획한 대로 일이 풀리지 않자 자주 술을 마시곤 했는데 거나하게 취할 때쯤이면 음정, 박자, 다 틀려가며 어김없이 불렀던 〈나그네 설움〉이다. 1940년에 나온 노래다. 우리 민족으로선 잊지 말아야 할 흑역사가 진행되던 상황이다. 억울하게 자유를 빼앗긴 그때 그 시절이 현재의 불만족스러운 삶과 겹치면서 공감되어 위로되었던 듯했다.

"오늘도 걷는다마는 정처 없는 이 발길, 지나온 자국마다 눈물 고였다. 선창가 고동 소리 옛 님이 그리워도 나그네 흐를 길은 한이 없어라."

그러나 당시에는 너무나도 듣기 싫었다. 사춘기를 겪고 있던 남자에게 패잔병 같은 아버지의 모습은 외면하고 싶은 현실이고, 내색하지 않았지만 죽이고 싶을 정도로 싫고 죽도록 싫었다. 결혼해서야 아버지의 심정을 이해하게 되었다. 아버지 역시 한 사나이로서, 한 집안의 가장으로서 어깨를 펴고 싶었던 것이다. 하지만 삶의 무게에 짓눌려 정처 없고 오란 데 없는 나그네처럼 외롭고 한탄스러워 울분에 찼던 것 같았다.

"타관 땅 밟아서 돈 지 십 년 넘어 반평생, 사나이 가슴속엔 한이 서린다. 황혼이 찾아들면 고향도 그리워져 눈물로 꿈을 불러 찾아도 보네."

누구에게도 억압받아 본 적 없고 자유를 빼앗긴 적도 없었건만 웬일인지 외지로 쫓긴 듯 남자는 늘 상실감에 절망하고 평화를 느끼지 못했다. 어제와 오늘이 언제나 똑같았지만 느끼는 감정은 매일이 낯설었다. 분명 나라를 잃은 그때 그 시절의 선조들과 아버지완 다른 고통이고 슬픔이었건만 가슴을 에는 쓸쓸함만큼은 다르지 않았다. 아버지가 그리워하며 생각한 황혼의 고향이란 과연 어디일까? 고향은 어머니 품속 같은 쉼이 있는 곳이리라.

"낯익은 거리다마는 이국보다 차워라 가야 할 지평선엔 태양도 없어 새벽별 찬 서리가 뼛골에 스미는데 어데로 흘러가랴 흘러갈쏘냐"

삭풍에 태양도 없는 광막한 지평선 위를 홀로 걸어가야 하는 그 지독하게 짠한 삶, 나이와 관계없이 인생이면 누구나 뼛속 깊이 느끼는 고독이고 서러움이었다. 물론 60 가까이 사는 동안 좋았던 날들은 절대적으로 많았다. 그러나 작은 불씨 하나가 온 산을 태우듯 깨진 사금파리 한 조각 같은 고독이 사람을 집어삼켰다. 한 번도 푸르러 본 적이 없었던 것처럼 삶은 노상 누르무레했다. 여유와 만족 따위는 찾아볼 수 없다. 그래서 앞으로 어떻게 살고, 어디로 흘러가는지 갈 바를 알지 못하는 남자에게 그 노래는 흘러간 옛이야기가 아닌 지금도 가슴속에 알알이 남아 들려지고 있는 숨소리요, 명시다.

갈등뿐이었던 지난날의 모습이 스냅사진을 들여다보듯 하나하나 생생하게 떠올랐다. 솔직히 남자는 아직도 그 가락이 떠오르거나 들릴 때면 서러워서 울렁거렸다. 나이가 들자 마음도 눈물샘 따라 느슨해진 듯하다. 모든 인생이 그러나 싶었다.

30

식탁에 앉아 무언가를 손질하고 있는 여자의 옆모습이 문틈으로 보였다. 함치르르 보기 좋았던 머리칼은 깡뚱하게 잘려 싸락눈이 묻은 듯 희끗희끗했다. 세월이 쌓이면 생기는 자연스러운 현상이다. 그러나 얼굴에 표정이 없고 머리를 잘라 더 조그매진 어깨를 보자 다시금 동요가 되었다. 생로병사에서 놓여나지 못하는 인생으로서 노쇠는 당연한 수순임에도 불편한 마음이 이는 것까지 어쩔 순 없었다. 얕은 감정의 굴곡이 언짢았다. 남자는 또다시 혀를 찼다. 당장 일어나서 깨어났노라 고백하며 여자의 걱정을 덜어주고 싶었다. 하지만 그럴 수 없었다. 사람이 깊어서가 아니다. 누워있는 게 고역이긴 했지만 남자는 알고 싶은 게 아직 더 남아있었다. 여동생의 말도 말이려니와 창조되었다는 사람에 대해서도 자세히 더 알고 싶었다. 사람이 사람한테 끌리는 것은 당연한 이치다.

남자는 사람과 관련된 구절을 찾아 읽었다. 창세기 1장 26절부터다. 어려운 단어가 있는 것도 아닌데 내용이 한 눈에 썩 들어오지 않았다. 도돌이표가 들어간 악보처럼 그 말이 그 말 같고, 암만해도 산만하게 느껴졌다. 남자는 쉼표를 넣어 잘게 끊어서 재차 읽어보았다.

하나님이 가라사대,

하나님이 말했다.

우리의 형상을 따라 우리의 모양대로 우리가 사람을 만들고, 그로, 바다의 고기와 공중의 새와 육축과 온 땅과 땅에 기는 모든 것을 다스리게 하자 하시고, 하나님이 자기 형상, 곧 하나님의 형상대로 사람을 창조하시되, 남자와 여자를 창조하시고, 하나님이 그들에게 복을 주시며

남자는 독해력을 떨어뜨린 주범을 찾았다. 주어와 술어의 잦은 반복과 구절 안에 많은 내용을 담기 위해 '과'와 '와' 같은 접속조사를 빈번하게 쓴 탓이었다. 거기다 전반적으로 긴 만연체의 글에 종지부가 없는 이유도 한몫했다. 쉼표를 찍으며 끊어 읽자 그런대로 내용은 파악되었다. 한마디로 하나님은 하늘과 바다, 땅과 짐승들을 다 지은 후 마지막으로 '우리'가 의논하여 닮은 사람을 지어서 복을 줬다는 이야기다. 그리고 그 남녀 두 사람에게 모든 피조물을 다스리게 했다는 게 골자다.

남자는 사람을 하나님의 형상대로 지었다는 대목에서 고개를 끄덕이며 배시시 웃었다. 기발한 착상이란 생각과 함께 사람이 본래 얼마만 한 존재인가를 설명하는 말로서 그보다 더 나은 표현은 세상에 없을 것같았다. 그만큼 대단하고 중요하단 뜻으로 읽혔다. 안팎이 신인 창조주와 같게 만들어져 자유로이 생각할 수 있고 또 불멸하여 영생할 수 있다는 뜻으로도 해석되었다. 사람의 본질이 하나님이란 소리이다. 얼마간 피조물임을 인정한 뒤끝이어선지 진화론보다 훨씬 설득력이 있게 다가왔다. 사람은 털 없는 원숭이가 아니다. 내세의 개념과도 가까웠다. 인간에 대

한 최고의 찬사이자 신의 배려라는 생각까지 들었다. 싫지 않았다. 굳이 한 쌍의 남자와 여자를 지은 걸 보면 알콩달콩한 사랑과 관련되어 보이기도 했다. 괜찮았다. 좋았다.

문제는 정작 그다음에 있었다. '우리'란 단어 앞에서 남자는 주춤했다. 하나님의 형상이니 모양대로라는 말도 어렵지만 '우리'라는 말은 더 난해했다. 하나님은 하나, 한 분이기 때문에 우리말로 하나님이라 부른다고 알고 있다. 유일신이라는 의미다. 그런데 어떻게 해서 '우리'라는 단어가 쓰이고 있는지 납득이 안 되었다. 분명 하나님과 예수는 둘로 나뉘는 별개의 개체이고 개념이다. 히브리어에서 하나님을 뜻하는 '엘로힘'이 원래 복수 형태라는 말을 얼핏 어디선가 들은 기억이 났다.

삼위일체설?

남자는 기독교 교리 중 하나를 떠올렸다. 확인차 삼위일체라는 단어를 되뇌어 보았다. 하지만 눈앞에 떠오르는 구절이 없었다. 그건 성경에 삼위일체라는 단어가 직접적으로 쓰이지 않았다는 뜻이다. 의아했다. 기독교 교리 가운데 중요한 위치를 차지하고 있는 줄 아는데 정작 성경에 쓰여 있지 않았다. 사람이 느끼지도, 알 수도 없는 엄청난 시간이 흘러 단세포가 사람으로 진화하였다는 이론도 믿기 어려웠지만 모종의 몇몇 신들의 논의 끝에 사람을 본인들처럼 지었다는 말 역시 신화 같고 껄끄럽긴 마찬가지였다.

순순히 성경을 따라가 보자 마음을 먹었건만 의문이 이는 건 어쩔 수 없었다. 사람의 심리가 그랬다. 가족에게 숨겨가며 괜한 짓을 하고 있는지도 모르겠다는 회의가 또다시 들면서 남자는 힘이 빠졌다. '우리'라는 벽에 막혔다. 자포자기하는 심정으로 눈앞의 구절을 망연히 응시했다. 그때, 베토벤의 교향곡 5번 제1악장의 첫 소절과 같은, 가슴 뛰는 놀라운 반전의 명제 하나가 운명처럼 떠올랐다. 눈을 크게 떴다. 몸에 소름이 돋았다. 남자는 떨리는 목소리로 웅얼거렸다.

나는 사람이다. 사람은 하나님의 형상대로 지어졌다. 고로 나는 하나님과 같다!

그럴듯했다. 다시 말하지만, 사람의 본질이 하나님이어서 하나님적(的)으로 되었다는 소리다. 신의 입장이 되어 추측해 보는 경우와 또 달랐다. 단순히 각도를 틀어서 보는 것과도 달랐다. 피조물인 사람 속에 하나님이 투영되어 누구나 **신**으로 승격됐다. 놀라웠다. 막연했던 추리에 물꼬가 트였다. 나쁘지 않은 논리였다. 나쁘지 않다가 뭔가?

내가 너희를 **신**이라 하였노라(요한복음 10장 34절)

예수가 한 말이다. 가슴이 뛰었다. 사람을 신의 형상대로 지었을 땐 그만한 의도가 있을 게 분명했다. 생각이 거기에 미치자 단박에 두어 가지 질문이 동시에 일었다. 먼저는 '사람을 왜 만들었나'와 '하나님의 형상이란 게 도대체 무엇인가'였다. 영어에는 image, likeness로 표기되어 있었다. 외형과 내면이 모두 닮게 지어졌다는 뜻이다.

음, 사람의 오묘한 신체 구조며 최고가 되고 싶은 마음이 결국 신을 닮아서였군.

빛만 있다면 작고 둥근 눈동자에 크든 작든, 뾰족하든 길든, 멀든 가깝든 담지 못할 물체가 없고, 저마다 우두머리 왕이 되고 싶은 이유일지 몰랐다. 하나님은 왜 사람을 다른 무엇이 아닌 자신과 닮게 지었을까? 무엇을 바라며 안팎을 자기처럼 창조했을까? 신으로 승격시킨 이유가 뭘까? 전혀 신처럼 완전하지 못한 채 상실과 욕망 사이에서 허우적대는 인생을 말이다. 전지전능한 신은 그걸 바라지도 모르지도 않을 터였다. 어떻게 같아진다는 말일까? 사람이 실패해도 괜찮다는 의미인가? 공짜로 생명수를 주듯 그리스도의 사랑 안에서 대가 없이 거룩하고 흠이 없게 해 줄 거니까? 왜 그딴 일을 두 번 반복해? 자연히 궁금한 게 많았다. 처음부터 완전하게 지었다면 목마르지 않고 허우적댈 일도 없이 좀 좋잖은가 말이다.

그 찰나, 특별한 근거는 없지만 왠지 삐그러진 이유 끝에 선악과 따먹는 사건이 있을 것만 같은 생각이 스쳤다. 예전부터 들었던 마음이기도 했다. 그 사건으로 첫 단추가 잘못 끼어졌을 수도 있었다. 금령을 어긴 사람은 낙원에서 쫓겨났다. 성경을 더듬어 가는 과정에서 여러 가지 의문들이 원만하게 풀어지길 남자는 진심으로 바랐다.

회상해 보건대 남자는 철이 들 무렵부터 자질구레한 무언가를 놓고 끊임없이 고민하였다. 단 하루도 멈추어 본 적이 없었다. 가난과 그 가난으로 인한 집안의 불화가 늘 불을 지폈다. 숨기고 싶은 과거다. 그때마다 술을 마시며 처량하게 나그네 타령했던 무능한 아버지를 죽였다. 그리고 심하게 자책했다. 반복되는 그 불편함이 커질 대로 커진 청년 시절엔 비관하여 가끔은 살고 싶지 않은 때도 있었다. 치기에서 올라온 막연한 충동에 오래도록 시달렸다. 식물이며 동물과 다르게 사람만이 유일하게 자신의 생명을 해하는 꿈을 꿀 수 있다 한다. 원, 그것도 꿈이라고 한다면 말이다.

시간이 흐를수록 더욱 격렬해진 갈등에 남자는 스스로 목숨을 끊지 못할 바라면 차라리 대담하게 모든 욕망에서 벗어나는 '무아'를 원하였다. 무엇에도 휘둘리지 않고 묶이지 않은, 형체가 없는 '나'를 바랐다. 지금껏 부처와 여러 영성가 사이에서 떠나지 못하고 어정거린 까닭이다.

그런데 어디에서도 못 얻은 깨달음을 주려는 듯 성경이, 없는 책처럼 낮게 여겼던 성경이 꼭 집어 형언하기 어려운 근원적인 물음에 답을 줄

듯 서서히 공감되어 가기 시작했다. 오래전부터 만나고 싶었던 친구를 기대하지 않은 시간과 장소에서 우연히 만나듯 일면 반갑고 들뜨기조차 했다. 사실 우주적 관점에서 인생사를 바라본다면, 보는 게 가능하다면, 삶은 너무나 부조리하고 하찮아서 살아갈 의욕을 몽땅 잃을지도 모른다. 그게 고난이 아니겠는가? 그러나 사람이 하나님과 같이 지어졌고 신이라는데 거기에 무슨 고민과 말이 더 필요하겠는가? 내용은 간단했지만 의미는 중차대했다. 단지 형상이라는 단어 앞에 '우리'가 붙어있는 점이 이해가 안 되어 눈에 거슬릴 뿐이었다.

31

사람 속에 '우리'라고 부를만한 게 무엇이 있을까? 흐르는 시간에 몸을 맡기며 남자는 곰곰이 생각에 잠겼다. 사람이 하나님의 형상대로 지어졌다면 사람 속에도 하나님과 똑같은 것이 있어야 하는 게 옳다. 그래야 한다. 뒤져보면 나올까? 각각의 형태나 위치는 다르나 고유의 성질이 동일한 삼위일체를 설명할 수 있는 것이 전 세계를, 만물을 헤집고 헤집으면 나올까? 찾아지길 바랐다. 가장 먼저 고체 액체 기체로 변화가 가능한 물이 떠올랐다. 모양과 쓰임새는 각각 다르나 성분이 똑같다.

그러나 아쉽게도 물은 한 공간 안에 셋이 함께 할 수 있는 구조가 아니었다. 배타적이었다. 수증기와 물과 얼음은 동시에 병립이 불가했다. 서로 의논이 불가능했다. 아, 있다! 남자는 사람 안에서 삼위일체라고 할 만한 것을 찾아냈다. 헛웃음이 절로 나왔다. 너무나 가까워 그동안 느끼지 못하고 지내온 게 오히려 이상스러웠다.

남자는 그 옛날 일을 소환했다. 엊그제처럼 느껴졌다. 창선이 고등학교 3학년일 때다. 중요한 시험을 앞둔 6월 첫째 주 일요일 아침이었다. 5시가 조금 못 된 이른 시각이었다. 밖은 아직 어스레했다. 책임감이 강했던 창선은 아침 기상을 스스로 해결하려고 언제나 애를 썼다.

남자는 창선의 방에서 울리는 자명종 작은 소리에 눈을 떴다. 발은 저절로 창선의 방으로 향했다. 노크하고 방문을 살짝 열었다. 창선은 헝클어진 머리카락을 한 움큼 쥔 채 비비적대며 침대에서 일어나고 있었다. 아니 상체를 일으키려고 애쓰고 있었다.

"창선아, 정신 차려. 낼모레가 무슨 날인지 알잖아. 눈 떠, 눈 뜨란 말이야!"

창선은 자신에게 명령을 내리고 있었다. 그러나 뱉은 말과 다르게 일어나다 말고 모로 쓰러지며 베개에 얼굴을 파묻었다.

"안돼, 이러면 안 돼. 너 연체동물이냐?"

그 베개를 두들기며 마치 타인에게 말하듯 자신을 나무라며 가까스로 상체를 다시 일으켰다. 눈은 여전히 감긴 채였다.

"좋아. 딱 5분만, 5분 만이야."

자신과 타협을 본 창선은 짚북데기가 옆으로 넘어지듯 철푸덕 베개 위로 쓰러졌다. 남자는 안쓰러웠다. 5분을 염두에 두며 부엌으로 갔다. 마트에서 판매하고 있는 자그마한 딸기맛 요구르트를 냉장고에서 꺼내고, 견과류 한 줌을 꺼내 접시에 담았다. 그리고 채소박스에 든 참외를 꺼내서 막 깎으려던 참이었다. 우당탕퉁탕 묵직한 물체가 무언가에 부딪히며 바닥으로 떨어지는 소리가 났다. 놀란 남자는 황급히 창선의 방문을 열었다. 창선은 무릎을 감싼 채 방바닥에 쓰러져 있었다. 달려온 남자와 눈이 마주치자 창선은 부끄러운 듯 상체를 일으켜 앉으며 겸연쩍게 웃었다.

"아빠, 유체 이탈한 듯 내 몸이 내 말을 안 들어요. 의지박약이나 봐요. 어떡하죠?"

"침대에서 떨어진 거야? 어디 다친 데는? 무릎을 찧었어?"

속상하고 슬픈 상황인데 자꾸만 웃음이 삐져나오려는 걸 참으며 남자는 물었다. 진심으로 걱정이 되었다.

"괜찮아요. 멍이나 들고 말겠죠. 근데 아빠, 오늘은 일요일이니 딱 1시간만 더 잘게요. 이따 깨워주시면 안 될까요?"

"왜 안 되겠니?"

남자는 기어서 침대에 오르는 창선을 도왔다. 방문을 닫고 나오려는데 창선의 목소리가 다시 들렸다.

"조창선, 넌 할 수 있어. 일어날 수 있을 거야. 지금은 믿고 자자."

남자가 확실하게 깨워줄 것을 믿는다는 소리인지, 깨우면 일어날 것을 믿는다는 소리인지 알 수 없으나 창선은 자신을 제법 의젓하게 독려했다. 사투하듯 잠과 싸움을 벌이며 할 일을 다하려고 하는 모습이 짠하면서도 한편 대견하고 사랑스러웠다. 창선은 한 사람이면서 마치 서로 다른, 또 다른 인격체가 내부에 존재하는 듯 자연스레 대화를 주고받았다. 평소에도 자주 있는 일인지 말투가 능숙했다. 깨어나셨다는 거 알아요. 적당한 때 털고 일어나세요, 말하듯 손을 꼭 잡았다가 놓은 창선을 떠올리며 남자는 미소 지었다.

삼위일체는 지금까지 성경에서 본 내용 중 가장 쉽고 빠르게 이해가 되었다. 특별한 경우가 아니면 대개 사람의 마음과 몸과 말은 혼연일체가 되어 움직였다. 너무나 자연스러워 하나라고 여긴 것이다. 그러나 식물인간을 보면 몸과 정신이 둘인지 하나인지 분명하게 알 수 있었다. 기독교의 삼위, 즉 성부와 성자와 성령의 관계도 비슷해 보였다. 여기서 성자와 성령은 당연히 실행하는 몸인 예수와 생각한 바를 표현하고 격려하는 워드(word), 말이 될 것이었다. 논리적으로 따져보자면 그렇다. 몸과 말은 따로따로 하나인 셈이다. 물론 이 셋 중 주도권은 창세 전에 먼저 계획을 세운 머리 즉 성부 아버지가 될 것이다. 성부는 누구나 알듯 기독교에서 말하는 하나님을 의미했다.

사람이 자신에게 실망하는 경우는 대개 세워둔 계획과 다르게 몸이 실행하는 과정에서 벌어졌다. 몸이 마음과 말을 따라주지 않을 때 실의에 찼다. 말만 앞세운 실없는 사람이 되었다. 창선도 그러하고 남자도 시인하거니와 마음의 소리와 몸의 소리가 언제나 100% 일치율을 보인다는 건 결코 쉬운 일이 아니었다. 자주 엇박자가 났다. **뜻**대로, **원하는 대로** 몸이 움직여 주지 않는 게 고통이었다.

42가라사대 아버지여 만일 아버지의 **뜻**이거든 이 잔을 내게서 옮기시옵소서 그러나 내 **원대로** 마옵시고 아버지의 원대로 되기를 원하나이다 하시니(누가복음 22장)

내용상 연결되어 떠오른 듯했다. 죽으러 온 예수였건만 닥칠 고통을 피하고 싶어 했다. 그러나 기꺼이 본인보다 성부 아버지의 뜻에 따르겠다고 고백했다. 예수는 신의 아들로서 죽음을 초개처럼 여길 줄 알았는데 전혀 그렇지 못했다. 폐일언하고 이어지는 뒤 구절에, 핏방울 같은 땀을 쏟으며 기도한 후 천사들의 독려까지 받고서야 죽음을 받아들인 걸로 묘사되어 있었다. 인간 예수의 고통이 고스란히 전달되었다.

남자는 사람이 신의 형상을 가졌음에도 문제아 수준이 된 까닭을 알았다. 양심 있는 사람치고 세상 누군들 스스로를 괜찮은 사람이라고 자부하는 치는 없을 것이다. 고백하건대 남자 또한 단연코 하나님적이던 기억이 없었다. 괜찮지 않았다. 뭘하든 늘 실망스러운 쪽이었다. 남자는 조금 뻘쭘하긴 했지만, 약속대로 인생이 흠이 없고 거룩하게 되길 바랐다. 바라보았다. 그 바람 너머로 예의 그 동산이 또다시 스치고 지나갔다.

32

남자는 이어지고 있는 28절을 마저 읽었다.

하나님이 그들에게 복을 주시며 그들에게 이르시되 생육하고 번성하여 땅에 충만하라, 땅을 정복하라, 바다의 고기와 공중의 새와 땅에 움직이는 모든 생물을 다스리라 하시니라.

남자는 대안을 기대하며 뛰어들기로 작정은 하였으나 구절구절마다 의아스럽고 모르겠는 건 여전했다. 만만찮았다. 고심 끝에 의논하여 안팎으로 닮게 지은 남녀가 잘되길 바라는 마음으로 복을 주어 번성하고 땅에 충만하라 말하는 건 당연하다. 사람은 임신 기간도 길고 한 번에 낳을 수 있는 아기의 숫자도 적다. 많아 봐야 둘, 대개는 한 명이다. 임신한 여성은 가만히 앉아 있기만 해도 보통 사람이 등산하는 만큼의 에너지가 소모된다고 한다. 적자생존과 약육강식의 세계에서 상대적으로 열등한 신체 구조를 지닌 사람이 꾸준히 생육하고 번성하여 오늘날 전 세계 인구가 70억을 넘어서 80억에 육박하는 걸 보면 신은 약속을 지킨 듯하다. 이미 멸종했거나 멸종위기에 놓인 동식물이 있다는 걸 상기할 때 가히 충만하다고 할 수 있는 숫자다. 오로지 암컷과 짝을 지어 후손들을 얻기 위해 해저에 사랑의 울타리를 짓고, 죽어서까지 새끼들의 먹이로 몽땅 몸을 내주는 수컷가시고기와 흰점박이복어가 동시에 연상됐다. 아무리 생각해도 놀라운 속성을 지닌 미물들이다.

창조 당시 남녀 둘뿐인 풍요로운 동산에서 그들은 주로 무엇을 하며 지냈을까? 남자는 그새 마음이 누그러져 농담할 여유가 생겼다. 우스운 발상이겠으나 할 일이 없던 두 사람은 충만하라는 신의 명령대로 먹는 것 외에 아기 만드는 일이 주였지 않았을까 싶었다.

* 자동차를 만드는데 13,000개의 부품이 있어야 하고, 747제트여객기는 300만 개의 부품이, 우주왕복선은 500만 개의 부속품을 필요로 한다. 사람은 어떠한가? 206개의 뼈를 둘러싸고 있는 5~60개의 근육, 60조 개의 세포조직, 25조 개의 적혈구와 250억 개쯤 되는 백혈구가 있어야 하며 심장은 물보다 약 6배 진한 피를 1분에 4.7리터씩 퍼낸다. 혀에는 9,000개가 넘는 미각세포가 있다. 사람은 이 얼마나 많은 것들이 있어야 하는 정교한 기계인가?

* 몸의 열기는 80%가 머리로 빠져나간다. 따라서 발을 따뜻하게 하려면 양말을 신는 것보다 모자를 쓰는 것이 더 낫다.

* 정자를 만들어내는 공장인 고환은 온도가 낮아야 제 기능을 할 수 있으므로 방열기구처럼 언제나 쭈글쭈글 주름투성이의 모

양으로 매달려 있다. 체온이 오르면 세정관의 정자생산이 중지되기 때문에 더운 날씨에는 축 늘어져 되도록 몸에서 떨어지려 하고 추우면 오므라들어 몸 안으로 기어든다.

* 남자는 모든 것의 무게가 여자보다 많이 나가지만 단 하나, 예외가 있는데 그건 여자의 지방이다. 이것이 여자를 아름답게 만든다.

'신빙성을 장담할 수 없으나 알고 있으면 흥미로운 정보'라는 제목 아래 다소 조잡하게 인쇄된 인체 관련 소책자의 내용 일부가 저절로 떠올랐다. 음료수를 사러 간 아이들을 기다리는 사이에 잠깐 읽어보던 것이다. 창선이 의과대학에 들어간 그해 여름, 코엑스에서 열린 인체 전시회를 가족 모두가 간 적 있었다.

기다리는 장소 바로 옆에 사람 미라가 전시되어 있었는데, 수분이 빠져나가 나무껍질처럼 빼짝 마르고 칙칙한 색깔의 거죽만 있는 그것은 기괴했다. 똑같이 화내고 웃고 먹고 마시며 성욕을 느낀 사람처럼 보이지 않았다. 곧 바스러질 빈약한 조형물 하나같았다. 여자는 속이 메스꺼워서 더 볼 수 없다며 자리를 떴다. 남자는 만감이 교차하여 쉬 발을 옮기지 못한 채 얼빠져 눈을 주고 있는데, 노란 띠를 어깨에 두른 주최측 가이드가 곁에 와 섰다. 묻지 않았건만, 저분은 제주도에 사시던 중간키의 52세 남성이라고 설명해 주었다. 그리고 덧붙여, 선생님께서도 알고 계시겠지만, 몸무게의 60% 이상을 차지하고 있는 물이 빠져나간 인체는 산소, 탄소, 수소, 질소와 미량의 칼슘, 인, 철, 나트륨, 염소 따위로 구성된 하나의 유기물질로서, 미라가 된 저분도 한때 그 어머니의 자랑스러운 아들이었고, 남편이며 3남 2녀를 둔 아버지였다고, 미라만큼이나 건조하고 사무적인 목소리로, 다만 조금 애조를 띠어 말했다.

"일반화학약품 가게에서 구입한다면 원자잿값은 만 원도 채 들어가지 않을 겁니다. 흔하고 값싼 재료로 만들어진 인체이지만 지상에서 가장 완벽한 구조물이자 효율 면에서도 압도적이랄 수 있지요."

그날 그 전시회 풍경이 가이드 목소리와 함께 어제 일처럼 느닷없이 끼어들었다. 남자는 코를 쓱 문질렀다. 생육하고 번성하라는 단어에 눈을 주며 여자와의 잠자리를 회상했다. 아무리 생각해도 요철 모양의 남녀생식기 구조는 절묘하고 희한했다. 유연한 두 신체는 매끈하게 잘 들어맞았다. 남자는 여자와 하는 섹스에 대체로 만족했다. 비록 절정의 순간에 점잖지 못한 욕설이 터져 나오는 게 흠이긴 했으나 세상 다 가진 듯 행복했다. 왕이 된 기분이었다. 소중한 두 생명체 창선과 창림은 그러한 열매이다. 미라가 된 제주도 52세 남성도 똑같았을 거였다.

남자는 '정복하라'는 말 앞에서 급정거하듯 정색했다. 난데없었다. 기껏해야 다스리라고 명령한 생물 외에 다른 무엇이 더 없는 곳에서 뭘, 왜 정복하라고 했을까? 신의 저의가 궁금해지면서 인체 전시회 기억으로 멜랑꼴리했던 마음이 확 깼다. 정복이라는 단어는 흔히 알고 있듯, 남의 나라나 이민족 등의 다른 집단을 정벌하여 복종시키는 것을 의미한다. 그외, 어려운 일을 이겨낸다 정도로 쓰이는 단어다. 이제 막 창조된 세상에서 정복하라는 명령은 설명이 더 필요할 듯싶었다. 말하자면 사람이 있기 전에 정복해야 할 대상이 먼저 존재했다는 논리인데 이성적으로 성립 불가능해 보였다. 동시에 2절에서 언급되었던 혼돈, 공허, 흑암 따위의 단어가 남자의 뇌리를 스쳤다. 하나님은 나름 원대하고 뚜렷한 목적을 가지고 본인 닮은 사람을 창조하고 또 천지를 기획하여 단행했을 터인데, 맨 먼저 맞닥뜨린 게 악한 세력의 대명사인 무질서와 어두움 따위였다. 주말이나 휴일이면 창선과 창림이 즐기곤 하는 전쟁게임 스토리와 닮아 아무래도 난센스처럼 여겨졌다.

정복하라니, 하나님의 전지전능에 틈새가 생긴 걸까? 어떤 악한 세력이 지구를 창조하기 전에 어딘가 있다가 잠입한 뉘앙스다. 그렇다면 그 악한 세력은 어디에서 어떻게 왔을까? 흔히 사단이라고 불리는 마귀 역시 만물 중 하나일 테니 창조되었다는 소리인데 왜 그깟 것을 지었으며 또 활동하도록 놔두었을까? 처음부터 만들지 않았으면 좀 좋았겠는가 말이다. 남자는 아쉬웠다. 여하튼 창조주 하나님은 불온한 세력의 출현을 미리 알고 있었다는 뜻이다. 땅이라는 싸움터, 링을 만들어 두 남녀가 대신 해치워 주길 바라는 투다. 그것이 아니라면 천지창조 후 음음한 땅의 등장과 정복하라는 명령 사이를 달리 해석해 볼 방도가 없었다. 상상을 하자 입 안에 침이 고였다.

하나님적이 되고, 입장을 바꾸어 신을 이해해 보려는 노력에 한계가 왔다. 떫은 감을 씹은 듯 입안이 텁텁했다. 다시 환기하건대 혹여라도 성경이 사실이라거나 창조라는 확신에서가 아니라, 여부를 떠나 그저 더듬어 가보는 상황이고, 조금씩 납득가는 면이 있어, 더 진행해 보고 있는 차원임을 남자는 재차 다짐했다.

그나저나 이제 막 만들어진 사람이, 떠넘겨진 불온한 세력과 대결하여 과연 이겨내리라고 하나님은 기대했을까? 애처롭다. 남자는 질투와 시기로 동생 아벨을 죽인 형 가인을 알고 있었다. 가인은 분을 이기지 못하고 끝내 범행을 저질렀다. 그렇듯 연약하디 연약한 사람이 감당해 낼 수 있으리라 생각했는가 말이다. 꿍꿍이가 궁금했다. 하나님께 감동을 받아 창세기를 기록했다는 선지자 모세는 정복해야 할 대상이 무엇이라고 생각하며 썼을까? 모세 역시 모른 채 받아적기만 했다, 에 한 표를 던졌다.

하루살이가 내일 일을 모르듯, 영원하고도 숭고한 신의 계획 같은 게 실지로 있다 한들 그 전모를 피조물인 사람이 이해하기란 불가능하다는 게 남자의 판단이었다.

33

하나님은 사람이 무엇과 싸워서 이기길 원했을까? 정복해야 할 대상이 무엇이란 말인가? 최초의 사람이 그 무언가에 정복당한 바람에 본격적으로 고난에 노출된 듯했다. 어쩌자고 일을 이 지경으로 끌고 가는가? 남자는 석연하지 않고 못마땅한 마음에 미간을 찌푸리며 창가로 시선을 돌렸다. 커튼은 한 가닥 외기도 들여보내지 않겠다는 듯 빈구석 없이 촘촘하게 창문을 내리덮고 있었다. 그러나 엷은 미색 계열의 상아색 커튼은 웃풍을 막아내기에 왠지 역부족일 것 같았다. 코끼리의 목숨과 맞바꿔 얻게 되었다는 상아 색상은 왠지 부드럽고 순한 느낌을 풍겼다. 씨실과 날실 사이로 스며든 희미한 빛으로 인해 오히려 아늑하고 은은한 분위기를 연출했다. 여자가 상아 색상을 좋아하는 이유다.

그윽한 방 안 분위기의 편안함 때문인지 복잡했던 심정이 다소 누그러지면서 스멀스멀 졸음이 폈다. 어린아이가 방금 배운 노래를 흥얼거리듯 남자는 생육하고 번성하여 땅에 충만하라는 말을 덮이는 눈꺼풀 사이로

나직이 되뇌었다. 무척이나 좋은 말이다. 그러자 슬라이드 필름이 다음 장으로 자연스레 넘어가듯 창세기 9장 첫 구절이 나타났다. 잠이 살짝 달아났다.

1하나님이 노아와 그 아들들에게 복을 주시며 그들에게 이르시되 생육 하고 번성하여 땅에 충만하라

성경에서 6일 창조 다음으로 설득력이 떨어지고 설화 같은 느낌이 강하게 들었던 노아 방주 이야기다.

음, 이곳엔 정복하라 다스리라,는 말이 없군. 싸움에서 지고 말았어.

그나마 한 가지 다행인 건 무언가와의 싸움에서 졌음에도 하나님은 노아 가족에게 복을 주고 있었다. 사람을 향한 애정이 무뎌해 보였다. 남자는 어깨를 으쓱했다. 그러나 진심으로 애정이 있었다고 한다면 다른 건 다 몰라도 애초부터 싸움을 붙이지 말 일이었다. 편이 되어 줘야 했다. 하지만 누구나 알 듯 방관했다. 수순이듯 잘 익어 발그레하고 육즙 가득한 천도복숭아 같기도 하고 사과 같기도 한 열매가 연상되었다. 함정 같은 선악과이다. 그리고 그 나무 곁으로 갈라진 붉은 혀를 낼름거리고 있는 **뱀**이 보였다.

9큰 용이 내어 쫓기니 옛 **뱀** 곧 마귀라고도 하고 사단이라고도 하는 온 천하를 꾀는 자라 땅으로 내어 쫓기니 그의 사자들도 저와 함께 내어 쫓기니라(요한계시록 12장)

음, 땅으로 내쫓긴 옛 뱀한테 정복을 당했군. 그래, 맞아 당했어. 어두움이란 기독교에서 말하는 사단을 지칭할 거야.

궁금증은 의외로 쉽게 풀렸다. 문제의 시원이 어림되었다. 뜻밖의 소득이었다. 추론해 보자면, 큰 용이자 옛 뱀인 사단은 창조 전부터 하나님과 함께 하늘 그 어딘가에 있다가 땅으로 쫓겨났다는 소리다. 남자는 불현

듯 **천사**란 존재가 궁금했다. 모르긴 해도 하나님이 처음부터 대놓고 마귀를 짓진 않았을 것 같았다. 누군들 자신에게 해로울 것을 일부러 짓지 않는다. 사연이 있지 싶었다.

14모든 **천사**들은 부리는 영으로서 구원 얻은 후사들을 위하여 섬기라고 보내심이 아니요(히브리서 1장)

예상이 적중했다. 천사는 부림을 받는 영으로서 섬기도록 지어진 존재였다. 그러나 사람이 그렇듯, 천사 중 누군가도 지은 용도와 다르게 섬기는 일이 싫었을 수 있다. 섬기기보다는 섬김을 받고 싶고 대접받고 싶었을지 몰랐다. 개며 고양이조차 서열을 정해 **높아지고** 싶은 게 생명체의 본능이었다.

14가장 **높은** 구름에 올라 지극히 높은 자와 비기리라 하도다(이사야 14장)

섬기도록 지어진 피조물 천사가 창조주를 향해 언감생심 품지 말아야 할 마음을 가진 듯했다. 이건 엄연한 쿠데타다. 정황이 한눈에 그려졌다. 높아지고 싶은 이놈의 권력욕은 하늘에서나 땅에서나 식을 줄 몰랐다. 남자는 씁쓰레했다. 형태는 다를지 모르나 그 욕구에 대해 남자 또한 결단코 모르지 않았다. 어딜 가나, 누구나 거만한 고자세가 문제였다.

남자는 사단한테 정복당했던 홍수 이전의 상황이 어떠했는지 좀 더 알고 싶었다. 6장 5절과 6절에서 당시 상황에 대해 선명하게 기록하고 있었다.

여호와께서 사람의 죄악이 세상에 관영함과 그 마음의 생각의 모든 계획이 항상 악할 뿐임을 보시고 땅위에 사람 지으셨음을 한탄하사 마음에 근심하시고 짐작대로였다. 사람의 속성은 예나 지금이나 변한 게 없었다. 죄를 차곡차곡 쌓아 더 넣을 곳이 없을 만큼 타락하여 하나님이 근심했다는 설명이다. 땅에 충만하라는 말과 다르게 흩어지지 않기 위해 위로, 위로만 쌓았던 바벨탑이며 오늘날 뺨치게 성적으로 문란했던 소돔과 고모라의 풍경이 차례로 스쳤다. 창세 전에 뭘 계획했든 타락은 분명 처음 먹었던 계획과는 다른 모습이리라. 실패다. 혹 실패도 각본의 일부분일까? 아니면 사단의 미필적고의거나 과실일까? 아니다. 시작과 끝이 완결된 글이라는 걸 감안하면 과실은 절대 아니고, 최소한 미필적고의거나 고의에 해당한다고 볼 수 있었다. 부러 죄짓게 놔뒀다는 뜻이다. 팔뚝에 소름이 돋았다. 죄를 짓게 해서 이득될 게 무엇일까? 대관절 무슨 꿍꿍이속이란 말인가? 사람은 왜 항상 악할 뿐일까? 그런 사람을 흠이 없고 거룩하게 하려는 의도는 또 뭘까? 남자는 까칠한 얼굴을 쓸어내리며 두 구절에 재차 눈을 주었다. 공통으로 들어가 있는 '마음'이라는 단어가 오토스테레오그램처럼 두드러져 보였다. 하나님은 단돈 1만 원도 안 되는 허접한 재료 속에 본인과 같은 마음을 집어넣어 놓았다. 이는 거푸집보다 속 내용물을 중요시했다는 의미로, 행위보다 마음에 비중을 더 뒀다는 소리같았다. 추리의 한계가 분명 있긴 하였으나 신은 사람과 마음이 통하길 바랐다는 뜻으로 읽혔다.

남자는 인체 전시회에서 보았던 미라가 떠올랐다. 뭐든 수치화하여 말했던 인체 전시회장의 가이드 말마따나 마음을 저울에 달아본다면 무게가 얼마쯤 될까? 팔만대장경을 절구에 넣고 빻아 채로 거르면 맨 마지막에 남은 글자 하나가 마음 심(心)일 거라는, 뼈있는 우스갯소리가 있다. 그만큼 마음공부가 어렵고 또 중요하다는 소리일 거다. 화엄경의 핵심 사상인 일체유심조(一切唯心造), 모든 것은 오직 마음이 지어

173

낸다 혹은 변한다는 부처의 가르침을 이보다 더 짧고 명료하게 정리한 말은 없었다. '알아챔'을 통해 비로소 존재가 드러난다고 생각한 남자는 그래서 마음을 명사가 아닌 동사로 보았다. 인식되기 전에는 최소한 그 사람에게 그때까진 없는 거고, 존재하지 않았다. 일면 맞는 말이다. 그 러나 어디 꼭 그런가? '나'에게 인식되기 전에도 자연 만물은 태곳적부터 지금까지 여전히 동일하게 있어 오고 있다. 뫼르쏘의 말대로 사람이 죽 어 사라져도 다른 사람은 봄을 맞고 여름을 맞으며 또 순차적으로 가을 과 겨울이 온다. 시계는 멈춘 적이 없었다. 따라서 마음의 인식이나 움직 임에 따라 사물을 달리 논한다는 건 무리였다. 형태가 없고 무게가 없는 마음이 동사이다 보니 어제는 '됐다'가 오늘은 '안 되는' 경우가 허다했 다. 어제는 있던 것이 오늘은 사라져 괴로웠다. 변화와 무지가 곧 고통 을 부른 셈이다. 마쳐되지 않은 이상, 고무줄 같은 고통은 털끝만큼도 덜어지거나 잊혀지지 않았다.

사실 마음이 각각 다른 인격체를 끄는 일만큼 어려운 것도 없긴 하다. 특히 자식 키우는 일이 그랬다. 뱃속으로 낳았건만 절대 부모 뜻대로 되 지 않았다. 사랑의 속성상 강요할 수도 없는 일이었다. 조금이라도 강요 하는 순간 사랑은 사랑이 아닌 게 되어버렸다. 부작용이 컸다. TV를 보 다가 무심코 채널을 돌리다보면 종종 만나곤 하는 '우리 아이가 달라졌 어요' 프로가 그 부작용을 잘 대변했다. 어린아이들의 심리를 다루는 프 로였는데 웬만한 어른 예능프로보다 나았다. 시사하는 바가 커서 나름 보는 재미가 쏠쏠했다. 창선과 창림을 키우는 동안 실수없이 잘하였다 고만 볼 수 없었다.

다만 매는 무조건 안 된다는 식의 기조에는 생각이 좀 달랐다. 비록 어 린아이들일지라도 자신의 잘잘못을 느끼는 힘이 있다. 기억하건대 오히려 맞아서 후련하고 사랑을 느낀 적 있었다. 그러나 먼저 마음을 알아주는 것과 일관된 훈육 태도가 중요하리라. 그 점이 어렵다면 어려웠다.

강요는 성인 남녀 간의 사랑에 있어서도 마찬가지였다. 피 한 방울 안 섞인 남남으로서 더하면 더했다. 일곱 번 찍어서 안 넘어가는 나무 없다는 속담이 있긴 하나 그만큼 인내와 진심을 요했다. 아니 지금은 진실만으로도 안 통하는 시대가 되어버렸다. 시대가 바뀌어 낭만과 순애보는 스토킹 방지법 뒤로 퇴출 당했다. 어린아이건 어른이건 상대의 자발적인 마음을 얻어내기란 옛날이나 지금이나 녹록한 일이 절대 아니었다. 남자가 알기로 세상에서 가장 어려운 일인 성싶었다. 사람을 지은 하나님도 그걸 모르지 않을 것이다.

숨이 멎을 때 온전히 내려놓겠노라 다짐하며 헤어졌던 그녀가 눈앞에 잠깐 스치는 듯 보이다가 사라졌다. 단호히 돌아서서 인파 속으로 사라지던 그녀의 뒷모습을 아련히 회상하며 남자는 가라앉듯 서서히 혼곤한 잠 속으로 빨려 들어갔다. 사람의 안팎이 이리도 복잡한 걸 보면 진짜 신의 창작물일지도 모르겠다. 단순유기물로는 이렇듯 섬세하기가 어렵다. 잠 속에서도 남자의 마음은 가볍지 못했다. 무언가 아득하고, 빠져나가는 듯했다.

34

거미줄 같은 가는 비가 내리던 날 아침, 그 생생한 우연의 순간이 없었다면 우리는 어쩌다 한 번씩 아파하고 적당히 그리워하며 남은 길을 터벅터벅 걸어갔겠지요. 나에게 행복했던 그 시간들이 그대에게 그토록 고통이 되리라곤 미처 몰랐습니다. 심한 죄책감에 오빠 품에 안긴 손아래 동생이었으면 좋겠다고 혼잣말을 하였지요.

그대여, 우리의 재회를 악연이라 판단 내리시어 마음이 편할 수 있다면 그렇게 믿으십시오. 그대에게 좋은 거라면 뭐든 받아들이겠습니다.

혼자가 되어 찾은 산사의 길목에서 겨울로 접어드는 들녘을 바라보았습니다. 겉으로야 아무런 일 없었다는 듯 원래의 자리로 되돌아가 지낼 수 있겠지만 다시금 그대의 색깔에 물들어버린 마음은 어떻게 추스려야 할지 걱정이 앞섭니다. 기다리다 보면 하늘의 저 구름처럼 이 마음도 흘러가다 제풀에 흩어 사라질까요? 멀리 가로수 사이를 달리는 차들도 도무지 현실 같아 보이지 않았습니다.

아내는 아이들의 엄마이자 생활의 지주가 분명합니다. 하지만 아내 대신 그대가 옆에 있었으면 하는 바람이 물안개처럼 피어오르는 것도 부정할 수 없습니다. 누군가의 말대로 안방에 의자 세 개를 두고 살고 싶다 하면 뺨 맞기 십상이겠지요? 결혼생활을 더없이 행복해 하는 아내가 곁에 있음에도 다 채워지지 않는 마음의 빈구석이 있었나 봅니다.

'배반'에 대해 고민하여 보았습니다. 거기엔 단순히 신의를 저버리고 돌아선다는 의미만 있을까요? 그대여, 조금도 새 세계로의 새로운 출발을 뜻하지는 않을까요?

시계추처럼 양쪽을 오가며 어느 한편에도 머물지 못한 채 넘쳐나는 그리움에 안절부절 아무 일도 못 하고 그저 한숨만 짓고 있는 게 싫어 화풀이 삼아 작별 편지를 써버리자고 오늘은 결심하였습니다.

앞으로 살아가는 동안 두고두고 하나의 의미가 될 그대여, 아무쪼록 어디서든, 행운아가 분명할 그 어느 분과 함께, 질투가 나겠지만 영원히 행복하시길 빌겠습니다. 작별 인사는 마지막 숨이 넘어가는 그 순간에 드리겠습니다. 괘씸히 여기지 마십시오. 부디 마음 편안하십시오. 그럼, 이만 총총.

좋아하는 마음이 왜 죄가 되는지 불만인 바보로부터.

대학을 다니는 내내 마음에 있어 행복했던 그녀, 티를 안 낸다고 철통같이 단속하였건만 움켜쥔 물이 새 나가듯 공공연한 비밀이 되어버렸던 그녀, 짓궂은 학우들로부터 가끔 놀림을 받았으나 싫지 않고 은근히 고맙기까지 했던 그녀, 어떤 식으로든 그녀의 반응을 기대하며 강의가 빌 때면 그림자처럼 곁을 배회하곤 했다. 그러나 그녀는 끝내 곁을 내주지 않았다. 더더욱 입을 다물고, 모르쇠로 일관했다. 꼭 수줍은 탓만도 아닌 듯했다. 그런 사실이 못내 아쉬워 커다란 상처로 남았지만 그건 감당해야 할 짝사랑의 운명이었다. 왜 그랬을까? 왜 그토록 그녀는 냉담하게 굴었던 걸까? 틈을 보이지 않았을까? 무엇이 그리도 마음에 안 들었을까? 남자 역시 왜 그리도 그녀에게 연연하였는지 모르기는 마찬가지였다. 그냥 막무가내로 끌렸다. 남자는 스스로 무안하여 코를 쓱 훔쳤다.

무정한 시간은 속절없이 흘러 졸업을 하고 말았다. 그리운 마음을 애절하게 담고 있는 황진이의 '꿈'처럼 꿈속에서조차 만날 수 없고, 설도의 '동심초'처럼 기약한 적 없었건만 운명의 장난인 양 너무나도 우연히 꼭 10년 만에, 강산도 변한다는 10년 만에 거미줄 같은 가는 비가 내리던 날 아침, 아이가 유치원 버스에 올라앉는 걸 확인하고 돌아서는 보도블록 위에서 그녀를 정면으로 마주쳤다. 남자는 그녀를 보자마자 대번에 알아보았다. 여자는 그대로였다. 심장이 멎는 듯했다. 3, 4초쯤 뒤에 남자를 알아본 그녀는 조금 더 야위었고 그리고 미혼이었다. 졸업 후 왜 한 번도 찾지 않았느냐고 타박하듯 그녀는 눈을 새초롬하게 내리깔았다.

운명 같았던 그 애틋한 재회와 그리고 또다시 기약 없이 헤어진 지 20년이 훌쩍 넘어섰다. 생소하기만 한 '스토킹'이란 단어가 신문에 막 오르내릴 무렵이었다. 그 말에 싸잡혀 매도되는 걸 원치 않던 남자는 손을 놓았다. 대신 마음 한켠 서랍에 넣어 보관했다. 은밀한 창구가 있었던 남자는 영성가들의 말이 굳이 아니고서도 그런대로 허전함을 극복해 나갈 만했다. 안방에 여자가 모르는 투명 의자가 한 개 더 있었던 것이다. 그 점을 죄라거나 속인다고 생각해 본 적 없었다. 막연하나 어떤 억울함의 대가라고 치부했다. 하지만 그게 누구를 향하고 무엇에 대한 억울함인지 정체는 모호했다. 분명한 건 눈에 보이지 않으나 늘 있는 상실감과 헛헛함이 사람을 소극적으로 만들고 운신의 폭을 좁혔다.

창림이 초등학교 1학년일 때다. 우연히 일기장을 본 적 있었다. 먼저 읽은 여자가 장난스레 건네주었다. 삐뚤빼뚤한 글씨체의 일기를 접한 남자는 형언할 수 없는 서러움에 북받쳐 여자 모르게 화장실로 들어가 오열했었다.

10월 17일 금요일 날씨 : 맑음. 일어난 시각 : 7시 30분 잠자는 시각 : 9시 10분

제목: 허전함의 정체를 밝혀라!

요즈음은 허전하다. 이유를 찾아봐야 되겠다. 허전이란 뭔가 부족하다는 뜻인데, 나에게 뭐가 부족할까? 나에게 필요한 것은 무엇일까? 밥, 엄마사랑, 물, 딱지, 게임, 컴퓨터, 책, 친구, 음식, 침대, 건강, 공기, 빛, 소리, 말, 글씨, 신발, 의자, 집, 생명, 돈, 인형, 엄마, 아빠 등등 많이 있는데

도 뭔가 허전하다. 이상하다. 여섯 살 때는 이런 느낌이 안 들었다. 허전함의 정체는? 나도 모르겠다. 엄마는 내가 가을을 타기 때문이라고 하신다. -선생님과 같은 느낌이 드는 사람을 만나서 기쁘구나. 나도 심하게 가을을 탄단다. 왠지 모를 허전함과 막연한 그리움⋯⋯. 내 해결방법은 그런 감정에 며칠 푹 빠져 사는 거야. 빠져나오려고 하면 더욱 빠져들더라고. 허전함을 채우기 위해 낙엽도 밟아보고 밤새 책도 읽어보고(선생님은 어른이라) 첫사랑 생각도 하고⋯⋯ 후훗. 그리고 며칠이면 제자리에 돌아와 있더라.

담임선생은 일기장 아래 빈 공간에 빨간 볼펜으로 소감을 빽빽하게 덧붙이고 있었다.

11월 5일 수요일 날씨 : 진짜 좋음. 일어난 시각 : 6시 29분 잠자는 시각 : 10시

제목: 소풍

소풍을 갔다. 박선아가 안 와서 손지혜랑 짝꿍이 되었다. 기분이 좋았다. 처음에는 쑥스러워서 말을 못 했다. 차츰 시간이 지나자 익숙해져서 손지혜랑 말을 할 수 있게 됐다. 그렇지만 손지혜랑 점심은 같이 못 먹었다. 조금 놀기도 했다. 정말 재미있었다. 보물찾기도 했다. 선생님한테 물어볼 것이 있다. "선생님, 손지혜 어디 살아요?" -직접 물어보면 어떨까?^^

여자는 남자를 빼닮아서라고 놀려댔지만 8살짜리 어린 창림은 남성으로서, 사람으로서 겪을 것을 겪고 있었다. 나이며 지위 고하를 막론하고 사람이면 누구나 느끼는 외로움이라고 남자는 생각했다. 그러나 탐탁지 않은 그 감정을 왜 사람이면 겪어야 하는지 남자는 알 수 없었다.

179

혹여 그녀와의 사랑이 이루어졌다면 이름 모를 서러움과 허전함은 사라졌을까? 모르긴 해도 그 또한 아니었을 것 같았다. 원초적인 고독은 그 너머에 있는, 닿지 못할 곳에서 온 듯하였다. 노래 가사처럼 마치 태양도 없는 타관에서 뼛골에 스미는 설움을 안은 채 고향을 그리워하는 촌로 같았다. 남자는 앉지도 못하는 그 투명 의자를 끝내 치우지도 못했다. 용기가 없었다. 대신할 그 무엇을 찾질 못했다.

35

하나님의 형상대로 대단히 위대하게 지었건만 도대체 묻었던 태가 없는 것 같은 사람에게 하나님은 수순이듯 생명체에게 제일 중요한 먹는 문제를 그다음으로 다루었다. 퍽 마음을 썼다.

29하나님이 가라사대 내가 온 지면의 씨 맺는 채소와 씨 가진 열매 맺는 모든 나무를 너희에게 주노니 너희 식물이 되리라

30또 땅의 모든 짐승과 공중의 모든 새와 생명이 있어 땅에 기는 모든 것에게는 내가 모든 푸른 풀을 식물로 주노라 하시니 그대로 되니라

동물과 구별하여 사람에게만 특별히 씨가 있는 채소며 열매를 먹으라 주문하고 있는 두 구절에 남자는 고개를 갸웃댔다. 살아 있는 모든 것은 씨로 번식된다. 동물들이 먹는 풀 또한 씨가 없으면 생길 수 없는데 왜 사람에게 허락된 먹거리에만 유독 **씨**를 강조하고 있는지 알 수 없었다. 강한 의도가 없고는 그렇게 말할 리 없고 기록될 리 만무했다. 무엇을 이

야기하고 싶은 것일까? 어느 것 하나 쉽게 넘어가는 게 없었다. 까도 까도 나오는 러시아 마트료시카 인형 같았다. 깊이 들여다보는 안력을 요구했다.

18또 네 **씨**로 말미암아 천하 만민이 복을 얻으리니 이는 네가 나의 말을 준행하였음이니라(창세기 22장)

씨를 떠올리자 가장 먼저 연관되어 눈에 들어온 구절이다. 식물의 씨를 사람의 후손과 연결 짓고 있었다. 혈통을 의미하리라. 보통 씨는 생명을 상징하긴 했다. 입안의 밥을 다 삼키지 않았는데 숟가락이 또 들어오는 느낌이었다. 빡빡했다. 솔직히 말하자면 한없이 진지하고 근엄해야 할 경전에 사소한 풀, 채소 나부랭이 따위가 언급된 사실이 낯설었으나 또 그 사소한 것 하나에도 뭔가 밑자락을 깔아 기록하게 한 창조주의 섬세함에 놀랐다. 그러나 딱히 사람을 배려한 차원이라기보다는 말을 잘 들어야 복을 준다는 식의 지독한 조건부라 기분이 묘했다.

누가 뭐래도 이 양반은 손에 든 창세 전 청사진을 바꾸거나 버릴 마음이 추호도 없고, 사람을 단단히 틀어 쥔 채 요리하겠단 소리야.

하나님의 고집과 까탈스러움이 물씬 풍겼다.

내 고집도 만만찮지. 누굴 닮았겠어? 본인의 형상대로, 모양대로 사람을 지었댔잖어?

남자는 팔을 걷어붙이는 양으로 침대 조절 리모컨을 움직여서 상체를 일으켰다. 누워있는 꼴이 왠지 지는 느낌이고 맥없게 여겨졌다. 허리를 비틀고 두 팔을 힘껏 쥐어짰다.

문맥으로 보아 여기서 '너'란 이스라엘 민족의 최초 조상인 아브라함을 지칭할 테고 '씨'는 정실 부인에게서 이어진 후손들이 될 것이었다. 그 소수로 인해 온 세상이 복을 얻게 된다는 말이다. 남자는 고개를 가로저으

며 얼토당토않은 논리라고 일축했다. 아무리 그럼, 그럼 끄덕이며 따라
간다 해도 이건 지나쳤다. 유대인들의 역사를 보며 하나님의 존재를 인
정했다는 여동생의 말이 또다시 떠올랐다.

이스라엘은 1948년에 비로소 독립한 신생국가다. 그전에는 지구상에
없던 나라였다. 유대인이라는 이름은 주로 핍박받는 대상의 대명사로 쓰
였다. 가끔 TV에서 이스라엘을 소개하는 프로를 볼 때가 있었다. 십수
세기 동안 갖은 고난과 박해를 받으면서도 정체성을 잃지 않고 주변국에
동화되지 않은 채 살아남았다는 정도? 그 사실은 지금도 신기하기만 하
다. 36년이라는 일제강점기, 유대인들이 겪은 세월에 비하자면 짧은 시간
이다. 그러나 우리나라는 너무나도 많은 것을 잃고 빼앗겼다. 이름도 언
어도 사라질 뻔했다. 다시 있어서는 안 될 치욕의 역사다. 잊지 말 일이
다. 물론 식민 지배를 받았던 여느 나라와 다르게, 과거를 극복하고 마침
내 신생한 오늘날의 이스라엘 위상은 현저히 달라졌다. 믿거나 말거나지
만 공공연한 비밀로서 유대인에게 밉보이면 미국 대통령이 될 수 없다는
말이 항간에 돌 정도라 하니, 괄목상대할 만큼 달라진 건 사실이다. 돈을
쥐고 있다는 소리다. 그렇다고는 하나 세계 인구의 0.2%쯤 될까 말까 한
그들에 의해 세계의 복이 좌우지된다는 건 터무니없는 공갈에 가까웠
다. 과했다.

남자는 내처, 모든 성경이 곧 내게 대하여 증거한다는 예수의 말을 떠
올리며 18절 위에 슬그머니 예수란 단어를 얹혀보았다. 곧이곧대로 풀어
보자면 예수로 인해 천하가 복을 받게 되는데 그 이유는 예수가 하나님
의 말을 잘 들어서란 것이다. 남자는 어쩔 수 없이 실망이 되어 입맛을 쩝
다셨다.

허탈해진 남자는 씨와 관련된 구절을 신약성경에서 찾아보고자 했다. 나름 세간에 꽤 알려진 씨뿌리는 비유가 맨 앞에 나왔다. 같은 맥락의 글이 마태복음 13장과 마가복음 4장, 누가복음 8장에 쓰여 있었다. 8복을 비는 예수의 산상수훈과 함께 그런대로 설득력을 갖춘 몇 안 되는 비유 가운데 하나다.

소수의 율법사나 성전 관리자 등이 아니면 대개가 문맹이고 어리숙했을 군중들의 이해를 돕기 위해 예수는 일상에서 힌트를 얻어 알아듣기 쉽게 설명한 것으로 보인다. 농사에 빗대어 말했다. 과연 낮고 가난한 자들을 찾아온 예수라 아니할 수 없었다. 물론 예수 자체도 그저 평범한 목수의 아들로서 굳이 글을 몰라도 조금의 눈썰미만 있으면 되는 직업의 종사자이긴 했다. 그러한 예수가 2000년 전에, 지금과 비교해도 손색이 없고 뭔가를 암시하는 듯 시사적이고 예리한 설교를 하여, 보고 듣는 이의 마음을 복잡하게 만들었다. 아무튼 사람의 마음을 심란하게 만드는 데 예수는 뭐가 있었다. 예수의 말에서 자유로울 수가 없었다. 자유로울 사람이 별로 없었다.

남자가 보기에 예수건 부처건 공자건 성현들의 목소리는 대동소이했다. 달라야 할 이유가 없다는 게 더 맞는 말일 것이다. 그게 진리이거나 진리에 가깝기 때문이다. 다만 문제가 있다면 배우고 따르는 사람 쪽에서 좋은 마음으로 심고 가꾸고 꽃피워 결심 맺기가 어려웠다. 평소 몸에 스민 작은 습관이나 유혹 등이 한사코 방해를 놨다. 공부가 어려운 까닭이다. 쓸데없다는 것을 알면서도 공연한 걱정을 내려놓지 못한 채 일어나지도 않은 앞일을 미리 짐작하여 그 우려에 대한 대책을 세워놓고서야 비로소 안도의 숨을 내쉬며 위안을 받곤 했다. 이 얼마나 어리석은 짓인가? 마하무드라, 크리슈나무르티, 부처 할 것 없이 모두가 핏대를 세워 그토록 뜯어말리던 부분이다. 개도 안 하고 돼지도 안 하는 일을 유일하게 사람이 했다.

남자는 미간을 찌푸린 채 비교적 짧게 요약되어 있는 누가복음 8장에 눈을 주었다. 구구절절 공감하며 천천히 읽어 내려가던 남자는 10절에서 급브레이크를 밟듯 멈췄다.

10하나님 나라의 비밀을 아는 것이 너희에게는 허락되었으나 다른 사람에게는 비유로 하나니 이는 저희로 보아도 보지 못하고 들어도 깨닫지 못하게 하려 함이니라

예수는 큰 무리를 이뤄 몰려든 각 동네의 사람들을 향하여 참으로 몰인정하고 이상한 말을 했다. 여기서 '너희'는 제자들이고, '다른 사람' 저희는 동네 사람이 될 것이다. 로마의 압정에 피로도가 쌓일 대로 쌓인 사람들에게 메시아와 천국의 소망은 당연하다. 그런데 예수는 그들의 마음을 전혀 모르는 듯, 보기는 보아도 보지 못하고 듣기는 들어도 깨닫지 못하도록 비유로 얘기한다는 잔인한 말을 뱉었다. 귀신 들린 딸을 둔 가나안 여인에게 이스라엘 집의 잃어버린 양을 위해 왔다고 하지 않았던가? 말씀을 맡은 대리자들에게 보상은 못 해줄망정 무슨 억하심정이고 이율배반적인 말인가? 모든 이에게 특히 동족에게 열려 있어야 할 성경이, 아니 목자인 예수가 익어 가는 벼 이삭에 내려앉는 새를 쫓듯 그런 몰인정한 말을 했다. 십자가 형틀을 지운 율법사들도 아닌 순박한 동네 사람들에게 말이다. 선택한 백성이고 미우나 고우나 동포가 아니던가. 모르긴 해도 그 자리에 함께했던 제자들을 빼놓고는 모두가 이를 갈았을 성싶었다. 모든 게 불리한 법정에서 눈치 없이 아테네의 시민 배심원을 가르치려는 듯 고자세로 훈계한 탓에 미운털이 박혀 희생양이 된 소크라테스처럼 예수 또한 그때부터 매를 자청한 것 같았다. 창세 전부터 아버지 하나

184

님과 함께 의논했던 예수에게 피조물이 모르는 더 깊은 속사정이 혹 있는 걸까? 딜레마다. 모를 일이지만 또 다른 계산이 있지 않고서야 그 같은 말을 할 수 없고 단순히 죽기 위해 이 땅에 사람의 아들로 왔을 것 같진 않았다.

9여호와께서 가라사대 가서 이 백성에게 이르기를 너희가 듣기는 들어도 깨닫지 못할 것이요 보기는 보아도 알지 못하리라(이사야 6장)

구약성경에 똑같이 쓰인 이사야의 글이 셔츠 위에 코트를 걸치듯 쓱 겹쳐졌다. 이사야 선지자는 예수가 태어나기 수백 년 전쯤에 살았던 위인이다. 꽤 긴 간격을 두고 두 사람은 똑같은 말을 했다.

어떻게 그럴 수 있지?

어쩌면, 책을 시작하고 끝마친 작가로서 가능한 일일 수도 있겠다 수긍했다. 아마도 우상에서 벗어나지 못하고 또 훗날 예수를 죽이는 역을 하게 될 이스라엘 백성에게 내린 하나님의 가볍잖은 책망처럼 보였다. 뒤끝이 느껴졌다. 따로 인센티브가 주어진다면 모를까 무슨 의민지도 모른 채 맡은 배역에 충실한 출연진으로서는 충격이 아닐 수 없다. 이건 엄연한 언어폭력에 해당되었다.

이해가 안 되는 건 그뿐이 아니었다. 누구나 흔하게 알고 있는 천국이란 단어가 갑자기 하나님의 나라로 둔갑했다. 천국은 Kingdom of heaven, 하나님 나라는 Kingdom of God, 영어 표기도 달랐다. 장소에 중점을 둔 천국과 주권자가 중심인 하나님 나라가 다르다는 의미이리라. 아리송했다. 거기다 한술 더 떠서 하나님 나라를 아는 데는 비밀이 있는데, 거기엔 분명 허락된 사람과 허락이 안 된 사람이 구별되어 있었다. 글로만 봤을 땐 별의별 일이 있어도 동네 사람들은 하나님 나라에 들어갈 수 없는 걸로 되어 있다. 남자는 수동태의 글 흐름이며 말말이 선택의 싹을 자르고 있는 듯한 말투와 상황이 영 못마땅했다. 몹시 **비밀**스러웠다.

26이 **비밀**은 만세와 만대로부터 옴으로 감취었던 것인데 이제는 그의 성도들에게 나타났고(골로새서 1장)

남자로선 알 길 없지만 아주 처음부터 하나님만의 비밀이 있었다는 의미다. 그리고 그 비밀이 신약시대에 살고 있는 골로새 지역의 성도들에게 나타났다는 건데, 기회가 된다면 그 비밀뿐 아니라 천국과 하나님 나라가 어떻게 다른지 그러한 차이점에 대해서도 꼭 더 알아보리라 남자는 생각했다. 유치하게 들릴지 모르나 평안한 내세를 꿈꾸는 사람에겐 대단히 중요한 문제다. 그 반대편이 지옥이기 때문이다. 남자는 이어지는 구절을 마저 읽었다.

11이 비유는 이러하니라 씨는 하나님의 말씀이요(누가복음 8장)

남자는 얼굴에 뜨거운 무엇이 닿은 듯 순간적으로 몸을 뒤로 **뺐다.** word, 말은 신체를 먹는 음식이 아니다. 태어나는 후손과도 관계가 없다. 입술을 뚱하니 내민 채 생각에 잠겼다. 피조된 생물들의 먹거리를 거론하다가 돌연 후손이며 하나님의 말씀으로 연결되는 양이 이해가 안 되었다. 남자는 당혹스러운 중에도 6일 창조가 가라사대, 그대로 되니라는 말로 시작되었음을 떠올렸다. 세상을 말로 창조했다는 발상만큼은 확실히 특별했다. 형태가 없고 소멸되지 않은 말은 무엇에도 방해받지 않고 훔쳐 갈 수도 없는 에너지다. 말보다 더 훌륭한 수단은 없을 듯싶었다. **말씀**과 관련된 구절들이 눈앞에 수없이 펼쳐졌다.

1태초에 **말씀**이 계시니라 이 말씀이 하나님과 함께 계셨으니 이 말씀은 곧 하나님이시니라(요한복음 1장)

말이 곧 그 사람임을 생각할 때 말씀이 곧 하나님이라는 설명은 그런대로 납득이 갔다. 삼위일체 중 성부와 성령에 해당한다고 볼 수 있었다. 그때 문득 '말이 씨가 된다'는 속담이 스쳤다. 불길한 말을 했을 때 그 말대로 될 수 있으니 함부로 뱉지 말라는 의미이나 그 말을 뒤집으면 말한 대로 된다는 뜻으로 바뀌었다. 씨앗과 말씀 이쿼 하나님이라는 등식을 이해하는 데 나쁘지 않았다. 아니 직방이었다. 그러니까 유추해 보자면 씨 가진 채소를 먹으라는 얘기인즉슨, 음식을 섭취하듯 하나님의 말을 받아먹으라는 소리로 볼 수 있었다. 남자는 추리 앞에 혀를 내둘렀다. 드러난 어깻죽지가 시렸다. 남자는 다시 침대를 평평하게 조절하여 이불속으로 들어갔다.

14말씀이 육신이 되어 우리 가운데 거하시매(요한복음 1장)

아, 더 가관이었다. 삼위일체 중 보이지 않는 하나님이 보이는 사람으로 이 땅에 왔다는 소리다. 예수를 가리켰다. 숨이 턱에 차는 듯했다. 덜덜 떨렸다. 너무나 파격적이고 편하지 않은 색다른 세계의 얘기였다. 어쨌거나 인자는 기록된 대로 왔다가 지금은 가고 없다. 현재 남은 건 말씀인 성경 기록이 전부다. 복잡하고 믿기지 않은 긴 내용이라 쳐도 기록대로 되어가는지 안 되는지 보면 하나님의 실재 여부가 판명되리라 믿었다. 참과 거짓을 구분하는 방법은 의외로 쉬울 수 있었다. 남자는 생각하다 말고 실소했다. 현실에서 신이 확인되길 바라다니! 홀려도 단단히 홀렸다고 자책했다. 이불을 덮었건만 추운 기가 가시지 않았다. 얼굴까지 뒤집어썼다.

36

남자는 새삼 종교의 무상함이 와락 느껴졌다. 사실 진리는 한 팔목에서 뻗어 나온 다섯 손가락처럼 하나에서 출발하였는데 지역이나 풍습의 차이로 그저 다르게 표현된 것일 뿐이라고 평소 여겼다. 손가락을 모으면 다시 하나가 된다. 그런 의미에서 생각이 같은 법정 스님을 남다르게 여겼다. 스님이 생전에 쓴 『무소유』는 지금도 서고에 꽂혀 아주 가끔씩 남자의 시선을 끌곤 했다. 비록 어긋나긴 했지만 신혼 초기에 데이트 겸 여자와 함께 스님이 머문 불일암을 찾아 오른 적 있다. 불일암의 첫 글자 첫 자음 비읍을 쓴 흰 천 쪼가리가 오르는 길목 중간중간 나뭇가지에 묶여 있었는데 퍽 인상 깊었다. 별거 아닐 수 있었으나 물을 데 없는 산속에서 그것은 친절한 표지로서 잘 올라오시라는 안내 역할을 톡톡히 했다. 섬세한 배려다. 진리도 그렇게 헤매지 않고 찾아지길 바라며, 간절한 염을 담아 올랐었다.

"마하트마 간디의 표현을 빌리면, 종교란 가지가 무성한 한 그루의 나무와 같다. 가지로 보면 그 수가 많지만, 줄기로 보면 단 하나뿐이다. 똑같은 히말라야를 가지고 동쪽에서 보면 이렇고, 서쪽에서 보면 저렇고 할 따름이다. 그러므로 종교는 하나에 이르는 개별적인 길이다. 같은 목적에 이르는 길이라면 따로따로 길을 간다고 해서 조금도 허물 될 것은 없다. 사실 종교는 인간의 수만큼 많을 수도 있다. 왜냐하면 사람들은 저마다 특유한 사고와 취미와 행동 양식을 지니고 있기 때문이다. 이러한 안목으로 기독교와 불교를 볼 때 털끝만치도 이질감이 생길 것 같지 않다. 기독교나 불교가 발상된 그 시대와 사회적인 배경으로 인해서 종교적인 형태는 다르다고 할지라도 그 본질에 있어서는 동질의 것이다. 종교는 인간이 보다 지혜롭고 자비스럽게 살기 위해 사람이 만들어놓은 하나의 '길'이다."

그러나 남자가 요 며칠간 보아온 성경은, 기독교와 불교는 전혀 동질의 것이 아니었다. 가고자 하는 길과 닿는 데가 서로 현저히 달랐다. 기독교는 신이 등장하는 종교이고 불교는 사람의 이야기였다. 인간이 보다 지혜롭고 자비롭게 살기 위해 사람이 만든 길이 아니었다. 지금까지 보아온 성경대로라면 어느 가수가 부른 노랫말처럼 인생은 별로 쥔 것 없는 나그네로서, 이 세상은 도착지를 향해 가는 중간 간이역쯤이 되었다. 어질러져서 매일 치워야 하는 작업장 가건물 같은 인상이었다. 그래서 도무지 마음에 드는 게 없이 날림이고 조악하고 불완전하여 인생이 고난이고 '이따우'라는 발상이다. 모두는 구원의 손길이 필요한 나그네1이고, 나그네2였다.

어쩌면 그럴지 모르겠다. 깨달음을 얻고자 몸의 고통을 기꺼이 감수하는 수행의 불교나 여타 다른 종교와 다르게, 수동태 꼴의 성경은 너희가 못하는 것을 내가 대신 이끌어주겠다는 모종의 위로가 깃든 따뜻한 손편지 같은 뉘앙스를 내내 주었다. 희한했다. 그 사실이 묘하게 사람의 긴장을 풀어주었다. 물론 들어도 깨닫지 못하고 보아도 보지 못하게 하겠다는 얼음장 같은 예수의 냉정한 경고가 있긴 했으나 어쩐 일인지 그조차 매정하게만 들리지 않았다. 동족에 대한 강한 애정, 애착의 반어법적 표현일지 모른다는 생각이 들었다. 심지어 예수는 독사의 자식들(마태복음 12장 34절)이라고 호통을 치기까지 했다. 뱀의 영향권 아래 있기에 독사의 자식이란 말도 맞을 듯했다. 사고뭉치 자식에게 마음에 없는 엄포를 놓을 때처럼 꼴도 보기 싫으니 나가버렷! 쯤으로 들렸다. 수도 없이 먹이고, 알게 하고, 믿게 하고, 얻게 하고, 되게 하고, 낮게 하고, 새롭게 하고, 이르게 하는 성경은 자식을 사랑하는 부모의 심정과 너무나 닮았다. 쉬는 날만 되면 허구한 시간을 컴퓨터 앞에서 보내버리는 아이가 안타까워 보다 못한 아버지가 코드를 뽑아버리고 전선을 잘라버리겠다, 으름장을 놨다가도, 식사 때를 놓쳐가며 게임에 몰두하고 있는 아이가 안쓰러워 결국 밥이나 먹고 하라며 좋아하는 피자를 주문해 주는 모습과 비슷했다. 완강했던 남자의 마음이 혹하여 돌아서게 된 결정적인 이유다. 싫으면서도 끌리는 까닭이었다.

한마디로 예수라는 인물을 통한 대속의 기독교와 각고의 수행을 통한 자력구제의 불교는 시작과 끝이며 여정이 전혀 다른 별개였다. 생활 전반에 녹아나 있는 유교며 그 어떤 것과도 논지나 취지가 달랐다. 타력에 의한 일방통행 조의 구원이 사람으로 기독교와 가깝게도 만들고 멀게도 했다. 물론 기독교를 생리적으로 거부했던 남자는 당연히 바늘 끝도 들어갈 틈을 내주지 않았다. 일부 종교단체의 문제일 수도 있겠지만, 금생의 안녕과 밝은 내세를 소망하며 간절히 복을 바라고 온 신도들을 위로한답시고 속여 세상과 분리를 시키고 또 명분을 내세워 노동이든 돈이든 뭔가를 요구하는 행태가 못마땅했다. 종교 비리는 잊어버릴 만하면 불거지곤 했다. 물론 거기에 기독교만 포함된 건 아니다. 뭐가 됐든 남자가 종교단체라는 데를 그냥 좋게 보지 않는 이유다. 잿밥에 더 관심이 많은 작태가 맘에 안 들었다. 비위가 틀렸다.

이현령비현령이 될지언정 사람을 어디까지 데려갈 수 있나 보자 싶어 시작한 일이 여기까지 왔다. 마음이 여전히 복잡했다. 아무튼 이스라엘을 통해 전 세계가 복을 받는다는 말은 팥으로 메주를 쑨다는 소리만큼이나 터무니없게 들렸지만, 역시 믿기지 않는 건 마찬가지나 좋은 씨를 뿌리기 위해 온 인자(마태복음 13장 37절) 예수를 통해 복을 받게 될지 모른다는 가정은 그런대로 얼마간 받아들여질 만했다. 세상 죄를 몽땅 지고 대신 죽기 위해 태어날 사람은 세상에 없을 것이기 때문이다. 빈말이라도 싫지 않았다.

사람에게 특별히 씨를 맺는 채소와 씨 가진 열매 맺는 나무를 식물로 준 이유 또한 언젠가 말씀으로 예수와 연결되기를 바라는 하나님의 간절한 희구쯤으로 들렸다. 사는 동안 짐승과 다른 길을 걸어야 한다는 강한 당부로도 비쳤다. 그렇다. 남자는 사람으로서 동물과 다른 그 길을 지금 찾고 있는 중이다. 더는 다른 길이 없었다. 꿈보다 해몽이 좋은지 모르겠다. 그러나 그 길도 어디까지나 개인의 신앙에 의한 믿음에 기초해서가 아니라 엄연한 사실로서, 요즘 아이들이 쓰는 말로 '빼박증거'이길 바랐다. 가능할까? 과연 결정적으로 증거될 만한 게 있을까? 성경이 계시에 의해 알게 되는 시스템이라고 한다면 과학이나 이성으로 접근할 일이 아니긴 했다. 가능해 보이진 않았지만 남자는 그래도 조금은 희망해 보았다. 괜히 헛물켜는 게 아니다. 못 믿을 게 사람 마음이었다.

37

증거란 말을 되뇌던 남자는, 중요한 약속을 까마득히 잊은 채 하릴없이 시간을 보내다 이제 방금 불현듯이 기억난 듯 화들짝 놀랐다. 자책하듯 무릎을 쳤다. 말하고자 하는 바를 대부분 비유로 얘기하곤 했던 예수가 뒤늦게 떠올랐다. 비유를 잘만 이용하면 증거가 될 만한 것을 찾아낼지도 몰랐다. 비유는 어떤 사물의 모양이나 상태 등을 보다 효과적으로 표현하려고 할 때 본래의 것과 비슷한 다른 사물을 들어 좀 더 알기 쉽게 설명하는 방법이다. 추상성이 강한 진리이기에 어쩌면 그 길밖에 없지 않을까 싶기도 했다. 과거 선사들도 **비유**를 많이 사용했다.

34예수께서 이 모든 것을 무리에게 **비유**로 말씀하시고 비유가 아니면 아무 것도 말씀하지 아니하셨으니(마태복음 13장)

짐작이 틀리지 않았다. 예수는 대놓고 비유법을 애용했다. 신의 세계를 사람이 이해 가능한 언어와 모양으로 얘기하자면 그럴 수밖에 없으리라. 설명하고자 하는 것이 무엇이 되었든 간에 비유는 힌트가 되어 길잡이 역할을 할 것이다. 확률이 높다. 숨통이 좀 트였다. 보람도 조금 느껴졌다.

구약성경의 기록 가운데 가장 난해하고 못마땅했던 건 동물을 죽여서 제사하는 대목이었다. 삼라만상을 지은 창조주가 기껏해야 말 못 하는 일개 동물을 제물로 받는 의식 따위가 왜 필요한지 그 모양이 유치하여 일면 가소롭기까지 했었다. 아벨이 새끼 양을 제물로 바쳤다거나 애굽을 떠나올 때 문설주에 피를 발라 구제됐다는 얘기며 도대체 쌔고 쌘 다른 좋은 방법들이 있으련만 다 놔두고 왜 하필 동물들을 죽여서 섬기도록 했는지가 납득가지 않았다. 심지어 동물의 배를 갈라 내장과 고기를 분리하고 몸에서 나온 피를 성막 이곳저곳에 뿌리기조차 했다. 무자비하고 무서운 제사 의식이다. 왜 그래야 했을까? 예언의 성격을 띤 구약성경 안에서 제사는 무엇에 대한 비유이고 **그림자**란 말인가?

5저희가 섬기는 것은 하늘에 있는 것의 모형과 **그림자**라(히브리서 8장)

남자는 무릎을 쳤다. 침대가 쿨렁댔다. 자책이 아닌 발견의 기쁨에서 온 전율이 순간 온몸을 훑고 지나갔다. 한마디로 구약성경에서 행해지고 있는 제사 형식은 진짜가 아니란 소리였다. 진짜 중요한 일에 대한 맛보기란 뜻이 내포됐다. 심장박동이 빨라졌다. 그렇다면 상황은 완전히 달라진다. 남자는 정신을 있는 대로 끌어모았다. 집중을 하였다. 원형인 실체가 왜 하늘에 있는지 모르나 아무튼 진짜가 하늘 어딘가에 따로 있다는 의미다. 땅에서 사람들이 하는 의식은 실체를 흉내 내는 것으로써 그 진짜를 알려주기 위한 과정이고 도구다, 본래 의도는 따로 있다, 뭐 그런 정도의 설명 같았다. 그래서 제사 의식 역시 실지 있을 일에 대한 모형이고 그림자이지 더는 아무것도 아니다는 뜻으로 읽혔다. 실체가 무엇이고 실지 있을 일이 무엇인지 알 수 없었지만 모형이니 그림자니 하는 단어가 성경에 씌었다는 사실 자체만으로도 놀라웠다. 알파요 오메가라는 말을 처음 볼 때만큼이나 흥분되었다.

모형은 마치 본 문제를 풀기 앞서 주어진 예제문항 같은 것으로 기본 원리며 개념이 다 들어있기에 예제를 충분히 이해하고 풀 수만 있다면 본 문제에 어렵지 않게 접근이 가능하다는 말이 되었다. 남자는 안도했다. 모형이길 천만다행이었다. 엉망인 이 땅의 삶이 전부이고 끝이고 진짜여선 안 되었다. 생각만 해도 끔찍하다. 그런데 그 길을 여태 살아온 것이다. 가건물을 탈피해야 했다. 구미가 확 당겼다. 죄 없는 짐승들의 희생이 마음에 걸리긴 했지만 무엇을 의미하는 비유이고 그림자인지 구체적으로 알아볼 일이었다. 다만 지금 이 순간 중요한 건 시간이 너무 빠르게 지나간다는 점이었다. 적어도 설날 아침에는 털고 일어나야 했다. 얼마 남지 않았다. 더도 말고 덜도 말고 딱 창세기 3장까지 만이라도 볼 수 있기를 희망했다. 서둘러야 했다.

제사 의식과 관련하여 남자가 가장 궁금했던 점은, 왜 굳이 **피**를 흘리게 하여 제단에 뿌렸는가 하는 것이었다. 아무리 생각해도 별로였다.

11육체의 생명은 **피**에 있음이라 내가 이 피를 너희에게 주어 단에 뿌려 너희의 생명을 위하여 속하게 하였나니 생명이 피에 있으므로 피가 죄를 속하느니라(레위기 17장)

남자는 글의 의미를 조금은 알 것 같았다. 떠오르는 구석이 있었다. 한숨을 내뱉었다. 그리고 동시에 동해보복이라는 탈리오법칙을 기억했다. 눈에는 눈, 이에는 이라는 말이 보여주듯 상해는 똑같은 상해로 벌을 받거나 갚아야 했다. 그런 의미에서 사람의 죄를 대신해서 피를 흘린 짐승들의 죽음은 숭고한 대속과 희생을 뜻했다. 짐승의 죽음 앞에 숭고라는 단어가 어울리지 않았지만 대속의 의미 앞에서는 가능할 듯싶었다.

남자는 제물과 제사법에 대해 자세히 언급하고 있는 레위기를 폈다. 1장이다. 제물을 완전히 태워서 그 연기가 하늘로 올라가도록 하는 번제에 대한 설명으로 시작됐다. 남자는 미간을 찌푸렸다. 글이다 보니 쉽지, 실제 성막 앞에서 행해지는 도축장면은 훨씬더 참혹스러웠으리라. 상상되었다. 1장을 빠르게 훑어 내려가던 남자는 4절에서 잠깐 멈췄다.

4그가 번제물의 머리에 안수할찌니 그리하면 열납되어 그를 위하여 속죄가 될 것이라

누구나 바치고자 하는 짐승의 머리에 직접 안수를 한 모양이었다. 분명 죄용서라는 대가를 바라고 죽이는 건데, 그 짐승에게 과연 무슨 말로 안수를 할 수 있을까? 내 죄를 좀 가져가 줘라고 해야 되나? 남자는 혀를 찼다. 안수를 하는 순간 짐승은 죄를 담는 그릇이 되었다. 살고 싶은 욕망에 겨우 안수하고 멱을 따는 중에 한 번쯤은 동물과 눈이 마주칠 수도 있었다. 축축하게 젖어있는 소의 갈색 큰 동자며, 묵묵히 서 있는 양이 떠올랐다. 남자는 거북스러웠다. 아무리 생각해도 못난 짓이었다. 할 짓이 못되었다.

그러나 짐승이 대신 죽지 않으면 본인의 죄가 남게 된다. 성경이 말하는 대로 속죄되지 않아 고스란히 짊어져야 한다면 문제는 달라진다. 한 가닥 양심을 택할 것인가, 살기 위해 눈을 감은 채 미안한 마음으로 단행할 것인가? 어느 쪽? 남자는 어느새 찔끔거리는 콧물을 소매로 훔쳤다.

양은 몰라도 소는 죽음을 안다고 한다. 죽음을 감지한 소가 큰 눈을 껌벅이며 슬프게 바라보는 모습이 눈에 밟혔다. 털이며 기름이며 부산물이 타는 냄새가 역하게 나는 듯했다. 남자는 찡그리며 외면하듯 눈을 감았다. 눈을 감자 어둠 속에서 동물들의 시선이 더 또렷하게 보였다. 눈을 떴다. 희미하게 디지털 벽시계가 보이고 천장 등이 보이고 벽에 걸린 결혼 액자가 눈에 들어왔다. 생각 속의 역한 냄새도 가셨다. 대신 제사를 지낼 때마다 피우곤 하던 메케한 향의 연기가 하늘하늘 피어오르던 모습이 겹쳤다. 사람을 대신하여 죽여서 태운 그 연기를 신이 흠향하고 죽은 걸로 쳐준다는 약속이다. 기분이 묘했다. 비유만으로는 디테일한 부분까지 알기는 한계가 있었다. 절차상 까다롭기만 한 제사에 대해 더는 보고 싶은 마음이 없어져 버렸다. 먹은 음식이 얹힌 듯 답답했다.

고!

그때, 마치 남자를 응원하기라도 하듯 창림의 짧고 단호한 목소리가 거실에서 났다. 동시에 공기 중에 떠돌던 여러 소리들이 갑자기 사라졌다. 남자는 밖에서 무슨 일이 벌어지고 있는지 진즉부터 눈치채고 있었다. 차례 준비를 얼추 마친 세 사람은 한가로운 오후에 명절 기분을 한껏 내고 있는 게 분명했다. 다행이었다. 환자 한 사람 때문에 집안 분위기가 가라앉는 건 남자가 원하는 일이 아니었다. 건강한 사람은 건강한 대로 지내는 게 맞다.

가족끼리 보낼 수 있는 명절놀이로서 윷놀이가 있었지만 적은 숫자가 단출하게 시간 보내기엔 화투만 한 게 없다. 나름 꽤 즐겁다. 창림은 점수를 더 낼 수 있는 기회를 얻었나 보았다. 부지불식간에 튀어나온 창림의 소리에 남자를 의식한 모두는 숨을 죽인 것 같았다. 창선은 이태 전부터 병원 가까운 데 아파트를 구해 따로 살고 있었는데 사고가 있은 뒤부터 본가에 와서 함께 지내는 중이다. 남자는 거실 풍경을 그리며 배시시 웃었다. 남자는 다시금 예의 **증거**라는 단어에 집중했다.

38

13내가 내 무지개를 구름 속에 두었나니 이것이 나의 세상과의 언약의 **증거**니라(창세기 9장)

생각지 않은 구절이 당당하게 증거라는 단어를 대동하고 맨 앞에 나타났다. 남자는 무지개란 말에 순간 맥이 빠져 어깨를 으쓱했다. 동화에나 나올 법한 무지개가 도대체 무슨 증거가 된단 말인가? 무지개는 과학적으로 간단하게 입증되는 여러 광학적 현상 가운데 하나일 뿐이다. 비가 멎은 뒤 공중에 떠 있는 물방울들이 햇빛을 받아 나타나는 반원형의 일곱 빛깔 띠를 지칭한다. 가끔 대낮에 볼 수 있는 아름다운 기상의 쇼 다름 아니다. 자동차를 세차하다가도 본 적 있다. 물과 빛과 공기의 합작품이다. 그 단순한 빛의 작용으로 생긴 무지개가 홍수로 다시 지상을 쓸어버리지 않겠다는 신의 구두 약속으로 바뀌었다. 알 만한 사람은 다 아는 이야기이다. 유치했다.

아치 형태를 띤 다리 모양의 예쁜 무지개는 순수한 동심과 꿈의 상징으로서 동화책에 등장하는 단골 소품이다. 아닌 게 아니라 어른인 남자 역시 무지개를 볼 때마다 막연하나마 왠지 설레어 기분이 좋았던 기억이 났다. 그 반구의 다리를 건너 행복한 그 어디로 갈 것만 같은 기분에 힐링되었던 것 같았다. 싫지 않았다. 누구라도 무지개를 보며 눈살을 찌푸리진 않으리라. 분명 단순한 기상현상을 뛰어넘어 가슴을 두근거리게 하는 힘이 있긴 했다. 그 심정을 영국의 대문호 워즈워스는 「무지개」에서 그런대로 잘 표현했다.

하늘의 무지개를 바라보노라면 내 가슴은 뛰노라
어린시절에 그러했고
어른이 된 지금도 그러하고
더 늙어서도 그러하리라
그렇지 않다면 차라리 죽는 게 나으리
어린이는 어른의 아버지
원컨대 생의 하루하루가 자연의 경외심으로 이 숭고함 속에 있기를

고등학교 진학을 앞둔 여가 시간에 과학을 가르쳤던 담임은 모두에게 마지막 선물이라며 무지개 원리와 함께 시를 들려주었다. 기억이 확실하다면 담임은 말하는 내내 자연의 신비와 장엄함에 대해 놀라움을 금치 못하면서도 기독교의 신과 관련해서는 일언반구 하지 않았다. 몰랐을수 있다.

남자는 과거를 회상하다 말고 벽시계에 눈길을 주었다. 그새 또 한 시간이 흘러버렸다. 이 오후가 가고 나면 밤이 될 테고, 밤이 지나가고 나면 명절 아침이 되어 그만 털고 일어나야만 했다. 깨어난 사실을 감춘 채 더 지체한다는 것은 가족에 대한 예의가 아니었다. 명절날 아침의 깜짝 등장은 감춘 사실에 대해 그런대로 너그러이 용서가 되리라. 모든 게 이해되고 서로 웃기에 좋은 새날, 새로운 시작의 아침이다.

거실의 세 사람은 여태 숨죽여 키득거리며 화투를 치고 있었다. 목소리만 죽였을 뿐 쫙쫙 내려치는 화투짝엔 여전히 강단이 실려 있었다. 그 소리가 문틈을 통해 전해졌다. 남자는 마음이 바빴다. 서둘러 마무리할 양으로 예의 13절을 다시 보았다. 막 눈을 주던 남자는 순간 깜짝 놀랐다.

내가 내 무지개를, 무지개가 하나님의 것이라고? 세상 또한 '나의' 세상이라고 선포하고 있었다. 하나님만의 세상이 따로 있다는 표현이다. 무지개는 사람들 보라고 존재하는 게 아니란 소리다. 심지어 사람을 위한 언약의 증거도 아니었다. 모두 다 하나님 본인을 가리키고 있었다. 너무나 의외였다. 글로만 보자면 하나님이 스스로에게 하는 증거이고 말이었다. 혼잣말 같은 거였다. 단연코 사람에게 기억하라는 말이 아니었다. 구름 속에 무지개를 둔 장본인인 내가 보고, 다시는 물로 혈기 있는 생명을 멸하지 않겠다는 스스로의 다짐이자 그 약속을 영원히 기억하겠다는 논리였다. 어떤 면으로 안전을 보장했다. 안전이 확보된 안도 때문이었을까? 하나님의 의중을 알 턱이 없으련만 사람들은 약속이나 한 듯 무지개를 보며 잠깐이나마 시름을 내려놓고 계산 없이 미소하고 행복해했다. 남자도 그랬던 것 같다. 시인은 그 점을 알았을까? 그래서 가슴이 뛴다, 하였을까? 하나님은 뭘 믿고 방금 물로 쓸어버린 사람들을 향해 다시는 물로 멸하지 않겠다, 약속한 걸까? 남자는 갑자기 신과 거리가 혹 좁혀진 느낌을 받았다. 좋았다.

그러나 다른 한편을 생각하면 꼭 편할 수만도 없었다. 다시는 물로, 홍수로 멸하지 않겠다는 뜻이지 심판을 멈춘다는 소리가 아니었다. 이번 매는 약과다, 다음에 또 말을 듣지 않으면 그땐 더 큰 매로 맞을 것이다, 대강 그런 은근한 협박이 깔렸다. 깔려 있다고 남자는 보았다. 물이 아닌 **불**과 관련된 구절을 신약성경 곳곳에서 본 기억이 났다.

48거기는 구더기도 죽지 않고 **불**도 꺼지지 아니하느니라(마가복음 9장)

맙소사, 진심으로 맙소사였다. '거기'란 지옥을 뜻할 게 뻔했다. 순간 기분이 잡쳤다. 아예 모든 걸 그만 멈추고 싶었다. 신화 같은 말에 일희일비하여 휘둘리고 있는 자신이 꼴사나웠다. 아니 미련 떨 것도 없다. 일어나서 저 문만 열고 나가면 끝날 일이었다. 끝이고 그만이라고 생각했다. 그러나, 그러나 그럴 수 없었다. 처방전을 받지 않고서는 나설 수 없었다. 실력 없는 의사라 쳐도 일단 병원에서 족집게 같은 증상을 들은 이상, 기댓값 관점에서라도 보험을 들 듯 아무래도 더 설명을 들어놓고 또 처방전을 받아보는 게 좋을 성싶었다. 처방전대로 약을 먹을지 안 먹을지는 환자가 결정한다. 100% 확실치 않은 지옥불 하나에 예까지 온 길을 포기할 순 없었다. 시작한 일이니 침착하게 마무리해야 했다. 서두를 일이 아니었다. 남자는 원점인 책으로 돌아가자 달랬다. 네댓 차례 심호흡을 했다.

남자는 살벌한 구절이 나오게 된 앞뒤 배경이 궁금했다. 43절과 49절에도 불이라는 단어가 등장했다.

만일 네 손이 너를 범죄케 하거든 찍어버리라 불구자로 영생에 들어가는 것이 두 손을 가지고 지옥 꺼지지 않는 불에 들어가는 것보다 나으니라(마가복음 9장)

엎친 데 덮친 격이었다. 어찌 손이 범죄를 하겠는가? 끊어낼 수 없는 마음이 손을 움직인 것을! 같은 뜻의 글이 더 이어졌는데, 그 중간 44절과 46절에 '(없음)'이 표기되어 있었다.

왜 없지?

남자는 고개를 갸우뚱했다. 예수가 제자들에게 범죄에 대한 중요 경고를 하고 있는 마당인데, 말을 안 했으면 모를까 '없음'은 이상했다. 남자는 급히 영어도 그러한가 찾아보았다.

where 'Their worm does not die, And the fire is not quenched.'

영문을 읽은 남자는 손으로 입을 틀어막았다. 48절과 똑같은 내용의 문장이 연거푸 반복해서 기록되어 있었다. 심지어 49절은, 미끈거리는 미꾸라지의 점액질을 소금으로 문질러 씻어내듯 불로 사람을 소금 치듯 할 거라고 엄포를 놨다. 대번에 거품을 내며 격렬하게 움직이고 있는 함지 속의 미꾸라지가 연상됐다. 토기가 올라왔다. 겨우 달래고 붙잡았나 싶은 마음마저 떨어져 나가는 듯했다.

그리스도의 사랑 안에서 거룩하고 흠이 없게 해준다며?

이율배반적인 하나님의 속내가 이해되지 않았다. 사실 성경이 싫은 가장 큰 이유가 바로 지옥이었다. 언급된 그 자체가 그냥 싫었다. 어쩌면 지옥이 없길 바랐기에 천국도 부인했던 게 아니었는가 하는 생각이 들었다. 부끄럽지만, '아니다'라고 부정할 수 없었다. 모르긴 해도 아마 '없음'은 너무나도 혐오스러운 표현이라 번역가들이 뺀 듯싶었다. 남자는 어찌할 바를 몰랐다. 발을 빼기도 깊숙이 더 밀어 넣기도 뭣했다.

시인의 가슴을 설레게 했던 아치형의 무지개를 눈앞에 그리며 남자는 착잡한 마음으로 멀뚱멀뚱 천정을 쳐다보고 있는데 방문이 빼꼼하게 열렸다. 그 사이로 창선은 얼굴만 내밀었다. 남자는 못 본 척했다.

"아빠?"

속삭이듯 불렀다. 말꼬리를 올리는 것으로 보아 뭔가 남자의 의사를 타진하려는 눈치같았다. 남자는 미안하지만 못 들은 척했다. 도무지 기분이 안 났다. 창선은 딱 한 차례 부르고는 더 내색하지 않고 문을 닫았다. 화투가 끝난 모양이었다.

<h1 style="text-align:center">39</h1>

낼이 명절이다. 남은 하루 중에 절반이 지나가고 있었다. 남자는 머릿속으로 두꺼운 책장을 휘리릭 넘겼다. 가장 궁금한 창세기 3장에는 아직 진입조차 하지 못했다. 아쉽고 초조했다.

"모레 설날부터 당직이랬지?"

여자는 흙을 씻어낸 도라지를 쟁반에 담아 그새 거실에 자리를 잡았다.

"네, 근데 아직 할 일이 남았던 거예요?"

"쓴물 빠지라고 너무 오래 담가놓으면 물러지거든. 하룻밤이 딱 적당한 것 같아."

"깐 도라지를 사면 번거롭지 않고 좀 좋아요?"

창선은 선 채로 쟁반을 내려다보며 말했다.

"애는? 집에서 직접 깐 것과 비교가 되겠니? 양도 양이지만 무르지 않고 변색되지 말라고 뭘 넣는다는데 그게 뭔 줄 알겠니?"

여자는 서 있는 창선을 칩떠보며 대꾸했다.

"일일이 신경 쓰자면 굶어야 해요."

창선은 여자 앞에 앉으며 심드렁하게 대꾸했다.

"의사씩이나 돼서 바른 말씀이다. 입으로 들어간 음식이 내 몸을 만들고 내 건강을 지키는데 아무거나 넣어?"

"편하게 삽시다. 다들……"

"다들 먹는 나이 너도 올해 한 살 더 먹는 건 아니?"

여자는 미간을 접으며 창선의 말허리를 싹뚝 잘랐다.

"아이참, 왜 또 말이 그쪽으로 흘러요?"

창선은 질색했다.

"나도 맘 편하게 살고 싶어서 그런다. 올 설에는 누구랑 당직 서?"

말에 가시가 더덕더덕 붙어있었다.

"안과……."

"그 용민이 말야?"

여자는 잽싸게 알은 척을 했다.

"1년 전 일을 아직 기억하고 계신 거예요?"

"그때 너 옷 때문에 갔다가 봤잖어? 나 걔 괜찮더라. 싹싹한 게 어른 대접도 할 줄 알고 말야. 당직도 누구랑 할지 자기들이 정한다며? 이번에도 또 너랑 같이 하겠대? 또 같이 하겠다는 건 분명히 다른 뭔가가 있는 거야."

"후배거든요!"

창선은 팔짝 뛰었다.

"후배는 사람이 아니니?"

"으이그, 참. 걔는 남자가 아니라고요."

"왜, 서서 오줌 안 눠?"

"헐! 어머님, 저기 기 여사님! 저는 이번 명절에 도라지나물 안 먹을 게요."

창선은 빨딱 일어섰다. 문 닫히는 소리가 크게 났다. 창선은 여자의 말에 장단 맞출 생각이 전혀 없었다. 본인 편한 대로 모든 상황을 끌어다 생각하는 여자가 못마땅했다. 단단히 토라졌다. 세상 모든 엄마들의 고질적인 병이지 싶었다. 창선이 30을 넘긴 작년부터 여자는 대놓고 혼사 문제로 신경을 긁었다.

"결혼을 못 하고 있으니 다른 선생들 다 쉬는 명절날에 당직을 서는 게 아니겠어? 그리고 까놓고 말해서 용민이도 너한테 맘이 있으니 명절에 니랑 또 함께 있겠다는 소리 아니겠냐고. 싫어봐라, 이틀을 한 공간 안에서 어떻게 죽치고 있냐?"

여자는 창선의 방문을 향해 큰 소리로 말했다. 여자는 상상을 멈추고 싶지 않았다. 양가 상견례를 하고, 고민하여 마련한 예단을 예비 사돈네에 보내고, 신부 어머니 화장을 곱게 마쳤다.

"죽치고 있지 않거든. 입원환자들을 모두 회진하고 명절이랍시고 찾아온 보호자들까지 일일이 대면하자면 더 바쁘거든요. 한가하게 노닥거릴 시간이 더, 더, 없다고요."

창선은 방 밖의 여자를 향해 볼멘소리를 힘껏 던졌다. 남자는 두 모녀가 안타까웠다.

여보 기은식 씨, 사랑하는 사람이 생기면 어련하려고요. 남자나 여자나 오만가지 핑계를 대며 기를 쓰고 만나려고 하겠지요. 그게 수컷일 땐 더합니다. 용민 군에게나 창선에게나 말할 수 없는 나름의 사정이 있나 보지요. 내 만족을 위한 이기심은 버리고 어린 사람들을 그냥 좀 놔두고 지켜봐 줍시다.

남자는 두 모녀의 이야기를 통해 명절까지 하루가 더 남아있다는 사실을 알았다. 다른 해에 비해 유독 음력설이 빨랐다. 없던 하루가 생겨났다. 반가웠다. 마음이 한결 가벼웠다. 그래서 느긋하고 짊짢게 훈수 두는 여유가 났다. 모두는 각자 계산하기에 바빴다.

40

"특이점 해소의 정리를 조금 신비스럽게 말하면 물체의 본질과 그림자와의 관계를 규명하는 것이라고 할 수 있다. 다시 제트코스터를 예로 들면 특이점이 없는 제트코스터 궤도 자체인 본질과 특이점이 있는 제트코스터 궤도의 그림자와의 관계를 증명할 수 있어야 한다. 그러한 정리가 발견되면 모든 그림자는 본질로 돌아가고 특이점은 해소될 것이다."

없던 하루가 생긴 덕분이고, 꺼지지 않는 지옥불보다 좋은 이미지가 강한 무지개 때문인지 모르겠다. 창림으로인해 우연히 서점에서 접하고 구입하게 된, 일본인 수학자 히로나카 헤이스케 박사가 쓴 『학문의 즐거움』이 떠올랐다. 그 일부가 히브리서 8장 5절의 그림자와 관련하여 스쳤다. 아니 딱 그 한 부분을 기억에서 끄집어냈다. 비유로 시작하여 연결된 모형과 그림자란 말이 뇌리에서 떠나지 않았다. 이 땅이 전부이고 진짜라고 여기며 고통속에 행복을 추구하며 사는 인생들에게 그림자란 선포는 분명 희망적인 구호였다. 박사의 의도와 히브리서의 개념은 신기하게도 맞아떨어졌다.

박사는 1970년에 말도 어려운 〈복소 다양체의 특이점에 관한 연구〉로 일찍이 수학의 노벨상이라고 불리는 필즈상을 받은 수학자다. 글 가운데, 그림자는 본질로 돌아간다는 표현이 남자를 흥분케 했다. 평생을 꿈꾸어 오던 해탈의 경지다. 본질과 하나가 되고 싶었다. 그것이 하나님이자, 성불이자 무아가 아니겠는가?

숫자와 뜻 모를 기호로 채워진 두꺼운 학술논문은 봐도 모른다. 그러나 물체의 본질과 그 그림자와의 관계를 부처가 사는 세계와 사람이 사는 세계에 빗대어 설명한 대목은 알아들을 만했고 마음이 크게 끌렸다. 여기서 특이점이란 실체와 다르게 높이가 빠진 그림자 상의 선들이 교차한 점을 의미했다. 실용적인 측면에서 도움이 안 되는 그 특이점을 없애는 게 당시 수학계의 숙제였다고 한다. 박사는 그 문제의 개요를 사람들이 타고 노는 제트코스터라는 놀이기구를 가지고 설명했다. 역학적으로 잘 계산되어 만들어진 둥근 궤도선 상의 놀이기구는 매끄럽고 안전할 뿐 아니라 너무너무 신나고 재미나는 것이지만 땅에 비친 궤도의 그림자는 뾰족하고 복잡하여 위험해 보이기까지 했다. 박사는 번잡한 그 그림자를 번뇌라고 표현했다. 몹시 신선했다.

창림은 중학생이 된 후로 내내 사춘기앓이를 했는데 그 반항의 첫머리가 학업문제로 불거졌다. 왜 공부를 해야 하는지 모르겠다며 밥먹고 자는 시간 빼놓고는 웹툰에 빠져 지냈다. 거북목이나 시력에도 영향을 줄 것같아 걱정이 이만저만 아니었다. 하지만 솔직히 남자 역시 왜 꼭 공부를 해야만 하는지 잘 모르긴 마찬가지였다. 고민할 틈도 없이 그저 존재 자체를 숨기는데 적당한 동굴이자 가난에서 벗어나고 집에서 독립할 수 있는 유일한 수단이었기에 단세포적으로 열심히 했다가 맞았다. 거기에 즐거움 따위가 끼어들 자리는 없었다. 자기완성이니 자아성취니 하는 좋은 말들이 있긴 했으나 부끄럽지만 결국 '밥벌이'외에 더는 창림에게 해 줄 말이 떠오르지 않았다. 겸사겸사 답을 찾기 위해 서점엘 갔는데 거기서 지면상의 박사를 만나게 된 것이다.

책의 머리말에서 박사가 직접 밝힌 바대로, 학문에 임하는 진지한 자세며 배워서 오는 기쁨에 대해 간결하고도 솔직하게 잘 쓰여 있었다. 그런 마음가짐을 배우고자 하는 후세들에게 더없이 좋은 표본 같았다.

남자는 창림에게 날마다 책을 조금씩 필사하게 할 요량이었다. 체험에서 우러나온 생생한 내용을 통해 끈기 있게 물고 늘어지는 근성을 배웠으면 싶었다. 최소한 느끼길 바랐다. 깔끔한 문장과 논리 전개 방식 등도 익혀두면 유익할 것 같았다. 하나의 소제목 마다 달린 글 길이도 적당하여 필사하기에 대체로 안성맞춤이었다.

그러나 어른인 남자에겐 뭐든 적당히 알맞은 책이었을지 모르나 중학생인 창림에겐 그것도 질풍노도의 중심에 서 있는 창림에겐 씨알이 먹히지 않았다. 절대 적당한 방식이거나 좋은 길이가 아니었다. 거기다 남자는 각각의 글을 필사한 후 훗날 기억을 위해 읽고 느낀 점에 대해 뭐라도 좋으니 3문장씩 적어보게 했는데 그게 취약이 되었다. 창림은 필사 첫날 소감으로 모르겠다, 어렵다, 하기 싫다! 짧고 발랄한 3줄로 자신의 느낌을 솔직하게 밝혔다. 가슴이 싸했던 그때 그 순간이 지금도 생생하다.

열심히 살고 성과도 낸 외국인의 삶을 간접 체험해 보길 바랐던 남자의 시도는 유감스럽게도 그 한 번으로 족해야 했다. 호감을 느낀 남자와 다르게 창림에겐 실지 글이 어려웠을 수 있고 또 본인의 마음을 드러내고 싶지 않은 사춘기 치기심이 작용했을지도 몰랐다.

"즐겁게 공부하다 인생에도 도통해버린 어느 늦깎이 수학자의 인생 이야기"라는 표지 글대로 남자는 엉뚱한 기회로 엉뚱한 데서 가슴을 틔워 주는 말을 발견하여 호사한 셈이었다.

"나는 물체의 그림자에 생기는 특이점은, 사실은 부처 세계의 그림자인 현세에서의 수많은 번뇌와 같은 것이라고 생각했다. 따라서 그 특이점을 해소하는 것은 현세의 번뇌를 해소하고 부처의 차원에 도달해서, 그림자를 지배하고 있는 인과법칙을 찾아내는 것이라는 생각이 들었다."

남자는 당시 진심으로 바랐던 일이었기에 글을 읽은 후 흥분했다. 그러나 '도달'이라는 단어를 보며 그 와중에도 한 가지 의문이 들었던 기억이 똑똑히 났다. 생존하고 계시다는 박사에게 묻고 싶었다.

과연 해소가 될까요? 해소될 성질의 것이던가요?

남자가 경험하기로 수학적 이론과 실재 현상은 너무나도 달랐다. 보도블록 사이를 비집고 올라오는 잡초 같은 번뇌는 도면상에 표시되지 않을뿐더러 뽑는다고 제거되지도 않았다. 돌아서기가 바쁘게 자라고, 자라고 또 자라났다. 슬프게도 남자는 그 현실을 뼈저리게 잘 알고 있었다. 손톱의 거스러미처럼 자꾸만 가치작거려서 잊어먹을 수가 없었다.

그런데, 요 며칠 사이에 성경을 더듬으면서 약간의 희망을 보았다. 전에는 추호도 해본 적 없던 생각이었다. 아니 새로운 시각을 갖게 되었다고 보는 게 맞겠다. 박사가 말한 실체와 그림자 관계를 조금만 틀어서 보자면, 음, 그러니까 물체가 빛을 가리어 맞은 편에 나타나는 거무스름한 형상이 그림자인 걸 안다면, 그래서 겹치는 그림자가 번뇌라는 걸 안다면 원본이자 실체인 그것은 더 아비규환이란 무서운 소리가 되었다. 실체의 실루엣만 비친 현 세계가 이 정도라고 한다면 실체는 훨씬 더, 수만 배 험

악할 수 있기 때문이었다. 어린 시절에 촛불을 켜놓고 놀았던 손그림자 놀이가 그 사실을 대변해 주었다. 깨끗한 손이든 더러운 손이든, 생채기가 있든 없든 비치는 건 똑같았다. 차별이 없이 모두 검었다.

다른 건 차치하고라도 조금 전에 보았던 무지개와 비교해도 같은 현상에 전혀 다른 결과가 나타났다. 빛이라는 똑같은 매질임에도 불구하고, 그 사이의 매개물이 무엇이냐에 따라 나타나는 현상은 극과 극을 이루었다. 아니 결과를 두고 매개물을 추적해 보니 큰 차이가 났다고 보는 게 옳다. 그림자가 어둡다는 것은 매개물이 빛을 통과하지 못하는 불투명체란 의미다. 빛을 흡수하지 못하고 튕겨냈다. 이파리가 파랗고 사과가 빨갛게 보이는 이유가 파랑과 빨강만 흡수하고 나머지 빛은 받아들이지 못하기 때문이라고 하잖는가. 빛으로 왔다는 예수 세계는 애초 그림자가 없으니 특이점 같은 게 존재하지 않고, 인과법칙이 있을 리 만무하니 해소하고 말 건덕지가 없었다. 부처의 자리에 예수를 대입하자 의미가 선명해졌다. 온전하게 빛을 볼 수 있고, 빛을 통과할 수 있는 유일한 렌즈가 예수란 소리다.

따라서 그림자가 번뇌라고 한다면 실체는 빛과 관계없는 불투명체로서 더 어두운 것이 되고, 그림자가 일곱 가지 빛으로 빛난다는 것은 투명체로서 실체가 더 아름다운 무엇이라는 결론이다. 그곳이 그 어딘가에 있는 하나님의 세상이고 천국일까? 지옥만 빼면 성경은 완벽할 듯했다. 한마디로 부처는 불투명체로서 빛과 무관하여 해탈이 없단 말이 되었다. 그렇다면 박사는 애당초 해소되지 않는 그른 길 위에 서 있는 셈이다. 남자는 혼돈하고 공허한 땅 위에 맨 먼저 빛이 있으라 한 까닭이 수긍됐다.

워즈워스는 이 원리를 알았을까? 무지개 너머의 세계를 알고 느꼈기에 가슴이 뛰었던 걸까? 남자가 그토록 바랐던 세계는 두말할 것 없이 무지개 쪽이었다. 구별 없고 망설일 필요가 없는 환한 빛의 세계다. 일상의 삶을 뒤로 한 채, 그걸 세속이라 한다. 산속에서 이것저것 모두 단절한 채 은둔하여 구리거울 닦듯 부단히 몸을 괴롭혀서 **육체**의 욕구를 죽여야만 하는 방식은 답으로 가는 길이 못되었다. 지금 이순이 가까움에도 불가능한 일 같으면 죽는 순간에도 이루지 못할 게 뻔했다. 결코 울며 왔다가 웃으며 갈 수 없었다.

23이런 것들은 자의적 숭배와 겸손과 몸을 괴롭게 하는데 지혜 있는 모양이나 오직 **육체** 좇는 것을 금하는 데는 유익이 조금도 없느니라(골로새서 2장)

남자는 별안간 똥감태기가 된 기분이었다. 육체라는 말과 관련하여 떠오른 듯했다. 무안해진 기분은 있는 대로 까라졌다. 성경은 마음을 꿰뚫고 지나가는 화살 같았다. 남자는 방안을 휘둘러보며, 조금의 유익도 없을 것까지야, 변명거리를 찾아보았지만 적당한 말이 떠오르지 않았다. 끝내 궁색했다. 목덜미가 꿉꿉했다. 등이 근질거렸다. 손이 닿지 않았다. 창문을 향해 옆으로 돌아누웠다. 돌아눕자 가려운 데가 좀 시원해졌다. 일어나면 아쉬운 대로 몸이라도 비누로 박박 문질러 시원하게 씻어내리라 맘먹었다. 원하는 대로 되지 않는 마음과 달리 몸은 **비누**로 씻어낼 수가 있다.

22네가 잿물로 스스로 씻으며 수다한 **비누**를 쓸지라도 네 죄악이 오히려 내 앞에 그저 있으리니(예레미야 2장)

사람과 관련하여 성경에는 없는 말이 없는 듯했다. 마치 자루를 흔들어 곡물을 꽉꽉 채우듯 구절은 단 한마디도 지지 않고 말말이 연결되어 이 생각과 저 생각을 돕듯 짝이 되어 나타났다. 하기야 자기를 닮도록 직접 지은 사람인데 모르는 게 오히려 이상할 것이다. 남자는 모든 걸 포기한 사람처럼 한숨을 길게 내쉬며 혀를 찼다. 생각도 마음대로 자유로이 할 수 없었다. 아무래도 하나님은 사람이 감추고자 하는 것을 들추는 일에 재미를 느끼는 모양이었다. 묵은 허물을 없애는데 어떤 행위도 필요치 않다는 뜻으로 읽혔다. 그래서 은혜일까? 또다시 만감이 교차했다.

구름이 깔려선지 해가 짧아선지 그새 바깥은 어둑해졌다. 콧잔등이 시큰거렸다. 맹맹했다. 지난했던 과거의 기억들이 흐려진 시야 사이로 앞서거니 뒤서거니 스쳤다. 그 안에서 끄집어낼 만한 것이 없었다. 딱히 쥘 만한 게 없었다. 측은했다. 순전히 사기 맞은 세월을 산 것이라고 할 수는 없었으나 이것이다, 내세울 만한 것도 없었다. 누추했다. 창림의 일기대로 가족이 있고 집도 있고 그럭저럭 모두 건강하며 여유로운 시간도 있었으나 왠지 형체가 없는 바람이 불다간 자리처럼 찬 기운이 돌고 휑하여 허전했다. 응어리가 가슴을 짓눌렀다.

진즉부터 도라지 손질을 멈추고 통화하던 여자의 목소리가 점점 문 가까이 다가왔다. 여자는 방문 앞에서 멈춰섰다.

"지혜가 졸업한 지 얼마나 됐지요? 바로 합격한 거나 다름없네! 아이고, 잘 됐네요. 축하해요. 아가씨도 한시름 놨네. 그러게요. 창선이는 한사코 걱정 말라 하는데 사람이 어디 그래져요? 새해 아침에는 제발이지 언제 그랬나 싶게 털고 일어났음 좋겠네요."

여자는 통화 중에 남자의 기색을 살필 요량으로 창선처럼 방문을 빼꼼히 열었다. 방안이 어둑하여 창 쪽으로 돌려진 남자의 표정은 읽을 수 없었지만, 꿰다 놓은 보릿자루 같은 모습은 여전했다.

"아직 누워만 있지요, 뭐. 그래도 조금씩 말귀를 알아들은 듯하여 한결 수월해요. 아버님 어머님 두 분의 아들 사랑이 좀 지극하셨어? 두 분 덕택

에라도 곧 일어나겠지요. 올 부모님 기일에는 애들까지 5남매 모두 모여 꼭 밥 먹는 쪽으로 해봅시다. 잡아봐야지요. 그래요, 또 연락합시다, 들어가요."

전화가 끊기는 동시에 방문도 닫혔다. 상대는 성경이 실재 역사인 양 말했던 여동생이었다. 겸사겸사 건 안부 전화 같았다. 남자는 조용해지자 수년 전 소낙비가 지나간 후 딱 한 차례 본 적 있는 쌍무지개를 떠올렸다. 안쪽에 있는 무지개보다 바깥쪽의 것이 현저히 흐리긴 했지만 어쨌거나 행운과 희망을 상징한다는 말대로 남자는 어린아이처럼 기대를 걸어보았다. 제발이지 더욱 단순해지고 더욱 가벼워지길 진심으로 원하였다.

41

너무 높아 마주하기 어려운 사람 앞에 나설 때처럼 남자는 긴장하며, 이불 속에서 옷매무새를 단정히 여미고 두 발을 붙여 자세를 바르게 했다. 왠지 그래야 할 것 같았다. 뭔가 형용할 수 없는 절묘한 질서와 권위가 성경에서 느껴져 흐트러진 채 있을 수 없었다. 목도 가다듬었다. 오후부터 시작된 바람은 성난 듯 내내 요란했다. 밤새 몰아칠 기세다. 때가 때인 만큼 명절을 즈음해선 언제나 더 춥고 바람이 많았다.

방바닥에 이불을 펴고 자는 여자의 옆모습이 어둠에 익어진 눈에 들어왔다. 고단했는지 숨소리조차 없이 깊은 잠에 빠져 있었다. 남자는 아무리 생각해도 여자에게 못 할 짓이어서 또 미안했다. 그러나 깨어난 걸 알게 되면 시끄러워져서 더는 생각을 이어가지 못할 게 뻔했다. 다시는 이런 일이 없기를 바라며 남자는 모르는 일처럼 두 눈을 질끈 감았다.

예상한 바대로 한글과 영문이 반반씩 섞인 뉴킹제임스 버전의 2쪽이 나타났다. 창세기 2장이다. '보시기에 심히 좋았더라'는 말을 끝으로 저녁이 되며 아침이 된 여섯째 날을 뒤로하고 2장이 새로 시작되었다. 남자는 1장 마지막 구절의 '심히 좋았더라'와 2장 첫 구절의 '다 이루니라' 사이에서 얼른 시선을 떼지 못하고 망설였다. 예수도 형틀 위에서 마지막 숨이 떨어지는 순간 다 이루었다는 말을 했고, 요한도 대변자로서 It is done! 말했다. 창조가 시작되는 처음과 중간, 맨 끝에 똑같은 말이 3번 연속하여 언급됐다. 놀랍게도 프랙탈 구조는 여기에서도 발견되었다. 아닌 게 아니라 하나님은 마음먹은 대로 계획이 착착 이루어지니 기쁘고 좋았을 것이다. 무슨 뜻인지 다는 알 수 없으나 참으로 주도면밀했다. 면도날 같은 데가 있었다.

그러나 한정된 시간 안에서 모든 호기심을 채울 순 없었다. 시간을 쪼개어 분산시킬 수 없었다. 이미 남자의 마음은 창세기 3장 선악과 사건이 있던 현장에 가 있었다. 빨리 보고 싶어 조바심이 날 지경이었다.

맹렬한 바람에 아파트 전체가 흔들리는 듯했다. 지금이 새벽 2시 반이니 명절 아침까지는 하루하고 불과 몇 시간밖에 안 남은 상태다. 남자는 서둘러야 했다. 일단 아이쇼핑하듯 2장을 가볍게 훑었다. 눈으로만 더듬은 2장은 금세 읽혔다.

창세기 1장이 천지창조에 관해 대략적이고 전체를 다룬 총론적 성격을 띠었다고 한다면, 2장은 그 범위를 훅 좁혀 사람만을 주목하는 각론 형태를 취하고 있었다. 이를테면 줌렌즈를 힘껏 끌어당겨 광막한 우주 끄트머리에서 홀로 빛나고 있는 초록별, 그 별 중에서도 메소포타미아 지역의 동편 한 동산에 센티멘탈하게 혼자 서 있는 남자사람에게 초점을 맞췄다. 간결하면서도 꼭 집어 할 말을 다하고 있는 글이 남자는 마음에 들면서도 한편, 어쩐지 여전히 미흡하게도 여겨졌다. 학교에서 배웠거나 책을 통해서 혹은 주위들은 풍월이 남자의 발목을 붙잡았다.

이 넓디넓은 우주 안에 지적생명체가 오직 지구 한 곳에만 존재한다고 여기는 것은 생명에 대한 참을 수 없는 모독이고 교만이며 드넓은 공간에 대한 낭비라고, 이 비슷한 말을 했던 천체물리학자 칼 세이건이 뇌리에서 떠나지 않았다. 세이건은 우주라는 시간과 공간 안에 분명 고도로 발달한 또 다른 지적생명체가 존재한다고 믿은 듯했다. 죽기 직전까지 60평생 삶을 몽땅 털어 넣어 연구한 그의 덕에 일반인도 우주에 관심을 가지게 하는 기염을 토했다. 업적이라면 업적이다. 우주 전도사 같은 그의 말을 빌리자면 지구는, 신의 창조 산물이 아닌 코스모스라는 찬란한 아침 하늘에 떠다니는 티끌 한 점에 불과했다. 그 안에 브레이크 장치 없이 노화와 소멸을 향해 빠르게 달려가고 있는 인간의 가련함이란 더 말할 게 없었다. 그래서 사람이 더욱 애틋하고 소중한 것만은 사실이나 우주의 중심이라는 생각은 말아 주십사 주문했다. 하지만 성경 속의 하나님은 이 우주 천지를 조화롭게 창조한 목적이 정작 점 같고 티끌 같은 남녀에게 있는 듯 말했다. 사람을 지어놓고 그 어느 때보다 심히 좋아했다. 과학자와 정반대 입장을 취했다. 누구의 말을 믿어야 할까? 질서란 우연히 주어지는 게 아니잖은가? 의지와 노력이 필요하다.

세이건에게 신앙과도 같은, 다른 생명체에 대한 신념은 전혀 무근한 망상이 아닐 수도 있었다. 조금 전에 알게 된 거다. 우스꽝스러운 발상일 수 있겠으나 모세는 하나님의 세상이 하늘 어딘가에 따로 있다고 기록했다. 광활한 우주 저편 그 어딘가에 있을 거라는 지적생명체가 전지전능한 하나님일 가능성은 전혀 없는 걸까? 어린 시절 밤하늘을 보며 꿈을 키워온 세이건은 피조물의 범위 내에서 상상할 수 있는 모든 수단을 동원하여 추리한 듯했다. 높이 살만한 직관력이다. 혹 이러한 언급이 성경에 이미 있다는 사실을 불가지론자였던 세이건이 생전에 접했더라면 뭐가 달라졌을까? 다른 말을 하였을까?

과학자도 신학자도 아닌 남자는 지극히 평범하고 상식적인 사람이다. 이쪽이나 저쪽이나 이해하기 어려운 과한 논리였다. 둘 다 똑같이 허무맹랑한 소리처럼 들리긴 했지만, 현재로선 딱히 성경의 기록도 나쁘지 않았다. 『코스모스』는 참으로 재미있게 봤던 몇 안 되는 책 중의 하나로서 창림의 책꽂이에 늘 꽂혀 있다.

덜커덩덜커덩, 바람은 숫제 창문을 떼어갈 것처럼 잡아 흔들었다. 세차게 불어대는 바람을 멈추게 할 수 없다면 피할 곳을 찾아야 했다. 나쁘지 않다고 하여 중간에 어정쩡하게 서서 바람을 맞을 순 없다. 반반에 서 있을 때가 아니었다. 내세가 걸린 문제다. 더 다툴 시간의 잔고도 부족했다. 성경만이든가 성경이 아닌 그 모든 것이든가, 둘 중 하나를 택해야 했다. To be or not to be가 있을 뿐이었다.

마침내 2장 8절, 남자는 죄의 시원지라 불리는 동산 앞에 섰다. 앞머리가 움직일 정도로 크게 숨을 내뱉었다.

여호와 하나님이 동방의 에덴에 동산을 창설하시고 그 지으신 사람을 거기 두시고

저절로 긴장되었다. 적거나 많거나, 악랄하거나 어쩌다 실수이거나, 드러나거나 은폐되었거나 평범한 대부분의 사람은 누가 말하지 않아도 스스로 죄에서 자유롭지 못했다. 죄책감에 시달리곤 했다. 왜 시달리느냐 되물을 필요 없이 스스로 잘 알았다. 티 안 나게 죄를 잘 숨겼을 뿐이었

다. 그 알아차림을 보통 양심이라고 불렀다. 하지만 남자의 생각은 달랐다. 양심이란 천부적으로 타고난다기보다 관계 속에서 은연중 배워 체득되는 사회의 문화적 소산물이라고 보았다. 처한 상황이나 시대에 따라 얼마나 상대적이고 다른지 세계 역사를 통해 수도 없이 보아온 바라고 여겼다. 남자로서는 그저 원치 않은 '죄스러움'이 마음에 떠오르지 않거나 조용히 잊히기만을 바랐다.

그러나 어린아이들을 보면 꼭 그 생각이 다 맞는 것도 아닌 듯했다. 부끄러운 일 앞에서 아이는 스스로 눈치를 보았다. 당당함을 잃었다. 시키거나 배운 적 없는 그 불편한 감정을 언제 어디서 어떻게 알게 되었는지 당연하듯 무언가의 뒤에 숨었다. 숨을 줄 알았다. 또 언급하건대 유일하게 그 근원을 설명하고 있는 곳이 에덴동산의 그 나무 아랠 듯싶었다. 사람의 내면에 죄가 파고든 경위에 대한 아이디어가 참으로 그럴듯하고 기발했다. 그 점에 있어서 남자는 100% 인정했다. 사건의 발단은 코에 생기를 불어넣어 생령이 된 첫 사람을 동산에 이끌어다 놓음으로써 시작됐다. 사람이 죄를 지어서 죄인이 된 걸까, 죄인이기에 죄를 짓는 걸까? 사과가 열리면 우리는 그걸 사과나무라고 하긴 한다. 그게 원죄일까? 남자는 몸을 어떻게 하든 불편하여 여러 차례 뒤척였다.

얼마 남지 않은 시간은 바람에 떨어지는 이파리처럼 시나브로 사라지고 있었다. 쫓기고 긴장한 탓인지 갑자기 마른기침이 쿨룩하고 튀어나왔다. 호흡에 엇박자가 났다. 기침소리에 자고 있던 여자가 몸을 반쯤 일으켰다. 남자는 숨을 죽였다. 이내 다시 누웠다. 창선의 방에서도 기침하는 소리가 났다. 창선은 늦게까지 잠을 이루지 못하는 듯했다. 낮에 여자와 부딪혔던 일로 마음이 불편할 수도 있었다. 어쩌면 동료 의사인 용민과의 관계를 되짚으며 뒤척였는지도 몰랐다.

42

"어찌나 처절하고 쓸쓸한 표정이든지 내 평생에 그런 얼굴은 또 처음 봤어요. 나한테까지 전염되었는지 집에 오는 내내 맥 빠지고 우울했다니 깐요."

여자는 쇠고기와 갖은 채소를 다져 끓인 죽을 서둘러 데워서 남자에게 떠먹이며 목욕탕에서 늦게 돌아온 경위를 늘어놓았다. 여자는 날이 희붐 해지자마자 일어나 다녀왔다. 추위를 뚫고 가는 대목 목욕의 맛이다.

"딱 봐도 병색이 완연하고 마른 게 많이 아프신 분이란 걸 알겠더라구 요. 때 미는 아주머니의 도움을 받아 밖으로 나가는 걸 봤는데 내가 목욕 을 다 마치고 탕에서 나올 때까지 그저 속옷 한 장만 걸친 채 옷장에 기 대어 앉아 있더라구요. 내 옷장이 근처라서 다가가는데 옮겨 앉을 힘도 없어 보였어요. 힐끔거리는 주변의 시선도 많았지만 그것까지 신경 쓸 여 력이 없는지 소심하게 그 자리에 눕더라구요."

여자는 말하는 중간에 남자의 입술에 묻은 죽을 닦아냈다.

"명절이어선지 평소보다 사람이 많았어요. 나 같은 사람도 현기증이 나고 갈증이 나더라니깐요. 나도 속옷만 주워 입은 채 그분 다리를 넘어 입구에 있는 매점에서 찐달걀과 식혜 두 잔을 샀어요. 맞은편에 내려놓 자 겨우 일어나 앉으며 예의를 담아 나를 쳐다보는데 핏기 없는 그 표정 이 어찌나 무섭던지 하마터면 표시낼 뻔했다니까요."

여자는 손으로 입을 틀어막는 시늉을 했다.

"모두들 뜨거운 물에 씻고 나온 뒤라 발그레했는데 말예요. 외모는 고 왔어요. 살이 빠졌는데도 그 태가 남아있더라구요. 특히 모든 걸 받아들

216

이는 듯한 시선이랄까? 뭔가 한끝이 다른 강직함이 그 눈빛에서 묻어났어요. 죽음이 임박하면 그럴까요? 뒤에서 수군거리는 소리가 들렸는데, 저런 몸으로 왜 새벽부터 대중탕엘 왔는지 모르겠다며 민폐다, 징그럽다 하더라구요. 그분도 그 소릴 들었는지, 왜 못 들었겠어요? 대답이라고 하기엔 너무나 작은 목소리로 담담하게 말했어요. 집에서는 도저히 추워서 목욕을 못하겠고 또 앙상한 모습을 딸들에게 보이고 싶지 않았다고 하더군요."

여자는 눈시울을 눌러 닦았다. 진심으로 '그분' 입장이 되어가고 있었다.

"엄마에 대한 마지막 영상이 될지도 모른다면서, 대중탕에서의 목욕도 마지막이지 싶다며 나를 쳐다보고 웃는데, 치아만은 병과 관계없는지 희고 고르더군요. 불빛에 반사되어 상대적으로 더 희게 보였던 것 같아요. 앉은 채로 겉옷을 주섬주섬 입는데, 껴입고 또 껴입더라니까요. 어찌나 여러 벌을 껴입던지 나 울뻔했어요. 어디 사는지도 모르는 분인데 너무 안타까웠어요. 나이는 50중반쯤 나와 비슷해 보였어요. 정작 그분의 걱정은 자신이 아니라 공교롭게도 똑같은 병을 앓고 있는 두 딸이라고 했어요. 어쩌다 그 두 딸이 모두 우울증약을 복용하고 있다는 거예요. 옛날에는 그거 병 취급도 안 했잖아요? 근데 요즘은 안 그러나 봐요. 마음에서 온 병이잖아요? 그 사실이 가장 맘에 걸린다는 거예요. 왜 아니겠어요? 작은 딸은 거의 좋아져 아주 적은 양만 처방받고 있는데 큰딸이 문제라며 한숨을 내쉬더군요. 한 아이라도 완전히 약에서 해방되는 걸 보고 싶은데 가능할지, 기다려 줄지 모르겠다며 젖은 목소리로 말했어요. 보이지 않는 마음에서 온 병이라 외과적 치료보다 더 힘들다네요? 그 몸으로 아이들을 위해서라면 뭐든 할 거라고 했어요. 뭐래도 하고 싶은 마음이겠지요."

이야기하다 말고 여자는 잠깐 눈을 감고 뜸을 들였다. 이내 말없이 남자의 얼굴을 한차례 쓰다듬었다.

"아이들 아빠는 10년 전에 병으로 먼저 헤어졌대요. 그분 말투가 그랬어요. 친척들이 있긴 하지만 누가 반기고 도우려고 하겠느냐며 살아생전엔 짐이 되고 싶지 않아 그때부터 연을 끊고 지냈대요. 자존심이 허락하지 않은 거겠지요. 2년 전 병원으로부터 확실한 병명을 통보받은 뒤에 우리 세 사람은, 우리라는 말을 하는 것으로 봤을 때 세 모녀가 합의를 했다는 뜻이겠죠? 죽기로 마음을 먹고 차를 벼랑 앞까지 몰고 갔는데 순간 너무나 무섭고 두려운 생각이 들어 결국 단행을 못 하고 돌아왔다네요."

여자는 남자의 머리를 쓸어 올렸다. 머리카락이 세고 살이 빠지긴 했지만 이마는 여전히 단단하고 훤칠했다.

"잘했지요, 그건 순리가 아니지요. 사는 게 고통의 연속이고 지겨우나 두 딸 때문에 한 달, 아니 매일을, 반나절씩 견디며 지탱하고 있다 했어요. 다만 이중 삼중으로 생활에서 묻어 들어온 고통이 꿈속처럼 해소되길 바랄 뿐이라며, 딸들이 건강하던 때의 꿈을 자주 꾼대요. 얼마나 간절했으면요. 끝내 물을 담고 있는 샘 같은 큰 눈에서 눈물이 떨어지더라구요. 마음이 어찌나 안 좋던지요. 그런데 묘한 건 불행이나 자괴감에서 나온 눈물이라기보다 왠지 순교자 같은 비장한 느낌이 들었어요, 왜지요?"

여자는 잠시 넋을 놓은 듯 손을 멈춘 채 멍하니 남자를 쳐다보았다. 그리곤 다시 한 숟가락을 떠서 남자의 입에 넣으며 속삭이듯 작은 소리로 말했다.

"그 눈물을 닦지도 않은 채, 죽음은 오히려 가벼운 벌일지도 모른다는 뉘앙스의 말을 쪼그맣게 했어요. 죄 때문에 사람들이 병에 걸릴까요? 죄

없는 사람이 어딨겠어요? 아닌 게 아니라, 그래서 모두 다 늙고 병들어 죽는지도 모르겠네요. 죄의 크기를 저울질하는 신이 과연 있긴 할까요? 내세는 놔두고라도 현세만이라도 고통이 덜한 삶이었으면 좋겠어요. 껍질을 깐 찐달걀을 들고 있다가 한 입 베어먹었는데 소금을 어찌나 많이 묻히던지, 싱거우면 넘길 수가 없대요."

여자는 무심결에 숟가락을 자신의 입에 가져다 댔다. 간이 적당했다.

"갑자기 신앙이 있는지 궁금하여 어델 다니느냐고 물었더니 그리스도를 믿는다고 하더군요. 보통은 교회니 절이니 하는 표현을 쓰는데 그분은 특별한 이유라도 있는 듯 꼭 집어 그리스도라고 말했어요. 그리스도가 구세주, 메시아라는 뜻인 거죠?"

여자는 남자의 반응을 살피듯 힐끗 쳐다보았다.

"당신 아침을 줘야 해서 나는 집으로 와야 하는데 그분은 움직일 기미를 안 보여 양해를 구하고 먼저 일어섰지요. 목욕탕 문을 열고 나오려는데 아픈 분이 다시 앉은자리에 눕자, 목욕탕 주인이, 기운 없으면 119를 불러줄 거냐고 큰소리로 묻더군요. 손사래 치는 걸 보고 나는 나왔어요. 그 눈빛이 지금도 밟히네요. 뭔가 짐을 놓고 온 것마냥 찜찜하네요. 아침바람이 얼굴을 에이던데 지금쯤은 집으로 돌아갔겠지요? 정말 기분이 묘하고 남의 일이지만 속이 꽤 상하더라고요."

여자는 말하는 중에도 남자의 입술에 묻은 음식물을 거듭 꼼꼼하게 닦아내며 떠먹이는 걸 멈추지 않았다.

"아, 이제 생각나네요. 왜 그분의 눈물이 순교자 것 같았는지 말예요. 그래요. 그거였어요."

여자는 자신의 가슴팍에 손을 갖다 대며 말하였다.

"남 같지 않고, 저 모습이 나일 수도 있겠단 생각이 들었지요. 그래서

219

울림이 컸던 것 같아요."

남자는 도저히 더는 모르는 척 계속 듣고 또 받아먹고 있을 수가 없었다. '아픈 분'의 고통은 여자를 거쳐 남자에게도 전염되었다. 심경이 복잡하기 이를 데 없었다. 남자는 마침내 고개를 돌려 숟가락을 외면했다. 여자는 대번에 반색했다. 지금까지 침울했던 사람이었는가싶게 희색을 띠었다. 곧 부딪힐 듯 상체를 기울여 무슨 말이든 나오길 바라는 듯 남자의 입술을 뚫어져라 쳐다보았다. 그새 염색한 여자의 머리카락은 검고 윤이 났다. 여자만의 따뜻한 향내도 풍겼다. 그러나 남자는 여자의 소박한 기대와 다르게, 미안하지만 말 대신 눈을 감았다. 내려감은 눈에서 놀랍게도 눈물이 주르륵 흘러 코끝에 달렸다. 울 생각도 없었고 눈물이 날 거라는 생각 또한 추호도 하지 않았다. 그런데 반사작용처럼 났다. 코끝에 달린 눈물방울과 콧물은 숨을 들이마시고 내쉴 때마다 콧속으로 들어가고 나오며 인중을 간지럽혔다. 남자는 부지중에 소매 끝으로 코밑을 쓱 문질러 닦았다. 아차, 싫었지만 본능은 이성을 앞질렀다. 아픈 건 참을 수 있었으나 간질거리는 건 뜻대로 되지 않았다.

"여보, 괜찮아지신 거예요? 회복된 거예요? 의식이 돌아왔냐고요. 내가 누구예요?"

여자는 의자에서 발딱 일어나 섰다.

"콧방울에 달린 눈물을 닦았다구요. 이건 뭘 의미하냐면요……"

예상했던 대로다. 기쁘고 반가운 마음인 건 알겠는데 여자는 있는 대로 부산을 떨었다. 남자는 더럭 마음이 바빠졌다. 인간의 나약과 무력감에 억울해하며 감상에 젖어있을 틈이 없었다. 내일이 명절 아침이다. 에덴동산에 들렀다가 차례상 앞에 서자면 더 지체할 수 없었다. 그때까지만이라도 방해받고 싶지 않았다.

남자는 마음을 굳게 먹었다. 그리고 다시 한번 소리 없이 용서를 빌며, 타인의 불행에 묘하게 흥분하고 있는 여자를 향해 눕고 싶다는 표시를 했다. 스스로 침대 조작이 가능하였으나 여자 앞에서 그럴 수 없었다. 의심의 눈초리로 뚱하게 쳐다보고 섰던 여자는 이내 리모컨으로 전동침대를 반듯하게 조작했다. 그리고 죽 그릇이 놓인 쟁반을 들고 휙 나갔다. 실망한 게 분명했다. 지쳤다는 의미리라.

43

세상에 태어나고 싶어 태어난 사람은 아무도 없다. 아프고 싶어서 아픈 사람이 없듯 죄짓고 싶어서 죄짓는 사람도 없다. 태어남이 없다면 죄로 인한 괴로움과 죽음에 대한 불안도 없을 것이었다. 울컥했다. 혀를 찼다. 그러한 복잡한 사람의 심정을 아는지 모르는지 자기 뜻대로 모든 일을 마친 하나님은 저녁도 없고 아침도 없는 일곱째 마지막 날 자체에 복을 주며 마치 창조의 최종 목표가 사람을 지은 후 쉬는 게 목적인 양 안식으로 끝을 맺었다. 남자 또한 제발이지 하나님 덕에 편안히 쉬고 싶었다. 마침내 남자는 말 많고 탈 많은 에덴동산에 입장했다. 인생이 꼬이게 된 사건 현장이다. 하와가 만들어지기 전이다.

9여호와 하나님이 그 땅에서 보기에 아름답고 먹기에 좋은 나무가 나게 하시니 동산 가운데에는 생명나무와 선악을 알게 하는 나무도 있더라 남자는 생명나무의 등장에 반색했다. 동산의 과일들을 먹다 보면 어느 순간 생명나무의 과실도 따 먹을 수 있었다. 혹 그랬다면 현재 겪고 있는 인류의 운명과 역사가 달라졌을까? 추측하건대 생명나무는 생명과 관련될 테니 그랬을지도 모르겠다. 남자는 봐도 잘 모르겠는, 이어지는 구절을 지나 사람에게 권한을 부여하고 있는 15절 앞에서 멈췄다.

여호와 하나님이 그 사람을 이끌어 에덴동산에 두사 그것을 다스리며 지키게 하시고

다스리고 지키는 일은 사실상 모든 피조물에 대한 전권이나 다름없었다. 막대한 힘이다. 다스린다는 건 이미 내 소유인데 잘 운영이 될 수 있도록 관리를 한다는 뜻이고, 지키라는 건 내 것을 뺏길 수도 있으니 잘 지켜서 빼앗기지 말라는 당부다. 그러나 알다시피 아담은 권한을 써보지도 못한 채 다스려야 했던 뱀한테 고스란히 뺏겼다. 요약하자면, 동산이 아닌 그 어딘가 외부에서 지어 이끌어 온 첫 사람이 먹지 말라는 명령을 무시하고 먹어버린 탓에 후손들이 몰살당하는 홍수 사건을 겪고, 또 지금까지 사람들이 고해에서 헤어나지 못하고 있다는 이야기쯤이 되었다. 그 초대형 사건에 대한 진상을 규명하는 차원에서라도 동산의 CCTV는 반드시 열어봐야 했다. 이를테면 그게 3장이다. 모든 걸 다 가진 처음 사람이 죄를 저지르게 된, 저지를 수밖에 없었던 범죄 동기가 무엇보다 궁금했다.

에덴동산의 사이즈는 대략 얼마쯤 될까? '동산' 하면 보통 용인에 있는 에버랜드나 미국의 디즈니랜드가 떠올랐다. 하지만 네 강의 발원지라는 기록을 볼 때 에덴의 넓이는 상상 이상일 듯했다. 넷째 강인 유브라데 명칭은 놀랍게도 지금까지 그대로 사용되고 있다. 어쨌거나 능력이 출중한 정원사에 의해 잘 설계된 처음 동산은 질서정연하고 조화로웠으리라.

16여호와 하나님이 그 사람에게 명하여 가라사대 동산 각종 나무의 실과는 네가 임으로 먹되

17선악을 알게 하는 나무의 실과는 먹지 말라 네가 먹는 날에는 정녕 죽으리라 하시니라

꼬이게 된 실마리를 푸는데 주요 단서가 발견될지 몰랐다. 졸졸졸, 푸드덕푸드덕, 새날을 맞아 물기를 머금은 듯 싱그럽고 활기찬 동산의 광경에 푹 젖어있을 첫 사람 아담에게 어쩌자고 하나님은 하지 않았더라면 더 좋았을 말부터 던졌을까? 불만이다. 한 나무를 지목하여 먹지 말라는 명령도 명령이려니와 이제 막 난 사람에게 죽음이라니, 꼭 그래야만 했을까? 아담은 죽는다는 말의 의미를 알아먹기는 했을까? 아마도 몰랐으리라. 모르기가 쉽다. 자신이 하나님과 닮게 지어졌다는 사실 또한 알 수 없었으리라. 누가 말해주지 않는 이상 스스로 알 방법은 어디에도 없었다. 눈에 보이는 풍경과 방금 들은 금령 외에 더 알 수 있는 정보가 무엇이 있겠는가? 아이가 태어나서 눈을 뜨자마자 모든 게 존재하듯 그냥 있었다.

남자는 먹지 말라고 한 나무의 열매에 대해서만은 생각이 좀 달랐다. 하나님 편에서는 선악과보다 생명과를 먹지 말라고 해야 하는 게 옳지 않았나 하는 의구심이 들었다. 생명나무에 대해 말을 안 했기 망정이지 생명과를 먹었더라면 불멸하는 하나님이 둘이 될 뻔했다. 무슨 계산법일까? 만약 무언가를 견제해야 했다면 그게 맞다. 그러나 어쩐 일인지 생명과가 아닌 선악과를 못 먹게 했고, 그 말 한마디를 어긴 시조 때문에 죄가 유전되어 고통받고 있는 셈이다. 이 말을 바꾸면 하나님은 아담이 생명과를 먹기 바랐다는 의미로도 풀이할 수 있었다. 그렇지 않고서야 있는지 없는지도 모르는 생명과를 선악과와 나란히 두었을 리 없었다.

도대체 그놈의 선악과는 왜 만들었지?

선악과 이야기를 아는 사람이면 모두가 한번쯤 품어본 원초적인 불만이다. 남자하고는 하등의 관계없고 모르는 일이 그 옛날 그곳에서 벌어진 바람에, 선택한 적도 없는 일에 싸잡혀 매도당한 거다. 당연히 억울할 수밖에! 평소 자신도 모르게 겪곤 했던 억울함의 출처가 이곳인가, 싶었다. 얼추 짐작이 맞아떨어질 듯도 했다.

편치 않은 점은 비단 그것만이 아니었다. 하나님은 왜 알아듣지도 못하는 그딴 명령을 빼앗을 자가 있는 열린 공간에서 공개적으로 했는가 말이다. 살짝 귀띔을 해줬더라면 좋았으련만 드러낸 바람에 사달이 난 게 아니겠는가? 하늘 어딘가에서 땅으로 내쫓긴 사단이 가만있을 리 만무하다. 복수를 꿈꿨으리라. 좌절한 사단이 할 수 있는 일은 하나님의 호박에 말뚝박기일 수 있었다. 훼방을 놨다. 성경대로 치자면 사람이 그 영향권 안에 있어서일까? TV 드라마나 영화의 반이 잔인한 복수를 다뤘다. 그리고 사람들은 짜릿해했다. 잔혹할수록 몰입도가 높았다. 사람들의 심성은 예나 지금이나 별반 다를 게 없었다.

왜 그랬을까? 하나님은 무에 그리 자신에 찼나? 감당할 만나까 다 듣는 데서 선악과를 먹으면 정녕 죽는다는 말을 대놓고 했을까? 남자는 알수 없는 하나님의 꿍꿍이 계획이 몹시 불편했다.

더 궁금한 건, 첫 사람에게 주어진 임무는 침입자로부터 동산을 지키는 일이었는데, 이상스럽게도 그 당자에게 선악을 알게 하는 나무의 실과를 먹지 말라고 했다. 남자가 보기에 앞뒤가 맞지 않았다. 지켜내야 할 대상이 외부에 있는 게 아니고 마치 명령을 받은 본인 자신에게 있다는 투였다. 적이 곧 그 사람 내부에 있음을 암시했다. 이 말을 뒤집으면 알파와 오메가인 하나님은 앞으로 생길 모든 문제조차 계산을 다 하였다는 소리다. 하기야 피조물은 뭘 하든 창조주의 손바닥에서 벗어나지 못한다. 빼앗을 자 또한 피조물 중 하나이고 등장인물 중 하나일테니 자기주장이나 자유가 따로 있을 수 없다. 까불 수가 없다. 계획되고 피조된 범위 내에서만 존재했다. 토기가 토기장이를 능가할 수 없는 논리와 같다. 남자는 긍정인지 체념인지 고개를 끄덕였다.

남자는 생각하면 할수록 아리송한 두 구절을 돋보기로 보듯 좀 더 자세히 뜯어보았다. 먹는 날에는 반드시, 정녕 죽는다는 단호한 금령과 다르게 양보 조의 '임의로 먹되'라는 표현이 먼저 언급된 걸 발견했다. 그것은 아담을 세심하게 배려했다는 느낌을 주었다. '임의'라는 말 자체에 자기 뜻대로 처리할 수 있는 선택의 의미가 들어 있다. 완전한 자유다. 한마디로 먹든 안 먹든 자유였다는 소리이고, 그 자유가 충분히 존중되었다는 것을 뜻했다. 먹지 말라는 말 외에 더는 개입하지 않았다. 믿어서였을까? 모르겠다. 어쨌든 순종했으면 모두에게 좋을 뻔한 일이었다.

남자가 알 듯, 이미 창세 전에 모든 것을 세팅한 후 실행에 들어간 하나님은 명령을 어기고 따먹은 뒤에 벌어진 일을 모세의 손을 빌려 순서대로 기록하고 있는 상황이다. 선악과를 따먹었다는 전제하에 쓰인 성경이란 소리다. 그렇다면 책 속의 아담은 이유를 불문하고 따먹어야 했다.

그러나 아담의 입장으로 돌아가 보면 사정은 크게 달라진다. 정황상 먹지 않기가 쉬웠겠느냐는 점이다. 실수나 까마귀 고기를 먹어서가 아니다. 선물인 양, 짝으로 지어준 하와가 먼저 먹고 다가와 내밀자, 아담은 눈을 뻔히 뜬 채 자발적으로 냉큼 받아먹었다. 만약 하와가 무슨 말을 했다면 그건 단 한 마디, "먹으면 하나님처럼 된대"였을 것이고, "누가?" 아담이 되물으면 "뱀이"라고 답변했을 테다. 아담은 뱀을 만난 적 없고 알지도 못했다. 세상의 남편들이 대개 그러하듯 아담 또한 그저 사랑하는

225

아내를 따라서 덜컥 먹은 것이다. 신중하게 다루어져야 할 자유의지는 그렇게 가치 없이 소모되었다. 삶은 곧 선택의 연속이듯 어쩌면 지금도 선악과는 매 순간 사람들 앞에 있는 듯만 하다.

44

창선과 창림은 아직 일어나지 않은 모양이었다. 집안이 조용했다. 윗집에서 뛰거나 무언가를 떨어뜨리는 소리, 이따금 엘리베이터가 작동되면서 들리는 소리, 여자가 부엌에서 조심스럽게 딸그락거리는 작은 소리 외에 아무 일이 없는 평온한 아침이었다. 생각을 이어가는 데 방해될 만한 일은 아무것도 없었다. 다만 한가지 목욕탕을 다녀온 여자 앞에서 눈물을 닦았던 일이 마음에 걸렸다. 여자는 남자가 깨어난 사실을 눈치채고 있는지도 몰랐다. 어색했다. 내일 아침의 깜짝 등장이 오히려 배신감을 심어줄 수 있었다. 어떻게 할지 망설였다. 그렇다고 지금에야 멈출 수도 없는 노릇이었다. 다시 한번 남자는 용서를 빌며 눈을 찔끔 감았다.

남자는 암만 생각해도 하나님의 명령을 어기고 선악과를 따먹어버린 사실이 못내 아쉬웠다. 하와가 금단의 열매를 먹고 줄 때 아담은 하나님의 말이 떠오르긴 했을까? '떠올랐다'에 남자는 손을 들어주었다. 그럼에도 아담은 먹은 거다. 왜? 사랑하는 사람이 죽는 열매를 먹어버린 것이다. 그 현실 앞에 어느 누가 대범하게 굴 수 있겠는가? 사랑하는 짝이 없고는 풍요로운 동산도 의미가 없다. 뭘 가진다 한들 만족스럽고 행복할

리 없다. 노골적으로 눈을 감아버린 게 분명했다. 창세기 판 로미오와 줄리엣이다. 배우 올리비아 핫세와 레오나드 위팅이 떠올랐다. 모든 청춘을 감동시켰던 세기의 영화다. 시대와 지역을 뛰어넘은 순애보적인 사랑의 이야기는 모두의 심금을 울렸다. 눈에 보이지 않은 하나님과 눈앞의 하와는 비교가 되지 않았을 것이다. **사랑**이라는 게 본래 그렇다. 콩깍지가 씐다, 하지 않은가.

6**사랑**은 죽음같이 강하고 투기는 음부같이 잔혹하며 불같이 일어나니 (아가서 8장)

진저리가 쳐질 정도로 공감이 가는 현실적인 구절이다. 왜 하필 숭고한 사랑을 죽음에 비유하고 있는지 알 수 없긴 했지만, 아담이 굳이 먹은 이유를 찾자면 말 그대로 사랑 앞에 죽음도 불사하도록 사람을 지어놨기 때문이라고밖에 볼 수 없다. 천지와 사람을 지은 하나님이 결자해지를 해야 한다고 본 까닭이다. '정녕'이니 '절대'라는 강한 부정을 동반하는 단어 또한 대체로 자유의지를 시험할 때가 많다. 남자는 덫과 같은 나쁜 말이라고 생각했다.

"냉장고 안에 있는 이 노랑과자는 절대 먹지 말렴."

냉장고 안에 먹을 게 비단 그 뿐이겠는가마는 왠지 꼭 집어 먹지 말라고 한 그것이 더 맛있게 느껴지는 게 사람 심리다. 이 유혹에서 비껴갈 아이가 몇이나 될까? 있는지도 모르겠지만, 아이는 엄마의 그 당부를 듣는 순간 얼마만큼 벌은 맡아놓은 당상이나 다름없었다. 아예 말을 하지 말든가, 적잖은 유혹이다. 이는 꽃길이 아닌 수렁을 만들어놓고 빠지지 말고 걸어오라는 소리와 같았다. 빠질 걸 뻔히 알았단 의미다. 타락하도록 됐다.

쯧. 남자는 괴로웠다. '먹지 말라'는 말과 '정녕 죽는다'는 말 가운데 어느 쪽이 더 엄중하고 무거울까? 두 말 가운데 어느 쪽의 비중이 더 클지 따지는 일은 닭이 먼저냐, 알이 먼저냐와 비슷했다. 창조주 입장에선 당연히 닭이 먼저일 거고, 그래서 먹지 말라고 한 말에 순종했더라면 죽는 일 따위엔 괘념하지 않아도 되었을 것이다. 그러나 정녕 죽는다는 단서가 붙지 않았다면 먹으나 안 먹으나 하등의 문제가 될 리 없었을 테니 사건 또한 벌어지지 않았을 것이었다. 논리상 그렇다.

달리 생각하면 모든 걸 다 제공해 준 하나님으로서 딱 그 한 가지, 생명과도 아니고 선악과를 먹지 말라고 한 요구는 오히려 쉽고 적은 제재일 수 있었다. 먹을 게 지천인 동산에서 그 시험은 어려운 게 아니란 소리다. 사실 말로 존재하고, 언어로 천지를 창조한 하나님은 오로지 그 표현 한마디를 존중받고 싶었던 것인지도 모르겠다. 그런 것 같다. 금령을 마음에 두고 있는지 그 사실이 알고 싶었던 것일 수 있었다. 소박한 주문이다. 조금만 더 하나님의 말을 의식했더라면, 마음에 뒀더라면 완전하고 평탄하며 행복했을 동산이었다. 생각할수록 아쉬움이 남았다.

불만 같은 의문은 한 가지 더 있었다. dust, 풀풀 흩날리는 흙으로 사람을 지은 하나님이 결코 자비로운 신처럼 보이지 않았다. 흙으로 지어 흙으로 돌아가게 한 사실은 질량보존의 법칙에 순응하고 무척 친환경적이며 가성비 면에서 탁월한 선택일지 모르나 인색하게 느껴지는 건 어쩔 수 없었다. 진심으로 사람을 특별하고 소중히 여겼다고 한다면 가장 낮고 흔한 흙이 아닌 좀 더 노화 속도가 더디고 나은 무엇으로 창조해야 했으며, 아무리 큰 뜻을 품었다 한들 처음부터 금지명령 따위를 내려 죽음을 운운해선 안 되었다. 일개 피조물이 무얼 하든 만물을 창조한 창조주가 위협을 느끼는 일은 없을 것이기 때문이다. 그러나 신은 그것도 모자라 몹시 엄격하고 까칠하게까지 굴었다. 택한 백성들에게 직접 새겨서 준

십계명과 지켜내기 어려운 무수한 율법들이 그랬다.

4그들이 나의 율법을 준행하나 아니하나 내가 시험하리라(출애굽기 16장)

하나님이 엄한 독재자로 비친 이유다. 꼭 시험을 했어야 했나? 어쩌면 사랑할수록 어떤 식으로든 확인하고픈 게 맞을지도 모르겠다. 묻어둔 채 어물쩍 관계를 지속할 수는 없는 일이다. 어쨌거나 상대방의 마음을 정확하게 아는 일은 중요하나 시험을 당하는 입장에선 당연히 기분이 나쁘다. 그리고 내 생명과 내 자녀와 내 재물과 내 명예와 내 행복보다 먼저 보이지 않는 하나님의 명령이 중요할 순 없다. 불완전하고 연약한 육체를 가진 사람이 하나님의 절대적인 명령에 충실해야 한다는 요구는 지나친 바람이자 욕심이고, 사람으로서 지킬 수도, 버텨낼 수도 없는 그저 무거운 족쇄다. 이 땅이 모형이고 그림자라고는 하지만 전지전능한 분이 사람을 몰라도 어떻게 그렇게 모를 수가 있는지 한숨이 절로 나왔다.

하나님이란 단어를 떠올리자 무수히 많은 관련 구절이 펼쳐졌다. 하나님의 책이니 그럴만했다. 남자는 벽시계를 힐끔 쳐다보았다. 시간이 정말 많지 않았다. 남자는 떨기나무 아래서 모세와 대화를 나누고 있는 구절을 재빠르게 골랐다.

13모세가 하나님께 고하되 내가 이스라엘 자손에게 가서 이르기를 너희 조상의 하나님이 나를 너희에게 보내셨다 하면 그들이 내게 묻기를 그의 이름이 무엇이냐 하리니 내가 무엇이라고 그들에게 말하리이까

14하나님이 모세에게 이르시되 나는 스스로 있는 자니라(출애굽기 3장)

지음받은 아담이 하나님에 대해 잘 몰랐듯 조상 대대로 섬겨오던 선민들조차 거의 까막눈 수준인 듯했다. 남자는 묻고 있는 모세며 이스라엘 백성들의 심정이 십분 이해되었다. 사람은 눈에 보이는 것을 의지하고

믿었다. 조상 아브라함으로부터 수 세기를 떨어져 살던 후손들이 구전으로만 전해 들은 여호와 하나님을 무슨 수로 알겠는가? 어렵다. 말 그대로 스스로 있는 자가 스스로 본인을 나타내 보이지 않는 이상, 스스로 못 있는 피조물은 알 수가 없는 게 당연했다. 스스로 있는 자를 알 수 있는 유일한 방법은 스스로 있는 자가 스스로 밝힐 때뿐이다. 그렇잖은가? 그게 맞는 논리이다. 어떤 식으로든 스스로 스스로를 증명해야 했다.

26 하나님은 크시니 우리가 그를 알 수 없고(욥기 36장)

스쳐 지나가는 욥기의 짧은 글을 보며 남자는 알 수 없고 보이지 않는 신이 보이는 무엇으로 나타내기 위해 선택한 게 이스라엘 백성이고, 자신에 대한 소개서가 이 성경이 아닌가 하는 생각이 불현듯 들었다. 동시에, 현재의 유대인들을 보며 하나님을 인정하게 됐노라, 여동생이 했던 말이 기억났다.

이스라엘은 강원도보다 조금 더 클까 말까 한 작은 국가다. 인구 또한 얼마 안 된다. 그런 그들이 세계의 정치, 경제, 문화, 학계 등 여러 방면에서 독보적인 영향을 미치고 있는 것만큼은 부인할 수 없는 사실이다. 역대 노벨상 수상자가 30%를 넘고, 하버드 재학생 중 한·중·일 3국을 통틀어 5%도 채 안 되는 것에 반해 유대인이 25%가 넘는다는 통계는 예전부터 들어서 알고 있었다. 기록대로 정말 뒷배를 봐주고 있는 걸까? 이를테면 눈에 보이지 않는 투명 인간이 자신의 존재를 나타내기 위해, 3살짜리 어린아이와 덩치 큰 씨름선수가 싸울 때 아무도 이길 거라고 생각하지 못한 어린아이를 도와서 이기게 하는 경우와 비슷하다. 어린아이가 이길 때 모두는 백그라운드에 대해 당연히 주목할 수밖에 없다. 만에 하나 유대인의 운명이 진심으로 기록된 말 때문에 그리되었다고 한다면 성경의 진위며 위력은 크게 달라진다. 신화가 아닌 진짜 탐구해 볼 만한 역사가 될 수 있었다. 작은 일이 아니다. 가슴이 서늘했다. 아귀가 맞아떨어지는 듯한 추리가 부담으로 다가왔다.

식탁에서 세 사람이 늦은 아침을 먹는 소리가 났다.

45

남자는 자꾸 양보하며 물러지는 자신이 줏대 없어 보였다. 그러나 물을 데도, 확인할 데도 없는 난생처음의 길을 가자니 달리 도리가 없었다. 이해되는 범위 내에서 지고 들어가야 했다. 개미가 사람을 인지하고 느끼는 게 불가능하듯 아무리 신의 입장이 되어본다 한들 제한되고 한계가 있는 정신과 육체의 감각으로는 신의 존재를 알고 통하기가 어려웠다. 개미의 페로몬과 인간의 언어는 해독체계가 다르다. 부도체다. 전선을 덮고 있는, 피복에 해당하는 몸은 **영**(靈)을 담고 있긴 하나 통할 수 있는 물질이 아니다. 고유 성질이 달랐다. 형체가 없는 하나님이 마음을 강조한 이유이리라.

24하나님은 **영**이시니(요한복음 4장)

추리를 확인시켜 주는 듯한 구절에 남자는 속으로 끄덕였다. 골짜기가 깊으면 산은 높아지는 법이고, 분명한 의도에는 분명한 결말이 있기 마련이다. 남자는 다시금 용기를 냈다. 이어지고 있는 창세기 2장 18절로 시선을 옮겼다.

여호와 하나님이 가라사대 사람의 독처하는 것이 좋지 못하니 내가 그

를 위하여 돕는 배필을 지으리라 하시니라

독처? 이런 말이 씌어 있었나? 처음 보는 듯했다. 독처는 홀로 지내고 있다는 말이다. 남자는 진솔하고도 현실적인 표현에 마음이 갔다. 사람이 최초로 체험한 정서가 고독이라는 뜻일 게다. 고독은 경험하지 않으면 알 수 없는 정서다. 하나님도 외로움을 겪어서 안다는 의미다. 전지전능하여 다 가졌다 한들 함께 할 대상이 없다면 어찌 그걸 행복이다 하겠는가? 때로는 사랑하는 사람과 같이 있는 경우에도 외로울 때가 있었다. 성경이 순전히 허구라 해도 고독의 시원에 대한 언급만큼은 퍽 인상 깊었다. 그 외로움을 완전히 해소할 방법도 제시할지 몰랐다. 은근히 기대되었다. 사람의 마음을 알아봐 준 신이 꽤나 가깝게 느껴졌다.

최초의 사람은 최상의 조건을 갖춘 동산에서 그냥저냥 무덤덤하게 지냈나 보았다. 하나님은 그 모습을 보며 일방적으로 결단을 내렸다. 외롭다고 말하지 않았건만 같이 있으면 더 행복할 단짝 배필을 지어주겠다, 마음먹었다. 홀로 있는 심정을 당연히 알기에 당사자와 의논도 없이 돕는 배필을 운운하고 나선 것 같았다. 물론 아담 입장에서는 알 리 없다. 남자는 하나님의 혼잣말을 물끄러미 쳐다보았다. 내 말을 어기고 선악을 알게 하는 나무의 열매를 먹을 시엔 정녕 죽게 된다, 서슬이 시퍼런 협박성 말을 뱉었던 하나님은 돌연 180도 마음을 바꾸어 홀아비 사정은 홀아비가 안다는 식의 공감 발상을 했다. 외로운 사람에게 가장 필요한 건 두말할 것 없이 사랑을 나눌 피앙세이다. 하나님이 자기 형상과 모양대로 지었다는 창조의 논리대로라면 사람이 미처 자각하기도 전에 먼저 알아봐 주는 게 맞다. 맞았다. 스스로 있는 자 '스스로'는 자기 자신을 가리키는 단수명사로서 짝이 없고는 그도 외로웠을 게 분명했다.

이어지는 18절은 보지 않고도 무슨 내용이 나오는지 남자는 잘 알았다. 웬만한 사람이면 누구나 알고 있는 뻔한 내용이다. 몸에서 한 개쯤 빼낸다 한들 크게 문제 될 게 없는 열두 쌍의 갈비뼈 중 한 개를 빼내서 외로움을 달래줄 여자 사람을 만들었다. 의학이 발달한 요즘으로선 그리 어려운 일도 아니라고 한다. 2년 전에 여자가 폼롤러로 운동을 하다가 갈비뼈에 금이 간 일이 있었다. 골막이 손상되지 않는 한 저절로 뼈가 붙게 되어 있으니 너무 걱정하지 말라며 의사는 위로했다. 신체에서 유일하게 뼈가 재생되는 부분이라고 말했다. 아픈 것도 견딜 만하다 했다. 의사 말대로 두 달이 지나자 진짜 저절로 회복되었다. 신기했다.

신은 아담과 같은 유전자로 하와를 만들었다. 그러나 돕는 역할이나 아기를 잉태하고 길러야 하는 기능상의 차이로 뇌 구조며 체형이 처음부터 살짝 다를 수 있었다. 지어진 남자 사람에서 몇 군데 디자인을 비틀어 비슷한 여자 사람으로 바꾸는 일도 그리 크게 어렵지 않았으리라. 같은 소재와 같은 용도의 의자를 다른 모양으로 바꾸는 일과 비슷하지 않을까 남자는 생각했다. 기존에 있는 것에서 형태만 바꾸어 빼거나 보태어 차별화하면 되었다. 디자이너들의 작업 과정도 대부분 그렇다고 들어서 알고 있다. 모방하지 못한 자는 창조도 하지 못한다는 아리스토텔레스의 말과 맥이 같다.

남자는 알파요 오메가라고 선포한 하나님의 꿍꿍이속으로 점차 빨려 들어가고 있음을 느꼈다. 마음을 알아주는 일에 이렇듯 감동될지 몰랐다. 아직은 불투명하나 추리해 나가는 과정이 제법 짜릿하고 신선하기조차 했다. 지극히 주도적이고 계획적이며 기발한 하나님의 꼼수가 앞으로 더 어떻게 전개되고 발전할지 이젠 기다려지기까지 했다. 남자는 변화에 미소를 지었다. 싫지 않았다.

독처하는 것이 좋지 못하기 때문에 통할 수 있는 짝을 지어주는 일은 당연한 일이다. 여성잡지에 나올 법한 젊고 아름다운 남녀 한 쌍의 사진이 눈앞을 스쳤다. 16개의 새하얀 치아를 드러내며 활짝 웃고 서 있는 수영복 차림의 모델은 파도와 바람과 쏟아지는 해를 온몸으로 맞고 있었다.

19절이다.

여호와 하나님이 흙으로 각종 들짐승과 공중의 각종 새를 지으시고 아담이 어떻게 이름을 짓나 보시려고 그것들을 그에게로 이끌어 이르시니 아담이 각 생물을 일컫는 바가 곧 그 이름이라

어라? 남자는 뜨악했다. 뭔가 잘못되었다. 연달아 20절을 마저 읽었다.

아담이 모든 육축과 공중의 새와 들의 모든 짐승에게 이름을 주니라 아담이 돕는 배필이 없으므로

남자는 커다란 주먹이 훅하고 명치에 와닿는 느낌을 받았다. 당연하리라 여겼던 예상이 빗나갔다. 아담에게 돕는 배필을 지어주리라 하고는 엉뚱하게 동물들을 데리고 왔다. 무슨 일이지? 뚱딴지같았다. 창세기를 기록한 모세의 실수거나 성경 자체의 오류일 수도 있겠단 생각이 들었다. 그러나 지난 십수 세기가 흐르는 동안 어디에서도 이 대목이 오류라며 지적했다거나 바로 잡았단 소리를 들어보지 못했다. 그럼, 뭘까? 갈증 나지? 물 가져다줄게'하고는 크고 작은 빈 통들을 잔뜩 짊어지고 오는 꼴이다. 무엇에 대한 그림자일까? 왜 하나님은 사람이 아닌 짐승과 새들을 먼저 아담 앞에 소개했을까? 정말로 뭘까? 오리무중이었다. 누가 성경을 지상의 양식이라고 했는가? 하나님 나라의 백성이면 모를까 믿지 않는 사람들에게는 관계가 없는 식량 같았다. 누구에게도 배부르다는 소리를 들어본 적 없었다. 성직자라고 하는 사람들은 배가 불렀을까? 만약 배가 불렀다면 세상은 지금과 많이 다른 모습일 듯싶었다. 남자는 어

깨를 한 차례 으쓱하고는 마저 생각을 이어갔다.

'각종'이라는 단어가 동물들 앞에 붙은 걸로 봤을 때 그 수효가 수천, 수만이지 싶었다. 그 많은 동물의 특징을 하나하나 파악하여 이름을 지어준 아담의 능력에 남자는 놀랐는데 완전기억능력자일 가능성이 크다고 보았다. 엄청난 양을 사진 찍듯 기억하여 5경을 기록한 모세와 마찬가지로 아담의 완전기억능력과 창의력은 하나님의 형상대로 지어진 사람의 본래 한 면일지도 모른다는 생각이 다시 한번 들었다. 아닌 게 아니라 사람은 누구든 관심 있는 한 가지쯤엔 창의적이고 비상한 능력을 가지고 태어나는 듯했다. 마음이 움직인 대로 부지런만 떨면 산 입에 거미줄 치는 일은 없단 소리로 읽혔다.

기억을 관장하는 해마의 기능이 무슨 일로, 언제, 어떤 계기로 잃게 되었는지는 모르나 인류 역사상 어느 한때 스위치 오프된 듯했다. 그때가 언젤까? 혹 죄를 짓고 두려움을 느끼던 그때는 아닐까? 피조물이 창조주의 명령을 어긴다는 건 적잖은 큰일이다. 그 앞뒤가 똑같을까? 먹는 순간 죽음의 길을 걷게 되었는데 과연 심정적으로나 물리적으로 변화가 없었을까? 인체 시스템이 달라졌을지 모르겠다. 혹 피가 달라졌을까? 남자는 신체의 생명이 피에 있다고 한 구절을 상기했다. 별 볼 일 없다고 생각했던 아벨이 하나님에게 인정받자 가인은 득달같이 화를 냈다. 성경은 심히 분하여 안색이 변했다고 기록했다. 그리고 결국 저절로 일어난 화를 다스리지 못한 형은 아무도 모르게 동생을 죽이고 말았다. 뭐가 됐건 똑같을 것 같으면 정녕 죽는다는 말을 하지 않았을 것 같았다. 남자는 두려운 나머지 머릿속이 하얗게 된 경험이 있다. 가인처럼 들키지만 않았을 뿐 심장이 먼저 알고 터져버릴 듯 두근거렸다.

왜 그런 일이 뇌에서 벌어졌는지 어차피 아무도 모른다. 과학으로도 밝히지 못한 이상, 그때가 아니라고 누군들 반박할 수 있겠는가? 심한 충격을 받아 벼락천재가 되었다는 논리보다 훨씬 심플하다. 임상적으로나 상식적으로 사실 머리를 다쳐서 뇌기능이 더 좋아질 확률은 없었다. 과거의 기억들이 모조리 떠오른 지금, 영문을 알지 못한 채 성경을 반추해 보고 있는 남자로선 당연히 드는 생각이었다. 어쨌거나 돕는 배필을 지어주겠다 혼잣말한 후 동물들을 데리고 온 것은 실수라기보다, 전지전능한 신이 괜히 두 번 일할 리는 없고, 선악과를 먹었다는 전제하에 쓴 기록인 만큼 이 또한 치밀한 의도가 숨겨져 있을 게 분명했다. 남자는 괸 침을 꼴깍 넘겼다.

46

긴 성경책은 마치 무수한 자물쇠로 칸칸이 채워져 있는 방 같았다. 자물쇠가 있다면 그 짝인 열쇠도 있기 마련이다. 선지자들의 손을 빌어 기록하게 했다는 것은 사람들이 당신의 의도를 알기 바랐다는 뜻이다. 그렇다면 아무리 길고 어려운 책이다 한들 읽어서 몰라서는 안 된다. 비록 계시나 환상 같은 마스터키가 손에 들려 있지 않는다 해도 추론하여 이성적으로 알 길이 있어야 했다. 남자는 다시 기분을 추스렸다.

창선이 애완동물들을 좋아하듯 하나님은 아담이 동물들 속에서 짝될 만한 무엇을 발견하길 바랐는지 모르겠다. 그러나 아쉽게도 아담은 하나님의 의중을 읽었는지 못 읽었는지 아무런 반응을 보이지 않았다. 그저 이름만 지어줬다. 끝내 아담의 마음을 끄는 것은 없었다. 함께하고 싶을 만큼 감흥이 인 동물은 나오지 않았다. 동물과는 소통의 한계가 분명 있다. 이뻐하는 것과 사랑이라는 감정을 교류하는 것은 별개다. 애완동물과 결혼하고 싶은 사람이 있을까? 세상이 넓다 보니 가끔 수간한 사람의 얘기가 유튜브상에 떠도는 것을 보긴 했으나 동물과 결혼했다는 소리나 동물이 양심의 가책을 받았다는 소리는 들어본 적 없다. 본성에 충실한 양체 뻐꾸기나 뱁새, 딱새, 물고기 등에게 법이 없는 이유이기도 할 것이다. 좋다, 나쁘다가 아닌 동물들은 그냥 그렇게 태어난 것 같았다. 지음을 받은 거다. 남자는 창선과 창림이 어렸을 때 제일 좋아했던 만화영화 〈라이언 킹〉을 떠올리며 미소했다.

반대로 조금 놀라운 점은, 자신의 수고가 무산된 데에 실망한 하나님은 아담에게 한마디쯤 타박할 만도 했으나 일절 함구하고 쿨하게 그다음 계획으로 넘어갔다. 생색을 내지 않고 아담의 의사를 그대로 존중했다. 드러내기 좋아하는 사람으로 치자면 결코 쉽지 않은 일이었다. 대단한 인내심이다. 반면 동물은 사람의 짝이 절대 될 수 없다는 걸 확실하게 짚어주는 대목 같기도 했다. 남자는 사람을 향한 하나님의 묵직한 사랑이 느껴졌다. 새삼 감동되었다. 세간에서 보통 '사랑장'이라고 불리는 고린도전서 13장이 동시에 떠올랐다. 곡을 붙여 대중가요로도 불렸다. 사랑의 속성에 대해 그보다 잘 말해주는 데도 없을 듯싶었다.

4사랑은 오래 참고 사랑은 온유하며 투기하는 자가 되지 아니하며 사랑은 자랑하지 아니하며

가사가 떠오른 남자는 마른 코를 쓱 문지르며 둘러 마셨다. 사람에겐 약에 쏠래도 없는 점들이었다. 말하기도 전에 마음을 알아준다는 건 지독한 사랑이다. 지극한 **사랑**이 아니고서는 불가능했다. 전심으로 세심하

게 기울이지 않으면 알 수 없고 보이지 않는 게 마음이기 때문이다.

16하나님은 **사랑**이시라(요한일서 4장)

마지막 숨이 넘어갈 때 작별하겠노라 다짐했던 그녀의 뒷모습이 눈앞에 잠깐 어른거리다 사라졌다. 사랑이 있었다면 모든 우연은 필연이 되었을지 몰랐다. 같은 병의 환우끼리 서로의 사정을 알아봐 주는 듯한 하나님의 애정에 깊이 공감되었다.

여행자의 겉옷을 벗긴 건 태풍이 아니라 햇볕이듯, 지금까지 마음 한 구석에 남아있던 하나님에 대한 질긴 불신과 의문의 꼬리가 보이지 않는 사랑 한 마디에 녹아내리는 듯했다. 빼박증거와는 전혀 무관한, 한줄기 사랑이라는 감정 앞에 그동안 성경을 싫어하고 거부할 수밖에 없었던 오해들이, 고였던 하수가 배수되듯 서서히 해소되기 시작했다.

이게 뭐지?

남자는 얼떨떨했다. 이성적이라 할 수 없는 자신의 태도에 적이 놀랐다. 한편 이제 막 문에 꼭 맞는 열쇠를 찾은 듯 반갑기도 했다. 사람의 마음을 알아준 신의 말 한마디가 이렇듯 사람을 무장해제시킬 줄 꿈에도 몰랐다. 어디, 툭 터놓고 성경이 말하고자 하는 바를 따라가 보자 싶었다. 나름 정의롭고 지혜로운 듯, 적당한 선에서 타협하고 싶지 않은 자존심에 끝까지 삐딱하게 굴었던 남자는 스스로 부끄러워 얼굴을 붉혔다. 갖은 구실을 들어 회피했던 지난날이 부끄러웠다. 무성의했다. 머리와 가슴은 실로 가깝고도 멀며, 멀고도 가까웠다.

남자는 아담의 외로움을 잘 알고 있었다. 사람이면 모를 수 없다. 산란기가 되면 암컷을 유인하여 짝짓기하고 사라지는 동물과 달랐다. 번식만으로 양에 차지 않은 무언가가 사람의 내면에 분명히 있었다. 뜬구름을 따라 움직이는 그림자처럼 옮겨가며 안주하지 못했다. 그 비통함과 쓸쓸함에 코트 깃을 세우는 일 외에 더는 할 것이 없었다. 손끝 하나 까딱하지 못했다. 땅이 혼돈하고 공허하며 한 치 앞을 내다볼 수 없는 어두움으로 꽉 차 있다는 창세기 1장 2절이 처음부터 공감되었던 이유다. 사람을 눕혀 침대보다 키가 크면 다리를 자르고 짧으면 늘려 여행객들을 죽인 악당 프로쿠르스테스처럼 '자기 맘대로'라고 여겼던 하나님이 사람을 허투루 짓지 않고 자기와 닮게 지을 뿐 아니라 그 사람의 마음까지 세심하게 살피고 배려하여 외로움을 채워주고자 한 발견은 단순한 위로를 넘어 빅뱅과 맞먹는 충격으로 다가왔다. 마침내 바라던 바 앞에 섰다고 생각했다. 고지가 바로 저기일지 몰랐다.

'돕는 배필이 없으므로'에서 배필에 해당되는 단어 컴퍼러블(comparable)은 '무엇에 필적할 만한', '동등한' 의미를 갖고 있다. 풀이하기 나름이겠지만 견주는 대상과 본질은 같으나 어쩔 수 없이 '역할이 다르다'쯤으로 읽혔다. 그러나 컴퍼러블 앞에 헬퍼(helper)라는 단어가 옴으로써 남존여비라는 유교사상의 영향을 받은 우리나라에서는 해석상의 하수 뉘앙스 때문에 여성들의 반감을 산 것으로 안다. 성경을 잘 모르는 남자로서도 그건 아닌 듯싶었다. 이어지는 21절이 너무나도 궁금하였다.

47

밝은 아침은 부지불식간에 곁에 와 있을 것이다. 기어이 오고야 말 것이다. 세계는 올 것이다.

남자는 다시금 전의를 다지듯 똑바로 천장을 응시했다. 누구의 눈치도 보지 않고 현재 자유로울 수 있는 것은 오로지 두뇌뿐이었다. 보통은 이상하게도 성경을 읽기가 바쁘게 잊어먹어버리곤 했다. IQ면에서 남에게 뒤지는 수치가 아니다. 수재쪽에 가까웠다. 그럼에도 무슨 영문인지 책을 덮으면 도무지 기억나는 게 없었다. 일반 책과 다르게 볼 때마다 늘 처음처럼 낯설었다. 영성가들의 글은 취향과 맞기도 했지만 한번 보면 쏙쏙 머리에 들어왔다. 번역이 어설프다 싶을 땐 원서를 사서 대조해가며 읽기도 했다. 구하라, 두드리라, 찾으라 했건만 기억나고 이해되는 게 없다보니 자연 재미가 떨어졌다. 사람이 지은 책과 다르게 신의 저작물이어서일까? 읽는 것도 계시가 필요했었나? 혹 그럴지도 모르겠다. 반신반의하며 남자는 이어지는 21절에 눈을 주었다.

여호와 하나님이 아담을 깊이 잠들게 하시니 잠들매 그가 그 갈빗대 하나를 취하고 살로 대신 채우시고

홀로 있는 아담이 짠했던 하나님은 함께 할 짝을 짓기 위해 과감히 팔을 걷어붙였다. 두 사람이 가장 잘 통하려면 한 몸이어야 하는 게 맞다. 남자는 상황을 머리에 그리며 입맛을 다셨다. 그때 지금 막 끓인 식혜라며 여자가 쟁반을 들고 왔다. 생각이 끊겼다. 방해받았다는 느낌이 들긴 했지만 이내 달큰하고 따뜻한 음료에 마음이 녹았다.

"밥알이 동동 뜨는 게 이쁘고 맛나네요."

여자는 그새 샐쭉했던 티 없이 웃으며 말했다. 그리고 침대 리모컨을 조작하여 남자의 상체를 일으켰다.

"안 달아요?"

여자는 한 입을 떠먹이고는 남자의 표정을 살폈다.

"괜찮죠? 잘 된 것 같아요."

자답했다. 남자는 희미하게 고개를 끄덕였다. 몇 시간 뒤면 일어나야 할 사람이 그 자그마한 표시조차 안 할 순 없었다.

"어디 사는지 알면 식혜라도 좀 가져다주겠는데 그땐 물어볼 수가 없었어요."

가까이 있는 여자에게서 상큼한 비누 내음이 났다. 좋았다. 여자는 목욕탕에서 만났던 '아픈 분'을 또다시 떠올리며 혼잣말처럼 말했다. 남자는 떠먹여 주는 식혜 한 공기를 뚝딱 비웠다. 여자는 눈으로 더 줄 거냐 묻다가 이내 일어서며 점심을 맛나게 먹자며 나갔다. 고마웠다. 남자는 결혼을 잘했다는 생각이 들었다. 빙그레 웃으며 간질거린 입술을 소맷자락으로 쓱 문질러 닦았다.

그런데 왜 하필 뼈를 취했을까? 피부며 머리카락 등 체모도 있는데 말이다. 손오공은 머리카락을 뽑아 훅 불어서 분신들을 만들어냈다. 뼈 또한 왜 옆구리에 있는 갈빗대인지도 궁금했다. 사람의 생명을 잡고 있는 피가 뼈에서 만들어지기 때문일지 모르겠다. 그리고 총 200여 개 남짓으로 이루어진 인체의 다른 뼈들에 비해 12쌍의 갈비뼈는 상대적으로 여유로웠을 수도 있다. 뒤쪽 척추에서 앞쪽 가슴께로 휘어져 뻗은 가지처럼 가지런하고 대칭적 구조의 갈비뼈는 무언가를 감싸고 있는 광주리 모양이다. 실지 폐나 심장 등과 같은 중요 장기를 보호하는 역할을 했다. 심폐소생술을 할 수 있는 지지대 역할도 했다. 없어서는 안 될 중요한 구조물이다. 혹 골절되어도 여타 부위와 다르게 특별한 조치가 필요 없이 그저 움직이지 않고 안정만 취하면 회복이 된다 했다. 사람을 지은 장본인이 그쯤 모를 리 없다. 감안하였으리라. 그런 의미에서 깊이 잠든 상태에

241

서의 외과적 수술과 회복은 꽤 과학적이기도 했다.

깊이 잠들었을 때는 누가 떠메어 가도 모르긴 한다. 친구들과 밖에서 진탕 뛰어놀다 집에 돌아온 날엔 저녁 밥숟가락 놓기가 바쁘게 곯아떨어졌다. 어릴 때 누구나 한 번쯤 경험해 본 일이다. 그리고 옛날부터 이상하게 밖에 나간 사람의 음식은 남겨둬도 잔 사람의 것은 남겨놓지 않는다는 해학 섞인 속설이 있었다. 그 이유를 꽤 커서 나중에 알게 되었지만 선조들은 잠든 사람을 없는 취급했다. 죽음을 의미했다. 다분히 성경적이었다. 실지 신약성경 여러 곳에서 예수는 죽음을 '**잔다**'라고 표현했다.

24이 소녀가 죽은 것이 아니라 **잔다** 하시니 저들이 비웃더라(마태복음 9장)

속담이 성경과 맞아떨어지는 모양새에 남자는 기분이 묘하였다. 좋다거나 싫다거나가 아닌 그냥 뭐 좀 떨떠름하여 어깨를 으쓱했다. 이어지는 뒤 구절을 보았다.

22여호와 하나님이 아담에게서 취하신 그 갈빗대로 여자를 만드시고 그를 아담에게로 이끌어오시니

짐작한 바대로 하나님은 당자에게 단 한마디 상황 설명이나 의논 없이 일방적으로 지은 여자를 떡 데리고 왔다. 한 번쯤 뭐라고 언질을 줄 법도 하건만 끝까지 입을 다물었다. 무슨 속내일까? 그리고 동물들처럼 암수를 한꺼번에 짓지 않고 남자의 몸에서 취한 갈빗대로 여자를 나중에 따로 만들었다. 왜지? 그다지 할 일이 없고 남아도는 게 시간이어서 따로따로 지었을까? 아니다. 분명 아닐 것이었다. 얼마나 주도적이고 치밀한 창조주던가! 이 또한 다분히 비밀스러웠다. 그 저의가 퍽 궁금했다. 이다음에 시간을 넉넉하게 내어 그 의미를 꼭 찾아보리라 마음먹었다.

23아담이 가로되 이는 내 **뼈** 중의 **뼈**요 살 중의 살이라 이것을 남자에

게서 취하였은즉 여자라 칭하리라 하니라

구절을 보자마자 코끝과 눈물샘이 먼저 반응했다. 그리고 시간은 단박에 40년 전쯤으로 거슬러 남자를 대학 교정으로 데리고 갔다. 부끄러운 듯 소심하게, 가슴에 꿈을 품은 채 대학에 들어선 지 꼭 보름째 되던 날이었다. 교정의 색깔과 바람결은 신입생 모두에게 충분히 유혹적이었다. 각종 회합으로 2주를 정신없이 보낸 뒤, 수업다운 수업이 처음 있던 오후 교양시간이었다.

그날은, 그저 그런 봄날이었다. 오후다. 조금 특별한 것이 있다면, 풀린 날씨를 기념하기라도 하는 듯 하늘과 땅을 잇는 봄비가 점심께부터 추적추적 적당한 굵기로 캠퍼스를 적시고 있었다. 그날, 그녀는 그 많은 교양 중에 우연히도 같은 교양을 그 시간대 그 강의실에서, 그 교수가 그 질문을 하던 딱 그때, 조금 떨어진 곳에 앉아 있었다. 쑥스러운 경우 보통 하는 몸짓으로 고개를 오른쪽이나 왼쪽으로 무심코 돌리게 되는데 그때 시선이 딱 마주칠 수 있는 그 각도, 그 거리에 그녀가 있었다. 교수의 질문에 남자가 케이아이에스에스…라고 대답을 했는데 입에서 말이 채 끝나기도 전에 강의실 안은 가볍게 술렁였고 그 술렁임에 떠밀리듯 남자는 고개를 오른쪽으로 틀었는데 그곳에 그녀가 있었다. 왜 대답을 굳이 하였을까? 좋아하는 비 탓이었을까? 다소 긴장한 첫 수업이어서였을까? 남자는 알 수 없었다. 그러나 묻는 질문에 대한 답만큼은 확실할 듯싶었다.

그녀는 남자와 시선이 맞닿는 순간 반사적으로 '뭐 어쩌라고' 식의 눈을 새침하게 올려 뜨며 광대뼈 옆에 있는 미소 근육에 힘을 주었다. 그러자 저절로 미소가 만들어졌다. 그걸 미소라고 할 수 있다면 말이다. 사실 그녀는 교수가 무슨 질문을 했는지조차 알지 못했다. 점심 후 양치하지 않은 치아를 몰래 손거울에 비쳐 보고 있는 중이었다. 깨끗했다. 그녀는 갑자기 달라진 분위기를 눈으로 알아보려는 듯 고개를 왼쪽으로 막 돌리던 참이었다.

개암나무 밑을 지나던 중 하늘에서 열매가 떨어지듯 남자는 우연히 그렇게 그녀를 그날 처음 보았다. 엄마와 여동생을 빼고 의미 있게 다가온 첫 이성이었다. 시선이 마주치는 순간 그 미소만 짓지 않았어도 엮이는 일은 없었으리라. 운명 같은 불운은 박힌 못처럼 아니 박혔다가 빠진 자국처럼 오래 갔다. 흔적은 쉬 지워지지 않았다.

남자는 그녀와 눈이 마주치는 순간 세상 모든 게 정지한 듯 얼떨떨했다. 왜? 그냥 그랬다. 남자는 이유를 알지 못했다. 그냥을 설명할 수 있다면 신 따위는 필요치 않을 것 같았다. 아담 또한 하와를 보자마자 왜 그같이 끌리고 또 서로 같은 장소에 있는지 모르긴 마찬가지였으리라. 깊은 잠에서 깨어나 보니 동물과 다르게 직립한 여인이 저만치 서 있었던 것이다. 하와는 그 이유를 알았을까? 더 모를 게 뻔 하다. 한 몸에서 나와선지 최초의 두 사람은 아무것도 모르는 대로 그냥 그렇게 그 길로 눈이 맞았다.

당신은 내 뼈 중의 뼈요 살 중의 살입니다! 기혼자 모세는 서로에게 꽂힌 그 찰나를 강렬하면서도 실감 나게 표현했다. 경험상 그 심정을 아는 듯했다. 그보다 손이 오그라드는, 강력한 사랑의 고백은 세상에 없을 것 같았다. 가장 귀중하다는 표현이리라.

소설은 작가가 설정한 대로 흘러가게 되어 있다. 왜 그렇게 설정했는지가 의문이고 궁금하겠지만 작가의 권한이고 자유다. 따질 문제가 아니다. 개연성 내에 있으면 된다. 작가인 하나님이 창세 전에 서로에게 빠지도록 구상한 결과라고밖에 볼 수 없다. 뭘 바랐을까? 남자는 입맛을 쩝, 다셨다. 성경에 비밀이 있다면, 외로운 사람에게 마음에 드는 짝을 만나게 해준 그 사실이 비밀이라면 비밀일 듯싶었다. 대단한 배려이고 사랑이다.

아마도, 남녀의 사랑은 눈을 통해서 생겨나는 듯했다. 여자 은식과도 그랬다. 편안하게 개조한 회색 양장에, 오래되어 변색될 대로 변색된 자그마한 『아함경』을 두 손으로 공손하게 건네는 은식은 경건한 인연의 의식을 치르는 사람처럼 한없이 맑고 진지하고 또 예뻤다. 태어나기 전부터 하나였는데 이제껏 나누어져 있다가 비로소 이 순간 다시 만나게 된 게 아닌가 하는 착각을 불러일으켰다. 불교식으로 말하자면, 인연이란 사방둘레가 40리나 되는 바위를 100년에 딱 한 번씩 옷깃으로 스쳐 닳아 없어질 때 마침내 생기는 것이라고 한다. 몹시 허풍스럽게 들렸지만 그만큼 한눈에 알아보는 특이하고도 절절한 만남이며 소중하다는 뜻 같았다. 우연 같으나 하늘이 허락하지 않고는 만날 수 없는 관계란 소리가 아닐까? 그러한 사람이 먼저는 그녀였고, 나중은 은식이었다. 살아오는 동안 그 두 번뿐이었냐 하면 물론 그건 아니다. 직장 내에서, 버스 안에서, 거리에서 마음을 설레게 했던 하와들은 많았다. 그러나 지속되었던 사람은 두 사람이었고, 은식과는 거의 모든 면에서 엇갈림 없이 물흐르듯 타이밍이 잘 들어맞았다.

그날 교수의 질문은, 마음이 통한 사람끼리 최단거리에서 최소접촉으로 최대행복의 효과를 얻을 수 있는 확실한 배타적 접점은 무엇인가, 알파벳 4개로 표현해 보라는 거였다. 4글자로 된 한 단어라고 힌트를 주었다. 다소 짓궂게 들릴 수 있었으나 젊은 모두에게 흥미 돋는 물음이었다.

48

남자는 센티해진 기분을 밀쳐내려는 듯 어깨를 들썩이며 흠, 짧게 콧숨을 내쉬었다. 뒤 구절이 바로 이어졌다. 시간에 쫓긴 남자는 잘 되었다고 생각했다.

24이러므로 남자가 부모를 떠나 그 아내와 연합하여 둘이 한 몸을 이룰찌로다

25아담과 그 아내 두 사람이 벌거벗었으나 부끄러워 아니하니라

응? 남자는 다음 동작을 잊어버린 사람처럼 2장의 마지막 두 구절을 물끄러미 바라보았다. 모르는 말이어서가 아니다. 외과적 수술을 통해 기껏 남녀 두 사람으로 분리시켰던 하나님은 다시 한 몸을 이루라는 새로운 명령을 내렸다.

뭐지?

얼마의 시간이 걸려 지금과 같은 하늘과 땅이 생기게 되었는지 알 길 없지만, 창조주는 신파조 같은 이 마지막 두 구절을 위해 방석을 깔듯 만물을 짓고 좋아했나? 하는 생각이 얼핏 들었다. 마치 깜깜이던 두 남녀가 만나 필요한 냉장고며 세탁기 등 하나하나 준비하여 신접살림을 차리듯, 만물이 갖춰져 가는 과정이 흡족하여 보기에 좋았더라로 마무리한 것 같은 창세기 1장과 벌거벗고 있어도 부끄럽지 않은 부부 이야기를 담고 있는 2장은 기를 쓰고 창선의 짝을 찾아 맺어주려는 여자의 심정과 비슷했다. 십분 이해되었다. 내 자식이 어엿하게 잘 자라 제 마음에 드는 짝을 찾아서 독립하는 순간이다. 보기에 심히 좋으리라. 그러나 그게 다일까? 기껏해야 삼류소설 같은 시시껄렁한 이야기를 하자고 그렇듯 장황하게

경전 초입을 장식했던가 말이다. 그러게, 남자는 싱거웠다. 한 몸을 이루라는 새 주문은 서로를 사랑에 빠지게 한 차원을 넘어섰다.

뭐가 이렇게 비밀스러운 거야?

굳이 따로따로 만들어서 결국 다시 하나가 되게 하고 있는 논리가 이해되지 않을 뿐 아니라 솔직히 미덥잖았다. 결혼제도가 정착된 후세대의 관점에서 기록되었음을 환기하는 대목이긴 하였으나 못내 뜨악했다.

두 번 일을 하고 있는 이유가 뭘까?

유일한 뱃길이 끊긴 기분이었다. 구절대로라면 본래 한 몸에서 나온 두 생명체이니 벌거벗고 있어도 부끄러울 리 없는 게 당연하다. 그런 의미에서 남편이 아내를 사랑하지 않은 태도는 나쁠 뿐 아니라 제 몸을 학대하는 자해행위가 되었다. 말그대로 천우신조로 만난 관계다. 다투고 이혼할 관계가 아니란 소리다.

31이러므로 사람이 부모를 떠나 그 아내와 합하여 그 둘이 한 육체가 될찌니(에베소서 5장)

이성지합이다. 신약성경에도 같은 맥락의 글이 있었다. 내심 반갑고 신기했다. 비밀에 대한 힌트를 얻을 수 있겠다는 희망이 생겼다. '이러므로'는 앞뒤 문장이 서로 맞서지 않고 순편하게 이어질 때 쓰이는 접속사다. 남자는 기대를 하며 앞의 무엇에 대한 '이러므로'인지 알기 위해 바로 앞 문장을 호출했다. 30절이다.

우리는 그 몸의 지체임이니라

짧고 간단했다. 그러나 더 아리송했다. 보통 몸과 팔다리를 지체라고 한다. '우리'가 지체이면 신체 구조상 더 있어야 할 건 머리 부분이다. 지체와 머리가 합쳤을 때 고스란히 한 몸이 된다. 합할 것은 머리 말고는 없었다. 팔다리가 총 4개이니 '우리'라는 복수로 표현되는 건 그런대로 이해됐다. 그러나 **머리**며 '그 **몸**'이란 게 무엇이고 뭘 가리키는 건지 도무지 짐작이 안 갔다.

8그는 **몸**인 교회의 **머리**라(골로새서 1장)

남자는 반가운 사람을 만난 듯 반색했다. 뭔가 손에 잡힐 듯도 했다. 여기서 '그'며 '머리'는 아마도 성경의 주인공 예수가 아닐까 싶고, 지체인 몸은 사랑으로 흠 없고 거룩하게 된 무리일 공산이 컸다. 그러니까 앞의 구절들과 연결하여 정리해 볼 때, 헤드인 그리스도는 남편격이 되는 거고 거룩하게 된 지체는 돕는 배필인 아내격이 될지 몰랐다. 그 두 이성이 한 몸을 이루는 원리다. 아담과 하와는 결국 최초의 복선으로서 모형이나 예표 같은 것일 수 있었다. 그럼 진짜는 뭘까?

그 순간 어렸을 때 TV에서 보았던 로봇 애니메이션이 떠올랐다. 주인 공이 머리 운전석에 앉아 '합체!'라는 말을 외치면 연구소의 지붕들이 열리면서 팔이며 다리, 무기 등 각각의 것들이 날아와 마치 자석에 철 가루가 달라붙듯 몸통과 합체됐다. OST와 함께 등장하는 그 대목이 단연 압권이었다. 완전체가 된 슈퍼로봇은 불을 내뿜으며 악당을 무찌르기 위해 하늘 높이 날아올랐다. 평소 숫기가 없어 심부름 말고는 딱히 남의 집을 가지 않았던 남자였건만 그 시간만큼은 참지 못하였다. 아무리 못 산 동네라 해도 꼭 한 집엔 TV가 있기 마련이었다. 당시 너나 할 것 없이 전국 모든 아이가 빠져들었던 로봇물이다. 그 짜릿함은 아직도 기억 선상에 또렷하다.

남자는 미소했다. 구약성경이 예언의 성격을 띠고, 신약성경이 실행하고 성취하는 관계인 걸 감안한다면 뭔가 심상찮은 상징인 것만은 분명했다. 언급된 머리며 지체의 비유가 창세 전에 계획했던 꿈과 분명 관계가 있을 것 같은데 모르겠다. 어쨌거나 자연인 아담보다 합체된 새 인격체를 위해 궁극적으로 창조했다는 결론이 되는데, 그러나 더는 추측하는 게 무리였다. 계시가 없고는 두 번 일하고 있는 이유를 알기 어려울 것 같았다. 잃어버린 열쇠를 찾듯 찾다 보면 찾아지려나? 일어나는 대로 반드시 더 알아보리라 다짐했다.

문제는 정작 '교회'란 단어였다. 쌔고 쎈 게 교회다. 개신교의 예배 장소다. 남자가 아는 교회는 거룩이나 무흠과는 상당히 거리가 멀었다. 알레르긴가? 만약 같은 의미라고 한다면 미련 없이 지금이라도 당장 따라가는 것을 멈추어야 했다. 절대 사절이다. 남자는 터럭만큼도 인연을 맺고 싶은 마음이 없었다.

설마?

놀랍도록 치밀하고 주도적인 사랑의 하나님이 아니던가? 남자는 반신반의하며, 어쩌면 마지막이 될지도 모른다는 생각을 하며, 조심스레 교회란 단어를 소리 내어 읊조려 보았다. 거짓말같이 구절들은 빼곡히 눈앞에 펼쳐졌다. 성경이란 단어와 마찬가지로 교회 또한 신약성경의 전유물이듯 구약성경엔 없는 단어였다. 많은 구절을 빠르게 건너뛰며 읽던 남자는 색다른 느낌의 한 구절 앞에서 멈췄다.

15라오디게아에 있는 형제들과 눔바와 그 여자의 집에 있는 교회에 문안하고(골로새서 4장)

여자의 집에 있는 교회라는 말이 특이했다. 문맥상 장소나 건물을 뜻하기보다는 사람을 지칭할 듯싶었다. 굳이 말하자면 무당들이 모시고 있는 집안의 조그만 신단과 맥락이 더 가까웠다. 그러나 문안은 사람끼리 주고받는 인사다. 교회가 사람을 뜻하는 공동체라고 한다면 신자들끼리 안부를 주고받는 일은 자연스러운 만남의 한 형태일 것이다. 하지만 시중에 알려진 공동체의 모습은 또한 너무나 제각각이었다. 마음에 안 들긴 마찬가지였다. 골로새서에서 말하고 있는 교회가 건물을 지칭하는 게 아닐 수도 있겠다는 발견만으로도 남자는 흡족했다. 그나마 소득이라면 소득이었다.

남자는 복잡한 생각을 접고 대신 흘러내린 이불을 목까지 끌어당겨 덮었다. 포근했다. 혹 자녀를 사랑하고 잘되길 바라는 마음과 후손을 잇는 결혼제도도 하나님을 닮아서 생겨났을까? 지상에 충만하자면 그럴지도 모르겠다. 어울리는 짝과 적절한 타이밍이 있을 뿐인 듯했다. 개개인에게 주어진 인연이고 때다. 여자의 서두름과 다르게 창선에겐 그 타이밍이 지금 오지 않은 것이다.

타이밍이라는 말을 생각하자 또다시 그녀가 눈앞에 어른거렸다. 타이밍을 놓친 그녀는 제짝이 아니고 갈빗대가 아니었을까? 제짝이 아니고 갈비뼈가 아니어서 타이밍이 놓쳐진 걸까? 만약 그렇다면 여기서 놔야 했다. 마음으로나마 그녀를 더 붙드는 일은 유약한 욕망이 낳은 집착일 뿐이고 가족에게 해선 안 되는 일이었다. 하늘이 준 인연이 아닌 것이다. 인정해야만 했다. 불편은 어느 쪽으로든 건강한 일이 못 되었다. 어쩌면 그럴지도, 수긍을 하자 돌연 복잡했던 심경이 확 누그러졌다. 타이트한 넥타이를 느슨하게 풀 때처럼 숨 쉴 만하고 마음이 편안해졌다. 한 끗 차이였다. 늦었지만, 성경을 따라나선 보람이고 덕분이라고 남자는 생각했다. 그 틈새로 창림의 일기 한 쪽이 끼어들었다.

11월 14일 금요일 날씨 흐림 제목 : 받아쓰기 싸움

"이거 '댐니다'야!"

"에~ '댑니다'거든요!"

'ㅂ'한 개 때문에 오늘 짝꿍 손지혜랑 한바탕 싸움을 벌였다. 미웠다. 이제는 성가시기까지 하다. 어떻게 된 건지 모르겠다. 나는 손지혜랑 친

해지고 손도 잡고 싶은데…… 집에 있는 『아리송 수수께끼』 책 제목과 같다. 앞으로는 친절하게 대해야겠다. 그래도 '댐니다'는 틀리다.

남자는 코끝이 시큰했다. 어린 창림은 그때부터 이미 그렇고 그런 경로를 걷고 있었다. 성경대로 보자면 한 몸에서 출발하였건만 어느 누구도 생각이 같지 않은 탓에 소통의 어려움을 겪었다. 한 사람쯤과는 통할 법도 한데 살을 섞고 피를 나눈 가족조차 다른 별에서 온 것 같은 때가 많았다. 불통했다. 그 점이 고통을 가져다주었다. 슬픈 현실이다. 아담과 하와는 언제 각각으로 나누이게 되었을까? 역시나 짚이는 곳은 그 동산이었다. 모든 길은 로마로 통한다는 말이 있듯 틀어진 모든 일의 시초와 배경에 동산이 있을 것만 같은 기분이 들었다.

삶이 비틀린 까닭을 3장은 말해주려나?

이제야 2장이 마무리되었다. 3장이 보고픈 이유다.

49

남자는 성경의 주인공이 예수임을 알고도 굳이 찾아보려 하지 않았다. 어떤 식으로든 불편할 게 뻔했다. 급류를 타는 듯했다. 다리에 절로 힘이 들어갔다. 남자는 변화를 원치 않았다. 그러나 더는 외면하기가 어려웠다. 시간이 별로 없긴 하였으나 책을 읽고도 그 주인공에 대해서 모른다는 건 말이 안 되었다. 읽으나마나다. 예수를 간과하고서는 성경을 더 추적해 보는 일도, 에덴동산의 진입도 의미가 없어 보였다.

이젠 돌아올 수 없는 다리 위에 섰다고 생각했다. 그 길을 가느냐 마느냐, 마지막의 자유가 버거웠다. 마침내 남자는 동네마다 하나씩 들어서 있는 교회 첨탑의 붉은빛 십자가를 떠올리며 여타 종교보다 분명 더 넓어 보이는 문임에도 좁은 문이라고 표현한 예수를 작은 소리로 불러보았다. 기다렸다는 듯이 4복음서에 쓰인 예수란 이름이 빼곡하게 등장했다. 말로 천지를 창조한 하나님과 마찬가지로 사람의 아들로 온 주인공 예수 또한 많은 말을 남겼다. 마태복음 1장 1절이다.

아브라함과 다윗의 자손 예수 그리스도의 세계라

족보 이야기는 상당히 구체적이었다. 곰이 사람으로 변했다는 소리와는 근본적으로 달랐다. 예수가 실지 유대민족 속에 태어났음을 입증하는 역사적인 자료 같은 인상을 풍겼다. 그러나 족보를 중요시하는 유대인들은 수천 년 전에 살았던 조상 아브라함이나 모세, 다윗왕 등 포로가 되어 바벨론으로 이거한 어두운 사실조차, 예수보다 700년 전에 활동했던 이사야 선지자의 생존에 대해서는 인정하면서, 무슨 이유에선지 그리스도의 출현에 대한 구약성경의 예언들은 모조리 모르쇠로 일관했다. 여론을 주도한 대제사장과 바리새인들에게 휘말린 백성들은 끝내 예수를 로마의 빌라도 법정에 세웠다. 그리고 남자가 알기로 사형선고를 받은 한 죄수와 맞바뀌었다. 죄목은 하나님을 아버지라고 부른 점과 안식일 위반인 걸로 기억한다. 이어지는 내용을 눈으로 빠르게 훑어내려갔다.

21아들을 낳으리니 이름을 예수라 하라 이는 그가 자기 백성을 저희 죄에서 구원할 자이심이라 하니라

예수의 탄생에 대한 예고이고 자라서 짊어질 임무에 대한 예언이다. 삼위일체인 하나님이 결자해지를 위해 사람의 모습으로 하늘에서 땅으로

왔다는 소리다. 저희 죄가 어찌 이스라엘 백성만의 것이겠는가? 본인의 형상대로 지어진, 나약한 모든 인류를 가리킬 것이었다. 그런데 말이다. 신이 와서 사람을 구원하는데 **죽음** 외에는 그토록 다른 방법이 없었던 것일까? 속죄양의 의미를 모르는 건 아니지만 끝끝내 의문스러웠다.

22이제는 그의 육체의 **죽음**으로 말미암아 화목케 하사 너희를 거룩하고 흠 없고 책망할 것이 없는 자로 그 앞에 세우고자 하셨으니(골로새서 1장)

마음에 들어 고른 구절 앞에 남자는 숙연해졌다. 시작과 끝을 관장한 신이라고 한다면 만물을 책임지고 이끌고 달래서 꿈을 달성하는 게 맞다. 그러나 누추한 몸을 가진 사람으로서 누가 과연 신 앞에 떳떳하게 설 수 있겠는가? 거룩하고 흠 없고 책망할 것이 없는 데는 전적으로 예수의 죽음 덕분이란 의미다. 예수가 죽어서 하나님을 달랬다는 소리다. 애초에 예수가 맡은 배역이 그런 듯하다. 그렇다면 기록된 대로 와서 죽어야 했다. 죽는 게 맞다. 다른 길이 없다. 하나님은 왜 혼자서 북 치고 장구 치고를 했을까? 창세 전 계획과 관계가 있으련만 성경에 대한 지식이 별로 없는 남자는 마음만 분주할 뿐 그다음 뭐부터 손을 대야 할지 두서가 안 섰다. 이불 끝에 부딪힌 콧바람이 콧등에 느껴졌다. 도리없이 조급한 마음으로 의식이 회복되어 맨 먼저 보았던 누가복음을 폈다. 1장이다. 대부분 기록자가 누군지 불분명한 여타의 복음서와 달리 글쓴이가 명시되어 있는 점이 맘에 들었다.

3나도 데오빌로 각하에게 차례대로 써 보내는 것이 좋은 줄 알았노니

1인칭 화법을 사용한 1장 첫머리는 꽤 책임감 있고 현실적이며 사실적으로 다가왔다. 모르긴 해도 사건이 일어났던 예루살렘이 아닌 타지에서는 예수의 죽음에 대한 소문이 여러 가지로 분분했던 모양이다. 본래 여

러 사람의 입을 걸쳐 전해지는 소문은 속성상 진실과 거리가 멀 때가 많다. 손에 전화기가 있고 매스컴이 고도로 발달한 작금에도 막을 수 없는 게 가짜뉴스이고 뜬소문이고 보면 당시엔 더 말할 게 없는 듯했다. 날 때부터 소경이던 사람을 낫게 한다든가, 4~5000명을 먹인다든가, 안식일을 개의치 않고 38년 된 병자를 걷게 하는 등 평소 파격적인 행보를 했던 예수의 죽음이었으니 그럴 만도 했지 싶었다. 당시 유대 사회에 그보다 큰 화젯거리는 없었으리라. 가는 곳마다 수군거렸을 것이다. 그 진위를 파악하거나 알리기 위해 펜대나 굴려본 사람들은 저마다 목격자들의 진술을 바탕으로 기술하여 남기고자 한 듯했다. 요즘 같으면 기자나 전기 작가쯤의 역할이다.

복음서의 작성자 누가도 그 중 한 사람으로서, 당시 벌어진 사건 배경에 대해 데오빌로 각하란 사람에게 예수와 연관된 객관적인 사실들을 들려주기 위해 근원부터 자세히 설명한다는 식의 취지를 글머리에서 친절하게 직접 밝혔다. 각하란 호칭으로 미루어볼 때 데오빌로는 유대를 다스리기 위해 로마가 보낸 직급 높은 사람임이 짐작됐다. 그 각하가 왜곡된 소문이 아닌 정확한 사실을 알기 바라는 마음으로 작성한 듯했다. 당당한 글투로 보아 데오빌로와는 그전부터 친분이 있던 관계이거나 아니면 최소한 도움을 주는 위치에서 글을 집필한 걸로 보였다.

4이는 각하로 배운 바의 확실함을 알게 하려 함이로다

그 배운 바가 무엇이기에 확실하게 한다는 것일까? 데오빌로는 예수에 관해 요주의 인물이라는 점 말고도 더 관심을 가지고 있었던 걸까? 어떤 식으로든 로마의 각하는 예수를 모르지 않은 듯했다. 이어지는 2장에서 **베들레헴**이라는 실제 지명과 함께 가이사 아구스도의 명령이니 수리아 총독 구레뇨이니 하는 당시 특정 권력자들의 이름이 구체적으로 거론되고 있는 것으로 보아 누가는 실존 인물일 가능성이 컸다.

2베들레헴 에브라다야 너는 유다 족속 중에 작을찌라도 이스라엘을 다스릴 자가 네게서 내게로 나올 것이라 그의 근본은 상고에, 태초에니라(미가 5장)

선지자 미가가 한 예수 탄생에 대한 예언이다. 식혜에 얹힐 리 없건만 가슴이 답답했다. 정신을 바짝 차려야 했다. 남자는 손으로 박자를 세듯 천천히 그리고 그동안 알게 된 내용들을 조목조목 정리해 보았다. 태초부터 보이지 않고 말로만 존재하던 하나님이, 창세 전에 가졌던 한 계획을 실현하기 위해 인자로 오는데, 수백 년 전 선지자 미가가 예언했던 동일한 장소 베들레헴에서 태어났다는 소리다. 시공을 뛰어넘어 촘촘하게 연결되고 있는 양이 마치 두 손에 바늘과 실을 잡고 꿴 듯했다.

누가가 예수에 대해 자세히 기록한 게 누가복음이고 보면 예수가 실지로 베들레헴에서 태어나고 또 십자가 형틀에서 죽은 사람으로서 순전히 **신화**만이 아닐 수도 있겠다는 계산식이 나왔다.

7망령되고 허탄한 **신화**를 버리고 오직 경건에 이르기를 연습하라(디모데전서 4장)

바울은 디모데에게 신화를 언급하며 거짓 이야기에 현혹되선 안 된다고 당부했다. 그리고 **예수**의 교훈을 따르라 주문했다.

25저희가 말하되 네가 누구냐 **예수**께서 가라사대(요한복음 8장)

같은 시간 선상에 살고 있던 당시 유대인들조차 예수가 얼마나 궁금했으면 대놓고 직접 물어보았을까? 남자의 심정과 별반 다르지 않았다. 남자도 묻고 싶었다. 이쯤 되자 남자는 헷갈렸다.

실존 인물일 수도 있었나?

마른 입술을 깨물었다. 그때 의자를 끄집는 날카로운 소리가 밖에서

255

크게 났다. 남자는 미간을 찌푸렸다.

"목욕을 해야 할까?"

여자는 의자를 끌어다 앉으며 말했다.

"꼭두새벽에 다녀오셨잖아요."

창선이다.

"나 말고 아빠. 명색이 내일이 명절인데 늬들 있을 때 좀 씻겨드려야 하지 않을까 싶어서 말야."

목욕으로 대화의 운을 떼고 있는 여자의 목소리가 문밖에서 들렸다. 남자는 화들짝 놀라 벽시계를 쳐다보았다.

"감기에 걸리시지 않을까요?"

찬 기운에 노출될 것을 염려하는 창림의 묵직한 저음이다.

"하긴 나도 그게 좀 걱정이 되어 망설였어."

"뭐하러?"

창선은 창림과 다르게 무 자르듯 심드렁하게 끼어들었다. 목소리 톤이 그랬다.

"너 그거 무책임하고 자격지심에서 나온 가시인 건 아니?"

여자는 대번에 날카롭게 반박했다.

"제가요? 왜요?"

창선은 정말 아무것도 모르겠다는 듯 어깨를 으쓱 들었다.

"과년한 딸 걱정하는 엄마가 그렇게도 거슬렸어?"

여자의 목소리는 격앙되었다. 어제 문을 쾅 닫고 들어간 창선의 행동에 서운함을 여과 없이 드러냈다.

"엄마, 제발 나를 오늘 처음 본 것처럼 대해 줄 순 없으세요?"

창선은 얼토당토않다는 표정으로 여자에게 되물었다. 순간 정적이 흘렸다. 여자는 창선의 되묻는 물음에 말문이 막혀버렸다. 거짓말이 들통 난 사람처럼 어쩔 줄 몰랐다.

"그래, 도 닮는 그 아버지에 그 딸이다."

여자는 괜히 코앞의 식혜를 애꿎게 휘저으며 기어들어 가는 소리로 대꾸했다. 남자 또한 들리는 사람 들으란 식의 창선의 말에 얼굴을 붉혔다. 좋은 기억이든 나쁜 기억이든 과거에서 자유롭기가 참으로 어려웠다. 그리고 '지금'을 살지 못했다. 창선은 어려운 말을 아무렇지도 않게 뱉었다. 얼마나 남자가, 여자가 원했던 마음이던가!

"쟤 말마따나 아직 거동이 불편하실 수 있는데 제사가 뭐라고 물을 묻 하냐는 거죠. 엄마도 같은 생각 아녜요?"

창선은 여자의 마음을 달래듯 공감 표시를 했다. '뭐하러'를 길게 풀어서 설명했다. 그리고 이어서 쐐기를 박았다.

"면역이 약한 상태에서 감기라도 걸렸다간 폐렴이 올 수도 있어요. 그러면 진짜로 치명적일 수 있죠."

여자는 의사인 딸의 말에 백기를 들었다. 폐렴이라도 걸리게 되면 치명적일 수 있다는 창선의 발언은 여자에게 치명적이었다.

"따뜻한 물수건으로 얼굴이나 손발만 좀 닦아드리고 가만 계시게 두세요."

창선은 의사가 환자 보호자에게 말하듯 깔끔하게 마무리했다. 여자는 여전히 할 말을 찾지 못했다. 무안했다. 시선 둘 곳이 없었다. 모든 소리가 멈춘 집안은 순간 적막에 잠겼다. 남자는 부끄러운 중에도 의중을 알아주고 시간을 벌어주고 있는 창선이 고마웠다.

"엄마, 식혜가 적당히 달고 참 맛있네요. 언제 하셨어요?"

창림은 식어서 먹기에 적당해진 식혜를 떠넣으며 침묵을 깼다. 여자에

257

게 말을 걸었다. 노고를 알아봐 주었다. 말꼬를 터주었다.

"괜찮아? 다행이다. 진즉 밥통에서 꺼내 끓여줘야 했는데 늦어져 시면 어떡하나 걱정했지."

여자는 체면이 섰다. 말을 하고 나자 서걱이던 기분이 한결 나아졌다.

두 녀석은 언제 저렇듯 이쁘게 자란 거야?

바깥의 대화에 귀를 기울이고 있던 남자는 창선과 창림이 눈물 나도록 고마웠다. 새삼스러웠다. 아이들은 몸도 마음도 티가 안 나게 자라는 모양이었다. 일에 충실하느라 그걸 곁에서 제대로 지켜보지 못했다. 어쩔 수 없이 또 한 번 반성하게 되었다. 뭉클한 가슴을 다독이고 있는데 현관 벨소리가 났다. 남자는 움찔했다. 내일 명절 아침까지는 그야말로 시간이 얼마 남지 않았다. 마음이 한없이 바빴다. 놓칠 수 없고, 놓쳐선 안 되는 순간이었다.

"서림아, 네가 웬일이야? 엄마 아빠는?"

여자도 놀랐다. 서림은 남동생네 둘째 아이의 이름이다. 작년 여름에 제대했다며 인사차 왔었다. 거실은 다시 활기를 띠었다.

"아빠는 감기 때문에 못 움직이시고요, 엄마랑 왔어요. 주차하시고 곧 올라오실 거예요."

서림의 말이 끝나자마자 제수씨의 목소리가 들렸다.

"형님, 경황이 없으실 것 같아 반찬을 좀 만들어 왔어요."

부스럭거리는 소리가 들렸다.

"올해는 걍 자유롭게 하기로 했는데 뭘 굳이 왔어? 도로도 막혔을 텐데."

"명절이 이른 데다가 짧아 친정어머니가 오빠네로 오셨다 하여 가는 길에 잠깐 들린 거예요. 근데 시숙님은 좀 어떠세요?"

258

제수씨는 조심스럽게 묻고 있었다.

"창선의 말로는 괜찮다 하는데 아직 일어나지를 못하고 계시니 여전히 걱정이지."

여자는 말을 하면서 남자가 누워있는 방문을 슬그머니 열었다. 커튼이 내려져 어둑했던 방은 문이 열리는 만큼 밝아졌다. 남자는 눈을 질끈 감았다.

"주무시는 것 같은데, 그냥 갈게요."

제수씨는 방에 발을 들여놓으려다 말고 멈추었다. 모두는 방문 앞에 서서 약속이나 한 듯 두 손을 앞으로 모은 채 남자를 바라보았다. 그리고 곧 문을 닫았다. 남자는 난처했다. 지금으로서는 쇼를 그만두기도 뭣했다.

남자는 문득 성경책이 있어 다행이라는 생각이 들었다. 많은 게 시간이니 여차하면 뒤로 미룰 수도 있는 문제였다. 그러나 궁금한 에덴동산만큼은 지금 놓치고 싶지 않았다. 그동안 깨어난 걸 왜 숨겼느냐고 반가운 중에도 타박할 텐데, 살아온 길과 전혀 다른 성경책을 바로 잡기란 어색하고 쑥스러울 게 뻔했다.

50

"내일 아침에 일찍 나가자면 미리 챙겨놔야겠지? 영하 12도라는데 단단히 챙겨."

여자는 저녁식사가 끝나자 창선에게 말했다.

"차 끌고 가는데요, 뭐. 그리고 가운만 입고 있을 텐데 뭘 더 챙길 게 있겠어요?"

"그래도 이틀을 있자면 말야."

"누나 이번에도 명절 당직이야?"

"누가 아니라니? 뭐가 부족해서 저러고 있는지 모르겠다. 거를 데 없는 대기의 오염으로 더더욱 전도가 유망해진 호흡기내과 조창선 의사 선생님께서 말야. 조 선생님, 올해는 제발 좀 좋은 일 생기게 해봅시다. 잉?"

여자는 준비라도 한 듯 장황하게 토를 달아 말했다. 작정하고 불을 질렀다.

"뭐가 이번에도가 이번에도야? 작년과 올해 딱 두 번이구만. 쓸데없는 소릴 해서 괜히 사람을 들볶이게 만드네. 쯧."

길게 대꾸하는 게 아니었는데, 창선은 후회했다. 나이가 들수록 단답형이 최고였다. 깜박했다.

"동생한테 왜 그래? 틀린 말 아니잖아. 그리고 동생이 그것도 못 물어보니? 히스테리도 아니고."

"야, 너 이 상황을 어떻게 책임질래? 내년엔 너라도 재주부려서 여친을 꼭 데리고 와라, 알겠어? 안 그러면 너 내 손에 죽는다."

불똥이 옮겨옮겨 튀었다. 창림의 굵직하고 낮은 웃음소리가 들렸다. 남자도 따라서 미소했다. 곧 함께 소리 내어 웃는 순간이 오길 바랐다.

이해 안 되는 말투성이고 앞뒤를 모르겠는 게 당연히 많았지만 나무를 보느라 숲을 보지 못해선 안 되었다. 일단 다 덮고, 무지개다리가 튼튼할 거라 믿고, 인생의 첫 단추가 꼬이기 시작한 동산으로 건너가 보자, 과감히 결단을 내렸다. 결정하자 기분이 한결 가벼워졌다. 최소한 택하지 않은 길에 대한 미련과 부채감은 덜 수 있으리라. 남자는 마침내 산 하나를 넘고 그 지나온 산을 멀리서 뒤돌아보며 땀을 식히는 여행객처럼 입술을 동그랗게 말아 소리 없는 휘파람을 불었다.

설레는 마음으로, 더는 변수가 없기를 바라며 진즉부터 보고 싶었던, 그러나 마지막이 될지 모르는 3장을 펼쳤다. 이 밤을 에덴에서 보내리라. 성경은, 하나님 형상대로 짓고, 생령이 된 첫 사람 아담을 지상낙원에 이끌어 두면서 인류의 역사가 시작됐다고 먹고 들어갔다. 그리고 그 낙원에 대한 사용 설명을 간략하게 했다. 다스리고 지키라, 딱 두 마디다. 단출했다. 아담은 그 말에 이의가 없었다. 하나님처럼 지어졌기에 지력이나 이해도에 있어서 완전했을 터이기도 했겠지만, 아담은 가타부타할 입장이 아니었다.

그러나 지키라는 말을 봤을 때 지금 말하고 있는 하나님 외에 다른 누가 더 있음을 알려준 건데, 그 다른 누군가가 누군지, 하나님이 말하지 않은 의도까지 아담이 알아채기에는 역부족이었다. 내외적인 용량과 형태는 하나님과 같으나 피조 전에 가진 하나님의 생각, 즉 창세 전에 먹었던 의도까지 알기는 불가능했다. 단체 카톡방에 나중에 초대된 상황과 비슷했다. 신입은 그전에 오갔던 내용을 볼 수 없기 때문에 알지 못한다. 피조물과 관리자 조물주의 선이 분명하게 그어지는 대목이다.

덧붙여 이제 막 지상에 초대된 사람에게 관리자는 반드시 준수해야 하는 규칙 한 가지를 말해주었다. 먹으면 안 되는 나무 하나를 꼭 집었다. 각종 나무의 실과는 임으로 먹을 수 있으나 선악을 알게 하는 나무의 실과만은 먹지 말라고 당부했다. 왜? 정녕, 기필코 죽게 되기 때문이라며 먹었을 때 당면하게 되는 불이익에 대해서도 친절하게 설명해 주었다. 신생

된 사람으로서 죽음의 의미를 알 리 없겠지만 못 받아들일 이유도 없었다. 어떤 단체든 새로 만들어지게 되면 원활한 운영을 위해 보통 내부 정관이나 규범을 정하기 마련인데, 대개는 모두에게 이로웠다. 하나님도 그랬을 수 있다. 이롭기 때문에 단서를 달았으리라. 어쩌면 하나님의 그 방법을 배워서 오늘날 사람들도 모이면 먼저 규범부터 정하는지 모르겠다. 남자는 금령이 주어진 이유에 대해 대강 수긍이 되었다. 여기까지는 별 무리가 없었다. 그런대로 괜찮았다. 금령을 듣기 전까지는 아무 틈이 없고 완벽했다.

그러나 문제는 그다음, 3장에 있었다. 3장에서 생겼다. 더 정확히는 아담이 첫눈에 반한 룸메이트 하와로부터 시작되었다. 성경이 말한 대로라면 에덴동산은 인류 운명의 향방이 갈린 시발 현장이고 범죄 현장인 꼴이다.

만약 아담이 하나님의 명령을 지켜 선악과를 안 먹었다면 어떻게 되었을까? 아주 옛날, 선악과에 대한 이야기를 처음 접했을 때 왜 만들었나와 함께 해보았던 생각이다. 가정을 안 해볼 수 없었다. 규범을 어긴 하와 당사자만 죽었다면 또 어떻게 되었을까? 금령을 들은 아담이 아닌 하와만 먹고 죽음으로써 사람들은 죽음에서 벗어나고 죄를 모르게 되었을까? 그리하여 인생을 짓누르는 두려움이나 적의, 공포, 불안, 불만, 공허, 죄책 따위는 생겨나지 않게 되었을까? 이러한 음험한 단어들로부터 자유롭게 되었을까? 그러나 그것도 말이 안 되는 게, 천지를 창조한 목적과 주인공이 부부인 듯싶은데 하와가 죽어버리면 스토리를 이어나갈 수 없다. 뭘 계획하고 창조했든지 의미가 퇴색된다. 수포로 돌아간다. 그런 일을 누가 하겠는가?

어쨌거나 이 긴 성경은 첫 사람 아담이 하나님의 말씀을 어기고 금단의 열매를 먹어버렸다는 전제하에 쓰인 책이다. 시기, 질투 등 죄 따위가 먹지 말라는 선악과를 먹어서 연유한 것인지에 대해선 더 알아볼 일이었다. 남자는 설레는 중에도 왠지 모르게 떨떠름했다.

창세기 3장 1절이다. 남자가 가장 보고 싶고 알고 싶었던 장면이다. 이게 뭐라고, 고대한 만큼 긴장도 되었다. 실소했다.

여호와 하나님의 지으신 들짐승 중에 뱀이 가장 간교하더라 뱀이 여자에게 물어 가로되 하나님이 참으로 너희더러 동산 모든 나무의 실과를 먹지 말라 하시더냐

글은 뱀이 들짐승 중에 가장 간교했다로 시작하고 있었다. 뱀은 지어진 일개 피조물 중 하나다. 바꾸어 얘기하면 아무리 간교한들 그렇게 지은 하나님만 하겠는가 말이다. 간교함을 모르고는 간교하게 지을 수도 없다. 뱀을 지나치게 나쁜 무엇으로 몰아가는 건 자기 발등을 찍는 격이다. 하나님이 그걸 모를 리 없을 텐데, 뱀을 지독하게 폄하하는 모양이 의아했다. 긴 구절을 남자는 짧게 끊어서 부분부분 살펴보기 시작했다.

뱀이 여자에게 물어 가로되

뱀에 대한 선입견이 있어서일까? 점잖게 묻고 있는 서두에서부터 왠지 불온한 기운이 느껴졌다. 뱀은 진심으로 뭔가를 알고 싶어서 하와에게 접근을 하고 물었을까, 의구심이 들었다. 정확한 정보가 필요했다면 뱀은 아담에게 물었어야 했다. 동산의 책임자이자 하나님께 직접 말을 들은 사람은 아담이다. 명령을 했을 때 하와는 세상에 있지 않았다. 뱀은 정보 따위에 관심이 있다기보다 그저 그 묻는 일로 인해 하와의 시선을 뺏어보고자 하는 게 목적인 듯했다. 우회했다. 하와는 아담이 사랑하는 둘도 없는 아내다. 뱀의 실지 목표물은 아담임을 곧 어렵지 않게 유추할 수 있었다.

하나님이 참으로 너희더러

남자는 연결되는 구절을 읽다 말고 뱀의 교묘함에 웃음을 터뜨렸다. 과연 지은 들짐승 가운데 가장 간교하다 할만했다. 실망시키지 않았다. 본인의 목적 달성을 위해 과감하게 하나님을 끌어들인 사실도 사실이려니와 '참으로'라는 말을 던짐으로써 진실을 의심하도록 기술적으로 유도했다. 요즘 말로 하자면 가스라이팅을 했다. 하나님이 거짓말했을 수도 있다는 점을 은근히 깔았다. 더 가관이고 결정적인 것은 '너희'라는 단어 선택이었다. 하나님은 아담에게만 말했는데 뱀은 '너희 더러'라고 싸잡아서 애매모호하게 물었다. 아담을 끌어들이는 절호의 한마디였고, 동시에 한 몸이었던 아담과 하와를 둘로 분리시켜 버리는 결정적인 역할을 한 듯 싶었다. '너희'는 복수를 의미한다. 하와로 하여금 독단적으로 판단하도록 부추긴 결정타 같았다.

음, 이때 사람의 운명은 각각이 되었던 거야.

독립적이 된 하와는 기분이 좋았으리라. 누가 나에게 뭘 물어줄 때 기분 나쁜 적이 있던가? 대체로 높임 받는 느낌은 싫지 않았다. 그리고 왠지 아담과 동등해진 느낌이 짜릿하고 흥분되었을 수도 있었다. 서로의 욕구가 얼마간 통한 듯 보였다. 뱀의 말은 더 이어졌다.

동산 모든 나무의 실과를 먹지 말라 하시더냐

나는 들은 바 없다, 남편이 직접 들었으니 그에게 가서 물으라 공을 넘겼어야 했다. 그래야 옳았다. 그러나 높여주자 덜렁 우쭐해진 하와는 그렇게 하지 않았다. 정직하지 못했다. '나'를 높여주는 말에 흔들리지 않을 사람이 있을까? 칭찬은 고래도 춤추게 한다는 책 제목이 있듯 채찍보다 당근이 마음공부에는 한 수 위다. 남자는 뱀의 교활함에 혀를 내둘렀다. 사람보다 확실히 상수였다. 함정은 더 있었다. 말말이 사기성이 농후

하였으나 그중 단연 으뜸인 건 '모든'이란 단어가 아닌가 싶었다. 사람을 몹시 헷갈리게 만들었다. '각종'이 '모든'으로 바뀌었다. 뱀은 교묘하게 말을 비틀었다. '기억력과 인지력 향상을 위한 틀린그림찾기'를 해야 할 판이었다. 정말로 구렁이 담넘어 가듯 은근슬쩍 말을 뒤섞어 했다. 세간에 속담이 생긴 이유가 짐작됐다. 웃음이 났다. 알고보면 세상은 여러면에서 은근히 성경의 영향을 많이 받고 있는 듯했다.

정확한 정보를 갖고 있지 못한 하와로서는 뭉뚱그려서 물어주는 뱀이 고마웠으리라. 하나님은 동산에 있는 모든 나무의 실과를 먹지 못하게 하지 않았다. 안 먹고 어떻게 살 수 있겠는가. 동물들과 다르게 특별히 씨 맺는 채소와 씨가진 나무의 열매를 먹도록 이미 허락했다. 뻔한 사실을 뱀은 모르는 척 시치미를 떼고 야릇하게 물었다. 무엇을 먹고 무엇을 먹지 말아야 하는지 직접 들은 바가 없는 하와의 귀에 뱀이 하는 모든 말은 그 말이 그 말 같았으리라.

2여자가 뱀에게 말하되 동산 나무의 실과를 우리가 먹을 수 있으나

뱀의 묘수는 통했다. 마침내 하와는 가스라이팅을 당했다. 이미 기분이 우쭐해진 하와는 '모든'이라는 두 글자에 낚였다. 물기 쉬운 커다란 떡밥이었다. 살살 끄는 말에 하와는 미끄러지듯 빨려 들어갔다. 하와는 따로따로가 되어 아담과 대등해진 느낌이 생각만으로도 좋았던 걸까? 뱀이 복수로 묻자, 하와 또한 일말의 흔들림도 없이 즉각 '너희'에 대응하는 '우리'로 대답했다. 하와의 입술에서 '우리'라는 단어가 뱉어지는 순간 아담은 하와 속에서 먹을 운명이 되어버렸다. 뱀은 참으로, 참으로 고단수이고 영리했다. 남자는 실소를 금치 못했다.

그 바람에 뱀은 제대로 복수를 하게 되었겠군.

16너희는 뱀같이 지혜롭고 비둘기같이 순결하라(마태복음 10장)

뱀과 관련된 구절을 굳이 찾고자 하지 않았으나 저절로 눈앞에 나타났다. 예수도 인정한 뱀의 지혜이고 간교함이었다.

3동산 중앙에 있는 나무의 실과는 하나님의 말씀에 너희는 먹지도 말고 만지지도 말라 너희가 죽을까 하노라 하셨느니라

뱀으로부터 말 대접을 받고 높아진 하와는 본인의 신분을 망각했다. 마치 금령을 직접 들은 듯이 하나님의 말씀을 운운하며 나섰다. 월권이다. 뱀이 하와에게 접근할 때 아담은 도대체 어디에 있었던 걸까? 그리고 금령에 대해 어떻게 설명을 했기에 엉터리로 대답하는가 말이다. 전달자가 문젠가 아니면 듣는 쪽에서 잘못 받아들였을까? 어쩌면 듣고 싶은 것만 듣는 사람의 속성상 후자 쪽일 가능성이 크다. 문제는 하와를 혼자 둔 까닭이다. 궂은일은 대체로 둘보다 홀로 있을 때 잘 벌어졌다.

동산 중앙에는 선악을 알게 하는 나무와 생명나무가 같이 있었다. 하나님은 분명 선악과만 먹지 말라고 했는데 하와는 동산 중앙에 있는 나무라고 싸잡아서 말했다. 남자가 생각하기로 그 바람에 생명과는 유야무야 묻혀버린 것 같았다. 관심사에서 멀어졌다. 뱀은 생명과의 존재를 알았을까? 역시나 몰랐을 확률이 높다. 하나님은 생명과에 대해 이렇다 저렇다 언급하지 않은 채 그저 같이 만들어서 나란히 뒀다. 모세의 기록을 통해 후세대가 알 뿐이다. 그래서 뱀의 유혹이 없었다면 1000년 가까이 살았던 아담은 언젠가 먹을 수도 있는 문제였다. 설령 뱀이 알았더라도 당연히 나 못 먹는 떡 너도 먹지 말라는 식으로 사람을 망하게 할 건 자명한 일이었다. 쫓겨난 복수로서 말이다. 어설픈 상상이긴 하지만 해볼 수 있는 가능한 추리가 아니겠는가?

하와는 저지레를 해놓고도 무엇이 잘못됐는지 모른 채 확실한 정보인 양 뱀 앞에서 오지랖을 떨었다. 먹고 죽을지 모르니 먹지 말아야 하는 건

물론이고 만지지도 말랬다며 없는 소리를 덧붙였다. 말이 길었다. 말이 길 때 늘 사달이 붙었다. 너희가 죽을까 하노라, 겸양을 떠는 듯한 하와의 말은 의도치 않게 하나님의 능력까지 저격하는 꼴이 되었다. 정녕 죽는다고 하였건만, 먹거나 만져서 죽을지 안 죽을지도 확실히 모르는 맹추로 전락시켰다. 금단의 열매에 대한 아담의 설명이 과했을까? 대개 부모들은 위험하다고 느낄 때 "큰일나니까 하지 마"라고 주의를 주며, 심할 땐 아예 보지도 얼씬거리지도 못하게 아이를 단속하곤 했다. 아마 거의 괴물 수준으로 전달된 듯싶었다. 그만큼 하와를 아꼈단 뜻도 되었다. 뱀은 손도 안 대고 코를 푼 셈이다.

4뱀이 여자에게 이르되 너희가 결코 죽지 아니하리라

직접 들은 바 없어 솔직히 긴가민가 망설이고 있는 하와에게 뱀은 단호하게 쐐기를 박았다. 결코, 결단코 죽지 아니하리라! 남자는 일면 통쾌하기도 했지만 등골이 오싹하기도 했다. 이불을 끌어다 더 단단히 드러나 있는 어깨를 덮었다. 뱀은 자신감을 얻은 듯 대놓고 하나님의 말을 말로 뒤집었다. 조준사격이다. 그건 지독한 무시이고 한 방의 어퍼컷이었다. 인류의 생과 사가 교차하는 찰나다.

5너희가 그것을 먹는 날에는 너희 눈이 밝아져 하나님과 같이 되어 선악을 알 줄을 하나님이 아심이니라

외부에서 점점 내부로 파고드는 뱀의 논리에 남자는 끙하는 앓는 소리를 냈다. 안 먹을 수도 있으나 먹으면 더 이익이라는 식의 능숙한 사탕발림에 혀를 내둘렀다. 피조물로서 창조주와 같이 된다는 말보다 더 자극적인 건 세상에 없을 것이다. 유혹되지 않을 사람이 없다고 남자는 봤다. 사단이 어느 날 하늘에서 하나님과 맞짱 뜨고자 했던 교만한 마음이다. 뱀은 도대체 하나님을 어떤 존재라고 생각했을까? 뭐든 맘대로 할 수 있

는 무소불능의 능력자? 자신도 하나님처럼 되면 더 행복할 거라고 믿었던 것 같다. 그렇다면 부러워할 만도 했다. 하늘에서 가장 높은 자인 하나님과 비기리라 맞먹을 만했다. 하나님같이 된다는 말은 대놓고 먹으란 소리보다 유혹적이었다. 혹 하나님처럼 된다는 말이 아니고서도 따먹을 생각을 했을까? 모르긴 해도 꼬드김에 안 넘어갔을 것 같다. 사람보다 더 뛰어나고 좋고 높은 건 세상에 하나님 말고는 없었다. 하나님처럼 된다면 얼마나 좋겠는가? 열매를 따는 순간 짜릿하기까지 했으리라.

선악과를 먹는 날에 눈이 밝아진다는 의미가 뭘까, 생각을 이어가려던 차에 조심스레 방문을 노크하는 소리가 났다. 남자의 시선은 반사적으로 어둑한 속에서 방문을 향했고 피할 사이도 없이 창선과 정면으로 마주쳐버렸다. 머쓱했지만 창선이어서 그나마 다행이었다. 침대조절 리모컨을 찾기 위해 협탁 위를 두리번거렸다. 창선은 빠르게 오른손을 들어 보이며 괜찮다는 표시를 했다. 그래서 남자는 상체만 약간 일으켰다. 명절 연휴 당직으로 이틀간 집을 비운다, 이른 시각에 출발해야 해서 새배차 인사를 먼저 드리기 위해 노크했다, 보일락말락 고개를 까딱이며 작은 소리로 속사포처럼 말했다. 그리고 새해 복 많이 받으시고 건강하세요, 서둘러 덧붙이고는 엄지척을 했다. 남자는 알아들었다. 명절이면 으레 주고받는 덕담이건만 새삼 감흥이 달랐다. 가슴이 뭉클했다. 마음이 통하면 서로의 생각을 아는 것 같았다. 남자는 겸연쩍게 웃으며 고개를 끄덕였다. 창선은 이내 소리 나지 않게 문을 닫았다.

잘 준비를 마친 여자는 뒤늦게 분을 바르듯 손으로 얼굴을 두들기며 방에 딸린 화장실에서 나왔다. 사고의 빌미를 제공했던 예의 그 화장실이다. 여자는 어둑한 속에서도 자유로이 움직였다. 신기했다. 눈감고도 방안이 훤한 모양이었다. 집안의 거의 모든 일을 챙기고 꾸려나가는 여

자가 대단했다. 언제나 고마웠다. 그리고 미안했다. 남자는 곧 있을 깜짝
등장을 상상하며 모른 척 끊어졌던 생각을 이어서 했다.

51

선악과가 도대체 무엇이기에 먹지 마라, 먹으라 논란의 핵이 되었을까?
열매 속에 무슨 특별한 성분이 들어있기라도 한 걸까? 먹고 죽을 나무를
제일 잘 보이는 동산 중앙에 놓아둔 저의는 또 뭔가? 잘 모르긴 하나 지
금까지 보아온 대로라면, 선악과에 모르는 신비한 성분이 들어있다기보
다 명령어에 주목해야 할 듯싶었다. 태초부터 말씀으로 존재한 하나님이
니 선악과는 그 말을 듣나 안 듣나 시험하는 리트머스 시험지 같은 것일
수 있었다. 혹 아담과 대화를 나누고 싶었는지도 모르겠다. 그렇다면 사
과든 복숭아든 감이든 선악과의 형태는 중요하지 않다. 성분도 중요하
지 않다. 그저 먹지 말라는 그 말을 따라야 했다. 부모가, 학교 선생님이
아이들을 향해 '말 좀 들어라'와 비슷했다. 문제는 먹는 날에 밝아지는 눈
이었다. 남자는 지체할 시간이 없었다. 서둘렀다.
  6여자가 그 나무를 본즉 먹음직도 하고 보암직도 하고 지혜롭게 할 만
큼 탐스럽기도 한 나무인지라
  남자는 나무에 대한 절묘한 표현을 보며 소리 내어 웃을 뻔했다. 뱀의
말을 들었을 뿐인데 돌연 평범했던 나무가 하와의 눈에 색다르게 보이기
시작했다. 의미가 부여됐다. 뱀의 말대로 눈이 밝아지긴 밝아진 것 같다.

보는 것만으로도 좋았던 모양이다. 눈을 통해서 보고 느끼고 생각하고 말할 수 있는 사물에 대한 최고의 찬사 같았다. 무엇을 먹어서 무엇이 되는 경우는 세상에 없으련만 하와는 뱀의 말을 듣는 순간 한눈에 마음을 빼앗기고 만 듯하다. 하나님도 그렇지, 먹으면 죽을 것을 어디 안 보이는 데다 치워놓을 만도 하건만 보란 듯이 동산 중앙에 뒀다. 그 탓도 있다고 남자는 생각했다. 살아가는 동안 주변에서 무엇을 보고 듣느냐가 중요하다는 의미로도 다가왔다.

원래 능수능란한 사기꾼일수록 더 달콤하고, 더 위하는 척 더 진실되게 보이는 법이다. 참말 앞에서는 정작 맨숭맨숭하던 마음이 거짓말 앞에서 불꽃이 튀듯 살아났다. 분명 아담의 '말라' 보다는 뱀의 '하라'가 귀에 달았으리라. 살아가는 동안 이 3가지의 욕망에서 자유로울 사람이 있을까? 저마다 보고 느끼고 생각하는 기준이야 다르겠지만 사람의 욕구를 이토록 간결하게 잘 꼬집고 설명할 수 없었다. 과연 사람을 지은 신의 책다웠다.

여자가 그 실과를 따먹고 자기와 함께한 남편에게도 주매 그도 먹은지라

남자는 마침내 닥칠 일이 닥쳤다고 보았다. 별 내용이 없는 평범한 문장이다. 부부가 사이좋게 과일을 나눠 먹은 장면이다. 그러나 '그도' 먹음과 동시에 두 사람은 나락으로 떨어져 버렸다. 평온한 삶을 도둑맞아 버렸다. 남자는 그새 잠이 든 여자를 바라보았다. 세상 짐을 나란히 나누어 지고 있는 하와의 후예다. 매일이 고단하고 길리라. 안쓰러웠다. 또다시 미안하고 고마웠다. 싫은 말을 할 수 없는 사람이었다.

어느 집에선지 왁자지껄하게 웃고 떠드는 소리가 흐릿하게 벽을 타고 들렸다. 남자는 그 소리를 느끼며 선악과를 들고 걸어오는 하와를 상상

했다. 하와는 왜 혼자 먹는 걸로 족하지 않고 굳이 남편에게 건네려고 했을까? 남자는 생각해 보지 않을 수 없었다. 아마 모르긴 해도 남편에게 열매를 준 데는 '너희'라는 말이 절대적으로 큰 역할을 했지 싶었다. 찝찝한 일은 대개 혼자선 못한다. 같이 했을 때의 안도감뿐 아니라 함께 먹었을 때 비로소 눈이 밝아져 하나님처럼 된다고 여겼을지도 몰랐다.

하와는 그렇다손 치더라도 아담은 도대체 뭔가? 남자는 아담의 태도에 미간을 찌푸렸다. 물론 하와가 가스라이팅을 당하지 않았다면 일어나지 않을 일이기에 분명 순서상 일차적으로 꼬드긴 뱀의 탓이고 두 번째는 넘어간 하와 탓이며 마지막으로 같이 먹어버린 아담 탓인 게 맞다. 그러나 직접 금령을 들은 장본인으로서 아담은 그러지 말아야 했다. 문제는 선악과를 만든 이유에 대한 정보가 없었다. 하나님께 듣질 못했다. 뱀 또한 먹으면 하나님처럼 된다고만 했지, 그 결과가 자신처럼 불행해질 거라는 말은 하지 않았다. 숨겼다.

그때 창선의 방에서 전등 스위치 내리는 소리가 딸깍 났다. 남자는 동시에 자석에 끌리듯 또다시 시계를 쳐다보았다. 이제는 정말로 동산 안에 머무를 시간이 별로 없었다. 생각이 흐르는 대로 맡기고 따라가야 했다. 주어진 시간 안에서 모든 의문을 해소한다는 것은 어차피 불가능했다.

다 놔두고라도 꼭 이 한 가지만은 짚고 넘어가고 싶었다. 먹으면 죽는 과일을 먹어버린 하와를 보며 아담은 무슨 생각을 했을지가 너무나도 궁금했다. 걸어오는 하와를 바라보는 아담이 눈에 그려졌다. 더 가타부타 언급이 없는 글만 봤을 땐 냉큼 받아먹는 걸로 보이지만 사실 그때 오만 생각이 스쳤으리라. 아마도, 맨 먼저는 너무나 당황스러웠을 것이고 그다음엔 바로 배신감이 들었을 것 같았다. 하와가 아닌 하나님에게 말이다. 결과적으로 하나님은 거짓말을 시킨 꼴이 되었다. 선악과를 먹은 하와는 죽지 않았다.

보통 일이 그르쳐지거나 오해가 생기면 제일 먼저 이해관계에 있는 당사자를 찾아가 왜 그랬는지 이유를 물어보는 게 순서다. 그리고 그에 대한 대비책을 세운다. 배신감이 들면, 그것도 크면 클수록 기필코 만나서 뭐라도 그 이유를 들어보고 싶은 게 사람의 심리이다.

그러나 아담은 보란 듯이 같이 먹어버렸다. 묻고 자시고 할 것 없이 모르쇠로 입을 싹 씻어버렸다. 바로 이별을 통보해 버리는 경우와 같았다. 가장 나쁜 해법이다. 왜 그랬을까? 하나님의 형상대로 지어진 사람이 어찌 그리 미련하고 손해가 큰 방법을 택할 수 있었는지 어이가 없었다. 그 까닭은 의외로 간단할 수 있었다. 평소 하나님에게 관심이 없었든가 아니면 뱀의 말을 전해 듣는 순간 하나님과 똑같아지고 싶은 마음이 생겼다든가! 아무래도 후자 쪽이지 않았을까, 하는 합리적인 의심이 부지불식간에 폭풍같이 들었다. 창세 전에 하늘 그 어디에선가 이미 타락한 천사가 먹었던, 비기리라는 마음과 똑같은 것이다. 누군들 최고가 되고 싶은 마음이 없겠는가? 남자의 마음도 별반 다르지 않았다.

선악과를 먹고 자기처럼 될까 싶어 못 먹게 했구나, 그걸 막느라 못 먹게 했구나, 충분히 오해의 소지가 있었다. 그런 생각이 들면 열매 먹기는 일도 아니었으리라. 사람이고 사단이고 너무 잘 짓고 완전한 자유의지를 허락하다 보니 생긴 탈인 듯했다. 자기 자리에서 최고가 되어 왕이 되고 싶은 마음도 따지고 보면 결국 하나님에게서 온 게 아니겠는가? 문제는 그 일어나는 생각을 어떤 식으로 처리하느냐가 관건일 것이다. 실행하는 방법에 따라 죄의 유무가 결정될 터였다. 예를 들자면, 누구든 돈을 많이 갖고 싶어 한다. 많으면 많을수록 좋다. 자연적으로 든다. 그 생각이 죄일까? 그럴 순 없다. 죄가 되진 않는다. 그러나 은행을 털거나 타인의 것을 빼앗을 땐 이야기가 달라진다. 범죄가 되었다. 착실하게 일을 하여 돈을 모아야 했다.

결과적으로 뱀이 사람을 조종하여 하나님을 배반하게 한 셈이다. 일개 부림 받는 피조물이 창조주를 위협했다. 그걸 놔두고 볼 바보는 없다. 쫓아내야 했다. 사형감이다. 그러나 사람과 다르게 몸이 없고 영으로만 존재한 사단은 죽어서 소멸되는 구조가 아니었다. 쫓겨난 무리는 그 어디에도 정착하지 못한 채 하늘 그 어느 공간, **공중**에서 배회할 게 뻔했다.

2그때에 너희가 그 가운데서 행하여 이 세상 풍속을 좇고 **공중**의 권세 잡은 자를 따랐으니 곧 지금 불순종의 아들들 가운데서 역사하는 영이라(에베소서 2장)

사단에 대한 정의 같았다. 공중은 지표면을 둘러싸고 있는 공간으로서 문자 그대로 하늘과 땅 사이의 빈 곳을 가리킨다. 아담의 단 한 차례 실수로 사람뿐 아니라 식물이든 동물이든 대기권 안에 있는 모든 생물이 불행하게도 뱀의 영향권 안에 들어가 버렸단 소리다. 정녕 죽으리라고 한 하나님의 말 때문에 지구상의 모든 생명체가 죽음 아래 놓였다는 논리가 되었다. 너무 앞서가는 생각일지 모르나 그래서 에덴동산은 욕심과 죄의 시발 현장이고, 따먹는 순간 각각이 되어버린 사람은 그때부터 불통의 고통을 겪게 되었지 싶었다.

나도 그 말에 연루되어 괴로움에서 벗어나지 못하고 있는 걸까?

남자는 혀를 찼다. 창세기 1장 2절에 왜 먼저 흑암이 있고 혼돈하고 공허했는지 그 이유가 명백해졌다. 사람이 왜 '이따울' 수밖에 없고 고난에 찼는지 그 이유도 알 것 같았다. 뱀은 사단의 아바타였다. 뱀의 간교한 성향이 마귀한테 쓰인 것이다. 앞뒤가 맞아떨어졌다. 남자는 어안이 벙벙하고 팔에 소름이 돋았다. 성경은 진짜 무엇 하나 그냥 넘어가는 법 없이 문짝의 돌쩌귀가 맞물리듯 정교하게 연결되어 돌아갔다.

사단이 손을 뻗은 그 첫 대상이 정확한 정보가 없던 하와였고, 둘은 서로 정직하지 못한 채 자신들의 잇속을 위해 속고 속였다. 아담 또한 하나님에게 조금만 더 관심이 있었다면 벌어진 사태에 대해 한 번쯤 믿고 의논을 하였으련만 그렇게 하지 않았다. 높은 위치가 탐났던 게 분명했다. 아쉬움이 남았다. 하나님에게 마음 없거나 높아지고 싶은 마음은 그때나 지금이나 한결같다.

뱀만 안 끼어들었다면 안 먹었을 선악과다. 먹으면 죽는 독약을 먹을 리 없다. 어떤 면으로 선악과는 복을 받을 수 있는 창구이자 기회였다. 추측하건대 하나님은 계시록의 생명수처럼 공짜로 생명과를 먹기 바랐던 것 같다.

그러나 시험의 속성상 100점 맞기를 바라나 답안지를 주지 않듯 아담의 마음을 알고 싶었던 하나님은 시험을 통해 당신의 말을 마음에 뒀는지, 의식했는지 확인이 필요했던 것 같다. 안타깝게도 아담은 어렵지 않은 그 시험에서 실패한 템이다. 하나님에 대한 믿음이 없었다. 결국 인류는 믿음의 부재로 아담이 실패하고 떠나온 만큼의 길을 되돌아가야 했다.

52

아담에게 없던 믿음을 빼놓고 성경을 논한다는 건 예수를 모르는 것만큼이나 의미가 없을 듯싶었다. 계속되는 피곤 때문인지 진즉부터 속이 울렁거렸다. 토기를 억누르며 남자는 믿음이란 단어를 읊조렸다. 시간이 조금 지체되더라도 패스포트 같은 믿음을 짚고 가야 했다. 끝소 없는 찐빵을 먹을 순 없었다. 빽빽하게 관련 구절이 나타났다. 그런데 뭔가 좀 이상했다. 이상한 점이 발견됐다. 성경의 열쇠 같은 믿음은 어쩐 일인지 신약에서만 거론됐다. 하박국 2장 4절에, 의인은 그 믿음으로 말미암아 살리라, 딱 그 한 곳을 제외하고는 구약에 없는 단어였다. 의외였다. 남자는 소리 내어 마른 코를 마셨다. 벽시계는 2시를 향하고 있었다. 곧 명절 아침이 된다.

믿음이란 도대체 무엇이며 어떨 때 생기는 것일까? 하늘을 나는 비행기에 몸을 맡기듯 완전한 신뢰를 의미하리라. 그러나 무작정 믿는다고 하여 믿어지고 또 생기는 게 아니지 않는가? 믿노라, 하면서도 문득문득 불안이 올라올 수 있었다. 믿음의 정체가 진심으로 궁금했다.

문자적으로만 보자면, 믿음이란 그렇게 여겨 의심하지 않는다는 의미의 동사 '믿다'에서 온 명사형이다. 믿어지는 마음이다. 얼핏 단어의 쓰임새가 한정되어 종교전유물 같은 느낌이 다분했지만, 관계에 있어서 빠져서는 안 되는 가장 중요한 요소다. 어쩌면 사람 사이에 생기는 상호신뢰 관계를 뜻하는 심리학 용어에 더 가깝다. 서로 마음이 통해서 어떤 일이라도 터놓고 말할 수 있으며, 말하는 것이 감정적으로나 이성적으로 가능한 상태를 보통 '믿음이 있다'라고 한다. 끈끈하게 연결되어 있는 유대감을 믿음이라 하고 신뢰라고도 부른다. 똑같은 의미의 단어가 여러 곳에서 정말 다양한 형태로 쓰이고 있었다.

1믿음은 바라는 것들의 실상(히브리서 11장)

희망하면 희망이 희망으로 끝나지 않고 그 자체로서 실체가 된다는 의미의 아리송한 말부터 시작하여,

17믿음으로 믿음에 이르게 하나니(로마서 1장)

글쎄, 그 믿음이라는 게 어떻게 생기는지를 묻고 있는 중인데 믿음이 있어야 믿음에 이를 수 있다는 어거지 같은 말이 이어졌다.

23믿음이 오기 전에(갈라디아 3장), 25믿음이 온 후로(갈라디아 3장)

엉? 믿음이 온다고? 상식적으로 믿음은 내부에서 자생하는 것이 아니던가? 외부에서 유입되는 것으로 묘사된 글이 신기했다. 다른 구절을 더 찾아보았다.

2믿음의 주요 또 온전케 하시는 이인 예수를 바라보자(히브리서 12장)

예수가 믿음을 온전케 하는 주인이라니 이 또한 무슨 생뚱맞는 소리인가? 읽던 남자는 시선을 멈추었다. 사람이 믿음의 주체가 아니라는 의미다. 글 자체가 이해되지 않았다. 남자는 바로 옆에 쓰인 영문으로 눈길을 돌렸다. looking unto Jesus, the author and finisher of our faith, 남자는 깜짝 놀랐다. 예수가 믿음의 입안자로서 처음 만들고 완성한 사람이라고 밝히고 있었다. 온전한 주인이라는 뜻이다. 주인이 따로 있기에 원한다고 가질 수 있는 것이 아니란 소리다. 침을 튀겨가며 믿습니다! 외쳐서 생기는 게 아니라는 의미다. 예수가 허락을 해야 가능했다.

자연적으로 늦밤이 떠오르고 가나안 여인과 강도가 스쳤다. 예수는 기본적으로 믿음을 주는 일에 인색한 것 같지는 않았다. 세 사건의 공통점은 스스로 자신의 문제를 해결할 능력이 없다는 거였다. 그저 살겠다는 일념 하나로 용기를 내어 자신들의 현실을 인정하고 맡겼다. 어떤 면으로 그 용기는 뻔뻔하고 무모해 보이기조차 했다. 목숨을 건 마지막 도박 같았다. 남자는 고개를 저었다. 모두 다 마음먹기 어려운 일이었다.

그런데 예수는 뜻밖에도 여인에게 믿음이 크다고 말해주었고, 강도에겐 나와 같이 낙원에 있으리라 말했다. 성경에서 믿음은 보통 겨자씨 한

알에 비유됐다. 아주 작은 크기의 씨앗이다. 그런데 예수는 돌연 개 취급 하던 가나안 여인에게 심지어 믿음이 크다고까지 말했다. 이게 무슨 일인 가? 남자가 생각하기로 믿음은 용기의 또 다른 이름처럼 보였다. 처분대 로 따르겠다는 결단이다. 아무나 먹을 수 있는 마음이 아니다. 믿음이 없 다면 용기를 내지 못할 테고, 용기가 없으면 믿음을 따르지 못할 것이기 때문이었다.

어느 집에선지 조금 전부터 아이의 울음소리가 자꾸 났다가 멈췄다 했 다. 어딘가 몹시 고통스러운 모양이었다. 안타까움에 자연 신경이 쓰였다.

53

기왕 말이 나왔으니 말인데, 믿음 뿐 아니라 이해 안 되는 점은 또 있었 다. 기독교에서 말하는 예정론이다. 자유와 대척지점에 있다. 지옥 만큼 이나 싫고 괴변으로 들렸다. 아무래도 남자와는 핀트가 안맞았다. 몇 해 전이다. 일요일 오후에 TV 채널을 무심코 돌리다가 기독교방송을 만나 잠깐 멈추어 시청한 적이 있었다. 신학대학 교수 2명과 목사 2명이 패널 로 참여하여 예정론에 대해 설전을 벌였다. 엄밀히 말해 예정론의 유무를 논했다기보다 그 자체는 모두 인정하되 어디까지를 예정으로 볼 것인가 그 범위를 두고 서로 의견이 분분했다. 예수를 믿을지 안 믿을지도 모르 는데 '구원할 자'와 '버릴 자'를 창세 전에 일방적으로 정했다와 지난 삶을 돌이켜보니 하나님의 선하신 뜻과 섭리 아래 구원에 이르도록 나를 인도

했더라로 나뉘었다. 한마디로, 주권은 전적으로 하나님에게 있을 뿐이어서 피조된 인간은 본인의 의지와 관계없이 예정되었다는 논조 아래 어느 쪽이 더 칼빈에 충실한가를 두고 다투었다. 남자가 듣기로는 모두 다 그 말이 그 말같고 망상에 사로잡힌 터무니없는 장난 같았다. 옹호하고 믿는 게 신기했다. 오해가 있지 싶었다.

패널들은 대립하는 중에도 말끝마다 하나님은 완전하시고 사랑이시며 불공평하지도, 불합리하지도 않다는 말을 수도 없이 반복했다. 사랑이시고 불공평하지도 않은데 사람이 태어나기도 전에 구분하여 일부는 천국에 보내고 일부는 지옥엘 보낸다? 아무리 생각해도 편협되고 비상식적인 발상이었다. 희극적이기조차 했다.

오로지 사람을 위해 만물을 지은 듯한 사랑의 하나님은 '임의로' 선택하도록 뒀다. 자유를 존중했다. 그런 하나님이 개개인에게 개입하여 예정했다는 논리는 앞뒤가 맞지 않았다. 자기 충돌이다. 별 관심이 없는 기독교 교리이긴 했지만 굳이 상관을 해보자면 상식적으로 반론거리는 차고도 넘쳤다.

사람의 의사와 관계없이 예정할 것 같으면 굳이 번거롭게 의논하여 자기 형상대로 사람을 지을 필요가 없고 독처하는 것을 알아봐 줄 필요도 없는 일 아니었겠는가 말이다. 또한 선악과를 먹으라 마라, 할 필요가 없었으며, 지키고 충만하고 정복하라 말할 이유도 없다. 예수의 탄생과 죽음, 제자들의 고된 전도 여정을 기록한 신약성경은 당위성을 잃는다. 긴 성경이 있을 필요가 없다는 소리다. 예수가 와서, 회개하라 천국이 가까웠다라고 한 외침이며 믿음 운운 따위는 쓸데가 없어진다. 그야말로 모든 면에서 오로지 낭비이고 부질없는 짓이 된다.

예수는 두 명의 행악자 중 하나에게 낙원을 허락했다. 한 명은 선택하기로 예정되었고 다른 한 명은 버려지기로 예정이 된 결과란 소리인가? 아니다. 낙원의 응답을 받은 행악자는 오히려 자기 죄로 인해 지옥에 갈 확신만 있었다. 이렇듯 뻔한데 어떻게 예정론이 나오게 되었는지 미스터리했다.

예정과 관련된 구절이 스크린에 자막이 뜨듯 몇 개가 비쳤다. 세간에서 말하고 있는 예정의 의미와 일치한 건 없었다.

20너희를 위하여 그리스도 예수를 보내기 위해 예정(사도행전 3장)

이건 사람과 관계없다. 예수가 예정되었다는 말이다. 그 뒤 에베소서 1장에서 3차례 연거푸 언급되었는데 개개인이 아닌 '우리'로서 복수형태를 띠었고, 어느 시점이 되었을 때 비로소 예정된 대로 이뤄진다는 뉘앙스였다. 무리를 지칭했다. 당시 예정론이 등장하게 된 사회적 배경이 있겠지만 거기까지 추적할 마음과 시간이 없을 뿐 아니라 남자에겐 그다지 중요하지도 않았다. 다만 바람이 있다면, 그야 일부에 국한되겠지만, 종교 관련자들의 비위가 심심찮게 사회적 이슈로 떠오르는 작금의 실태를 볼 때 사랑은 고사하고, 괴상한 말로 사람들을 현혹하여 피해나 주지 말았음 싶었다. 얼빠져 넘어가는 사람들이 꼭 있었다.

몇 시간 후면 차갑고 깊은 어둠을 뚫고 동이 튼다. 남자는 마지막으로, 세간의 뜨거운 감자인 자유의지에 대해서도 잠깐이나마 짚어볼 필요가 있다고 느꼈다. 속이 매스껍고 계속 식은땀이 나는 게 잠이 부족하고 기력이 달린 탓인 듯했다. 관자놀이도 욱신거렸다.

진즉부터 어느 집에서 들리던 아이의 울음소리는 아직 멈추지 않고 드문드문 났다. 무슨 이유에선지 아이들은 꼭 밤중에 잘 발병했다. 잘 자다가도 묘하게 자정이나 새벽녘쯤에 열이 나고 아파서 사람을 있는 대로 놀래켰다. 약국이며 병원이 모두 닫은 난감한 시각이다. 남자도 두어 차례 경험했다. 아파서 깬 아이는 어르고 달래도 쉽게 울음을 멈추지 않았다. 한 아이가 울다 보면 나머지 아이도 덩달아 깨서 쌍으로 울곤 했는데 그 바람에 각각 하나씩 업거나 보듬고 응급실로 향해야 했다. 운전하고 가는 내내 얼마나 간절하게 그 무언가에게 빌고 매달렸던가. 그 느낌이 생생하여 그새 눈두덩이 뻐근하게 올라왔다. 물론 찾았던 그 무언가가 눈곱만큼도 성경 속의 하나님이었던 적은 없었다. 그저 막연한 그 어떤 바람이고 존재자였다. 표현이 서툰 어린아이들이 이유 모르게 아플 때만큼 무기력함을 느낀 적은 없었다. 낳은 부모이건만 해줄 수 있는 게 아무것도 없었다. 방정맞은 생각만 들었다. 근거 없는 생각이 사람을 더 괴롭히곤 했다.

무슨 영문으로 깨서 우는지 알 길 없지만 지금 울고 있는 아이의 가족들 심정도 별반 다르지 않으리라. 온 마음을 쏟아 아이를 달래고 재우려고 노력할 것이다. 이웃의 아이는 가까스로 엄마의 품에서 잠이 들었는지 조용해졌다. 그만하길 다행이다.

54

세상의 모든 문제는 강요 못지않게 넘치게 주어진 자유와 의지 때문에 생겨났다고 남자는 평소 생각했다. 남에게 구속받지 않은 상태에서 자기 마음대로 결정할 수 있고 행동할 수 있는 것을 자유라고 한다면 의지는 목표한 바를 스스로 지키고 실행해 나가려는 집념 같은 것을 이른다. 결의가 담긴 적극적인 마음가짐이다. 밥은 한 끼 안 먹을 수 있으나 남에게 자유를 침해당하고는 못 견뎠다. 사람이라면 누구든, 작은 일 앞에서건 큰일 앞에서건 대부분 용납하지 않았다. 그만큼 중요한 게 자유다. 창선과 창립의 세대는 더 했다. 자유에 반하는 불이익과 불공정을 도무지 참으려 하지 않았다. 속박된 삶을 죽음처럼 여겼다. 자유를 제한하는 곳이 감옥 아니던가.

아담이 비록 엇가긴 하였으나, 자유의지가 중요하다는 의미에서 금령을 어기고 선악과를 따먹은 것은 존중받아야 할 중요한 자기 결정이자 자유로운 모험이라고 볼 수 있었다. 애초에 선악과를 안 만들었다면 모를까, 그 한 번의 벌치고 퍽 심했다. 그러나 그건 곧 "하나님이 자유의지를 준 게 잘못이다"라고 말하는 격이 되었다. 사람에게 자유가 있더라도 주어진 길이 하나뿐이면 써먹을 수 없다. 선택하는 맛이 있는 게 자유다. 선악과가 없고 생명과만 있다면 아담에게 주어진 자유는 쓸모가 없다. 사람은 행동이 자유로울 때 행복을 느꼈다. 남자는 그 자유가 지금은 뜨거운 감자 같기만 했다.

그렇다면 자유의지는 사람에게 언제, 어디서, 어떻게, 어떤 경로로 주어지게 되었을까? 자동적으로 생각이 들었다. 기억을 더듬어 보려는 순간 남자는 어렵지 않게 금방 감을 잡았다. 출처가 짐작되었다. 하나님이 자기 형상대로 본을 떠서 사람을 짓던 그때일 가능성이 컸다. 만든 자체에 자유의지가 포함되어 있을 것이었다. 논리적으로 그렇다. 신이 있다면 스스로 있는 신의 속성상 뭐든 구애되지 않고 자유스러울 테니 말이다.

자유의지를 준 하나님은 계산을 잘해야 했다. 허락한 순간 나와 같은 입장에 설 수도 있지만 반대가 될 수도 있기 때문이었다. 자발적으로 서로의 마음이 맞아 같은 생각을 공유하며 같은 선택을 한다면야 그보다 좋은 건 없다. 중립적인 입장을 취하기만 해도 나쁘거나 절망적이진 않다. 여지가 있다. 그러나 뱀에게 정복당한 세상에서, 비기어 언제나 최고가 되고 싶어 하는 사람의 욕망으로 봤을 때 양보는 거의 없는 거나 다름없었다. 그건 실패다. 배반의 여지가 늘 도사렸다. 왜 그 계산을 못 했을까? 생각하고도 자유를 줬을까? 그런 것 같다. 무지개가 그렇듯 사람을 위해서라기보다 자기 자신을 위해 창조한 신은 자유로운 가운데 선택하길 바란 듯했다. 과학자가 로봇에게 특별한 기능을 탑재할 때는 단순 이상의 기능을 바라서다. 동물과 다르게 만물의 영장 사람에게 자유의지를 따로 준 데는 분명 그만한 까닭이 있으리라. 그러나 남자는 과욕이다, 생각이 들 뿐 더는 머리를 굴릴 수 없었다.

하나님이거나, 세상이거나? 부담을 안아야 했다. 이 대목에서 병 주고 약 준다는 속담을 흔히들 빗대어 썼는데, 완전한 선택권을 줬다는 점에서 추리상 사람에게 도움이 되면 됐지 병준 건 아닌 듯했다. 밥은 차려주나 먹을지 안 먹을지는 어디까지나 본인이 결정해야 했다.

남자는 생각하다 말고 문득 자신이 하나님의 대변인 노릇을 하고 있다는 느낌이 들어 이마를 찌푸리며 픽, 웃었다. 논리적으로 맞는 건 맞는 거고, 아닌 건 아니지 않겠는가? 물론 지나치게 주도적이어서 수동적으로 흐른 글 탓에 왠지 조종당한 느낌이 있어 좀 께름한 건 사실이나 한편 하게 해주고, 되게 해주는 양이 돌봐주는 부모 같아 좋기도 했다. 사랑이 느껴졌다. 이게 또 다른 처방이고 약일지 몰랐다.

간혹 개 목줄에 비유하여 자유의지를 부정하는 축들이 있긴 했다. 목에 채워진 줄 길이와 비례할 뿐이라고 억울해하며 언성을 높였다. 그 반경에서 벗어나지 못하는, 묶인 자유가 있을 뿐이라고 분통을 터뜨렸다. 관계 속에서 길들어지고 몸에 밴 자유가 있을 뿐이라며 핏대를 올렸다. 남자 또한 그렇게 믿었다. 하지만 목줄로도 설명이 다 되지 않는 그 무엇이 남아 뒷골을 잡아당겼다. 몸은 발이 가는 대로 움직일 수 있었으나 보이지 않는 마음은 전혀 형편이 달랐다. 그것이 언제나 망쳤다. 그렇듯 하나님은 잘 쓰지도 못할 **자유**를 사람에게 줬다.

32진리를 알지니 진리가 너희를 **자유**케 하리라(요한복음 8장)

자유와 관련해서 세간에 가장 많이 알려진 구절이다. 미션스쿨의 건물 어딘가에 단골로 씌어 있는 문구다. 자칫 공부가 진리라는 말로 비칠 수 있었다. 학교는 그 효과를 기대했을까? 아니라고 말할 순 없을 것이다. 일정 부분 학생들을 책상 앞에 앉게 하는 역할을 했다.

진정 진리를 알기 위해 사람이 무엇을 할 수 있으며, 모든 이가 그토록 알고자 하는 **진리**는 과연 무엇이란 말인가? 피해 갈 수 없는 막다른 골목에 섰다.

38빌라도가 가로되 **진리**가 무엇이냐(요한복음 18장)

2000년 전의 총독도 남자의 심정과 똑같은 질문을 했다. 진리를 증거하기 위해 왔다는 예수에게 물은 말이다.

그러게, 진리가 뭘까?

남자는 막연하기 이를 데 없는 추상적인 관념이 아닌 육안으로 확인할 수 있고 손에 잡히는 그 무엇이길 바랐다. 내가 길이요 진리요 생명이라는 기록만 보자면 예수가 진리인 셈이다. 한마디로 '나다'다. 그 말이 진짜라면 예수를 입증할 만한 객관적이고도 사실적인 어떤 또렷한 증거가 더 뒤따라야 했다. 그러나 모르겠다. 떠오르는 게 없었다. 대개 지식인들이 창조설을 본능적으로 거부하는 이유다. 흥미를 느끼는 것과 팩트는 달랐다. 여동생은 이스라엘 민족의 역사를 통해 하나님이 진짜 있음을 알고 믿게 되었노라 말했지만 어쩐지 충분할 것도 같고 충분하지 않을 것 같기도 했다.

55

남자는 보던 뒤끝인 창세기 3장으로 다시 돌아왔다. 몹시 피곤하여 머리가 욱신거리고 속이 매슥매슥했으나 손을 놓고 싶진 않았다. 7절이다.

이에 그들의 눈이 밝아 자기들의 몸이 벗은 줄을 알고 무화과나무 잎을 엮어 치마를 하였더라

헐! 누가 벗은 걸 가르쳐주었을까? 그리고 왜 치마를 만들어 입었을까? 뱀의 말대로 열매를 먹는 순간 눈이 밝아졌는데, 그 눈에 들어온 건 벗고 있는 자신들의 모습이었다. 기껏 밝아져서 보게 된 것이 수치였다. 무슨 일이 있었던 걸까? 모르긴 해도 선악과를 먹음으로써 몸에 실지 어떤 변화가 일어난 듯했다. 법을 위반할 때 어떤 형태로든 대가가 따르듯 신체에 이상이 왔을 수 있었다. 그렇지 않고야 마법에 걸린 듯 갑자기 사물이 다르게 보일 수는 없었다. 2장 마지막 구절에서는 분명 벗고 있었으나 부끄러워 하지 않았다. 장성한 채로 창조되어 어린아이처럼 벗고 다니면서도 벗은 걸 몰랐다. 못보았다. 그러나 하나님의 명령을 어긴 순간 상황이 바뀌었다. 몹시 당황한 두 사람의 표정이 상상됐다. 갑자기 온 세상이 암전된 듯했으리라. 아무래도 선악과를 먹고 선이 아닌 악에 눈이 밝아진 듯했다. 하나님에 대한 지식이 없는 상태에서 일부만 하나님처럼 된 모양새다. 가리고자 하는 것은 뭔가 잘못을 저지른 사람의 공통 심리이다. 네 죄는 네가 알렸다, 였다.

짧은 문장 안에서 굳이 무화과나무를 꼭 집어 말하고 있는 점도 신기하다면 신기했다. 무화과 나무하면 왠지 모르게 이스라엘이 연상되었다. 혹 이스라엘의 국목인가? 성경 어딘가에서 몇 차례 언급된 걸 봤다. 무화

과도 선악과 못지않게 뭔가 비밀스러운 데가 있는 것 같았다. 여타의 유실수와 다르게 꽃이 열매 내부에 있었다. 캄캄한 어둠 속에서 은밀하게 꽃피우는 모습이 마치 긴 세월 암담한 운명 속에서 기적적으로 독립하고 번영을 이뤄낸 이스라엘 운명과 닮았다. 무리한 추리인가? 어쨌거나 아무 뜻 없이 3장에 무화과나무가 거론되었을 것 같진 않았다. 남자가 모를 뿐, 부끄러움을 가리는 최초의 옷소재로서도 뭔가 꽤 암시적인 데가 있는 듯했다.

가리기 위해 되지도 않는 이파리로 옷 짓기는 또 쉬웠을까? 하나님과 같은 지혜를 지녔으니 간단하게 해치웠을까? 모세는 치마를 해 입었다고만 기록하였으나 껄끄러운 마음조차 감추기엔 역부족이었으리라. 한편 치마를 만들고 있는 두 사람을 먼발치에서 지켜본 하나님의 심정은 어땠을까? 잘못한 아이가 실수를 어떻게든 만회하려고 애쓰는 모습을 보는 부모의 심정과 다르지 않으리라.

남자는 생각하다 말고 시계를 바라보았다. 4시가 되고 있었다. 더는 지체하기가 어려웠다. 모든 구절을 짚고 갈 수 없었다. 벅찼다. 건너뛰었다.

9여호와 하나님이 아담을 부르시며 그에게 이르시되 네가 어디 있느냐

부모가 아이를 먼저 찾아나서 듯 하나님이 먼저 손을 내미는 글이다. 또 한 번 깊고 잔잔한 사랑이 느껴졌다. 남자는 코를 훌쩍였다. 머쓱했다. 혹 책임감을 가르치기 위해 지켜볼 수는 있을지 모르나 용서를 안 하고는 부모가 더 괴롭다. 창선이 6살 때다. 딸기우유를 동생에게 나눠주지 않고 혼자 다 마시겠다고 욕심부리다 컵을 엎었다. 나름 걸레로 부지런히 닦았다. 그러나 닦으면 닦을수록 우유는 번질 뿐이었다. 그 모양에 겁이 났던지 창선은 닦는 일을 그만두고 울고 말았다. 너무 귀여워 한참을 안고 다독였다. 어린 창선으로선 할 수 없는 일이었다.

10가로되 내가 동산에서 하나님의 소리를 듣고 내가 벗었으므로 두려워하여 숨었나이다

아담 부부는 분명 치마를 만들어 입었건만 벗었다고 대답했다. 왜까? 왜 벗은 것 같았을까? 도둑이 제 발 저린 것 같다. 어쩌면 하나님 앞에 인정받을 수 없는 행동이라는 걸 알았기에 벗었다고 하진 않았을까? 거기다 두려움까지 엄습했다. 남자는 속이 빤한 아담이 짠했다.

11가라사대 누가 너의 벗었음을 네게 고하였느냐 내가 너더러 먹지 말라 명한 그 나무의 실과를 네가 먹었느냐

남자는 더 이상 마음 편하게 읽어 내려갈 수 없었다. 가던 길을 멈추어서듯 정지했다. 바람에 흔들려 덜커덩거리는 창문 소리가 적막 중에 이따금 났다.

글쎄? 벗은 것을 누가 알려주었을까?

미간에 힘을 주며 남자는 어둠 속에서 정면을 응시했다. 천정의 동그란 전등이 희미하게 보였다. 잠을 자지 못한 탓에 속이 매슥거릴 뿐 아니라 눈도 시고, 뻑뻑했다. 먹은 줄 뻔히 알면서 모른 척 먹었느냐고 묻고 있는 양이 왠지 맘에 안 들었다. 함정이란 생각이 순간 들자, 비위가 확 상했다. 토기를 느꼈다.

뭐? 뭐, 어쩌라고?

고질적인 자책감과 억울함에 눈물이 핑 돌았다. 자고 있던 여자가 몸을 뒤척였다. 남자는 입술을 지그시 깨물었다. 꽤 길게 걸어온 길 위에서 남자는 주춤했다. 가족까지 속여가며 여태 온 시간이 허망하게 느껴졌다. 그렇다고 성경의 모든 내용이 의미 없고 싫은 건 아니었으나 양심을 건드리는 말투가 견딜 수 없이 싫었다. 심호흡을 했다.

두 사람은 선악과를 먹자마자 바로 벗은 것을 알게 된 것뿐이었다. 그

렇다면, 고하여 준 그 누군가는 먹지 말라고 한 그 말이 되기 쉬웠다. 문맥상 그 밖에서는 찾을 수 없었다. 하나님이자 말씀인 그가, 그 **말**이 벗었음을 아담에게 가르쳐 준 턱이다.

63살리는 것은 영이니 육은 무익하니라 내가 너희에게 이른 **말**이 영이요 생명이라(요한복음 6장)

남자는 '말'이라는 동일한 단어가 들어간 눈앞의 구절에 입을 삐죽 내밀었다. 어려운 내용이 아니었다. 살리는 것이 영이라는 소리는 그전엔 죽었다는 논리다. 정녕 죽으리라고 한 말과 교차했다. 지금까지 봐왔던 성경의 미스터리가 얼마간 풀어질 것 같은 예감이 들었다. 몸이 어찌 중요하지 않겠는가마는 결론적으로 하나님은 보이지 않는 영과 말에 주목했다는 의미이고 뱀은 보이는 몸에 집착하게 했다는 뜻이 되었다. 죽음의 기준이 서로 달랐다. 틈이다. 오해가 벌어질 만했다. 맞았다. 먹으면 정녕 죽는다는 그 말이 벗었음을 알게 해준 게 틀림없었다.

처음부터 아담에게 영이 죽는다고 말해줬더라면 헷갈리지 않고 좋을 뻔했다. 그러나 말의 각도를 조금만 틀어서 보자면 꼭 그렇지만도 않다. 아담은 육신의 죽음에 대해 전혀 모르지 않았을 수 있었다. 시간상 선악과를 언제쯤 따먹었는지 알지 못하나 그사이 한 번쯤 실수로 밟은 개미가 움직이지 않거나 혹은 약육강식의 법칙 아래 있는 동물들이 잡아먹히는 걸 목격할 수도 있었다. 그래서 죽지 아니하리라고 한 뱀의 말이 크게 들렸을지 모른다. 누가 죽기를 원한단 말인가? 뿐만 아니다. 하나님처럼 된다고 하니, 섶 지고 불로 들어갈 만했다. 하나님과 뱀 사이에서 새우등 터지듯 아담만 괜히 곤욕을 치른 느낌이다. 남자는 천정이 무너져라, 한숨을 내쉬었다.

하지만 하나님의 심중을 모르는 아담 편에서 본다면 뱀은 잘못한 게 없다. 거짓말하지 않았다. 뱀의 말대로 선악과를 먹었으나 죽지 않았으며 비록 자신의 허물을 보기는 했으나 눈이 밝아지고 악을 알게 되었다. 추측하건대 아담은 여기서, 하나님은 믿을 만한 존재가 못되며 비록 불행해지긴 했으나 뱀이야말로 진실을 알려준 친구로서 뱀의 말이 진리라고 여겼을 수 있었다. 그 바람에 아담은 뱀의 수하로 추락했고 대가인 양 인생은 그 길로 꼬이게 된 듯했다. 그럴 공산이 컸다.

하나님의 능력에는 분명 선악을 알게 하는 것만 있지 않았을 텐데, 인류의 조상 헤드가 기준 없는 자기 선만 주장한 데서 이 모든 오류가 빚어졌다고 남자는 생각했다. 사람에게 있어서 선이란 언제나 '내 기분'이 잣대였다. 기분이 좋으냐 나쁘냐가 선악의 판단 기준이 되어 좋은 뜻으로 시작했다가도 기분이 상하면 막 나갔다. 악으로 돌변했다. 극단적인 예이긴 하지만 사람을 죽일 때도 진심이요 후회할 때도 진심인 게 사람이었다. 항상 진심이다. 웃기는 소리이나 자신의 기분에 충실한 사람일수록 사고 칠 확률이 높았다. 모두에게 동일한 법이 필요한 이유일 것이다.

남자는 생각하다 말고 문득 두꺼운 성경책을 떠올렸다. 더듬어 가는 일이 버거웠다. 몇 안 되는 복선과 단편적인 구절만으로 옷을 깁듯 기워서 추적해 가는 자신이 무모하다는 생각도 들었다. 영감 같은 계시도, 받은 믿음도 없이 창조주를 알려고 덤볐다. 태어난 건 한 사람인데 지킬과 하이드 같은 두 사람이 버젓이 마음속에 들어앉아 허구한 날 쌈박질을 해댔다. 시지프스의 형벌 같은 그 수고로움 앞에 남자는 힘이 부쳤다. 결국 이대로 갈등과 불안 속에서 이 땅을 떠날 게 억울하여 이 길을 지금 따라가 보는 중인데 힘들다. 거의 온 것 같기도 했다.

이루말할 수 없이 피곤했다. 배도 고프고 목도 아팠다. 눈붙일 겨를 없이 차가운 새해 첫날을 맞아야 할 것 같았다. 남자는 서둘러 남은 글을 싸잡아 빠르게 훑어 내려갔다. 어차피 잘 알아먹지도 못하는 내용이다. 하나님은 묻고 사람은 대답했다. 변명 같으나 당하는 입장에선 틀린 말이 하나도 없었다. 진실만을 말했다. 그러나 묻는 하나님 편에선 몽땅 잘못된 거였다. 애초 첫 단추를 잘못 끼워서 그랬다.

아담은 딱 한 마디, 먹어서 죄송하단 말을 끝끝내 하지 않았다. 핑계를 댔다. 사람이 아담의 후손인 게 맞긴 하나 보다. 아담과 하와의 피를 이어받은 인류가 그 범위에서 한 치도 벗어나지 못한 채 입때껏 둘러대며 사는 것을 보면 말이다.

식도를 타고 신물이 역류했다. 아팠다.

56

19네가 얼굴에 땀이 흘러야 식물을 먹고 필경은 흙으로 돌아가리니 그 속에서 네가 취함을 입었음이라 너는 흙이니 흙으로 돌아갈 것이니라 하시니라

남자는 피곤했지만 흙으로 돌아간다는 말을 지나칠 수 없었다. 코끝이 아팠다. 사람이 한없이 볼품없고 짠했다. 흙으로 지은 피조물 중 하나인 사람이 창조주 앞에 땀 흘리는 어떤 노력을 한들 눈에 차겠으며 내놓을 게 있겠는가? 별수 없이 콧물이 나왔다. 피조물의 한계다. 사람의 길이 눈물겨웠다.

울적해진 기분 사이로, 방황하는 가인이 보였다. 새벽별 찬 서리가 뼛골에 스미는데 어디로 흘러가랴 흘러갈쏘냐, 나그네 설움의 가사가 저절로 떠올랐다. 가인은 가시덤불과 엉경퀴로 엉망인 땅을 힘껏 일궈서 그 결실을 하나님께 드렸건만 가차 없이 거절당했다. 화날 만하고 질투에 동생을 해코지할 만 했다. 그러나 땅은 아버지 아담 때 이미 저주를 받았었다. 그 사실을 몰랐을까? 가죽옷 이야기도 듣지 못했던 걸까? 다르게 말하면 하나님이 받을 것은 저주받은 밭의 소산물이 아닌 거였다. 번지수가 틀렸다. 흙으로 지어진 사람의 노력으로는 하나님을 기쁘게 할 게 없다는 역설이기도 했다. 일한 대가는 은혜가 아니다. 삯이다. 잘 모르긴 하나 지금까지 보아온 바대로라면, 하나님은 아담이나 가인을 통해 은혜와 용서와 사랑을 말하고 싶었는지 모르겠다. 도구랄까? 그 통로가 번제에 쓰인 **어린양**인지도 모르겠다.

29보라 세상 죄를 지고 가는 하나님의 **어린양**이로다(요한복음 1장)

구절은 마치 살아있는 생물처럼 내부에서 기생하다가 밖으로 나온 듯 즉각적으로 연결됐다. 예전부터 알고 있던 말로서 세간에 흔하게 돌아다니는 값싼 소리다.

이해라면 모를까 이게 믿어지고 또 이걸 믿는단 말야?

남자는 신기했다. 성경에서 본 바로는 믿음의 창시자이자 완성자인 예수가 믿게 해줘야 가능했다. 분명 인색해 보이진 않았지만 어렵고 특이한 일만은 틀림없었다. '세상 죄'라고 뭉뚱그리고 있는 표현 또한 거북했다. 몸뚱이가 있는 한 죄에서 빗겨나갈 사람은 아무도 없다. 세상 죄란 중동의 한 귀퉁이에 있는 유대인뿐 아니라 하나님의 형상대로 지어진 전 인류의 죄를 가리킬 것이었다. 남자는 입안의 침을 꿀꺽 삼켰다. 사람이 '이따우'인 까닭이지 싶었다.

그나마 다행인 건 뱀과 땅 말고는 대놓고 사람을 저주하지 않았다는 점이었다. 남자는 장대에 들린 늦뱀을 떠올리며 낫기 위해 한번은 시도해볼 만하지 않겠나 하는 생각을 했다. 동시에 스스로 멋쩍어 혀를 차며 방 안을 휘둘러보았다. 아무래도 안 해본 짓이다. 남자는 시선을 떨구며 자포자기하듯 3장 마지막 구절로 시선을 옮겼다.

24이같이 하나님이 그 사람을 쫓아내시고 에덴동산 동편에 그룹들과 두루 도는 화염검을 두어 생명나무의 길을 지키게 하시니라

두서없는 상황일 수 있는데 모세는 쫓겨나는 방향과 상황에 대해 상세하게 서술했다. 의외였다. 악에 대해 눈이 밝아진 상태에서 생명과를 따먹고 영생하면 안 되기에 쫓아내는 것까지는 그런대로 이해되었다. 그리고 공상과학영화에나 나올 법한 두루 도는 오토매틱 화염검으로 생명나무를 지켰다. 두 사람은 동편으로 쫓겨났다. 이를 뒤집으면, 모든 게 완벽했던 동산으로 되돌아가자면 동쪽이 아닌 서쪽으로 틀어야 한다는 소리다. 동쪽으로 가면 갈수록 낙원과는 멀어지는 셈이다. 동쪽과 관련하여 〈달마가 동쪽으로 간 까닭은〉이란 영화 포스터가 발등에 떨어진 낙엽처럼 눈에 밟혔다. 달게 보았던 영화다. 선불교의 편에서 삶과 죽음의 문제를 다룬 진지한 이야기다. 상영 당시 큰 화제를 일으켰다. 국제 어느 영화제에서 상도 받은 걸로 안다. 어머니의 죄를 대신 지고 죽는 등신불과 또 다른 색깔의 불교 영화였다.

본격적으로 불교에 관심을 갖고 뛰어든 지 얼마 안 되던 결혼 초기에 상영됐다. 산사에서 수도 생활을 하는 3사람의 스님이 등장하는데 퍽 오랫동안 여운이 남았다. 가지 못한 길에 대한 대리만족이랄까? 생각할 게 많았다. 공부 또한 제 길로 잘 들어섰다는 안도감에 기쁘고 반가웠다. 그러나 성경대로라면 동쪽으로 갔다는 말은 서쪽에서 왔다는 소리로 행

복과는 거리가 멀다는 뜻이 되었다. 물론 여기서 서쪽은 달마가 태어난 인도를 의미하고 동쪽은 전도지 중국을 의미할 테지만, 더 깊이 파고 들어가면 쫓겨나는 방향에서 크게 자유롭지 못했다. 서방에서 건너온 기독교가 아닌, 대부분의 일반 종교며 인더스문명이니 황하문명이니 하는 인류문명이 에덴을 기준으로 동쪽에서 태동됐다는 점을 생각하면 얼마큼 설득력이 있어 보였다.

하나님의 형상대로 사람이 지어졌다는 말을 생략하거나 무시한다면 어떤 경지에 이르기 위해 사람이 노력해야 하는 게 옳긴 하다. 사람 안에 있는 불성을 끄집어내야 하기 때문이다. 그러나 기독교 입장에서 보자면 진화론과 마찬가지로 불교는 창조의 역사를 도둑질한 템이 되었다.

시간은 없는 듯 무심하게 지나갔다. 초침을 보자면 편할 수만 없었다. 매 순간 닳아져 사라졌다. 이제 그만 동산에서 나와야 할 것 같았다. 우연한 기회를 만나 충분히 괴롭고, 충분히 따져보고 충분히 추리해 보았다. 진리가 너희를 자유케 한다, 했으나 여전히 모호하고 해방 따위는 느껴지지 않았다. 제발이지 성경이 말하는 대로 창조된 빛 속에서 가림막 없이 맘껏 쐬면서 자유롭고, 충만하고 마침내 고뇌에서 **해방**되고 싶었다. 연어가 태어난 곳으로 되돌아가듯 남자도 본래의 동산으로 돌아가 쉬고 싶었다.

2이는 그리스도 예수 안에 있는 생명의 성령의 법이 죄와 사망의 법에서 너를 **해방**하였음이라(로마서 8장)

남자는 너무 놀란 나머지 벌떡 일어나 앉았다. 무릎을 쳤다. 눈앞의 구절에 몹시 경박스럽게 소리없는 아싸!를 외쳤다. 무슨 의미인지 다 알 순 없었으나 무턱대고 기뻤다. 기운이 났다. 인류가 죄에서 해방되어 자유롭게 되었다는 소리다. 물론 예수 안이라는 단서가 붙긴 했지만 사람의 운명이 바뀌었다. 웬 떡인가 싶었다. 마치 불가능했던 합격 소식을 이제 막 접한 사람처럼 행운 같아 들떴다. 연거푸 읽고 또 읽었다. 해방이라는 단어는 봐도 봐도 좋았다. 먼 길을 나선 보람이라고 생각했다. 그동안 불안과 죽음이 없는 세계를 얼마나 동경했던가? 모든 사람이 바라던 궁극적인 행복이고 희망 사항이다.

이렇게 바꾸어 주는 대안을 가지고 있었군. 그래서 모든 면에 자신이 있었던 거야.

말대로라면 추리의 대승리이고 최고의 대안이었다. 잠이 확 달아났다. 지금이라도 당장 성경책을 가져다 확인해 보고 싶었다. 만약 지상에서 바라는 복음 같은 게 있다면 이 말이 아니고 무엇이겠는가? 힘겹게 만원버스를 타고 기차역에 도착하여 SRT로 갈아타는 기분이었다. 그러나 왠지 현장감이랄까, 속도감이 느껴지지 않았다. 트림이 나올 듯 말 듯 가슴이 간질거렸다. 시원한 맛이 없었다. 머리로 이해했을 뿐 믿음이 온 건 아니었나 보았다. 언제라도, 누구라도 붙잡고 꼭 한 번은 더 나눠볼 만한 일이란 생각이 들었다. 그때 세상 모르게 자고 있던 여자가 뒤척였다. 남자는 순간 숨을 멈추었다. 여자는 이내 돌아누웠다. 남자는 후일을 기약하며 엄지척을 했다. 어쨌거나 인자로 온 하나님의 통첩이다. 피곤에 절은 남자는 이대로 잠에 빠져도 좋을 것 같았다. 그러나 잠들기 전, 딱 하나 꼭 더 찾아보고 싶은 게 있었다. 남자는 웃음기를 걷어냈다. 뭔가를 각오하듯 자세를 바르게 했다. 번뇌에서 벗어나지 못하는 모든 인생을 대표해서 뱉은 듯한 바울의 탄식을 소환했다. 같은 로마서에 있는 말이다.

24오호라 나는 곤고한 사람이로다 이 사망의 몸에서 누가 나를 건져내랴(로마서 7장)

세상에 이보다 정직한 인간의 고백은 없으리라. 절망의 심연에서 터져 나온 고독한 외침이다. 보기만 해도 가슴이 저렸다. 고통에 대해선 누구나 공감하였으나 벗어나는 방법은 모두가 각각 달랐다. 각자에게 맞는 길을 선택해서 걸었다. 취향이 작용했다. 남자는 또 한 번 기로에 섰다. 성경이든가, 성경이 아니든가!

문제는, 지옥이나 꼰대 같은 신의 압박에 의해서가 아니라 눈을 똑바로 뜬 채 자발적으로 예수쟁이가 되어야 했다. 예수의 모든 행적을 고스란히 받아들여야만 했다. 며칠간 더듬어 걸어온 길의 결론이다. 예수를 통하지 않고서는 아무것도 되지 않았다. 관계없는 이야기였다. 머리와 가슴은 더럽게도 멀었다.

남루한 차림으로 '예수천국 불신지옥' 피켓을 들고 외치던 거리의 전도자가 눈앞에 스쳤다. 노상 전도는 확실히 매력 없고 설득력이 없긴 했으나 자기 신념에 대한 투철한 자세와 용기만은 가상했다. 구더기도 죽지 않고 불로 소금 치듯 하는 지옥엘 가지 않으려면 피켓의 글귀처럼 예수를 믿어야 했다.

역류한 신물 때문에 가슴팍이 아프고 머리가 지끈거리고 눈이 시렸다. 총체적으로 괴로웠다. 그러나 남자는 눈두덩이를 꾹꾹 누르며 생각을 이어갔다. 이 시간이 지나가고 나면 모든 상황이 증발해 버릴 것만 같아 잠을 들 수 없었다. 이를테면 사람한테 뭘 하라는 주문이 있는 것도 아니고, 신이 2000년 전에 직접 찾아와 피조물에게 그것도 동족의 손에 처참하게 죽어서 차려놓은 밥상이니 염치 없으나 숟가락 얹어 따라가 보는 게 어쩌면 현명하고 이문일지 몰랐다. 천지를 창조한 목적이 사람에게 있고, 마지막에 은혜 있길 바라는 신이라고 한다면, 두려워하고 의심하기보다는, 쳐다보라는 늣뱀을 봐도 좋고, 가나안 여인처럼 떼를 써도 괜찮을 것 같았다. 품이 넉넉하여 껴안고도 남을 것 같았다.

평생을 찾고 찾았으나 없던 위로가 씨앗 같은 작은 말 몇 마디에 내세가 보장된다면야 울며 온 인생을 확실하게 웃으며 갈 수도 있는 일이었다. 그렇다면 숨이 멈추는 순간에 작별하리라던 그녀에게 생전에 인사할 수 있고, 그토록 떠오르지 않기를 바랐던 미생조차 웃으며 떠나보낼 수 있을 것 같았다. 특이점이 사라져 번뇌나 망상에서도 놓여나리라. 희소식이 분명했다.

보려고 샀던 도올의 책이 생각났다. 거실 어딘가에 있으리라. 죽음이 사라진 이 상황에 대해 도올은 어떻게 기술했을지 무척 궁금했다. 일어나는 대로 확인해 보리라, 마음먹었다. 웃풍 때문인지 새벽녘이 되자 방 안 공기가 현저히 서늘해졌다. 남자는 차가운 얼굴을 두 손으로 비비댔다. 앙다문 입술이며 뺨은 여전히 견고했다. 괜찮았다.

57

해방이란 말에 마음이 꽤 가벼워지긴 하였으나 마냥 좋아하고 있을 수만 없었다. 특별한 주장에는 예외 없이 그만한 증거가 뒤따라야 했다. 비록 신의 말이라고는 하나 다를 이유가 없었다. 아주 중요한 문제다. 감각이 다른 사람의 눈으로는 하나님을 볼 수 없다. 보이는 무엇으로 뒤가 받쳐져야 한다. 성경 속에 등장하는 자체적인 증거 말고 누구나 납득이 가능한 객관적인 증거나 증인이 더 필요했다. 일차적인 이해조차 없고는 말짱 황이다. 쉬운 모습으로 이해의 범위 내에서 찾아와 줘야 했다. 비유나 신학이 존재하는 이유일 터다.

물론 아직 알고 싶고 생각해 볼 건덕지는 더 있었다. 이를테면, Kingdom of heaven과 kingdom of god의 차이며, 뱀은 아담의 행복에 관심이 있었을까? 하나님과 사람을 이간시켜서 얻을 수 있는 뱀의 이익이 무엇일까? 아담은 누구를 믿어야 했나? 선악과를 먹어버린 아담과 달리 목숨을 걸고 유혹을 견뎌 낸 예수의 차이 등이 잡다하게 스쳐 지나갔다. 아담은 살기 위해 영생을 놓치고 만 꼴이다.

진즉부터 이마에서 끈적이는 땀이 났다. 진이 빠져나가는 것 같았다. 성경이 팩트라고 입증할 수 있는, 좀 더 객관적인 증거와 **증인** 찾는 일은 그만둬야 했다. 남자는 지쳤다.

10나 여호와가 말하노라 너희는 나의 **증인**, 나의 종으로 택함을 입었나니 이는 너희로 나를 알고 믿으며 내가 그인줄 깨닫게 하려 함이라 나의 전에 지음을 받은 신이 없었느니라 나의 후에도 없으리라(이사야 43장)

남자는 몹시 피곤한 중에도 눈앞의 구절에 고개를 끄덕였다. 구절과 관련하여 생긴 종파도 있다. 당당한 문체에 남자는 고무되었다. 예측했던 대로 보이지 않는 하나님은 자신을 알리는 통로로 유대인을 택해서 드러냈다는 설명이다. 추론하자면, 컴퓨터에 오류가 생길 때 리셋버튼을 눌러 초기화하여 다시 시작하듯, 훌륭한 토기장이일수록 흠 있는 작품에 연연하지 않고 과감히 파치 하고 새로 만들듯, 하나님은 에덴동산에서의 실패를 만회할 양으로 죄가 관영한 지상을 홍수로 쓸어버린 후, 창세 전에 꿨던 꿈을 이루기 위해 새로 이스라엘 민족을 종으로 택하여 자신을 드러낸 것 같았다. 참으로 주도면밀했다. 남자는 기분이 되게 묘했다. 이런 생각이 들고도 미적거리는 건 왜일까? 머리와 가슴이 진짜진짜 더럽게도 멀긴 먼 모양이었다.

머리가 어질어질한 중에도 이스라엘이 떠올랐다. 아니 다윗별 문양의 국기와 집단학살 수용소인 아우슈비츠의 전경이 스치고 지나갔다. 고압 전선 펜스와 굴뚝, 대형 경비견 등이 찍힌 흑백사진이다. 100년도 채 안 된 일이다. 절멸이나 학살을 뜻하는 홀로코스트는 고대 그리스에서 나온 말로서, 동물을 태워 신에게 바친 데서 유래되었다고 한다. 레위기에 나오는 번제와 맥이 같다. 유대인들은 마치 자신들을 신에게 바치듯 고통의 긴 세월을 보냈다.

세계 여러 나라에 있는 건국 신화와 다르게 이스라엘은 그저 평범한 사람으로 시작되었다. 조상 아브라함이 살던 가나안은 본래 이스라엘 땅이 아니었다. 아브라함은 바벨론 근동에 살던 일개 부족으로서 하나님의 명령에 따라 동쪽에서 서쪽으로 건너온 사람이었다. 가나안은 현재 팔레스타인 지역으로 여러 원주민이 이미 살고 있었다. 말하자면 굴러온 돌이 박힌 돌을 빼낸 격이다. 중동에서 전쟁이 일어나는 주된 이유다. 땅 싸움이다. 어떤 면으로는 이복형제간의 싸움이랄 수도 있었다. 이삭과 이스마엘 후예들간의 대립이다. 긴 전쟁의 역사는 오늘날에도 멈추지 않고 있다. 그러나 천지를 지은 하나님의 편에서 본다면 이해 못 할 일도 아니다. 원래 땅을 지은 주인은 하나님일 테니 누구를 이끌어다 살게 하든 자유고 권한이다. 뺏는 게 아니다.

오래전에 가족과 함께 관람했던 영화 〈쉰들러 리스트〉의 몇 장면이 스치고 지나갔다. 폐허 속을 혼자 걷던 포스터 속의 빨간 옷을 입은 어린아이는 지금도 강렬하게 기억에 남아있다. 폴란드에 국적을 두고 있는 실지 인물 쉰들러의 노력으로 생존하게 된 여러 유대인과 그 후손들이, 쉰들러의 묘역에 참배하는 것으로 끝나는 게 특히 압권인 영화다. 같은 유대인인 스필버그 감독다운 파격적이고도 현실적인 결말이었다. 매스컴을 이용하여 철저히 자신들의 역사를 알렸다. 그러한 그들을 통해 세상 사람들이 하나님의 존재를 알길 바라고 증인으로 세웠다는 논리다. 진짜 과연 그럴까?

자신의 종이 박해당할 때 주인은 어디에서 뭘 하고 있었을까? 무슨 생각을 하며 그토록 처참하게 당하도록 뒀을까? 창세 전에 가진 본인의 뜻만 관철된다면 아무래도 괜찮았던 걸까? 억울할 만도 하건만, 그래서 21세기엔 무정한 신을 저버릴 만도 하건만 유대인들은 지금도 율법을 꼬박꼬박 지켰다. 조상 아브라함과 맺은 약조 외에 또 무슨 딜을 하였을까? 두툼한 보상이 보장되지 않고는 불가능한 일을 수천 년 동안 해오고 있다. 현재도 진행 중이다.

2014년 여름이다. 미국독립기념일을 즈음하여 출장차 뉴욕에 간 적 있었다. 남자 일행은 시내 한 호텔에 머물렀는데, 그곳 뜰 한편에서 말로만 듣던 유대인을 처음 보았다. 차림새로 보아 한눈에 그가 유대인임을 알 수 있었다. 너무나도 독특했다. TV에서 종종 봤다. 검은 중절모를 쓴 홍안의 백인 남성은 귀 옆으로 가늘고 길게 딴 머리를 늘어뜨린 채, 테이블의 반을 차지하는 커다란 책을 펴놓고 있었다. 남자의 일행은 낯선 그 모습이 신기했다. 지금이 어느 시댄데 하는 시선이었다.

아직도 눈에 선한 그 젊은 유대인이 성경책 속에 등장하는 보이지 않은 하나님의 증인이라 하니 마음이 복잡했다. 심지어 안식일에는 일하지 말라는 구약의 기록 때문에 오늘날에도 엘리베이터를 타지 않는다는 소릴 들었다. 그들은 3500년 전의 모세 기록을 지금도 한결같이 따랐다. 거의 불가능한 일이 작금에 벌어지고 있는 셈이다. 무시할 수 없는 엄연한 현실 앞에 남자는 착잡했다.

남자는 눈을 감으며 1700여 쪽에 달하는 성경책을 휘리릭 넘겨보았다. 신의 뜻을 다 알 리 없는 선지자나 사도들의 손에 의해 마치 한 사람이 쓴 듯 일관된 내용으로 1600년간 집필된 책이다. 결코 가능한 일이 아니다. 이러한 유대인이 지구상에 존재하는 한 개인적인 종교나 신념과 관계없이 하나님 뜻대로 인류 역사는 흘러간다는 의미다. 머리가 쪼개지도록 거듭거듭 '빼박증거'를 원하던 남자에게 동시대를 살고 있는 유대인의 과거와 현재는 분명 부정할 수 없는 사실이었다. 누가 뭐랄 수 없는 세계 역사의 한 단면이다. 남자는 불교의 만(卍)자와 닮은 나치의 문양을 떠올리며 눈앞의 천정을 망연히 쳐다보았다.

어떡하지?

58

그때다. 애앵~

"지금 화재가 발생했습니다, 지금 화재가 발생했습니다. 비상구를 통하여 안전하게 대피하시기 바랍니다, 비상구를 통하여 안전하게 대피하시기 바랍니다."

신경을 있는 대로 거스르는 날카롭고 단조로운 기계음이 돌연 긴박한 상황을 알렸다. 사이렌 소리는 길고 요란했다. 뒷골이 쭈뼛 섰다. 온 집 안을 뒤흔들었다. 화재경보가 울리자마자 남자는 엉겁결에 일어나 앉았고, 곤히 자던 여자 또한 순식간에 튕겨 나가는 스프링처럼 뒤도 돌아보

299

지 않은 채 박차고 나갔다. 너무나 순간적이어서 여자를 부르지 못했다. 어떻게 저런 힘이 나올 수 있는지 남자는 어리둥절했다. 여자는 거실 전 등부터 켰다. 열린 방문으로 빛이 한꺼번에 쏟아졌다. 눈을 찔렀다. 여자 는 급하게 창선과 창림의 방문을 차례대로 두들겼다. 소리는 성난 듯 크 고 격했다. 어찌나 행동이 빠르고 망설임이 없던지 언젠가 한 번쯤 똑같 은 상황을 맞아본 듯했다. 예행연습을 한 사람처럼 민첩했다.

"불이 났대. 빨리 대피하래. 옷 껴입고 빨랑 나와서 아빠를 좀 도와줘."

크고 단호한 여자의 목소리는 집안에 울렸다.

"엄마, 무슨 일이에요?"

그새 패딩에 팔을 끼워 넣으며 창선이 거실로 나왔다.

"우리 동 어느 집에서 불이 났나 보지. 아빠, 아빠를 어떡하니?"

여자는 남자의 목도리며 모자, 옷가지 등을 그새 챙겨 들고 서서 발을 동동 굴렀다. 거의 우는소리를 했다. 창림 또한 패딩을 입은 채 나왔다. 그리고 머뭇거림 없이 베란다로 성큼성큼 걸어가 창문을 열고 바깥 동향 을 살폈다. 순식간에 얼음장 같은 찬바람이 거실을 휩쓸었다.

"불 켜져 있는 집도 별로 없고 연기 나는 곳도 없는데요?"

창림은 또다시 성큼성큼 걸어가 중문을 열고 바깥 현관문을 열었다.

"복도도 조용해요."

대신 어느 집에선지 아이 우는 소리가 들렸다.

몇 초나 시간이 흘렀을까? 남자의 옷을 들고 섰던 여자는 느닷없이 그 자리에 주저앉고 말았다. 창선의 부축을 받으며 남자가 방에서 나왔다.

"엄마, 아빠 깨어나 계셨어."

창선이 입을 뗐다.

"아빠!"

실내로 들어서던 창림은 놀라는 중에도 눈은 남자를 향했으나 손은 넋을 놓고 주저앉아 있는 여자를 감쌌다.

"언제부터야? 창선이 너, 너는 알고 있었던 거야?"

여자는 더듬거렸다. 그러나 곧 빨딱 일어섰다. 빛의 속도보다 더 빠르게 별의별 생각이 다 들었지만 지금은 따지고 있을 때가 아니었다.

"엘리베이터를 탈 수 없을 테니 계단으로 내려가자면 서둘러야 해. 얼른 옷부터 입혀드려!"

여자는 속내를 알 수 없는 표정으로 재촉했다.

"엄마, 다른 집들은 다 조용해요."

다시금 베란다 밖 동향을 살피던 창림이 목을 길게 빼고 말했다. 그새 코가 빨개졌다. 그때 삑 소리를 내며 안내방송이 흘러나왔다.

"알려드립니다, 경비실에서 알려드립니다. 103동 5라인에서 제사를 지내느라 안방에 향을 피워놓고 문을 닫은 바람에 연기를 감지한 센서가 작동되었습니다. 향 때문에 작동했습니다. 그러하오니 안심하시고 다시 주무시기 바랍니다. 죄송합니다. 상황이 종료되었습니다. 다시 말씀드립니다. 103동 5라인에서 제사를 지내느라……"

여자는 들고 있던 모자며 목도리를 내팽개치며 소파에 쓰러지듯 몸을 던졌다. 돌발적인 상황을 어떻게 받아들일지 모두 어리둥절했다. 2~3초간 정적이 흘렀다. 맨 먼저 여자가 작정한 듯 꿀깍 힘주어 침을 삼킨 뒤 몸을 일으켰다. 그리고 떨리는 목소리로 낮게 말문을 열었다. 태풍의 눈같았다.

"이게 다 무슨 일이에요? 무슨 일이 있었던 거예요?"

저녁까지만 해도 아무런 내색 없이 밥을 받아먹었던 남자였다. 여자는 순간 배신감에 몸을 부르르 떨었다.

301

"무슨 일이냐고욧?"

태풍은 마침내 남자 눈앞에서 터졌다.

"엄마, 아빠는"

창선이 나서자 여자는 손으로 저지했다. 단호했다.

"당신이 말해봐요. 나 지금 떨려서 죽을 지경이거든요?"

목소리가 흔들렸다. 끝에 가서 울먹였다.

"일어날 일이 일어난 거지. 뭐"

남자는 아직 다 돌아오지 않은 목을 가다듬으며 작은 소리로 대꾸했다.

"그딴 말이 어딨어요?"

목소리는 사나웠으나 그새 조금 안도 되었는지 여자는 코를 팽 풀었다.

"미안해요. 본의 아니게 숨겨서 정말 미안해요. 걱정 많이 한 것 알아요. 그러나 그럴 수 없어서."

"뭐가 그럴 수 없었다는 거예요? 그리고 본의가 아니라뇨? 창선이가 시켰어요? 별말을 다 들어보겠네요. 근데 당신 지금 표정 알아요? 입으로는 미안하다고 하면서 눈은 여유로운 거요. 도대체 언제부터 깨어있었던 거예요? 걱정을 많이 한 줄 아는 사람이 떠먹여 주는 것을 넙죽넙죽 받아먹었던 거예요? 우습지 않나요?"

자세를 고친 여자는 용서 못 하겠다는 듯 단단히 팔짱을 꼈다.

"엄마, 아빠가 일어나셨음 된 거 아녜요? 그거 바라셨던 거 아녜요?"

"네, 네 엄마."

창선과 창림이 중간에 나섰다.

"어, 니들은 지금 이 상황이 아무렇지도 않은 모양이지? 나만 오바한다는 거야? 너도 그래. 알고 있으면서 시치미를 딱 뗐다니, 두 부녀가 대단하서요. 그놈의 소방 경보가 울리지 않았다면 언제 일어날 작정이었어요?"

여자는 불행 중 다행이어서 화를 더, 더 멈추고 싶지 않았다.

"여보, 나 다시 들어가 누울까?"

남자는 웃으며 말했다.

"됐어요! 사람을 이렇게 놀래키다니 말이 돼요? 불났다는 방송을 듣는 순간 나 죽는 줄 알았다고욧!"

여자는 마침내 안도의 울음을 터뜨렸고 남자는 그런 여자를 꼬옥 껴안았다. 등을 토닥였다. 창선과 창림은 식탁에 앉아 남자와 여자를 번갈아보며 각자 놀란 가슴을 쓸어내렸다. 여자는 못 이긴 척 눈물을 닦으며 말했다.

"당신 일어난 김에 조상님께 감사드리는 마음으로 지금 차례상 차려버릴까요?"

"뭘, 차례상은……"

남자는 쑥스러워 아무것도 없는 바깥 하늘을 쳐다보았다. 어두움은 가로등 불빛에 서서히 엷어지고 있었다. 등장인물 1이 등장인물 2에게 지금 할 수 있는 일은 고마운 마음을 담아 껴안는 것뿐이었다. 그 외에는 생각나는 게 없었다.

노출

김의숙 지음

발행처　도서출판 **청어**
발행인　이영철
영업　　이동호
홍보　　천성래
기획　　육재섭
편집　　이설빈
디자인　이수빈 | 김영은
제작이사　공병한
인쇄　　두리터

등록　　1999년 5월 3일
　　　　(제321-3210000251001999000063호)

1판 1쇄 발행　2024년 7월 10일

주소　　서울특별시 서초구 남부순환로 364길 8-15 동일빌딩 2층
대표전화　02-586-0477
팩시밀리　0303-0942-0478
홈페이지　www.chungeobook.com
E-mail　ppi20@hanmail.net

ISBN　　979-11-6855-259-3 (03810)